当代陕西文学评论文丛 | 编委会

主　编　贾平凹　齐雅丽

副主编　韩霁虹　李国平　李　震

编　委（按姓氏笔画排序）

仵　埂　齐雅丽　李　震

李国平　杨　辉　段建军

贾平凹　韩霁虹

当代陕西文学评论文丛

后起新锐

文学批评视域中的陕西文学经验

王俊虎 著

陕西师范大学出版总社　西安

图书代号　WX24N2346

图书在版编目（CIP）数据

文学批评视域中的陕西文学经验 / 王俊虎著.
西安：陕西师范大学出版总社有限公司，2025.6.
（当代陕西文学评论文丛 / 贾平凹，齐雅丽主编）.
ISBN 978-7-5695-4814-3

Ⅰ．I206.7-53
中国国家版本馆CIP数据核字第202488UZ95号

文学批评视域中的陕西文学经验
WENXUE PIPING SHIYU ZHONG DE SHAANXI WENXUE JINGYAN

王俊虎　著

出版统筹	刘东风　刘　定
策划编辑	马凤霞
责任编辑	高　歌
责任校对	郑若萍
封面设计	周伟伟
出版发行	陕西师范大学出版总社
	（西安市长安南路199号　邮编 710062）
网　　址	http://www.snupg.com
印　　刷	中煤地西安地图制印有限公司
开　　本	720 mm × 1020 mm　1/16
印　　张	20.5
插　　页	2
字　　数	290千
版　　次	2025年6月第1版
印　　次	2025年6月第1次印刷
书　　号	ISBN 978-7-5695-4814-3
定　　价	69.00元

读者购书、书店添货或发现印装质量问题，请与本公司营销部联系、调换。
电话：（029）85307864　85303629　　传真：（029）85303879

文脉陕西，评论华章（序）

贾平凹

从延安文艺的烽火岁月，到新时代的文学繁荣，陕西文学以其独特的风格和深邃的内涵，赢得了国内外的广泛赞誉。在中国当代文学史上，陕西不仅拥有一支强大的文学创作队伍，同时也拥有一批占领各个历史阶段文学批评潮头的评论骨干。他们以敏锐的洞察力剖析文学现象，参与文学现场，解读作品内涵，为陕西文学的发展注入了源源不断的活力。在新时代文化浪潮中，文学评论作为党领导文学事业的重要途径和方式，作为文学繁荣发展的重要推动力和引导力，正凸显着越来越重要的作用。

为了贯彻落实习近平总书记关于文艺工作和文艺批评的重要论述，以及中宣部等五部门联合印发的《关于加强新时代文艺评论工作的指导意见》，进一步加强和改进陕西文学批评工作，打磨好批评这把利剑，把好文艺的方向盘，同时也为深入总结和发扬陕派文学批评的历史经验，全面呈现陕西当代评论家队伍及其丰硕成果，推动陕西文学批评再创佳绩，助力陕西乃至全国文学发展，陕西省作家协会精心策划并编辑出版了"当代陕西文学评论文丛"。

在选编过程中，丛书编委会始终遵循着精编细选的原则，力求每篇文章都能代表作者个人的最高水平，同时也能反映出陕西文学评论的独特风格和时代特征。所选文章以研究和评论承续延安文艺传统的陕西作家、作品为主，也不乏对中国文坛或域外文学研究的独到见解。丛书汇聚了三代文学批评家中三十位代表批评家的学术成果。他们或生于陕西，或长期在陕工作。他们以笔为剑，以墨为锋，用睿智深刻的见解，共同书写了陕西文学批评的辉煌华章。他们的评论文章，或激情洋溢，或理性严谨，或高屋建瓴，或细腻入微，共同构筑了这部丛书的独特魅力与丰富内涵。

丛书将陕西老中青三代评论家分为"笔耕拓土""接续中坚""后起新锐"三个系列。三代评论家有学术师承，亦有历史代际。每个系列都蕴含着不同的时代气息和文学精神："笔耕拓土"系列收录了陕西文学评论界先驱和奠基者的成果，他们如同手握犁铧的开垦者，为陕西文学评论的沃土播下了希望的种子；"接续中坚"系列展现了新一代批评家中坚力量的风采，他们的评论既有深厚的理论功底，又有敏锐的时代洞察力，为陕西文学评论的繁荣发展注入了新的活力；"后起新锐"系列则汇集了新一代批评家的文章，他们敢于创新，勇于探索，为陕西文学评论的未来开辟了广阔的空间。

"当代陕西文学评论文丛"的出版，不仅是对陕西文学批评历史的一次全面总结和回顾，更是对未来陕西文学发展的有力推动和期待。相信这部丛书的问世，将激发更多文学评论家的创作热情，使陕西文学创作与批评携手并进，比翼齐飞，为推动陕西文学批评事业的繁荣发展，为陕西乃至全国文学的发展贡献新的智慧和力量。

2024年11月8日

目　录

- 001　论陕西作家的类型生成与代际精神承传
- 013　论《秦腔》人物塑造的艺术特征
- 023　论贾平凹文学创作中的农民视角
- 036　论《秦腔》的悲剧意识与反思色彩
- 044　孙犁与贾平凹小说比较论
- 059　论贾平凹《老生》中的道家文化意蕴
- 070　论贾平凹的诗集《空白》及其文学意义
- 086　贾平凹《山本》中"陆菊人"形象阐释
- 098　马斯洛需求层次理论视域中的人生困境书写
　　　——以贾平凹《废都》中的庄之蝶为例
- 110　困境与突围：贾平凹《暂坐》的都市女性书写
- 124　弗洛伊德三重人格理论视域下的《逛山》土匪类型生成研究
- 134　"土匪"叙事视域中的《红高粱家族》与《逛山》比较论
- 149　《尘埃落定》与《秦腔》中的傻子形象比较论
- 160　论1980年代"被启蒙者"的反叛行为及其悲剧命运
　　　——以陈忠实的《康家小院》和《蓝袍先生》为例
- 175　1990年代的小说叙事转向
　　　——以陈忠实《白鹿原》为例

190 新时期农民形象谱系的改写与重塑
　　——以路遥的文学创作为中心

201 论路遥《平凡的世界》中的存在主义意蕴

212 论路遥对延安文艺大众化传统的继承与发展
　　——以路遥的《人生》与《平凡的世界》为例

227 论路遥《人生》中的农民观

239 戏剧题材小说《青衣》与《主角》的比较研究

255 从忆秦娥、水上灯透视"主角"的多重世界
　　——以陈彦《主角》与方方《水在时间之下》为中心

274 论陈彦《西京故事》中的"离"与"归"情节

285 论高鸿小说中的女性形象及其悲剧成因
　　——以《农民父亲》和《血色高原》为中心

295 贵族记忆与满族书写
　　——以叶广芩长篇小说《状元媒》为例

306 高建群与贾平凹文学创作中的女性观比较论
　　——以《大平原》中的"顾兰子"与《山本》中的"陆菊人"为例

319 后记

论陕西作家的类型生成与代际精神承传

无论就地域面积还是人口数量来讲,陕西均难跻身中国的"大省份"行列,但从文学角度来看,却是名副其实的文学大省,柳青、杜鹏程、路遥、陈忠实、贾平凹、叶广芩、杨争光等陕籍作家在全国文坛享有盛誉,他们在延安时期、"十七年"时期、90年代文学时期、新世纪文学时期均向广大读者奉献了代表自己创作个性与陕派特征的经典作品,"陕军"是中国文坛一支不容忽视的文学劲旅。研究陕西作家类型生成与代际精神承传,可以提炼和总结陕西文学辉煌成就背后的先进经验,为新世纪陕西文学乃至中国文学未来发展提供宝贵的精神资源与精神动力。

一、陕西作家类型生成研究

根据不同的分类标准,可以把陕西作家划分不同的类型,通过对作家类型的划分,可以清晰地看出作家在地域文化、个性气质、创作风格、代际更迭等方面体现出的不同差异,为从社会历史文化方面来研究作家及其文学活动、文学作品提供有益的参照。从地域、气质、态度、代际等四个方面可以把陕西作家划归不同的类型,从而凸显出作家不同的创作个性与创作风貌。

(1)地域型。按照陕西作家出生与成长环境的不同,可以把作家分为山地型、平原型、高原型。陕西就其地域面积来说在全国并不算地域辽阔省份，但就其地理地貌来讲却是不可忽视的地理地貌大省。全省面积南北长，东西窄，南北纵越将近十个纬度，从南至北依次分别为秦巴山区、关中平原、陕北高原三个自然地理单元。秦巴山区主要由秦岭、大巴山组成，中隔汉水谷地，地理地貌结构与西北各地差异较大，以亚热带、暖温带湿润气候为主，享有西北"小江南"的美誉。关中平原以黄土台塬与河流阶地为主要地貌类型，地势平坦，土地肥沃，是全省最重要的粮油基地，大部分地区为暖温带半干旱或半湿润气候，气候温暖宜人，物产丰富，号称"八百里秦川"。黄土高原北部为风沙区，南部是丘陵沟壑区，塬、梁、峁、沟是其基本地貌类型，大部分地区为温带干旱半干旱气候，气候干燥，降水量偏少。该地区是我国重要的煤、石油、天然气能源富集地，畜牧业较为发达。

"一方水土养一方人""十里不同风，百里不同俗，千里不同情"等俗语都说明不同的地域环境会造就不同的人、风俗习惯、文化性格等。陕南秦巴山区、关中渭河平原、陕北黄土高原虽然从行政区域上来讲都归属陕西省管理，但是迥异的地理地貌、不同的气候条件都对出生成长于斯地的人们造成深厚的地理影响，赋予他们不同的文化风俗熏陶，从而形成不同的文化性格。从这个意义上来讲，陕西作家可以分为山地型、平原型、高原型三个类型。

贾平凹为山地型作家的代表。他1952年出生于陕南丹凤县棣花镇，1972年成为西北大学工农兵学员，他在家乡生活、劳动了二十年，对家乡的山山水水十分了解，商州成为他以后文学创作的不竭源泉。他是陕西山地型作家的领军人物，属于这一类型的作家应该还包括京夫、王蓬、方英文、宁有志、沈奇、孙见喜、寇挥、陈彦、屈超耘、刘安民、鱼在洋、慧玮、刁永泉、张虹、杜文娟、陈正庆、何丹萌、刘少鸿、王晓云、芦芙荄、陈毓、冀福记、李春平、田井制等。山地型作家思维灵动活跃，创作风格清丽明快，与陕南青山绿水、鸟语花香的地域特点相契合，除小说、散文、诗歌等常项文体创作之外，宁有志与鱼在洋的儿童文学创作、刘安民与陈正庆的商洛花鼓戏曲创作在全国享有盛誉,彰显出本群作家独特的创作特色。

　　陈忠实为平原型作家的代表。他1942年出生于陕西西安市郊灞桥区,曾在西安市郊毛西公社小学、中学任教,担任过毛西公社革委会副主任、副书记等职务,有着长期丰富的关中地区基层干部生活经历,之后的职务虽有升迁,但是一直故土难离,没有离开过西安市,绝大部分创作集中展示了关中地区的风土人情、历史变迁,是陕西平原型作家的杰出代表。这一类型作家还包括柳青、杜鹏程、王汶石、李若冰、叶广芩、杨争光、红柯、冯积岐、赵熙、莫伸、冷梦、邹志安、李凤杰、蒋金彦、秦巴子等。这类作家长期生活于八百里秦川,思维凝重厚实,为人方正淳朴,创作风格质朴绵长,文风扎实,创作功底深厚,颇具汉唐遗风,与人杰地灵、物华天宝、历史人文底蕴深厚的关中文化相得益彰。

　　路遥无疑是高原型作家的代表。他1949年出生于陕北清涧一个世代务农家庭,七岁时被过继给陕北延川农村的伯父,1976年延安大学中文系毕业后离开陕北,到省城西安工作。英年早逝的路遥,人生一大半光阴在陕北黄土高原的沟壑间度过,他当过农民、民办教师、通讯员,高加林身上有着路遥的影子,路遥是一个渴望出走、寻求新生但又故土难离的矛盾集合体。其后半生虽然长期生活于西安都市,但是创作的焦点一直追踪陕北黄土高原的乡村世界,尤其是对城乡交叉地带的农民精神世界的叩问引起读者强烈的关注。这一类型作家还包括高建群、刘成章、曹谷溪、高鸿、狄马、李天芳、梅绍静、牧笛、远村、阎安、史小溪、厚夫、侯波、刘凤梅、惠雁、向怡等。陕北黄土高原沟壑纵横,交通不便,地老天荒间却从不缺少人们仰望星空的激情与浪漫,信天游、剪纸、腰鼓、说书都在宣扬着陕北人的粗犷与豪放,物质的匮乏与交通的不便并没有束缚住陕北作家心灵世界的激情澎湃。他们以艺术的笔触描摹陕北的大漠风沙与长河落日,思维大胆叛逆,风格豪迈,气势如虹,尽显陕北黄土高原的沧桑与崇高。

（2）气质型。根据作家个性气质的不同可以把作家分为不同类型。气质是人的个性心理特征之一，它可以反映个体情绪体验的强弱和快慢程度，以及动作的灵敏或迟钝，是人的高级神经活动类型特点的体现。气质的形成主要受先天的遗传因素影响，可塑性较差，不易改变，无好坏之分，一般可以分为多血质、胆汁质、黏液质、抑郁质四种类型。

多血质的人，性格外向善于交际，处事灵活机动，精力充沛，兴趣广泛，工作效率高，缺点是耐力较差，易骄傲自满。胆汁质的人，反应迅速，行动敏捷，热情好动，干劲十足，缺点是性格暴躁，情绪易激动，不拘小节，持续性不强，容易丧失信心。黏液质的人，行动稳健，生活规律，情绪不易外露，自制力较强，缺点是反应缓慢，灵活性不足，处理突发事件的能力较差。抑郁质的人，细心周到，见解深刻，追求完美，缺点是敏感多疑，情绪波动较大，孤僻不合群，适应环境的能力较差，处事优柔寡断。

按照心理学上关于人的气质类型的划分，路遥是偏于多血质型作家，性格直率开朗，善于交际，精力充沛，兴趣广泛，事业心极强，对文学有一种殉道精神。现实生活中他不修边幅，不拘小节，为达既定目标，生活中对自己甚至有一种自虐倾向。多血质既成就了路遥，又在一定程度上毁掉了路遥。这种气质的优点把路遥推上了新时期陕西文学的霸主地位，但是自虐式的不良生活方式又使路遥英年早逝，给部分当代作家为了文学事业不惜透支生命、消损健康敲响了警钟。陈忠实属于黏液气质型的作家，他性格沉稳冷静，生活规律节制，处事低调不喜热闹，对文学事业执着热爱，坚信文学依然神圣的不变信条。贾平凹属于抑郁气质型作家，他谨言慎行，木讷内向，观察问题细致深入，敏感多疑，自尊心较强，心智颇高，思维活跃灵动，喜静不喜动，文学创新能力较强，被誉为文坛"独行侠"。

关于人的气质分类，只是大体的归类，并不完全一一对应，因为人是复杂的综合体，其个性特质的表现不是一成不变的，多数人通常是以某一类型为主，兼有其他气质类型的少部分特征。陕西作家人数众多，不同作家均有不同的气质表现，按照四类气质的特征可以把这些作家分为不同类型，根据类型特征可以反观、审视作家的创作活动以及创作特征及倾向。

（3）态度型。以作家对待文学的态度可以把作家分为不同类型：殉道型、事业型、生活型、娱乐型。

殉道型又称生命型，如柳青、路遥、邹志安等作家，把文学视作生命，为了文学甚至可以放弃自己的生命，认为文学具有宗教般的神圣，不让文学沾染世俗尘埃与商业铜臭。这类作家对文学有着执着痴迷的态度，作品凝结着作者的毕生心血与生命力量，值得读者拥护爱戴，但是数量较少，是文坛难得的宝贵财富，其文学精神光耀后人。

事业型作家如陈忠实、高建群、冯积岐等，把文学当作自己人生的目标与事业来经营，总觉得只有写出死后能够当枕头的文学巨著才能对得起读者和自己作家的称号；对写作事业认真严肃，勤奋刻苦，勇于探索，作品就是实现自己人生理想与价值的明证，不受市场与商品经济的蛊惑，按照自己的理解从事纯文学写作。

生活型作家如贾平凹、叶广芩、杨争光等人，把生活文学化，文学生活化，文学已经融入自己生活的方方面面，不像殉道型作家那般因仰视文学而活得很累很沉重。他们的文学创作举重若轻，生活离不开文学，文学写作是自己生活的一部分，他们的写作轻盈灵动，佳作不断，是文学家应该努力追求的较高境界。

娱乐型又称游戏型、消遣型。这种类型的作家以网络作家、青春作家、业余作家为主，他们把文学当作高智商的文字游戏，寓写于乐，没有崇高的写作目标，不像前三类作家把文学看得比较重要，文学对他们来说就是茶余饭后的消遣，是对工作压力的释放，好比农人田头的小憩。这类作家作品数量较多，产量也高，严肃文学作品不多，但是创作领域宽广多样，题材丰富，社会影响不低于前三类作家。

（4）代际型。元人虞集认为："一代之兴必有一代之绝艺，足称于后世者。"①王国维感叹"凡一代有一代之文学"②。胡适也指出:"文学者,随时代而变迁者也。一时代有一时代之文学。"③文学作为一种特殊的审美意识形态,与时代有着密不可分的关系,不同的时代有着不同的社会风尚,自然导致不同的文学审美风潮,呈现出不同的文学创作面貌,因而就有文学的代际差异。就作者来说,则可以根据时代、年龄等代际差异划分不同的类型。

20世纪陕西第一代作家以柳青、杜鹏程等为代表,成员包括王汶石、李若冰、胡采、柯仲平、马健翎等作家,他们在延安时期便有文艺作品或者文艺评论面世,代表作品出现于新中国成立前后的延安时期、"十七年"时期。这批作家普遍经历过艰苦卓绝的革命岁月,经受住了革命的严峻考验,普遍追求文学创作的党性立场与党性原则,以文艺工作者的身份进行创作,努力践行文艺为革命、政治服务的文学理念。新中国成立伊始,陕西第一代作家年富力强,感受着新生的社会主义祖国的新气象与新面貌,文学思想受毛泽东文艺思想与《在延安文艺座谈会上的讲话》精神影响较大,执着于革命现实主义与社会主义现实主义文学创作方法,着力讴歌新生的社会主义道路与工农兵新人,对陕西当代作家有着重要而深远的影响。

路遥、贾平凹、陈忠实是陕西第二代作家的杰出代表,成员包括高建群、京夫、程海、邹志安、冯积岐等实力派作家。这批作家普遍出生于新中国成立前后,很多作家有着工农兵大学的求学经历。上大学之前,他们普遍有过长期的农村生活经历,如果没有上大学或者提干的经历,他们很多人就是地道的农民,有评论家把这批作家称为"农裔城籍"作家。虽然他们中的很多人后来生活与工作的地方是省城西安或者陕西的一些地方城

---

① 转引自王齐洲:《"一代有一代之文学"——文学史观的现代意义》,载《文艺研究》2002年第6期。
② 王国维:《宋元戏曲史·自序》,东方出版社,1996年,第1页。
③ 胡适:《文学改良刍议》,中华书局,1993年,第21页。

市，却经常把目光投向自己生活过的秦巴山区、黄土高原或者关中平原，秦地农村永远是他们取之不尽的生活源泉。他们寓居大城市，但是思考的焦点从来没有偏移出对三秦父老乡亲的关注，作品集中反思批判改革开放以后陕西城乡的巨变，探讨"文革"之后中国百姓的喜怒哀乐与沉浮变迁，对现实充满疑虑与困惑，有着批判现实主义作家的清醒与警觉："现在都在说建设社会主义新农村，谁来建设？年轻人宁愿在城里漂泊，吃了上顿没下顿，也不愿回村庄去了。这些问题是太大了"[1]。因为有着深厚的乡村生活经验与知识分子特有的理性思考，他们拥有大批忠实读者，一度将陕西文学推向高峰并在全国屡次获奖，引起文坛瞩目，获得"陕军"殊荣。

陕西第三代作家以叶广芩、杨争光等为代表，包括红柯、王观胜、方英文、高鸿、厚夫、爱琴海、寇挥等，成员数量较多，但是文名普遍逊于第一、二代作家，这与文学逐渐边缘化的时代背景有极大关系，当然也与作家的生活基础、禀赋、写作姿态等均有关系。这代作家普遍出生于20世纪五六十年代，在改革开放初期有着大学求学经历，而此时的文学活动受到20世纪90年代市场经济体制在中国确立的影响与冲击，来自商业化浪潮的冲击尤其严峻，影视、网络等新兴传媒对文学也形成不小的压力，分流了传统意义上的文学读者，文学在社会中的地位逐渐边缘化，社会关注度进一步降低。在这种社会背景下，第三代陕西作家的创作心态、创作姿态均受到影响，部分很有创作天赋和潜力的作家下海经商，部分作家写作活动与商业出版、宣传、策划联系起来，呈现出低俗化、媚俗化倾向。也有部分作家成功转型，在影视制作与传统文学创作间寻找平衡，在影视荧屏中成功嫁接改编纯文学作品，取得良好的社会效益与经济效益，让处于衰退和边缘化的纯文学作家看到了希望和信心，如杨争光等。还有一些作家在文学边缘化的颓境中积累学养，沉潜研究，走上学院派写作的道路，如

---

[1] 贾平凹：《上书房里常低眉》，载《人物》2013年第4期。

高鸿、厚夫等。

陕西第四代作家基本以"70后""80后""90后"作家为主,尚未形成公认的代表作家,呈现出众声喧哗、各自为营的纷繁局面。因为没有出现重量级的、在全国有影响的实力派作家,因而这一代陕西作家被评论界认为是陕西文学青黄不接的尴尬代表。"陕西文学,既有骄人的过去和也还灿烂的当下,但也有后劲乏力、后继无人之隐忧。"①究其原因,"时风对于文风的影响乃至塑造不可小视。所谓'时风',不外是官风、名风和利风。作家也好,或称文人、知识分子也好,本来应该是熟知历史而胸怀天下、放眼未来的社会精英,但曾几何时,时风吹得文人醉,很多身影本来也还巍峨的作家也汲汲于当下,戚戚于眼前,扑扑于名利。时风所及,导致价值观念混乱,文学的神圣性和价值都被人质疑,文学创作的后劲乏力和后继乏人也就是逻辑的必然。"②21世纪以来,文学边缘化趋势更加严重,网络写作、手机短信、微电影、博客与微博写作等新型传媒方式吸引了大批文学受众与文学写家的目光与精力,世纪之交的浮躁文风充斥文坛,年轻的陕西第四代作家在物质实利化的旋涡中挣扎拼杀,容易迷失方向与自我,缺少上代作家对文学的执着与坚忍,因此厚重作品的缺失也在情理之中。陕西文学要重振雄风,迎来辉煌的未来,除了整肃浮躁文风,还要继承陕西前辈作家的优良文风,做好代际精神传承。

二、陕西作家代际精神承传与文学创作

20世纪陕西文学缘起于延安文学,陕西第一代文学作家柳青、杜鹏程、王汶石、李若冰、马健翎、胡采、柯仲平等本身就是延安文学作家群的重要成员,他们均以自己的勤奋和才智建构了延安文学的皇皇大厦。20世纪40年代,陕西第一代作家在抗日救亡与民族解放的危急关口,投笔从

---

① 邢小利:《文学陕西:也曾灿烂,也有迷茫》,载《人民日报》2013年5月3日。
② 同上。

戎，在战火中淬砺，奉献出自己的青春和热情，确立了以新的战时环境为写作背景的延安文艺工作者身份。

20世纪陕西文学的领军人物与精神领袖柳青，1938年5月由西安来到延安，在陕甘宁边区文协任"海燕"诗歌社秘书，开始走上文学创作道路。柳青一生特别重视和强调生活实践经验对文学创作的巨大作用。到延安后不久，他就不辞辛苦奔赴晋西北前线体验生活，在延安与周边各根据地之间奔波往复，勤奋写作。先后创作出《误会》《牺牲者》《一天的伙伴》《废物》《被侮辱的女人》《土地的儿子》《三垧地的买主》等十多篇短篇小说以及中篇小说《恨透铁》和长篇小说《种谷记》《铜墙铁壁》。新中国成立后，柳青担任了《中国青年报》的编委和文艺副刊的主编职务，完全有理由名正言顺地在物质充裕、文化优越的首都北京工作与生活，但他始终关心惦念家乡陕西父老乡亲们的农村生活，主动放弃安逸舒适的城市生活，由北京到西安，由西安到长安（县），由长安到皇甫（村），亲身躬行"文学是愚人的事业"的神圣理念，最终完成了"十七年文学"的扛鼎之作《创业史》第一、二部，"先辈柳青的这种守土创作的地域心理积淀看似寻常却奇崛，看似容易却艰难，其间蕴含了莫大的自我超越的人生选择，从而奠定了20世纪陕西地缘文学的黄土地精神史线，对后辈的潜移默化是巨大深远的"[①]。

陕西第二代作家中的核心成员路遥、贾平凹、陈忠实、邹志安、京夫等无不受到以柳青为代表的陕西第一代作家的精神滋养与提携栽培。他们都曾经将柳青作为自己文学道路上的榜样和标杆，从"柳青体"上寻找自己的创作道路，在对柳青文学精神的感悟中定位自己的文学立场。

陕西高原型作家代表路遥，这个把文学看得比生命还要金贵的当代著名作家，一直把柳青看作自己的精神导师和文学教父。路遥早在延川上中学时就接触到柳青的《创业史》，从此爱不释手，反复阅读体味，成为

---

① 冯肖华：《文学气象与民族精神——20世纪陕西地域文学审美形态》，中国社会科学出版社，2010年，第76—77页。

柳青的铁杆粉丝,同为陕北老乡的柳青从此成为少年路遥心中神圣的文学偶像。路遥的代表作品《人生》《平凡的世界》都有着柳青文学的深刻印痕,"柳青生前我接触过多次。《创业史》第二部在《延河》发表时,我还做过他的责任编辑。每次见到他,他都海阔天空地给我讲许多独到的见解。我细心地研究过他的著作、他的言论和他本人的一举一动。他帮助我提升了一个作家所必备的精神素质"①。

陈忠实曾直言不讳地讲道:"在众多作家里头,柳青对我的影响应该说是最重要的。……人们为什么喊我为'小柳青',主要就是我那些小说的味道像柳青,包括文字的味道像柳青,柳青对当时我的文字的影响、句式的影响都是存在的。"②

陕籍著名文艺评论家李建军认为:"陕西是当代有影响的作家最多的一个省份。其中柳青对陕西作家的影响最为巨大,……从某种程度上讲,没有柳青,就不会有陈忠实、路遥这一代作家,至少,在后来的成长过程中,他们肯定要花费更多的时间,要经过更多的摸索。"③

陕西第一代作家以他们对文学和革命的痴情和忠诚,深深影响和感化了第二代作家,他们的文学殉道精神、文学的主旋律意识、文学的现实主义写作方法、关注广大工农兵底层人群的生存状态等优良质朴作风都被后来的陕西作家所敬重和学习,也影响到风格多样化的陕西第三代部分作家,如叶广芩、杨争光、红柯、王观胜、方英文、爱琴海、寇挥、厚夫等。

叶广芩、杨争光就写作资历和年龄来说也可划入陕西第二代作家行列,这里把他们归入陕西第三代作家是就其创作风格和创作题材与陕西第二代作家有着巨大差异而言的。叶广芩离奇的清朝皇室贵胄出身和系列家族题材小说使她在同类作家中备受读者关注。出生于陕西乾县的作家杨争

---

① 路遥:《路遥文集》,陕西人民出版社,1995年,第340页。
② 陈忠实:《陈忠实文集》,广州出版社,2004年,第426页。
③ 李建军:《时代及其文学的敌人》,中国工人出版社,2004年,第356页。

光和传统陕西作家迥异之处在于,他除了写作还长期从事影视编剧工作,担纲电影《双旗镇刀客》与电视连续剧《水浒传》编剧以及长篇电视连续剧《激情燃烧的岁月》总策划的工作,让作家杨争光在社会上具有不弱于叶广芩的知名度和关注度。叶广芩和杨争光之外的其他陕西第三代、第四代作家就没有这两人那么幸运了,一度让外人和陕西评论界认为陕西第三代、第四代作家"后继无人","陕军断层"。关于陕西作家是否断层或者已经进入青黄不接的危险境地,评论家李建军、王仲生、李震、周燕芬、邢小利、常智奇等均有所关注和评论。表面看,陕西第三代、第四代作家确实没有出现(文学实力和知名度)足以和柳青、杜鹏程、路遥、陈忠实、贾平凹等陕西第一代、第二代作家相抗衡的代表作家,昭示出陕军后继乏人的冷门现象,但是,细想之下,陕西第三代、第四代作家所处文学环境与陕西第一代、第二代作家所处的文学环境确实已是今非昔比。第一代作家的创作高峰出现在20世纪50年代,第二代作家的创作高峰出现在20世纪80年代,这两个时代的文学均处于社会的瞩目位置。1950年代文学继承了《讲话》精神,继续为无产阶级政治服务,文学担负着政治宣传的光荣使命,自然处于社会的中心位置。1980年代,中国社会进入"文革"后的拨乱反正与思想大解放时期,学术界此时已经开始反思和意识到"文学为政治服务"给中国文学带来的不良影响,但是,中国社会的未来走向、西方思潮的大量涌入、改革与发展、计划与市场等社会焦点问题首先反映在文学领域,"文学依然神圣",文学讨论着社会焦点问题,文学依然是社会瞩目的重要领域。陕西第一代、第二代作家的勤奋执着,加上可遇而不可求的文学环境,使他们中的很多人仅靠一部作品便可一夜成名,这绝非夸张之语。陕西第三代、第四代作家就没有那么幸运了,20世纪90年代后期以来,商品经济带给中国社会的冲击有目共睹,文学在社会中的地位不断走向边缘,这时候的作家很难凭借一部(篇)作品"一夜成名",许多作家甚至出版过十几部作品集,但在社会上还是默默无名。陕西第一代、第二代作家之间也有很好的代际精神承传,路遥、陈忠实等陕西第二代作家都基本承传了第一代作家柳青、杜鹏程的现实主义衣钵以及文学奉献精神。陕西第三代、第四代作家在新的时代背景下,在承传陕西文学优良传统之时,往往显得力有不逮,更多追求的是变异与突破。陕西第三代,尤其是更年轻的第四代作家怎样走文学之路、走怎样的文学道路才能重振陕西文学雄风,迎来陕军辉煌未来,确实还需较长时间的探索和思考,但有一点,陕西前代作家之间的代际承传精神值得学习与借鉴,现实主义、乡土题材、主旋律、奉献与殉道对陕西后辈作家而言,无须机械照搬,但值得借鉴。前辈作家积淀起来的优良文风足以为陕西乃至中国文坛补钙,改变柔弱无骨、吟吟自语的私人化写作、身体写作、下半身写作,让读者在风花雪月、鸡零狗碎的文学阅读间隙体味到奉献、奋斗、牺牲与崇高。

原载《小说评论》2014年第1期

论《秦腔》人物塑造的艺术特征

贾平凹小说创作一贯坚守对现实生活的关注。在他的大部分作品中如《商州》《古堡》《妊娠》《浮躁》《高老庄》《废都》《白夜》《土门》《病相报告》《怀念狼》《高兴》《古炉》等都着重于现实的描写，透露出作者对20世纪80年代中国改革开放以来社会变迁、文化转型、城乡交融的认真思考："我太爱着这个世界了，太爱着这个民族了；因为爱得太深，我神经质似的敏感，容不得眼里有一粒沙子，见不得生活里有一点污秽，而变态成炽热的冷静，惊喜的慌恐，迫切的嫉恨，眼睛里充满了泪水和忧郁"①。改革开放伊始，贾平凹眼中的商州农村生活是恬静温馨的，《满月儿》《商州》等早期作品就洋溢着乡村牧歌似的明丽真切。然而随着社会变革的深入，各种问题接踵而来，搅乱了原先平静的乡村生活。贾平凹敏感地捕捉着、表现着世俗常人体会到但难以言表的时代情绪。《古堡》里张大是一个勇敢却孤独的改革者，为了村民能致富，他多方奔走，却不被理解，甚至有人故意制造麻烦，挑拨离间。《浮躁》反映出世俗生活被打乱后弥漫的浮躁情绪。

贾平凹小说时间跨度并不大，写的也不是惊天动地的大事件。他的小说擅长通过普通民众的日常琐事刻画人物性格，描摹人情世态，在俗世人间鸡零狗碎的泼烦日子里观察人生、感悟命运。《秦腔》没有一条贯穿全

---

① 贾平凹：《山石、明月和美中的我》，载《贾平凹文集》第7卷《闲澹卷》，中国文联出版公司，1995年，第359—360页。

书的线索，但因其具有作者的自传特征而增强了小说的亲切感，不显得凌乱却血肉丰满。我们可以在引生和夏风身上发现作者的影子。贾平凹本人也坦承："夏风由乡村入城市的经历与我有相似之处，而引生的个性与审美经验则与我十分相似"①。作品中的两人既对立又互补、既矛盾又统一地推动着小说的叙述进程。作者如同一个"精神分裂者"，在不同的角色间痛苦挣扎。"夏风与引生是'二元耦合'结构。"②前者应该是作者见之于世人的一面，而后者则潜伏于作者精神之中。夏风是山里飞出去的凤凰，受人瞩目；而引生则被认为是"疯子"，受人冷眼。这样的人物设定一方面丰富了作品中的人物形象；另一方面，作者也正是通过这种设置表现自己的创作理念，方便作品的记叙，带动小说情节的发展。

一

小说一开篇就叙述"疯子"引生的诸多异常行为。例如他暗地里监视村上的男人，不论谁稍微靠近白雪，就偷割人家的树皮，让树枯死。他乐此不疲地把光脚放进白雪踩过的脚窝子，心中充满着对白雪的幻想。当他偶然听说白雪即将结婚的消息时，"脑子里嗡地一下，满空里都是火星子在闪……药铺门外街道往起翘，翘得像一堵墙，鸡呀猫呀的在墙上跑，赵宏声捏着酒盅喝酒，嘴大得像盆子"，"回到家里使劲地哭，哭得咳了血。院子里有一个捶布石，提了拳头就打，打得捶布石都软了，像是棉花包，一疙瘩面"。这一切症状都让人认为他的确是个疯子。他在清风街上没有任何地位，虽然他比所谓的正常人更懂得"人"应该坚守的东西，但由于形体的残缺，言行的乖张，而被无情地排斥在"人"的范畴之外。他

---

① 刘保昌：《审美缺席与精神迷失——长篇小说〈秦腔〉论》，载《江汉论坛》2005年第12期。
② 褚自刚：《"疯"眼看世界，"痴"心品万象——论〈秦腔〉在叙事艺术探索方面的突破与局限》，载《开封教育学院学报》2006年第3期。

的不被理解使他走上了和异类沟通与交流的道路。大年夜里一个人难耐寂寞，只能与鸟兽共享"年夜饭"。他与夏天义家的狗有共同点，即对夏天义的忠实与服从，对另一半的忠贞与坚守。他的意识里深藏着一种观念：人和动物是平等的，可以共食，可以交流。这种常人认为不可能的事情，才使引生作为疯子有了独特的一面。人们忽视引生也犹如他们忽视墙角的蜘蛛、蛾子一样，但也正是这种忽视，引生才可以冷眼注视世人的一举一动，不牵扯其中，做出符合情感指向的判断。

由于引生无牵无挂，清风街上谁要帮手时总会想到他，他也从不叫人失望，总是随叫随到，尽心出力。戏台底下维护秩序、喝酒当酒官、帮俊奇收电费、到水库抢水……清风街上的他可谓是无孔不入，无人不晓，再加上身上有一点儿"特异功能"，清风街的大事、小事、好事、坏事全都呈现在他的疯眼之下。

"作者如此塑造这个形象，用疯眼看世界，将日常生活中平凡到极点的情绪变化与意境描写结合起来，造成艺术上的'陌生化'，从而给读者带来无限的新奇和震惊。"①另一方面，正是引生的特性，为作者在情节推动上提供了很大的便利。作者以疯眼幻化出一个全知全能的视角平台，不再受到人称与视角的限制，其他人的语言和行为也就不仅仅局限于外在的活动，他们的思想情感、心理活动也受到了"疯眼窥视"。

此外，作品中叙述人可以变换视角自由窥视其他人的内心世界，也可以由其他人的眼光来反观事件。例如，清风街停电后，夏天义到电工俊奇家询问更换变压器的事情，明显是用夏天义的眼光来观察外界生活的。再如赵宏声帮着把秦安从医院拉回清风街的时候，对换了赵宏声的视点，给读者剖露了此时赵宏声复杂的内心活动："赵宏声看着他（指三踅）走了，脑子里琢磨：恶有恶报，善有善报，可怎么总是好人的命不长而坏人活得精神？突然琢磨通了：坏人没羞耻，干了坏事不受良心谴责；好人是

---

① 褚自刚：《"疯"眼看世界，"痴"心品万象——论〈秦腔〉在叙事艺术探索方面的突破与局限》，载《开封教育学院学报》2006年第3期。

规矩多,遇事爱思虑,思虑过度就成疾了。"

对引生这个人物形象的塑造,"作者突破了第一人称限制视角无法共时叙事的艺术困境"[①]。在文学创作上,这应该是取得了成功,同时也是作者对自己创作理念的一种践行。作者在以往创作中曾提道:"《怀念狼》里我再次做我的实验,局部的意象已不为我所看中了,而是直接将情节处理成意象。"[②]原生态的现实生活是由许多鸡零狗碎的泼烦日子聚合而成,有了情节处理成的意象,就可以让东家的泼烦日子、西家的泼烦日子在意象的牵引下成了清风街的泼烦日子。作者就不必局限于个别家庭的琐碎日子,可以在更大的背景下反映自己的创作理念,将创作意图埋得更深,从而使文本有了更深广的包容性。

二

相对于引生而言,夏风这个形象的塑造就具体为作品中的一个人物。他是清风街上引以为豪的在城里工作的作家,有头有脸,备受瞩目。他的小学同学,也就是乡里的一个厨师,用他给的一支烟向别人炫耀,乡里领导有饭局也不忘叫上他。在清风街人眼里他可以帮人消灾,帮人升官,帮人找工作,算得上一个焦点人物。但现实总让人很无奈,他仅仅是一个与清风街有着千丝万缕联系的普通人,他既没有给清风街与外部世界搭起联系的桥梁,也无法给行将消逝的清风街文化——尤其是秦腔——注入新的活力。作品中有这样一些描写:"你瞧,你瞧,人不少嘛!""说到底也就是个农民的艺术么。""你少说这话,让人听着了骂你哩!""你要是在省城参加一次歌星演唱会,你就知道唱戏的寒碜了!""我可告诉你,王财娃演戏的时候,咱县上倒流传一句话:宁看才娃《挂画》,不坐

---

① 谢有顺:《尊灵魂,叹生命——贾平凹〈秦腔〉及其写作伦理》,载《当代作家评论》2005年第5期。
② 贾平凹:《〈怀念狼〉后记》,载《收获》2003年第3期。

民国天下。""那是在民国。""现在有王老师哩!""不就是一辈子演个《拾玉镯》,到哪儿能披个红被面么。""你,你……""我说的是事实。""到了后台你不许这么说!""我才不去后台,我嫌聒,我找宏声谝呀。"

这样的描写,生动刻画出夏风对传统文化的态度。从小受传统文化熏陶的夏风因为进了城,看了几次歌星演唱会就瞧不起传统文化,这正是作者要通过夏风表现出来的对传统文化的担忧。作为大学毕业的知识分子,夏风本应该更了解传统文化中积蓄的深厚底蕴,本应该更会欣赏传统文化,他本应该是一个传统文化的传播媒介甚至是保护者。将传统文化(主要是秦腔)带给那些已将传统文化遗忘的三代前还是乡下人的现在的城里人,夏风是具备这个条件的。但是,他身上体现得更多的是城市的现代文明。由于他脱乡入城,就有了局外人的视角,对传统文化有着比清风街人更清醒的认识。但这种认识被他用一种不理智的行为表现了出来,给读者造成一种误读,使人物有了争议,从而避免脸谱化和扁平化,这也可以说是作者对人物形象塑造的成功之处。

三

白雪这个形象也应该是作者将情节处理成意象的产物。白雪就是秦腔的精灵,秦腔是白雪的灵魂。白雪被认为是清风街最美丽的女子,多半是因为她秦腔唱得好,在老一辈人中深受喜爱,在新生代中也很有人气。由于以上两方面的原因才嫁给清风街上的能人夏风。可两人的婚姻如他们的名字白雪、夏风一样水火不容——在外人看来郎才女貌、天造地设,实际生活中却不尽如人意,吵架是家常便饭。

白雪吩咐夏风:"你去给咱买点儿烧鸡。"夏风就买了只整鸡,白雪便埋怨起来:"谁叫你买整鸡呀,平日我都买一个鸡冠、鸡爪的,咥个味就是了。"夏风一辩解,她就甩出些伤感情的话:"我就是穷演员么,你能行，却找了个我么。""我本来就是小人，就是俗人，鸡就住在鸡窝里，我飞不上你的梧桐树么！"哭闹惹得四邻不安，议论纷纷，指责夏风："夏风呀，你有啥对不住白雪的事了，让她生这么大的气！有了短处让白雪抓住啦？……算了算了，该饶人时就饶人，老婆怀孕期间，男人家都是那毛病，何况文人哩，戏上不是说风流才子，是才子就风流么！"本来是夫妻间的斗嘴，却让外人说三道四，不仅损坏了丈夫的声誉，更严重的是使家庭矛盾扩大，夫妻关系陷入僵局。夫妻间无法沟通，每一次团聚都不欢而散，最终走上了离婚的道路。在夏风这里白雪没有一点女性的温柔、妻子的体贴，夫妻间缺乏基本的、平等的、冷静的情感交流。

　　作者有意这样塑造，就是要凸显传统文化与现代文明的冲突。代表着现代文明的夏风已经跳出了落后的乡村，带着局外人的视点反观乡村文化，发现了传统文化的落伍、滞后，已不符合时代的潮流。所以他要带着白雪也脱离乡村。可是白雪深爱自己喜欢的秦腔事业，秦腔已进入她的灵魂，与她的生命融合在一起。为了振兴秦腔，她在县剧团不景气的情况下毅然选择了坚守，甚至不惜与丈夫两地分居，这种逆潮流而动的精神很好，可最后只能以失败告终。"二人的结合在文化的冲突下只有破裂，唯一留下的就是那畸形的新生儿，这象征性地表现了以二人为代表的两种文化观念的水火不容，暗示了秦腔文化的衰败不可挽回。"[①]

　　要谈白雪当然避免不了小说的主体——秦腔。清风街最突出的文化就是秦腔。文中先后三次写到秦腔演出。一是夏风与白雪婚后在清风街待客时县剧团助兴，二是夏天礼去世后白雪请剧团里几个演员演出，三是夏天智去世后县剧团的演出。作者还刻意谱记了秦腔的曲牌，这些细致而独特的描写，显示了清风街人与秦腔的关系，构成了《秦腔》写作的支点。

[①] 默崎、马杰：《痴迷于民族民间艺术的呐喊者——贾平凹长篇小说〈秦腔〉中的人物夏天智》，载《电影评介》2006年第18期。

秦腔在中国地方戏曲史上占有重要而独特的地位。秦腔最早源于古代陕西、甘肃一带的民间歌舞，清康、雍、乾时期流入北京，直接影响到京剧的形成，因而号称"中国戏曲鼻祖"当不过分。秦腔特点是高昂激越、强烈急促，很适合抒发西北地区粗犷、彪悍的民风，因而秦腔与其他地方戏曲不一样之处还在于，它不单流行于陕西一省，新疆、甘肃、宁夏、青海诸省也以秦腔为地方戏曲。秦腔历史悠久，传唱广泛，但由于秦腔流行于西北内陆，所以长期处于封闭的自然形态，很少吸收外来文化因素，这也使得它像清风街的人一样顽固。随着农村封闭的自然形态被打开，人们的欲望开始膨胀，更能迎合年轻人的文化形式迅速流行，秦腔被置于一种尴尬的境地。喜爱秦腔的老一辈逐渐逝去，年轻一代在新的物欲刺激下不再喜爱秦腔。夏中星率团下乡演出，无论怎么演讲，办什么马勺脸谱展览，人们都无动于衷，来看戏也主要是冲着白雪来的，一旦白雪不能演了，观众也就没有了。村民们对早已能倒背如流的剧本失去了兴趣，而演员与剧团也无心搞创新。演《拾玉镯》的王老师，几十年靠一个角色过活，还嫌人说她老，倚老卖老，引发一出罢演的闹剧。

乡村的平静一旦被打破，人们的生活观念一旦发生改变，秦腔的命运也就呈现出了危机。秦腔由盛而衰，是跟不上社会变革的结果。秦腔是清风街的精神寄托，它的衰败暗示和象征着清风街人的精神走向，清风街人在文化的衰败中显得悲凉与无奈。

四

清风街老一辈中的夏天义、夏天智等对乡土文化有着深切的依恋。他们身上承传着清风街的道德准则与行为模式。"其中夏天义因为长期担任支书，是传统'政统'的代表；夏天智则长期担任学校校长，故而成了

'学统'的代表。"①

夏天义担任村支书时，带领全体村民艰苦创业，艰苦奋斗，始终以清风街全体群众的利益为根本出发点，为当地群众做了许多好事实事。即便后来不再担任支书职务了，他仍然以极强的担当意识参与清风街的公共事务。在计划经济时代，中国广大农村正是靠着千万个夏天义这样的人支撑着；在市场经济时代，他也能发现农村潜在的危机——劳动力流失、轻视农业生产、忽视农田基础建设等，并且义不容辞地站出来写材料、提建议，希望扭转这种倾向，每当此时，他的人生坐标与现实坐标因和谐统一而放出异彩。但他不顾地质条件、人力、物力的限制，一意孤行地领着引生和哑巴修七里沟，就显得有些悲壮了，表现出他在历史潮头面前的孤独、尴尬和无奈。对夏天义与历史的错位，作者并没有简单地否定，而是在中国社会历史发展脉络中，透视一位将个人命运和时代发展自觉搅和在一起的农村基层干部的人生轨迹与精神世界。

与夏天义不同，夏天智代表了民间智慧，作为乡村道德的维护者，小说对夏天智的刻画可谓是入木三分。他是退休的小学校长，是乡下的文化人。他有迂腐可笑的一面。

当校长时隔三岔五，"端着个白铜水烟袋去乡政府翻报纸，查看有没有儿子的文章。如果有了，他就对着太阳耀，这张报纸要装到身上好多天。后来是别人一经发现什么报上有了夏风的文章，就会拿来找夏天智，勒索着酒喝。夏天智是有钱的，但他从来身上只带五十元，一张币放在鞋垫子下，就买了酒招呼人在家里喝。收拾桌子去，切几个碟子啊！他这话是给夏风他娘说的，四婶就在八仙桌上摆出一碟凉调的豆腐，一碟油泼的酸菜，还有一碟辣子和盐。辣子和盐也算是菜，四碟菜。夏天智说：'鸡呢，鸡呢吗？！'四婶再摆上一碟。一般人家吃喝是不上桌子，是四碟菜；夏天智讲究，要多一碟蒸全鸡。但这鸡是木头刻的，可以看，

---

① 刘保昌：《审美缺失与精神迷失——长篇小说〈秦腔〉论》，载《江汉论坛》2005年第12期。

不能吃"。

　　作者以喜剧化的形式显现出一个老派人物在新时代中的表现，带有几许善意温婉的调侃。夏天智富有同情心，狗剩喝药自杀，他敢于正面顶撞领导，并且据理力争，这完全出于他充满正气的一面。正是他的迂腐与善良的有机统一，才使得人物形象更加立体丰满，活灵活现。作者塑造夏天智的另一亮点是他对秦腔的热爱。秦腔是他生命的寄托，精神的追求。他的情绪、思想要靠秦腔来宣泄。白雪临产时，他的激动之情无以言表，就在院子里拉起胡琴，奏响了秦腔。狗剩含冤而死，他放《纺线曲》表达自己的同情与惋惜。夏风与白雪离婚，一曲《辕门斩子》足以表达他对儿子的失望情绪。死时也要枕着脸谱集，盖着脸谱马勺。作者对夏天智的态度是含混的、矛盾纠结的，同时又有理性的反思，这样才使得夏天智这一形象有血有肉，丰满生动。

　　当清风街老一代逐渐衰亡、逐渐退出历史舞台的时候，新生代却在悄然崛起。以君亭为代表的新生代以完全不同的方式推进和改变着农村的历史。他们领导农村群众扩大再生产，办市场，找水找电都用老一辈人不能理解的独特办法来摆平。偶尔也吃喝玩乐，尔虞我诈，但不算过分。可以说他们勇于开拓，与时俱进。但他们开启的未来是什么？作者也很迷茫。君亭应该是作者为乡村改革的出路寻找的改革派代表，希望改善一点乡村的败象，但改革走向何方，作者不能安排，也无法安排。只有发出疑问："这条老街很快就要消失吗？土地也从此要消失吗？真的是在城市化，而农村能真正地消失吗？如果消失不了，那又该怎么办呢？"[①]

　　《秦腔》昭示着贾平凹文学创作向故乡经验的回归，作者在这一文本中不仅回归了商州的乡土文化，而且更隐秘地潜入家族和个人的生存经验空间，整部作品流露着作者"精神还乡"的深层愿望与强烈欲求，一经触发便不可收拾。作家以极富个性的审美姿态介入乡村世界，表达着自己对

---

① 贾平凹：《秦腔》，作家出版社，2005年，第562—563页。

故乡人和事的思索与追寻,为读者摹画出当代农民的原生态生活和复杂微妙的精神世界,"特定的历史时空和特定的人生经历造就了个性独特的贾平凹,其鲜明的文化身份,性格气质,矛盾痛苦地投注到对象世界中,形成了'有意味'的陌生文本,或隐或显地表达诸多指向"[①]。

原载《延安大学学报》(社会科学版)2012年第1期
(本文系与李星合作,收入本书时有修订)

[①] 董建辉:《精神还乡与失忆焦虑——论贾平凹新作〈秦腔〉的创作理路》,载《名作欣赏》2006年第12期。

论贾平凹文学创作中的农民视角

在新时期文坛上，有这样一批作家，他们出生于20世纪五六十年代，他们在农村度过了自己的少年生活，通过升学、参军、招工等各种途径渴望走进梦想中的都市世界，20世纪90年代以后，他们凭借书写乡土经验登上文学殿堂，成为中国乡土文坛的中坚力量，作家身份使他们的农民身份和城市市民身份重合在一起，评论家称其是"农裔城籍"。贾平凹堪称具有这种特殊身份的群体的代表之一，他斐然坚实的文学功绩在当代文坛上颇有影响，他的每一部作品都牵动了这个时代的敏感处，并带给读者意料之外的东西。作为一个"农裔"作家，他在挖掘乡土经验的文学创作中始终处于矛盾状态。他说："我是山地人，在中国的荒凉的西北一隅……做够了白日梦。"[①]但他也曾在《我是农民》中写道："在相当长的岁月里，我不堪回首往事，在城市的繁华中我要进入上流社会，我得竭力忘却和隐藏我的过去，要做一个体面的城市人。"[②]他作品中的主人公几乎都带着几分对城市生活的厌倦，有着重返故土、亲近乡村真善美的期待，甚至陶醉于乡下的生活品质。我们不难发现他所逃避的也正是他所向往的，他对否定、质疑的对象也有着同情与期待的感情，他的精神与灵魂一直在城乡间游走与徘徊。

---

① 贾平凹：《平凹自选集》，作家出版社，1994年，第4页。
② 贾平凹：《我是农民》，陕西旅游出版社，2000年，第28页。

一、贾平凹及其创作中的民间立场

（一）贾平凹的"农裔城籍"身份及对其创作的影响

陕西省丹凤县棣花乡是贾平凹的故乡，他是地道的农民出身，初中毕业回乡务农五年，这期间他上山砍过柴、放过牛，在生产队做过小工，60年代闹饥荒饿过肚子，办过工地战报……贾平凹对农村的一切是熟悉的。十九年农村生活的快乐和苦难，将他磨砺成了一名真正的社员，一位地道的农民。可以说这些生长经历为他以后的文学创作奠定了坚实的生活基础。他笔下的农民都带着他自己根深蒂固的乡土观念，长期的农村生活经历使他对这片土地有着深厚的感情，农民身上爽朗、义气、朴实等美好的品性都为他所熟知。即使他后来成为城里人，也对农村充满了留恋。在他的"商州系列"中，《天狗》《商州初录》《商州又录》《黑氏》等作品关于穷山野乡的描写，展现了令人流连忘返的乡土民情，作品中的人物关系、道德风尚也都充满了乡间泥土的淳朴气息。当然作品中的人物也有着各种各样的缺点，但瑕不掩瑜，如小说《浮躁》中作者在写了人物金狗冲动浮躁、名利熏心这些缺点的同时，更大程度上表达了对这个农村年轻小伙刚毅、大胆、上进等品质的欣赏。

贾平凹也是毫不避讳农村的污点的，他曾说："农村是一片大树林子……我在其中长高了，什么辛苦都能耐得……但农村同时也是个大染缸，它使我学会了贪婪自私、狭隘和小小的狡猾。"[①] 贫穷与闭塞的农村生活使农民身上的劣根性在贾平凹身上也有存留，十九年的农村生活经历深深地烙印在他的生命里，他也有庄稼人爱贪小便宜、嫉妒别人的日子比自己过得好、嘲笑别人的日子过得糟的生命体验。不同的是，当他的阅历随着年龄和学识增长之后，走出农村成为作家的他开始对这些缺点和毛病

---

① 贾平凹：《我是农民》，陕西旅游出版社，2000年，第65页。

产生了深刻的思考。《土门》中仁厚村的村民大部分是人格残缺的,作者以艺术的虚构和想象淋漓尽致地表现了农民身上的顽劣与迂腐;《高老庄》中作者借西夏的眼睛放大了农村的贫穷与肮脏,给人以震撼。

在审美品质上,贾平凹深受着典型的商州民间传统文化和西安官方传统文化的影响,他注重审美意象的营构,追求神奇化叙事和隐喻性思维方式等风格特征,无序而来,苍茫而去,因此才有"鬼才"之誉。充满乡土习性的个性化审美视角与历史语境融汇,使得贾平凹在建构自己的话语体系的过程中折射出新时期以来审美意识形态的诡异曲线。例如在《秦腔》中,作者设置了"大清寺里的白果树流泪流了三天三夜,如下雨一般"[①]这一奇异场景,旨在营造一种超自然的神秘环境氛围,并对清风街将要面临的变异暗示出一种征兆:代表传统的固有的乡村生存状态正默默发生着一次巨大变革,原有的价值体系和信仰即将土崩瓦解。其创作特色的成因还在于其作品艺术原型的特殊性,田中阳曾评价"贾平凹之所以有如此成就,与他拥有商州这一块了如指掌的,与他生命契合、同化的土地密切相关,原型的特殊性,是贾取得文学成就最关键因素"[②]。

(二)《秦腔》的叙事视角与其民间立场的契合

《秦腔》中贾平凹的民间立场主要表现在以疯子引生的见闻为叙事视角,讲述城市化过程中农民的边缘化生存状态和以秦腔为代表的民间文化的凋敝,作品中没有宏大的叙事,故事情节的演变并不激越突出,而是将大量琐碎的生活细节在作品中如流沙般渐次铺展开来,构成审美意象在小说中呈现给读者。如作家王彪评价《秦腔》是"以细枝末节和鸡毛蒜皮的人事,从细微的角落一页页翻开,细流蔓延,泥沙俱下,从而聚沙成塔,

---

① 贾平凹:《平凹自选集》,作家出版社,1994年,第45页。
② 田中阳:《区域文化与当代小说——对中国当代小说一个侧面的审视》,湖南师范大学出版社,1996年,第55页。

汇流入海,浑然天成中抵达本质的真实"①。

《秦腔》中的引生是生活在农村最底层的小人物,他是清风街人眼中的疯子,有着超乎常人的想象力和特殊的分析判断能力,甚至可以通过对物象世界的变形来实现自己的心愿,他可以变成蜘蛛、螳螂、花鼠来监听他家他户的生活、琐事。作者正是借助引生全知全能的目光展开了对民间散发着原始气息的生活全景的描写。

清风街的支书夏天义本想趁着自己在任带领村民将七里沟的土地修成良田,而更多的村民却荒弃土地、进城打工,只有哑巴和疯子引生这两个在别人眼里有缺陷的人跟随他修整土地。无奈之下,夏天义只能沉痛地感慨道:"天底下最不亏人的就是土地了,却留不住他们了?"与其形成鲜明对比的是现任支书君亭办起了农贸市场,原本可以生长庄稼的良田被改建成市场。这一新一旧两代人不同生活方式的选择,形成了自然经济与商品经济的对抗,农民随着城市化的到来脱离了生养他们的土地,坚守在农村的老弱病残之辈几近失去话语权。因为民间精神、民间文化也被城市化、商品化的浪潮冲散了、冲淡了。

秦腔与清风街人的日常生活息息相关:小孩听到秦腔就停止了哭声;人病得犯傻了,却能唱出戏文;狗也是顺着秦腔的调子吼叫的。特别是作品中的夏天智,一辈子是个忠实的秦腔戏迷:孙女出生时,他亲自拉了一段胡琴保佑母女平安;儿子、儿媳离婚也一定要放一段《辕门斩子》以泄心中对儿子的不满和失望;死时半天合不上眼,盖上一个画了秦腔脸谱的马勺便安然而去。然而就是如此深厚的文化之根也要在现代文明的挤兑下走向衰落,形象生动的秦腔脸谱无人问起,老一辈艺术家的技艺后继无人,热爱秦腔的白雪面临着没戏可唱的尴尬境地,关于秦腔艺术的画册也受到了冷遇,竟然被垫了棺材底,秦腔为代表的传统民间文化正在随着商品经济市场化的日益兴盛而走向凋敝。秦腔艺术所包蕴的传统伦理、道德观念正在被城市化背景

---

① 贾平凹:《秦腔(散文)》,载《人民文学》1984年第5期。

下的现代意识所封杀，秦腔艺术的戏曲形式、文化底蕴也正在为现代人的审美情趣所漠视。受时代发展的影响，农村、农民加紧步伐去追随、迎合低级趣味的文化快餐。陈星的流行音乐吸引了村里越来越多的年轻人，村口的酒楼生意兴隆，酒楼门口的小姐花枝招展。整个文化市场趋于媚俗化，人们热心追求短期的、眼前的经济利益，整个乡村陷入道德滑坡、思想浮躁的混乱境地，秦腔渐渐失去滋养它的文化土壤。夏天义被山体滑坡所掩埋，隐喻了他对土地的执着，言说着他叶落归根的夙愿，夏天智以秦腔脸谱遮面辞世，隐含了他对秦腔精神的坚定信念，他们的死也象征着土生土长的民间文化正在瓦解、消逝。故乡的巨变引得作者哀叹"故乡啊，从此失去记忆"，作者的笔墨见证了乡村正在走上一条畸形的路，一条异于它的不归路，作者眼里的故乡正在和记忆中的故乡渐行渐远，所以作者将故乡苍老的背影和人情冷暖的变迁叙写成碑文，痛楚地低吟着挽歌"为家乡树碑"[①]。

二、农民视角所表现出的文化意识

（一）从《高兴》看农民身份的自我否定意识

20世纪90年代以来，乡土小说家们敢于直面中国农村改革中的困境，表现农民在改革中的生活境遇和精神上的变化，新世纪伊始他们继续关注那些离开故土、在城市里艰难谋生的乡亲们，"民工小说"成为乡土小说的一个分支。

贾平凹的小说《秦腔》宣告了农耕文化在现代文明的飞黄腾达中趋于萧条，农民熙熙攘攘拥入城市的角角落落，被贴上另一个身份标签——农民工。我们不禁质疑：进城务工真的就能改变农民的底层命运？未来的农民工又将何去何从？贾平凹的《高兴》就体现了作者对进城务工农民命运的关注。刘高兴是作品的主人公，作者试图与故事中的高兴进行平等的交

---

① 田中阳：《区域文化与当代小说——对中国当代小说一个侧面的审视》，湖南师范大学出版社，1996年，第563页。

流,以民间的视角来表现农民工的生存境界,讲述他们的悲欢离合与人情世态,不露声色间倾注了作者的情感及判断。

刘高兴出身农村,但他的梦想却是做一个体面的城里人,所以他背井离乡,离开农村,在陌生的城市里寻找自己的坐标,想摆脱低贱甚至略带耻辱的农村身份,用他的话说"活该要做西安人"。刘高兴虽然来自农村,但他的衣着、行为、思维方式、处世哲学都迥异于普通的农民,他极力表现自己的优雅,充满诙谐的优雅,他自忖"我这一身皮肉是清风镇的,是刘哈娃,可我一只肾早卖给了西安,那我当然要算是西安人。是西安人!我很得意自己的想法了,因此有了那么一点儿的孤,也有了那么一点儿的傲,挺直了脖子,大方地踱步子,一步一个声响"①。紧接着罗列了刘高兴的确贵气的七大证据!有着近似阿Q痴人说梦的姿态,事实上也是现代农民工进城寻梦的真实心态,将草根一族的辛酸和天真的城市梦幽默地表现出来。刘高兴穿起了城里人的皮鞋,说着农村腔的普通话,吃饭相也要学着城里人的模样,把自己装成个文化人,发财致富也要从城里人的做派开始,名字也从刘哈娃改成了刘高兴,并且还要求同伴五富注意自己的形象,刻意遮掩农村人的粗鄙、随意的生活习惯。在精神上,刘高兴凭借自然的天性保持着对纯洁、美好爱情的向往,他坚信妓女孟夷纯是纯洁、善良的,并以卑微方式制造着浪漫的爱情,虔诚地倾尽所有地帮助着孟夷纯。在认识孟夷纯之前,他能在贫瘠的物质生活环境中自娱自乐,可是他的爱情又逼迫他以强大的物质作为砝码来换取,他的浪漫精神在现实的打磨中挫败了下去。

表面上,刘高兴在向他的城市梦靠近的过程中像他的名字一样在高兴着;实质上,他是在强大的城市压力下找了种种诙谐幽默的方式替自己开脱内心的不安与躁动。他努力给自己贴上各种城市符号,用皮鞋、西装、发财梦给自己以城市的外包装,在精神上常借助融入城市的幻觉祛除身份的焦虑。刘高兴命运的悲剧性和内心的缺失感在他的乐观、幽默中更加暴露,他

---

① 贾平凹:《高兴》,作家出版社,2007年,第4页。

越是挣扎着成为城里人,越是清醒自己在城市里的无足轻重,内心总有一种声音在提醒自己终究是出身农村,是漂泊在城里的孤魂野鬼。他只是执着地想融入城市,不带攻击性,而城市总是在揭露他的努力是徒劳的,伙伴五富的死就给了高兴狠狠的一巴掌,让他更加清醒自己的无能为力。他是痛苦的,因为他的自我意识比其他人更强烈,他对自己的农民工身份从自知自觉走向了自愿否定,他承受了自己内心深处本不可承受的尴尬身份之重。

(二)《土门》中的双重批判意识

贾平凹的长篇小说《土门》写了城乡接合部的仁厚村的城市化过程。城郊地带的土地已经被征用了,日益现代化的城市逼向了代表农民特征的最后一块堡垒——农村的土地和住房。一方要拆房子,一方要拼死保护,小说主要描写了村民在此种境况中的心理挣扎过程。这些城郊农民在失去了土地之后已经褪失了农民的原本含义,但他们的社会身份尚没有被定型,社会使他们成为"边缘人"——他们失去土地,失去正常职业,他们为了生存而苦苦奔波,有人浪迹天涯(如成义),有人自我进取成为城里人(如老冉),有人做上小生意,虽无衣食之忧,但他们的精神灵魂已无处安放,他们为了保住"脉根",甚至不惜为村里的每户活人修造陵墓。

小说的价值在于实现了双重意义的批判:一方面批判了农民的落后与愚昧,他们对仁厚村的崇拜近乎一种神性的信仰,面对村口轰隆的推土机,全村人都陷入了即将失去家园的恐慌之中。当修牌楼时,村民先祖巨富贾三万的碑刻被意外挖出来后,全村人突然表现出一种炫耀的傲慢姿态而形成巨大的凝聚力,他们组成声势浩荡的游行队伍,摆起气势恢宏的明朝阵鼓表示誓死保住仁厚村的决心。更具戏剧性的是他们仅仅因为四处神游的惯偷成义貌似是个能扛得住事儿的人,竟推选他担任他们的村长。显然,即使村长带领村民保住了村子,也只是保住了土皇帝手下的土庄园罢了。另一方面作品也批判了城市文明中不文明的成分,如对城市生活中的足球骚乱事件的叙写,揭露了城市发展中人们的躁动不安与不择手段。在小说《土门》中，贾平凹对传统文化还是留有一丝希望的，小说中的老者云林爷是传统文化的化身，他有着悬壶济世的神秘医术，其治病救人的品行和医术文化暗示着传统文化的救世作用。文本中的叙事者梅梅对"神禾塬"的憧憬明确地表达出作家的理想："它是城市，有完整的城市功能，却没有像西京的这样那样弊害；它是农村，但更没有农村的种种落后，那里的交通方便，通讯方便，贸易方便，生活方便，文化娱乐方便，但环境优美，水不污染，空气新鲜。"①

（三）《高老庄》中的乡土复原意识

《高老庄》中的高老庄无疑是城市化了的仁厚村的象征，城市中的各种丑陋相开始在高老庄上演。作品中充满了暗示：返乡的大学教授高子路代表的是传统的儒家文化，西夏代表的是城市文化中健康、明媚的一面，蔡老黑敢作敢为却又不乏土匪气的做派则代表着中国古代"侠盗精神"在现代农村的遗存。

高子路抱着"换种"的打算带着城里来的新任妻子西夏返还故乡，西夏身材高大，身段优美，高子路想用西夏身上的生理优势以及城市文化的长处生出新的高老庄人，改变矮小、粗鄙的高老庄人形象。然而，在城里生活多年，已是大学教授且养成了良好生活习惯的他，刚回到故乡，就被城市化的农村人的粗鄙习气迅速地感染、同化了。高子路一下子变得自私迂腐、慵懒又肮脏，甚至失去了生育能力，这种变化显然象征着传统文化在当今已受城市文明侵袭，很容易被同化甚至异化，从而失去自身的建构能力。在物欲横流的时代背景下，传统的非主流的"侠盗精神"在蔡老黑身上也演变成一种流氓气。对家乡的混乱状况，高子路心中激起一股悲怆之情，他无奈又悲痛地决定逃离乡村，在父亲的坟前哭喊着说：我恐怕再也不回来了。与之形成对比的是城里人西夏来到高老庄后，到处收集村民

---

① 贾平凹：《土门》，春风文艺出版社，1996年，第201—202页。

们随意丢弃的大量碑刻,热衷于发现高老庄曾经艰难而辉煌的过去,她以包容的胸怀看待、接受农村的一切,和村民们融洽相处。与选择逃离自己故乡的高子路不同,她宁愿在高老庄留下。显然,贾平凹的文化重建理想以西夏的表现为传声筒:将传统文化作为基础,结合城市文化的包容性,二者相互取长补短,相融而生出一种崭新的文化形态。

贾平凹1996年出版的《土门》表现了作家对当今农民身上依然存在的文化劣根性的清醒认识,1999年出版的《高老庄》表现了在城乡文化的交锋下,传统文化被异化并逐渐失去创造力。2005年出版的小说《秦腔》,用贾平凹自己的话说,是为故乡树起一块碑子,同时和自己的梦想挥手作别。这三部作品通过农民的视角以隐喻的方式表现了贾平凹对重建传统文化的思考以及他对此从希望到失望再走向绝望的情感变化。

三、农民视角所折射出的文本意义

(一)迷惘的"代言人"

现代中国社会转型发展的城市化趋势已经在国家政策层面上愈加明晰,乡村的城市化正在轰轰烈烈地进行,乡民或被迫或自愿地"向城求生",成为城乡之间的特殊阶层——农民工。因为知识的缺乏,他们在城里干着最脏最累的活,却拿着最低的工钱;他们为城市挥洒血汗,盖起摩天大楼,自己却住在低矮简陋的屋舍下;他们做最危险的工作,意外受伤却不能得到及时救治;他们在陌生的城市里常遭歧视与不解。

贾平凹在《高兴》后记中说:"我总是想象着我和刘高兴、白殿睿以及×××的年龄都差不多,如果我不是一九七二年以工农兵上大学那个偶然的机会进了城,我肯定也是农民,到了五十多岁了,也肯定来拾垃圾,那又会是怎么个形状呢?"[①]显然城市化带给农村的重创触动了贾平凹,

---

① 贾平凹:《高兴》,作家出版社,2007年,第445—446页。

融入生命的"乡恋情结"使他对乡村有一种强烈的责任心和使命感,"农裔城籍"的身份使他成为农民工最合适的"代言人"。

就底层群体如何被表述,作家把自己同农民工进行换位思考,想通过平等的视角介入写作,设身处地地写出农民工的苦难境遇,但知识分子的精英意识又使其对农民的审视保持距离,如此才能清晰地透视出农民身上的劣根性。这两种初衷必然会引起作家写作上的矛盾和痛苦,贾平凹在《高兴》的后记中说:"我虽然在城市里生活了几十年,平日还自诩有现代的意识,却仍有严重的农民意识,即内心深处厌恶城市,仇恨城市,我在作品里替我写的这些破烂人在厌恶城市,仇恨城市。"作为作家和市民,他知道,城市是人类最终的归宿,但是失去土地的农民工在城市生活的贫困和艰难又让他怀疑这种城市化的有效性。作家的这种矛盾心理在《高兴》中表现得很明显:刘高兴竭力认同城市,不但从外表把自己打扮得体面干净,而且在语言、行为上努力向城市人靠拢,而五富穿戴邋遢,说话粗鲁,仇恨城市,行为充满破坏力。刘高兴竭力对五富进行城市文明教育,要帮助五富在城市生存下来,誓死不离开城市,但最终在辛苦生活的折磨下,五富突然暴病而死,刘高兴也没有得到城市的接纳,偶尔也会产生这样的幻觉:"我已经认做自己是城里人了,但我的梦里,梦着的我为什么还依然走在清风镇的田埂上。"① 可见这种对城市的认知不仅折磨着故事里的人物,还依然纠缠着作家,使作家陷入无法自证的境地。

贾平凹极力以农民自身的视角去观察、言说城乡,说明他竭力想剔除自己的作家意识,"面对底层不是居高临下的俯视,也不是站在边缘的观赏与把玩,而是以平民意识和人道精神对于灰暗、复杂的生存境况发出质疑与批判,揭示底层人物的悲喜人生与人性之光"②。其实,在农民视角的使用中,贾平凹还是不可避免地出现了人物语言越位现象。如《高兴》中刘高兴劝五富要爱西安城时说:"人穷了心思就多,人穷了见到肉就想

---

① 贾平凹:《高兴》,作家出版社,2007年,第127页。
② 张韧:《从新写实走进底层文学》,载《文艺报》2003年2月25日。

连骨头也嚼下肚去,可咱既然来西安了就要认同西安,西安城不像来时想象的那么好,却绝不是你恨的那么不好,不要怨恨,怨恨有什么用呢,而且你怨恨了就更难在西安生活。五富,咱要让西安认同咱,要相信咱能在西安活得好,你就觉得看啥都不一样了。比如,路边的一棵树被风吹歪了,你要以为这是咱的树,去把它扶正,比如,前面即使停着一辆高级轿车,从车上下来了衣冠楚楚的人,你要欣赏那锃光瓦亮的轿车,欣赏他们优雅的握手、点头和微笑,欣赏那些女人的走姿,长长吸一口飘过来的香水味……"①此类的代言,已不是作家在代农民说话了,而是人物代作家发表看法。一个农民工能否有这种关于人生的哲理性思考让人质疑,这表明作家有时并没有把握好不同人物语言的分寸感,人物语言有时超越、脱离自己的身份、性格特征。显然只有建立属于农民自己的言说方式和途径,让农民表达自己的生存境遇,并通过自己的奋斗改变命运,才是解决农民工问题的根本,但是,农民工的先天局限以及国家体制方面的影响与介入,农民工无力结束群体失语的绝望状态。在这种情况下,作家的"代言"姿态尤为重要,可谓任重道远,贾平凹作品中的农民视角在一定程度上表现了农民工群体的现实处境,穿透了现代都市繁华的表象,呼唤社会良知的回归。从文学的现实主义传统来说,文学是一面反映社会生活的镜子,贾平凹小说中的农民视角可以作为"底层被表述"的佐证。表述与真相之间的距离在所难免,底层无法发出属于自己的声音,但他们的情感和想法却迫切需要被表述出来,所以作家对处在社会底层的人们真实生存境遇和命运的关注与代言包含了一种关爱悲悯的情感化伦理精神。

(二)作品中的"思大于情"

贾平凹文学创作的民间立场源于其自身的社会平民出身与生存感悟,常以农民的视角为窗口,观照审视社会边缘化群体的生存状态。

---

① 贾平凹:《高兴》,作家出版社,2007年,第121页。

小说《秦腔》以引生的视角进行叙事，他是清风街人眼里的疯子，生活在最底层，并有着全知全能的超人能力，他以琐碎的叙事表达自己的见闻，向读者揭开了富有民间意味的原始乡村生活样态。叙述者囿于农民身份的局限，对当下的人情冷暖、社会风气、文化时尚等生活的方方面面的感受仅表现为一种本能与感性的体验，贾平凹想通过文本唤起读者和自己一道思索城市化进程中的农民、农村乃至民间文化将何去何从的这些社会问题。

贾平凹对传统民间文化边缘化的探究是其民间立场的重要组成部分，《秦腔》促使读者认识到传统文化日渐凋敝主要有两方面缘由：一个重要的原因就是文化创新能力缺失、文化生产能力不足。作品中的秦腔艺术在形式、内容等方面依然停留在弘扬几千年来的传统伦理、道德层面，很少汇入新的营养与血液，所以很难生产出表现现代人意识、审美眼光的新作品。在日新月异、发展飞速的今天，它没有顺应时代发展，没有与时俱进，难以成为表现当下人生的艺术载体。另一个原因表现在大众审美的错位，人们向文化快餐靠拢，整个文化受市场经济的冲击，走向浅薄化、媚俗化。贾平凹曾说："在时尚于理念写作的今天，时尚于家族史诗写作的今天，我把浓茶倒在宜兴瓷碗里会不会被人看做是清水呢？穿一件土布袄去吃宴席会不会被人耻笑为贫穷呢？如果慢慢去读，能理解我的迷惘和辛酸……"[①]

小说《高兴》不仅写出了底层人物的生存状态，而且探求了他们的生命本质。刘高兴是当代中国的新式农民形象，也是一个被寄寓了贾平凹人文理想的艺术形象。刘高兴可以说是带有文人特色的农民，或是具有农民特色的文人，他对城市的主动认同与城市梦想最终破碎的现实，深刻反映了他身份与精神之间的撕裂，"我的眼泪在那时好像没拧紧的水龙头，又像是被砍了一刀的漆树，流出来的汁是稠的，泪滑过脸，脸上就有了明显的痕道……那么多人都在认为我不该是拾破烂的，可我偏偏就是拾

---

① 贾平凹：《秦腔》，作家出版社，2005年，第565页。

破烂的！"①刘高兴的这种外表同内心的撕裂表现了现实与梦想之间的困境，刘高兴的迷惘可以引发读者对我们身处的时代、对人生、对人性的深刻反思。

凭借"作家"身份而成为城市"市民"的贾平凹无法褪去农民身份的生命痕迹，他在作品中以先知先觉的姿态剖开现代文明背后的城乡变化，特别是对发生在农民身上的变化进行毫无遮掩的暴露与冷静的剖析。作者在冷静思考、客观叙事的同时又表露出自己对渐行渐远的记忆故乡的缅怀，从中不难发现他对农村落后、愚昧和根深蒂固的狭隘与封建意识的厌恶，但是他所向往的现代城市并非理想可以寄托的目的地。作者始终以复杂的、矛盾的情感关怀着故乡、农民，他的痛苦源于无奈，他的精神一直徘徊于城乡之间，不曾安放。

原载《小说评论》2013年第3期
（收入本书时有修订）

---

① 贾平凹：《高兴》，作家出版社，2007年，第126—127页。

论《秦腔》的悲剧意识与反思色彩

20世纪80年代贾平凹以自己的"商州系列"小说"突现出了商州文化中风情和人情之美,那些民族文化的优秀内涵在他的情感表达中犹如一颗颗耀眼的珍珠,闪烁着无穷的魅力"①。从此,贾平凹便成为"寻根文学"的代表性作家。在2008年,贾平凹又以他的长篇小说《秦腔》成为第七届茅盾文学奖得主,这部小说在风格上和以往的小说相比有很大不同,它在格调上显得更加低沉、灰暗、悲凉,有强烈的挽歌意识。

《秦腔》以作者的故乡棣花街为原型,写了清风街近二十年来以夏家为主的新老几代农民在城镇化脚步加快、新的经济体制浮现、新的文化观念冲击下所发生的大到婚丧嫁娶,小到鸡毛蒜皮的人事,真实地为读者展示了新时期我国传统乡土农村的现实生存状态。作者对清风街的感情是复杂的,正如作者在《秦腔》后记中说的,"我决心以这本书为故乡树起一块碑子。当我雄心勃勃在2003年的春天动笔之前,我奠祭了棣花街上近十年二十年的亡人,也为棣花街上未亡的人把一杯酒洒在地上,从此我书房当庭摆放的那一个巨大的汉罐里,日日燃香,香烟袅袅,如一根线端端冲上屋顶"②。尽管作者对他的故乡怀着复杂而矛盾的心情,但充溢小说字里行间中的那种悲剧氛围确实是十分明显的,作者在悲悯地审视故乡村民的同时也投射出一种强烈的批判意识,表现出对仁、义、礼、智、孝等传

---

① 陈思和:《中国当代文学史教程》,复旦大学出版社,1999年,第268页。
② 贾平凹:《秦腔》,作家出版社,2005年,第563页。

统道德逐渐远离乡村生活的隐忧与不安。

一

小说以"秦腔"为名，对秦腔投入了深深的关注之情，通过对秦腔多角度、大篇幅的描写，采用不同方式表现出作者对秦腔这一陕西关中地区极具魅力的艺术形式逐渐远离人们生活、遭受冷落、传承中断等现状的深深痛惜与不安。小说主要通过以下三种方式来展示这种情感。

第一，通过不同时期秦腔的演出状况来体现秦腔艺术的现状。

秦腔最早源于古代陕西、甘肃一带，起初是一种流行于秦陇民间的歌舞。自周代以来，关中地区被称为"秦"，"秦腔"之名也由此而来。秦腔又叫"梆子腔""桄桄子"，主要流行于关中地区，也是关中地方举行集体活动，平时娱乐消遣的一种艺术形式。一定程度上"秦腔"已成为陕西尤其是关中地区传统文化娱乐形式的代称。秦腔是陕西人举行大型聚会的一个重要组成部分，贾平凹小说《秦腔》关于这一点的叙述不胜枚举。夏风与白雪结了婚，婚礼虽然是在城里举行的，但按照当地习俗，在新人结婚时大多数应该到的客人因为特殊原因未到的，应再举行待客仪式，尽量将结婚时没有到的亲朋聚集在一起，以酬谢亲朋好友，俗称"酬客"。这样的仪式在当地肯定少不了秦腔，因为唱秦腔可以活跃气氛，制造红火热闹的场面。同样，夏雨和丁霸槽的酒楼开业的时候，也要请秦腔剧团来给他们捧场，聚集人气。在夏天智去世后，除了要买香、裱、炮、肉等必备品外，也要请乐班，而且是唱秦腔的自乐班。这样的例子在《秦腔》中有多处，但从每次请的剧团或乐班都是有差异的，尤其是从气场和观众反应方面来说，便能显示较大的差别。有一点可以肯定，那就是，随着时间的推移，人们对秦腔的重视程度在不断地减弱。夏风结婚在村里待客的时候，"清风街的人差不多都在戏楼下，中间有条凳的坐了条凳，四边的人都站着，站着的越来越多，就向里挤，挤得中间的人坐不住，也全站在了条凳上。人脚动弹不了，身子一会儿往左侧，一会儿往右侧，像是五月的麦田，刮了风"①，从看戏观众的数量与状态可以看出人们对秦腔还是极为喜爱与渴望的，是将秦腔作为一份十分珍贵的精神食粮来看待的。在夏雨和丁霸槽的酒楼开业的时候同样有秦腔助阵，但是"开业那天，我洗了头，换上一件新衫子，一大早就拿了锣东街西街中街跑着敲，吆喝着剧团要给丁霸槽、夏雨的酒楼哄场呀！剧团里来了十二个演员，戏没在戏楼上演，而在酒楼前搭了个小平台"②。同样是唱戏，但观众、场子都逊色于夏风家的待客场面。在夏天智的葬礼上，唱戏与以前相比又有很大的不同，"去年夏里这些人来，他们是剧团的演员，衣着鲜亮，与凡人不搭话，现在是乐班的乐人了，男的不西装革履，女的不涂脂抹粉，被招呼坐下了，先吃了饭，然后规规矩矩簇在院中搭起的黑布棚下调琴弦，清嗓音，低头喊喊啾啾说话"③。这些人现如今与过去相比显得是那么没有地位，没有尊严，处境是那么尴尬，古老的秦腔艺术已成为他们谋生赚钱的一种手段。

同样的秦腔艺术，不同的历史时段，有着不同的演出状况。观众由多到少，演员由多到少，艺人的地位由高到低甚至变为乞讨者。从数量的变化中，读者不难嗅到古老艺术形式渐趋衰竭的悲剧气味。

第二，通过秦腔艺人的生存状态与心境来侧面烘托秦腔艺术的衰微。

《秦腔》中女主人公白雪是一位美丽、善良、淳朴，对秦腔艺术充满喜爱而且执着追求的农村姑娘，她有着极强的艺术天赋。但是，可悲的是，她生错了时代，生活在一个传统艺术受轻视、被抛弃的时代。一个人无法选择社会，只有努力去适应社会，否则就会酿成悲剧的命运。然而白雪却始终保持着对秦腔艺术的热情与追求，因此她必然成为时代的牺牲品。白雪的丈夫夏风是新型的知识分子，也被清风街的人视为最有本事的人，对秦腔，他和白雪却持有截然相反的态度。他认为秦腔已经不适应时

---

① 贾平凹：《秦腔》，作家出版社，2005年，第11页。
② 同上，第255页。
③ 同上，第540页。

代与社会的发展需要，他认为白雪选择秦腔是错误的，是没有前途的。他多次劝说白雪放弃秦腔与自己进省城选择新的职业，开始新的生活。但白雪似乎是为秦腔而生的，无论夏风怎么劝说，她始终不肯放弃对秦腔这一古老艺术形式的追求。白雪喜欢秦腔，并且始终追逐秦腔艺术，已注定她将与夏风分道扬镳的宿命，因为旧的艺术与新时期人们的思想已经产生了严重冲突，并且她和夏风的婚姻结晶——自己心爱的女儿——是一个畸形儿（没有屁眼），这无形中加快了白雪与夏风离婚的步伐，这好似命运冥冥之中的安排，自己也只有痛苦、无奈地去接受。她和夏风婚姻的失败是白雪人生的悲剧，也昭示出秦腔艺术的悲剧宿命。

秦腔老艺人王老师和邱老师伴随着秦腔艺术一路走来，他们将毕生精力投入秦腔艺术的锻造中。过去，他们的演出可谓万人空巷，他们的名字家喻户晓，他们是众多秦腔爱好者心目中的偶像，是年轻求艺者们向往的导师。然而，时过境迁，随着时代的发展，新的艺术形式的出现，古老的秦腔艺术风光不再，逐渐被边缘化，逐渐被人们轻视与淡忘。以前依靠秦腔这种民族艺术，演员可以风风光光、轻轻松松、体体面面走完自己的艺术人生之路；而如今，秦腔只是一种自我谋生赚钱糊口的手段，观众不再仰望秦腔以及演员，相反却以一种鄙夷不屑甚至猥亵的眼光打量着演唱秦腔的艺人与演员。演了一辈子秦腔的王老师在自己晚年时想为自己留点纪念，却拿不出出碟费用，只能默默流泪抱怨。正如夏天智所说："你说这老太太可怜不可怜，年轻时候《拾玉镯》演红州里、省里，现在想录制一盘碟子都录制不起，想让夏风帮她哩。"[①]一位秦腔老艺人的辛酸人生，道出了秦腔艺术的窘境。

第三，以流行歌曲为代表的新艺术的冲击，使秦腔发展受阻。

流行歌曲作为一种新生艺术力量，有着得天独厚的优越条件，如传播广、听众多。相对于秦腔，它简短、明了、直白，适应节奏加快的现代

---

① 贾平凹：《秦腔》，作家出版社，2008年，第113页。

生活，而且易于流唱，演唱不受场地、时间、乐器、人数等限制。人们逐渐疏远、冷落、抛弃古老的秦腔艺术是时代发展的结果，有其合理性，但如果全社会对民族艺术普遍采取一种漠视、观望的态度，缺乏挽救、振兴民族艺术的清醒意识，任由民族宝贵艺术遗产自生自灭，也是不负责任的文化态度。就像王老师对夏天智说的那样："咱听党和毛主席的话，为工农兵演了一辈子戏，计较了什么，我们什么也没计较过？旧社会咱是戏子，是党和毛主席把我们的地位提高了，是革命文艺工作者了，咱就只热爱个秦腔艺术。可老校长啊！你看看，咱只说这秦腔艺术千秋万代要传下去，老了、老了世道却变成了这样！剧团是倒灶了，年轻演员也不好好演戏了，兴什么流行歌，流行歌算什么艺术，那些歌星又有什么艺术功底，可一晚上就挣钱，走到哪儿前呼后拥的。你说这世事是不是不需要艺术了？"[1]王老师的话让人担忧，让人为时代叹息，更让人为以秦腔为代表的民间艺术传承脱节而惋惜。鲁迅曾说"悲剧是将美好的东西撕毁给人看"，《秦腔》正是将"秦腔"艺术用不同的方式撕毁展示给读者，以引起社会各界人士对秦腔衰微命运的关注。

二

《秦腔》对新时期乡村社会仁、义、礼、智、信等传统美德逐渐丧失有着清醒的反思与批判。

中国自古崇尚礼仪，重视道德建设，形成一整套的道德伦理体系，用以约束人们的行为习惯，是公认的礼仪之邦。儒家文化把"仁、义、礼、智、信"作为人们道德伦理的基本准则。

贾平凹谙熟中国传统道德伦理，并对其有深刻的体会。市场经济给人们带来丰裕的物质享受，但是物欲横流冲击着传统的伦理道德，当今人们

---

[1] 贾平凹：《秦腔》，作家出版社，2008年，第114页。

道德水准普遍下滑，各种社会问题日益凸显。贾平凹作为一个有着强烈社会责任感的作家，他敏锐、准确地捕捉到这一点，并在《秦腔》中给予强烈的关注，同时也暗含一种深深的忧虑之情。

在《秦腔》中，作者用我国传统文化中的"五常"——"仁、义、礼、智、信"中的"仁、义、礼、智"对清风街的代表家族夏家的"天"字辈族人进行了命名，寄托了作者的一种期望，体现出作者对传统文化重建的期望。但作者对他们的命运归宿的安排也折射出作者对传统道德文化逝去的一种惋惜与无奈。

在小说中，夏家"天"字辈的老大夏天仁虽有一拳能打死老虎的气势，却过早离世。最具传奇色彩也最具代表性的人应该是夏天义。夏天义是老一辈农民形象的代表，他始终认为农民就应该老老实实地守着土地，好好种地，珍爱土地，与土地建立良好的关系。正如他所说的那样，"土农民、土农民，没土算什么农民"[1]。同时，他公平、正直、大公无私、乐于奉献，始终将公共的利益置于自己的利益之上。"一辈子都是共产党的一杆枪，指到哪儿就打到哪儿。土改时他拿着丈尺分地，公社化他又砸着界石收地，'四清'中他没有倒，'文革'里眼看着不行了不行了却到底他又没了事。国家一改革，还是他再给村民分地，办砖瓦窑，示范种苹果。夏天义简直成了清风街的毛泽东了，他想干啥就干啥，他干了啥也就成啥，已经传出县上要提拔他到乡政府工作了。"[2]但这么一个能力超强的农村干部却没有完成治理七里沟土地的愿望，也是由于这件事未完成，他光明正大地写材料、提建议，坚决反对君亭建农贸市场，反对用鱼塘换七里沟的计划。他将淤七里沟的土地看成自己的神圣使命，在淤地计划未纳入村发展计划的情况下，他领着引生和哑巴天天出入七里沟，试图用自己的力量完成淤地计划。清风街的大多数人都不能理解他的行为，更不理解他对土地的那一份深厚的感情。他深爱着这片土地，为此默默奉献了一

---

[1] 贾平凹：《秦腔》，作家出版社，2008年，第35页。
[2] 同上，第13页。

生。作者以"义"为夏天义命名有他的独到之处。"义"即公正、合宜的道德或行为。《礼记·中庸》云:"义者,宜也。"后来朱熹又进一步解释说:"义者,天理之所宜。"义是人生的责任和奉献,夏天义一生作为共产党的一杆枪,他公正、公平、有责任地为清风街奉献了一生,他是作者心目中"义"的承载者。然而,夏天义的命运却沦为为土所埋而无人去挖掘,尤其是没有年轻人去挖掘,透露出作者对传统文化被掩埋的心酸与难过,更是对传统文化没有人继承的无奈与悲哀。

　　夏家排行第四的夏天智同样是作者倾入心血塑造的一个人物,他是我国农村传统道德的维护者,是农村文化的典型代表,也是秦腔艺术的忠实粉丝,是秦腔文化的传播者和发扬者。他当过校长,在清风街他是文化人,是权威者,邻里、家里有矛盾要请他调解,在某些特殊情况下,甚至县、乡领导都要亲自拜访他。他乐善好施,帮助失学儿童上学;他视媳如女,像看待女儿一样看待白雪;他重兄弟情,使夏家成为家庭和睦的代表。"在清风街天天都有致气打架的,常常是父子们翻了脸,兄弟间成了仇人,唯独夏天义、夏天礼、夏天智一辈子没吵闹过,谁有一口好的吃喝,肯定是你忘不了我,我也记得你。"然而,他这样一位智者,却没有挽回夏风与白雪的婚姻,在离婚已成事实时,他别无他法,只有播放秦腔《辕门斩子》来发泄他的愤恨。同样,在庆玉兄弟之间关于赡养老人问题的争吵,他调解过多次,但一次不如一次,一次比一次让自己难堪。在夏天智自己死后,长子夏风却由于车子的问题未能及时赶到履行长子义务。作者以"智"命名夏天智,同样与用"义"命名夏天义一样有其深刻意义。"智"的古字为"知"。东周时还未出现"智"这个字。《论语》里的"智"都写作"知"字。在《论语》中,"知"有两层意义:一是知识,二是智慧。夏天智的性格中含有这两个方面,他亦是作者塑造的一个传统文化代表的理想化身。但在现实面前,夏天智仍无可奈何,他对庆玉兄弟间关于赡养老人的矛盾调解的失败,恰恰说明传统道德在现实生活面前的苍白无力与尴尬处境。而夏天智在逝世时,夏风不在场也说明了传统道德与现实生活之间的难以相容，上演了一出传统道德与现实矛盾之间的悲剧，给作品笼罩了一层浓厚的悲剧色彩。

《秦腔》不仅是作者对已逝的自己亲人的祭奠，更是对逝去的或行将逝去的与秦腔一样的中国传统艺术、与秦腔有同样不幸命运的传统文化的祭奠。作者以深深的哀情和悲凉的心境，书写出在现代文明冲击下我国乡村文化建设的困境与农民命运走向，展现了当今社会环境下人们精神生活的空虚与传统伦理道德的衰微，提出社会主义新农村文化重建的必要性与紧迫性。

原载《西安电子科技大学学报》（社会科学版）2013年第4期

（本文系与文庄庄合作，收入本书时有修订）

孙犁与贾平凹小说比较论

作为"荷花淀"文学流派的奠基人与代表者，孙犁的小说题材或背景以抗日战争、解放战争、土地改革为主，围绕着农民及农村生活展开叙述。但与一般的战争题材作品不同，他以个人独特的审美视角，善于在战争中的琐碎生活里发现生活美，于人物的言谈举止中透视人性美，突破了战争题材对战争残酷、血腥的描写，形成了"自然""淳朴""清新""淡雅"，并弥漫着浓郁诗情画意的文学风格，因此他的小说又被称为"诗体小说"或"散文化小说"。

贾平凹文学作品种类繁多，数量丰富，风格独树一帜，海外称之为"大陆文坛的独行侠"，国内称之为"鬼才""怪杰"。他的小说大多以描写农民和农村生活为题材，前期作品描写改革开放前乡村生活的巨大变化，饱含着作者对乡村生活中的人情美、人性美的咏叹；中后期作品则围绕改革开放后，商品经济运行下的时代变革对传统文化的冲击所引起的人们价值观念的转变展开叙述。作家试图通过作品分析社会现状，寻求人类精神的家园，带着文人的忧患意识将文化救赎的使命感寓于作品之中。

孙犁与贾平凹由于自身经历的时代、社会环境不同以及自我独特心理特质上的差异，因而作品关注和反映的焦点不同，风格有异。但作家自身早年的人生经历又使他们注重"女性描写""乡土描写"，在质朴的语言中标新立异，追求独特的语言风格。本文结合孙犁与贾平凹早年人生经历对其小说进行比较研究，力求在对比中加深对两位作家小说的解读与分析。

一、心理镜像

　　一位作家钟情于女性与乡土的描写,原因可能是多方面的,但笔者认为早年的人生经历在其中有着至关重要的作用。孙犁说过:"幼年的感受,故乡的印象,对于一个作家是非常重要的东西。正像母亲的语言对于婴儿的影响,这种影响和作家一同成熟着,可以影响他毕生的作品,它的营养,像母亲的乳汁一样,要长久地在作家的血液里周流,抹也抹不掉,这种影响是生活内容的,也是艺术形式的,我们都不自觉地有个地方色彩。"①对贾平凹,有研究者就指出:"十九年的乡村岁月于贾平凹却不仅仅是个时间的概念,而早已成为一种'心理'沉淀,作为一种世界观与人生观的'原型记忆'陪伴着他的一生,铸造着他的精神气质并渗透到他的创作追求中。"②

　　孙犁出生于河北安平农村,父母七个孩子中只有孙犁一人存活了下来,这样一个孩子在中国传统的农村家庭里自然会承受父母较多的疼爱,加之孙犁自幼体弱多病,父母便对他愈加宠爱与娇惯,过分的保护与溺爱限制了孙犁的交往对象。在他的回忆文章中不难发现,孙犁童年的交往对象大多数为女孩子。家庭生活中,作为孩子成长中"理性""阳刚"象征的父亲,由于常年在外经商"每年只回一次家",造成家庭中父亲角色缺失,加之长期生活在由母亲、寄居孙家的表姐、干姐等成员组成的女性环境里,形成了孙犁不善与人交往、孤僻、羞怯、内向胆小、优柔寡断的性格特征。这势必促使他在日后的文学创作中追求含蓄隽永、阴柔婉约的艺术风格,执着于描写女性、弱化男性的人物塑造特征,并且对给过自己快乐童年生活的家乡怀有深切的思念之情。反映在他的文学作品中,则是一系列典型女性形象的成功塑造以及以家乡冀中平原为背景或题材的优秀作

---

① 孙犁:《孙犁全集》第3卷,人民文学出版社,2004年,第440页。
② 曾存令:《贾平凹散文研究》,中国社会科学出版社,2003年,第97页。

品的诞生。

就生活经历而言,贾平凹同孙犁在某些方面有着相似性,但也有着自己独特的一面。贾平凹出生于一个农民大家庭里,家境不富裕,他在童年时期几乎很少被人关注。长大之后虽然学习成绩优异,可体质差,身体发育缓慢,与同龄人比起来总要低一头,甚至和弟弟打架也总吃亏,因此在学校的体育课上"沙坑跳不远,篮球抢不到","所以便孤独了,喜欢躲开人"。① 孤独、寂寞使得贾平凹的性格越发内向,甚至有点儿自卑。"文革"期间,家庭变故使他中途辍学回家务农,身材矮小、身体孱弱的他被派与婆娘女子一起劳动,一天挣三个工分,而本来居于弱势的妇女们却可以拿到八个工分……农业劳动中又一次被划入弱势群体,使贾平凹不免感到极度的沮丧与自卑。面对现实生活的残酷,羸弱的身体却无力改变,这使他逐渐形成沉默寡言的内向性格。

"文革"后,贾平凹被推荐到西北大学学习。入城之后,与城市生活的距离使他再次陷入深深的孤独中。"去商店,看见香肠,不知道那是什么,问服务员,遭到哄堂大笑",入城之初的窘迫与尴尬,使贾平凹多年以后仍记忆犹新。贾平凹自幼身体素质差,性格内敛,长期与"婆娘女子一起干活"使他对女性的言谈举止更加了解,加之后天对女性的观察,形成了他对女性的独特认识,也因此为当代文学史塑造出了一系列经典的女性形象。而出身于农民,并以"我是农民""乡下人"自居,使寓居城市三十多年的贾平凹更加留恋故土商州,创作了一部部以商州为题材,凝聚着作家浓郁乡土情结的优秀作品。

孙犁与贾平凹在早期的人生经历中都是农民的身份,即使后来寓居城市,内心仍以一个生活在城市的"农村人"自居,认同自己的农民身份。他们自幼均身体孱弱,周围的女性是他们人生最早的启蒙老师,这些因素使他们形成了胆小内向、孤僻、羞怯甚至自卑的性格特征,以致影响到成

---

① 李星、孙见喜:《贾平凹评传》,郑州大学出版社,2004年,第185页。

年之后个性气质上的阴柔。文学创作上，均体现出对女性人物形象的偏爱和对男性形象的忽视及弱化。早期的农村生活使作家的世界观、人生观、价值观在心理成长的过程中具有稳定性，造成作家对故乡的深切眷恋。故乡的人、事、物、景积淀在他们的心理世界中，幻化为五彩缤纷的艺术世界。为寻求内心情感的宣泄与抒发，他们倾注于文学创作，以自我的独特个性创造出令世人瞩目的文学巨作。

二、女性关注

女性形象的塑造几乎在每位作家的笔下都会出现，其中也不乏成功的例子，如鲁迅《祝福》中的祥林嫂、沈从文《边城》中的翠翠、老舍《骆驼祥子》中的虎妞等，但执着于描写女性，并成功塑造了一系列典型女性人物形象的男性作家并不多，孙犁与贾平凹就是其中的成功者。

关于女性，孙犁曾说："我喜欢写欢乐的东西，我以为女性比男性更乐观，人生的悲欢离合，总是与她们无关。所以常常以崇拜的心情写到她们。"[1]孙犁的绝大多数短篇小说都是以年轻女性作为描写对象，为读者创建了一个中国女性艺术形象"画廊"：水生嫂（《荷花淀》），香菊（《浇园》），多儿（《正月》），刘兰（《蒿儿梁》），妞儿（《山地回忆》），吴召儿（《吴召儿》），九儿、小满儿（《铁木前传》），秀梅（《光荣》），春儿、俗儿（《风云初记》），等等。

这些女性形象善良而又刚强，柔情似水而又美丽动人，既有温婉贤淑的传统美德，又有顾全大局、勇于牺牲的现代精神，典型的代表是《荷花淀》中的水生嫂。文章一开始，作者就为我们描绘了一幅月下美人图："不久，在她的身子下面就编成了一大片。她像坐在一片洁白的雪地上，也像坐在一片洁白的云彩上。她有时望望淀里，淀里也是一片银白

---

[1] 孙犁：《孙犁书话》，北京出版社，1981年，第238页。

色的世界，水面笼起一层薄薄的透明的雾，风吹过来，带着新鲜的荷叶荷香。"①这里没有具体的容貌描写，但唯美的景物中透露着水生嫂的神韵。水生嫂作为传统的中国农村妇女，她在丈夫艰苦抗日的漫长时间里，以民族大义为重，以女性柔弱的肩膀替丈夫照顾父母、抚育幼子，全力支持丈夫的抗日工作。作为农村女性，她又具有顾全大局、勇于牺牲的现代精神。丈夫参加抗日组织，虽然她对丈夫依依不舍，但也只是嗔怪一句"你总是积极的"，依然全力支持丈夫的抗日事业。水生嫂还积极参加妇女抗日游击队，配合子弟兵作战，由一个家庭妇女成长为一个英勇善战的抗日战士。

孙犁文学创作要达到"美的极致"，以至于他不愿意写不美好的东西，因此他的作品中即使是落后人物，如《铁木前传》中的小满儿、《村歌》中的双眉、《风云初记》中的俗儿等，作者也并未使她们刁蛮、泼辣到令人厌烦、唾弃，而是保持了恰当的分寸感，使她们的形象不乏活泼、可爱的一面。小满儿美丽聪敏，但行为放荡，被村人们辱骂为"破鞋""败坏门风"，虽然爱慕者众多，但她却游手好闲、整天玩鸽子。就是这样一个不思进取的落后姑娘，她的内心深处也有对自由婚姻的渴望，她积极参加新婚姻法的宣传，敢于与旧势力做斗争。母亲说："满儿，你男人快回来了，你该到人家那里去住些时候了。"小满儿回答："我不去，婚姻是你和姐姐包办的，你们应该包办到底，男人既然要回来，你们就快拾掇拾掇上车吧！"②这种勇敢反抗和辛辣戏谑旧势力的言行折射的是小满儿对幸福人生的渴望，同时也凸显了她直爽、活泼的性格特征。小满儿不热衷于政治运动，不热爱生产劳动，可她热爱生活，她行为放荡，可敢爱敢恨，一个处于新旧社会重压下的立体化女性人物形象在孙犁的笔下表现得栩栩如生。

相对于孙犁对女性的颂扬性描写，贾平凹对女性的描写却是前褒后

---

① 孙犁：《孙犁精选集》，北京燕山出版社，1982年，第3页。
② 孙犁：《孙犁选集》，陕西师范大学出版社，2003年，第252—253页。

贬。贾平凹小说中的人物形象，呈现出"阴盛阳衰"的现象，女性形象在数量上以及刻画的力度上远比男性形象多且丰满，如黑氏、小水、白香、小月、师娘、烟峰和麦绒、唐宛儿、西夏、菊娃等。这些年轻妇女貌美、善良、淳朴，她们身上继承了传统的美德，同时也被过多的落后思想束缚着，当改革开放的春风吹进山乡时，妇女们开始重新思考自己的人生。贾平凹爱写女性，也写美了女性，女性之于他是"圣洁的菩萨"，"是天上的月亮，是为了美，为了善，恩泽于这个社会的"。他笔下的女性个性鲜明，以委婉的动人故事讲述自身在爱情中对人生价值的追求。她们的爱情也许不合乎社会道德规范，不够文明高雅，甚至带有世俗化色彩，但那是她们真性情的自然流露。贾平凹笔下的女性因具体的时代背景、社会环境、个人经历、关注焦点的变化，作家在女性人物形象塑造中的侧重点也在不断变化着，呈现出阶段性的特征。

初登文坛，贾平凹以涉世未深的少年之心歌颂人性中、人情中最美的一面，饱含对女性美的咏叹。《满月儿》写了满儿和月儿两姐妹性格迥异：姐姐满儿文静、内秀并且好学，刻苦钻研培育良种；妹妹月儿天真、活泼，不甘落后于姐姐，勤奋学习测量土地的技术。她们热爱生活，热爱劳动，热爱家乡，以自己的实际行动在改革开放的好政策中谋求自己的幸福生活。《牧羊女》则写了两个情同手足的牧羊少女，她们不仅热爱劳动，更热爱学习，放牧之余认真学习关于羊的科学知识。后来两人同时报考大学，一个被成功录取，一个惨遭失败，被录取的担心没考上的伤心、难过，没考上的以同伴的成功作为自己的成功。在这些作品中，贾平凹以抒情的笔调对这些善良、淳朴的女性进行细致描写，颂扬了生活之美与人性之美。

接下来的"商州系列"小说中的小月（《小月前本》）、烟峰（《鸡窝洼人家》）、香香（《远山野情》）、黑氏（《黑氏》）等女性形象则真实反映了时代变革所引起的观念冲突、生活矛盾，传统文化与现代文明的冲撞对女性心理造成的影响，以及传统道德束缚下的女性对爱情自由、幸福人生的大胆追求。黑氏容貌丑陋，由深山嫁入家境富裕的小男人家，在没有爱情的婚姻生活中,她是丈夫发泄性欲的工具,性对于黑氏而言是对一个人尊严与人格的无情践踏。离婚后的黑氏面对来顺与木犊的追求,选择了勤劳、老实、肯吃苦的木犊,可木犊在婚姻中缺乏对妻子的体贴与关怀,渐渐冷落了黑氏。黑氏在新的婚姻关系中渴望拥有真正的爱情,带着灵与肉的双重欲求,黑氏放弃了婚姻和责任,投入了来顺的怀抱。在来顺身上,黑氏找到了感情的归宿,得到了精神与肉体的双重满足。黑氏作为乡村妇女,敢于冲破传统道德规训下"女子从一而终"的教条,大胆追求自由的爱情,提出夫妻生活中女性的权利,与传统乡村女性相比显然有着巨大的差别。

进入20世纪八九十年代,随着时代的发展和人们审美观念的转变,长期寓居城市使作家对城市生活更加了解,贾平凹的写作背景也由农村转移到城市。这个时期作家试图消解理想的女性形象,把目光投向了进入城市之后具有现代都市女性特点的农村女性,女性形象回归到生命的本真状态——"世俗化"。平凡的女性是世俗中真实的女人,她们不再是不食人间烟火的圣洁菩萨。用贾平凹的话讲就是:"我以前真不愿意把女子写丑,认为女子投世就是来贡献美的。写完《废都》我是立意要写美女人,也要写丑女人。"[①]这一时期最具代表性的女性有《废都》中的唐宛儿、柳月、尼姑慧明,《土门》里的眉子,《高老庄》中的苏红,《白夜》里的邹云,等等。这些女性在商品经济的大潮中挣扎与沉沦,伦理道德被抛于脑后,她们在落后中表现出了进步。

《废都》描述了以作家庄之蝶为核心的西京城文化人的日常生活情状和心态,同时也叙述了庄之蝶与牛月清(妻子)、唐宛儿(情人)、柳月(保姆兼情人)、阿灿(理想女性的化身)之间的感情纠葛。其中作为庄之蝶情人之一的柳月,是保姆出身的陕北农村姑娘,她的爱情、婚姻和生活以"唯利是图"为信条,她进城不仅为了生计,更为改变自身的命运。

---

① 贾平凹:《贾平凹文集》第13卷,陕西人民出版社,1998年,第221页。

为此，她招呼不打一声地扔下原来的雇主，来大作家庄之蝶家做保姆。当她与庄之蝶发生性关系之后，她想："庄之蝶是名人，经见的事多人多，若是真心在我身上，凭我这年龄，保不准将来也要做了这里的主妇，即使不成他也不会亏待了我，日后在西京城里或许介绍去寻份工作，或是介绍嫁到哪家。"①当她发现庄之蝶与唐宛儿的暧昧关系时，明白了自己"庄夫人"的美梦不可能实现，她毅然以出卖自己——嫁给市长的残疾儿子——为代价来换取自己命运的转变。柳月站在底层人民的视角上仰视有名望、有地位的庄之蝶，情人之间也许有几分感情，但肉欲相比而言较多。从世俗的角度去看，她是在商品经济冲击下，从现实出发将道德观、人生观、价值观扭曲的"农裔"现代都市女性，但从人的本能和新时代审美观念中来看，她又超越了传统的女性，存在某种意义上的进步。

通过上面所说的孙犁与贾平凹对女性人物形象的塑造，可以发现他们在文学创作中均钟情于女性，都要表现女性的"美"、女性的"真"，他们的本意是利用手中的笔去颂扬乡村女性的刚柔并济，从而颂扬传统文化下的人情美与人性美。但由于时代背景、作家的个性气质及文学关注的焦点的不同，贾平凹笔下的女性形象要比孙犁笔下的女性形象类型丰富、性格丰满，尤其是其创作后期对女性形象的塑造蕴含着作家对当下社会的极大关怀。从整体上来看，贾平凹女性形象描写经历了从传统到现代，从对女性的咏叹到反思、批判直至关怀的过程，其笔下的女性形象比孙犁笔下的女性形象更加丰富多样。

三、乡土情深

钟情于女性形象的塑造是孙犁与贾平凹小说的共同特征之一，另一相同点则是对"乡土"的深情眷恋。"乡土文学"这一概念是鲁迅在20世纪

---

① 贾平凹：《废都》，北京出版社，1993年，第187页。

20年代提出的,它以农村生活和乡土回忆作为题材,用回忆性笔调描绘家乡农民生活以及故乡山川风物和民风民俗,充满了浓厚的乡土气息和地方文化色彩,并且作家以自己的生活积累和生活视野将农民作为故事的主人公,"人物命运深深地镶嵌在特定的地方心理和乡土状貌的背景下,来展现其性格和遭遇,使人物和景物在独特的乡土氛围中融为一体"①。

孙犁生长于农村,"我最熟悉、最喜爱的是故乡的农民,和后来接触的山区农民。我写农民的作品最多,包括农民出身的战士、手工业者、知识分子"②。对故乡的眷恋与怀念,使故乡成为他日后进行文学创作取之不尽的生活源泉,同时使他作品中的人物性格、地理环境、风俗民情的描写带有浓郁的冀中平原色彩。例如《荷花淀》开头用寥寥几笔描绘了一幅诗情画意的冀中水乡画,散发出荷花淀浓郁的生活气息、明丽的地方色彩,凸显了冀中人民至真至切的生活画面。而《麦收》中关于北方麦子成熟季节时的景物描写仿佛使我们身临其境:"一出村堤口,就是无边的小麦地,一片金黄,中间也掺杂着几片浅绿;风吹过来,小麦一齐低下头,风吹过去,那长大的穗子,又一齐挺起来在太阳里闪着光。"③作家不但让读者领会到冀中平原优美的自然风光,而且在人物与环境的描写中给我们展现了与时代色彩相统一的历史画面,绘画出了活动于冀中地域的多彩多样的人物群像,如《红棉袄》《钟》《黄敏儿》《正月》《心安游记》等。《红棉袄》写山村姑娘妞儿寒夜脱衣给伤病员御寒的故事,《钟》写了青年尼姑为追求自己的幸福生活不畏强暴的故事,《黄敏儿》则讲述了小孩子黄敏儿及其伙伴在抗日战争中智斗敌人的故事,等等。孙犁笔下的环境描写、人物形象塑造乃至民俗描写绝非单一平面化的叙述和展示,他是以含蓄隽永的笔触记录了战争时期美好故乡被侵略、践踏,委婉叙述了人民群众家破人亡、颠沛流离的状态,是侧面地对侵略者的入侵进行强烈

---

① 郭志刚、孙中田:《中国现代文学史》上册,高等教育出版社,1999年,第235页。
② 孙犁:《孙犁文集·自序》,中国广播电视出版社,1995年,第468页。
③ 孙犁:《孙犁选集》,陕西师范大学出版社,2003年,第60页。

的谴责，是对失去的美好家园的深切怀念。

故乡是生养人们的物质家园，也是人们的精神家园，贾平凹也具有浓浓的恋乡情结。"我是农民"，"我是一个山地人"，尽管寓居城市多年，贾平凹仍以"乡下人"自居，都市的喧嚣与堕落使他将更多的目光投注到家乡商州，形成了他以"商州"为背景的乡土小说，代表作品有《腊月·正月》《鸡窝洼的人家》《小月前本》《天狗》《浮躁》《远山野情》《高老庄》《秦腔》《古炉》《带灯》《老生》等。

商州，即今天的陕西省商洛地区，"它偏远，却并不荒凉，它贫瘠，但异常美丽……其山川河谷、风土人情，兼北部之野旷融南部之灵秀，五谷杂粮茂生，春夏秋冬分明，人民聪慧而狡黠，风情淳朴绝不混沌"[①]。地域文化的差异使孙犁笔下的冀中平原与贾平凹笔下的商州存在着明显的差异，加之作家生活的时代背景及个性气质使作家在乡土描写中存在较大的差异性，贾平凹的乡土小说存在明显的阶段性。早期小说清新、明亮，作家以入世未深的眼光，对商州山地风俗的古朴与美好、民性的纯真与善良进行田园牧歌式的礼赞与颂扬。如短篇小说《土炕》写了一位老太太纯朴的愿望，那就是能有姑娘、媳妇躺在她的火炕上，说它暖和、舒服，她愿意无私地提供给别人温暖的家的味道与环境。她照顾过两代革命者的后人，无私地供养她们、保护她们，尽管她们入城以后忘记了她，可她依然时刻牵挂着进城后的人们。作家充分赞美了传统文化熏陶下的人性的淳朴与善良，此时的乡土世界在作家眼中是纯净的，并未受现代文明的侵蚀，于封闭闭塞中保有古老的传统之美，这与孙犁乡土小说中对人性之美的赞美有异曲同工之妙。

改革开放后，随着商品经济的深入发展，农村社会环境的变迁使商州地区农民的生活和心态发生了改变，古老民风民俗受到冲击，人们的思想感情、伦理道德、价值观念和生活方式均发生了巨大的改变。如《鸡窝

[①] 贾平凹：《商州初录》，花城出版社，1983年，第235页。

洼的人家》《黑氏》《远山野情》中的女性敢于突破传统婚姻的束缚,大胆追求爱情与婚姻幸福,寻求精神世界的自由;《腊月·正月》中的王才、《浮躁》中的金狗在改革开放的大时代背景下,敢于突破农民思想中的"重农轻商"的观念,走出农村去适应现代社会,开拓新的致富之路。但现代文明也使人们的伦理道德与价值取向逐渐世俗化。《高老庄》中的苏红出身于乡村,但徘徊在城市与乡村之间,为了自我生存,利用自己的身体作为资本的原始积累,直至回乡办地板厂时仍用身体周旋于政治与经济之中;《白夜》中的邹云离开男友,将年轻美貌的自己投入金钱的怀抱;《土门》里的眉子,追求金钱和虚荣,胸无一物,试图不劳而获地享受生活;《废都》中的柳月更以"逐利"作为人生信条,为了实现成为"庄夫人"的美梦而失身于大作家庄之蝶,为了日后的荣华富贵、步入上层社会嫁给市长的残疾儿子,用青春的躯体换取后半生的安逸。这些世俗化的拜金主义人生观透射出人性的阴暗面,这在孙犁的小说中并未涉及。

有别于孙犁笔下的乡土描写,贾平凹笔下的乡土具有独特的"商州味",这种味道五味杂陈,尽管有对故乡山水的赞美与讴歌,但更多的是对故乡在现代都市文明浸淫下逐渐异化的思考。作者密切地关注着乡土文化主体——人情、人性及人们的生存状态,"欲以商州这块地方,来体验、研究、分析、解剖中国农村的历史发展、社会变革、生活变化,从一个角度来反映这个大千世界和人对这个大千世界的心声"[①]。作家以"农裔城籍"知识分子的身份,以忧患的赤子之心关注当下社会,试图以文化救赎为奋斗目标,在传统乡土意识逐步消解中寻找人类生存的精神家园,以安放漂泊的灵魂。

---

① 贾平凹:《在商州山地上(代序)》,见《小月前本》,花城出版社,1984年,第1页。

四、别样语言

　　文学作品能够打动每一位读者,原因在于它将形象、情感、意境进行了完美的结合,不同的读者可以通过个人的独特思维与艺术感知来完成对作品的理解,要达到这一点,作为表现主题、塑造艺术形象重要手段的文学语言在其中起着至关重要的作用。对于一个作家而言,语言反映了他的思想、情感,孙犁在文学创作中追求真实的感情、美好的极致,对语言的要求也很苛刻,"像追求真理一样","用纸的砧,心的锤来锤炼它们"。[①]孙犁的文学语言清新秀美、朴实自然、精炼简洁而富有韵味,真实质朴中充满浓郁的生活气息。

　　他的小说是群众生活的真实反映,无论是人物对话,还是叙述性语言,都保持着日常用语的原汁原味,但又不是对日常用语的全盘抄录,无论内容还是形式都经历过作者的选择和提炼,是生活化和文学化了的语言,极富韵味。如《荷花淀》中描写水生夫妇话别的场景:

　　"你有什么话嘱咐我吧?"

　　"没什么话了,我走了,你要不断进步、识字、生产。"

　　"嗯。"

　　"什么事儿也不要落在别人的后面!"

　　"嗯,还有什么?"

　　"不要叫敌人汉奸捉活的。捉住了要和他拼命。"

　　这才是那最重要的一句,女人流着眼泪答应了他。[②]

　　简短的几句话诉尽了夫妻分别时的难舍,水生嫂用两个"嗯"字来回答丈夫的嘱咐,体现了她性格中的深沉、深明大义,为了抗战迫不得已让

---

① 史晖、王德勋:《孙犁小说创作的审美取向》,载《淮阴师范学院学报》(哲学社会科学版)2000年第3期。

② 孙犁:《孙犁精选集》,北京燕山出版社,1982年,第4页。

自己的丈夫离开，同时心理上的恋恋不舍又都表露无遗，符合人物真切的心理状态。这种真实贴切、自然朴素，没有雕饰、卖弄、做作的语言，把作品的思想力量与艺术感染力充分地表现了出来。

孙犁小说的语言质朴，讲究口语化，但又追求语言的诗意化，在清新鲜活中能够俗中见雅。例如《"藏"》："媳妇叫浅花，这个女人，好说好笑，说起话来，像小车轴上新抹了油，转得快叫得又好听。这个女人嘴快脚快手快，织织纺纺全能行，地里活赛过一个好长工。她纺线，纺车像疯了似的转；她织布，挺拍乱响，梭飞得像流星；她做饭，切菜刀案板一齐响。走起路来，两只手甩起，像扫过平原的一股小旋风。"①这段话简明利落地将主人公的爽快、能干描绘得栩栩如生，具有强烈的节奏感和韵律美。语言的诗意化还表现在对战争场景的诗意化描写，如《芦花荡》讲述了老人护送两个女孩子挺进根据地，在过敌人的封锁线时，其中一个不幸负伤，老人为替女孩子报仇将鬼子引入陷阱中，"老头子把船一撑来到他们的身边，举起篙来砸着鬼子们的脑袋，像敲打顽固的老玉米一样"，"他狠狠地敲打，向着苇塘望了一眼，在那里，鲜嫩的芦花，一片展开的紫色的丝绒，正在迎风飘撒"②。这里没有战斗的紧张、激烈与残酷，战争中老人悠闲而又从容地智斗敌人，报仇成功的快意和自豪感自然而又贴切地表现了出来，使战斗的场景充满诗意。

相对于孙犁文学语言的质朴且具有诗意性，贾平凹的文学语言最大的特点是灵活多变。除了讲究常见的语言修辞外，他恰当地运用日常生活中的方言俗语，挖掘并运用散落于民间的古语，突破常规，大胆超越基本的语义，形成了他文学作品中个性鲜明、平淡而又绚烂、富有韵味的独特语言风格。

汉语词汇丰富，方言俗语作为其中的一个部分，产生于民间，且简明、生动，富有极强的生命力和表现力，"虽不及文人的细腻，但它却刚

---

① 孙犁：《孙犁选集》，陕西师范大学出版社，2003年，第90页。
② 孙犁：《孙犁精选集》，北京燕山出版社，1982年，第12页。

健、清新"①。贾平凹以深厚的语言功底将方言俗语灵活自如地运用于自己的文学作品中,使这些词汇出现在合适的语境下,由恰当的人物表达出来,体现地域特征,表现人物性格,产生诙谐效果。如《秦腔》中"上善还是说唱啥呀,啪啪地拍脑门,只说他又要拿做,嘴里却不变声调地说开戏词了";《高老庄》中"子路一把把她掀个过儿,双手从后腰搂了,说'睡吧睡吧,自己吃饱了还弹嫌哩!'""可是想想,我家人经几辈都是单传,到我手里一胎四个,再穷再累心里也受活哩。"这里的"拿做""弹嫌""受活"分别是"刁难""挑剔""舒服"的意思,联系上下文不难理解其中的意义。类似的还有"下作"(下流行为)、"形容"(面容)、"拢共"(一共)、"齐整"(整齐)、"收拾"(占有)、"净洁"(洁净)、"二杆子"(毛头小伙,不经事的愣头青年)、"吃食"(食物)等等。

贾平凹小说的语言特点一方面表现为恰当地运用方言俗语,另一方面则表现为对古汉语的挖掘与使用。具体体现在为反映人物命运倡写的民谣传奇、祭文悼文、卦象卜辞、风水妙释等等。如《浮躁》中关于金狗传奇的出生经历——金狗母有身孕时,在州河板桥上淘米,传说被水鬼拉入水中,村人闻讯赶来,母已死,米筛里有一婴儿,随母尸在桥墩下回水区漂浮,人将婴儿捞起,母尸沉,打捞四十里未见踪影——完全是古文的表述,句式错落,为作品营造了一种神秘感,渲染了小说的氛围。《美穴地》里柳子言满口文言地为妻子解释"穴地"之妙:"什么风水以山名龙,故山之变态千形万状,走垄之体转移顿异,其潜现跃飞变化莫测,惟龙为然……脉要细,穴要藏,局要紧,砂要明,水要凝,化生开帐两耳插天,虾须蟹眼左右盘旋,明堂开睁砂脚宜转。"②这段话不仅刻画了主人公柳子言风水文化知识的丰富,也展现了他的踏穴本领,同时还展现了作家深厚的国学功底,倘若以一段现代的白话文叙述,语言的表现力度则会

---

① 鲁迅:《鲁迅全集》,人民文学出版社,1981年,第95页。
② 贾平凹:《贾平凹文集》第7卷,陕西人民出版社,1998年,第271页。

大大削弱。另外还表现在《浮躁》中雷大空的祭文、《高老庄》中的各种碑文、《土门》里成义制定的村规等等。贾平凹在此并非摆弄或炫耀古文，而是通过它们来展现我们民族文化的深厚与博大，倡导珍惜古文化、弘扬传统文化，继承民间优秀文化。

贾平凹在文学创作中敢于对常规性的习惯用语进行大胆的突破与超越，使现代汉语通俗化、陌生化、远古化，使读者产生一种熟悉而又陌生的相对新奇、多味杂陈的阅读感受。他始终认为语言的学习和掌握，对于作家是一生不可松懈的工作，自身也在自觉、艰苦、执着地探索语言规律，力求突破传统观念的束缚，树立自成一体、独树一帜的贾氏语言风格。

原载《山东社会科学》2015年第9期

论贾平凹《老生》中的道家文化意蕴

道家的创始人老子，其思想主要体现在《老子》一书中。首先他主张以"道"为本的宇宙观，"道"为万物的本源，揭示出事物发展变化的规律性；其次提出自然无为的天道观，"无为"是指面对自然的法则不要强硬地僭越，无私无欲是修己的根本；再次他提出柔弱不争的处世观和小国寡民的政治观。道家的集大成者庄子主张天道自然，物无贵贱，人性回归，精神逍遥。"所谓的道学，是指以黄老之学的发生、发展、演变为对象，以探索自然、社会、人生所当然和所以然为宗旨，以道贯天、地、人为核心，以自然秩序、社会秩序和心灵平衡的自然合一体为目标，并以成道为终极关怀的学说。"[①]道家文化自老子始至秦汉时期发展为黄老之学，魏晋时期发展为玄学，隋唐以后的道家文化逐渐融入其他思想体系之中，对中国的文学和文化产生了深远的影响。道家文化对文学的影响主要投射在文学艺术的本体论和审美论这两个方面，本体论涵盖艺术本身的方方面面，包括艺术的起源、创作、语言等，审美论包括艺术审美判断、审美经验、审美想象等。道家文化在这两方面对中国古代小说、诗词、民间文学和戏曲曲艺均有较深的影响。陕西是道家文化发祥与承传的主要地域之一，久居秦地的贾平凹同样也深受道家文化的影响，他的《老生》对道家文化的继承宣扬和重新解读体现在以下四个方面。

---

① 张立文：《玄境——道学与中国文化》，人民出版社，1996年，第2页。

一、创作动机

贾平凹在自己的文学创作道路上历来注重创新，他在不断地开发新的写作领域。《老生》的出炉无疑是一个很大的跨越与突破，无论是叙事方式还是故事内容，或者说是小说整体的结构布局，都更加深沉老练。小说体现着贾平凹的文学观和文化观，他所追求的是中国西汉时期的文章风格：简约、直白、肯定；他所欣赏的艺术旨趣在于能够通过文本表现他对人间宇宙的感应。他的文学观和文化观的形成不仅受到了陕南地区神秘特殊的地理因素的影响，而且还得益于陕西深厚的历史文化积淀。长安道教在我国道教发展史上占据着重要的地位，作为皇城古都的西安，道教的兴衰交替无不在这一地区留下了深刻的印记。先秦时期的神话传说、秦汉时期的民间教团、唐王朝对仙风道气的推崇、宋明时期人们在长安的传教活动以及遍布长安的神祠仙馆，都足以证明道教与陕西地域文化的关系是密不可分的，而这一文化传统对当地文人的影响也显而易见。

贾平凹不仅仅具有中国传统文人的气质，他的文学视域还涵盖了中西方文化，他践行的是"有时代精神的新道学的历史使命"[①]。在当今社会变革节奏日益加快、科技迅猛发展、东西方文化交流日益频繁这一时代背景下，需要一种能够跨越民族与国界、时间与空间的哲学思想来作为各种文化体系的支点或纽带来诠释人类文明的发展进程。道家文化无疑具有被深入挖掘的潜质，胡孚琛说："道学文化将科学精神与人文精神重新融汇为一体，打通科学、哲学、宗教、文学艺术、社会伦理之间的壁垒，填平各门自然科学和人文科学之间的鸿沟，将人类认识世界的所有知识变成一门'大成智慧学'，向最高的'道'复归。"[②]贾平凹试图重新挖掘中国

---

① 吴光：《中华道学与道教》，上海古籍出版社，2004年，第1页。
② 胡孚琛：《21世纪的新道学文化战略：中国道家文化的综合创新》，载《杭州师范学院学报》（社会科学版）2003年第6期。

道家文化的价值,将各种异质的优秀传统文化与中国道家文化融合起来并做以现代化的诠释。

贾平凹在《老生》后记中揭示了自己的写作初衷。三年前回故乡小镇到祖坟上点灯时,从他记忆的百多十年的历史激荡出发产生了关于生死、祖先、家族,关于动乱、战争、灾荒、革命、运动、改革等世事沉浮的思考,"有许许多多的事总不愿去想,有许许多多的事常在讲,有许许多多的事总不愿去讲,……到我年龄花甲了,却怎能不想不讲啊?!这就是我写《老生》的初衷"[①]。这种跳跃式的追忆激发了贾平凹创作的灵感,他遵从道家思想以"道"为本的宇宙观,追求人性的回归、精神的自由。人生论是道教哲学的核心命题,它主张重视人的生命价值,明代的陆王心学传承了道家的自然之道,因此王艮把"心"称为"体","天性之体""良心之体"皆符合道家的人性观,这种"使命"正是他思想中"良心之体"酝酿挥发的结果,万事万物必求真求善。

二、结构布局

从结构安排来说,"老生"这个题目作为整个小说结构的开端就有其独特的文化蕴涵。贾平凹说:"至于此书之所以起名《老生》,或是指一个人的一生活得太长了,或是仅仅借用了戏曲中的一个角色,或是赞美,或是诅咒。老而不死则为贼,这是说时光讨厌着某个人长久地占据在这个世界上,另一方面,老生常谈,这又说的是人越老了就不要妄言诳语吧。"[②]老生是戏曲中的人物,是典型的中国老年男性角色,他们大多敦厚正直、博学迂腐。老生一般分为文老生和武老生两种,他们的表演深沉老练、苍凉凝重。题目的蕴意一方面道出这部小说的求真求实性,另一方面道出叙述的沉稳、凝重风格。

---

① 贾平凹:《老生》,人民文学出版社,2014年,第291页。
② 同上,第294页。

在故事层次安排方面，首先贾平凹借唱师之口讲述了中国四个不同时期不同地点的故事。其次，在四个故事中掺杂糅合了中国古典神话《山海经》的许多篇章。故事可以分两个层次：一层是教师给孩子讲《山海经》，其节奏如缓缓溪流一般，运用的是中国传统教育一问一答的方式，娓娓道来；一层是将死未死的唱师所回忆的发生在不同地点的四个故事。第一个故事是1930年代发生在秦岭地区的游击队战争，第二个故事是发生在1940年代后期的土地改革，第三个故事是1950年代后期的人民公社化运动，第四个故事则是1990年代市场经济之后的物质化时期以及当时当地人们纷纭复杂的关系。唱师所回忆的这四个历史阶段无不充满血腥的厮杀和斗争，叙事节奏虽不及《古炉》《秦腔》一般紧凑密集，但却与教师讲述《山海经》这一线索的节奏形成鲜明的对比。如此，两条线索之间便形成了一动一静、一古一今、一神话一人话的相互对立的关系，这样就使历史从容地归于文学，文字间张弛有度。这种阴阳两极、动静结合、古今循环往复、相生相克的关系正是老子《道德经》中最核心的观点，所谓："知其雄，守其雌，为天下溪。为天下溪，常德不离，复归于婴儿。知其白，守其黑，为天下式。为天下式，常德不忒，复归于无极。知其荣，守其辱，为天下谷。为天下谷，常德乃足，复归于朴。朴散则为器，圣人用之，则为官长。故大制不割。"①庄子的《齐物论》提出了庄周哲学认识论中极其重要的一个方面——相对主义，他认为万物都是阴阳转化、循环往复的，是非、美丑、动静、古今都是一个相互转化的过程。《老生》在这种动静、古今关系的矛盾调和中从容地将近百年的历史徐徐铺展开来。

贾平凹的文学艺术，包括他的审美观和艺术想象，均打上了道家文化的烙印，他对道家文化的体验和感悟常体现在以往的小说或散文中，例如其散文《活法》中有这样一段话："《道德经》再不被认作是消极的世界观，《易经》也不再是故弄玄虚的东西，世事的变幻一步步看透，静正

---

① 老子：《道德经》，安徽人民出版社，2005年，第63页。

就附体而生，无所羡慕了，已不再宠辱动心。"①他也开始相信命运与天理。道家文化自古没有被纳入正统的意识形态之中，它一直处于边缘地位，贾平凹否定了道家文化是"虚无荒诞""消极避世"或者"故弄玄虚"的说法，揭示出其中蕴含的生活法则和人生真谛。

《老生》之所以将《山海经》穿插于故事之中，是因为《山海经》不仅是神话传说，它更是一部历史，常被人斥为荒诞不经的著述，全书三万一千余字，是一部未经加工雕琢充满原始意味的著作，这与贾平凹《老生》的写作态度殊途同归。他所追求的正是这种敦厚、古朴的作品气氛。《山海经》叙述的是人类从混沌初分到出世之后逐渐与万物融合交流的过程。历史就是神话，同时神话也是历史，神话是曾经发生过的历史，同样，历史对于后代来说也有可能成为神话。《老子》《淮南子》《庄子》等包含的道家思想是大量地吸取《山海经》的神话并加以哲理化的结果。《道德经》实际上是对《山海经》的进一步解读。道家对《山海经》的继承体现在多个方面，从道家文化中的故事角色来看，道家的许多神灵取自《山海经》，如风伯、雷神、雨师等；从故事所持有的观念来看，道教和《山海经》中的有些神话都主张"长生不死"；从故事情节来看，道教中的"彼岸世界""死而复活"等都能在《山海经》中找到源头。

《老生》的开头和结尾都提到一条倒流的河，故事来源于后记中提到的在秦岭修行的老者，贾平凹将老者的所见所闻加工润色为小说的开头与结尾，并使其前后呼应，这一安排体现出贾平凹的内心结构中早已具备道家的"归隐""无己""坐忘"的文化心态。所以从文本结构上来看，文本题目的设置，故事两条线索之间的动静与古今关系，中国古典神话《山海经》在《老生》中的巧妙运用，故事首尾呼应的关系，等等，均可以看出道家文化在贾平凹这部小说中的渗透。

---

① 贾平凹：《活法》，中国文联出版社，2009年，第301页。

三、人物设置

从人物设置上来说，贾平凹在《老生》中设置了两类人物：一类是始终贯穿于小说的人物，如唱师、教师、孩子、匡三司令；另一类则是四个分故事中的人物——老黑、雷布、王财东、张高桂、邢轱辘、玉镯、马生、拴劳、白菜、冯蟹、戏生等人。虽说小说并没有刻画始终参与四个故事的主人公（第一类人物并不是故事主人公，而是故事之外的只是对故事讲述产生一定功能的人物），但这两类人物对故事发展均有着不可忽视的作用。唱师在回忆现实的历史，教师在讲述神话的历史，孩子在经历当下的历史，也在倾听神话的历史，匡三则不仅经历了先前的历史，也正在经历当下的历史。贾平凹在《老生》后记中说："命运是一条无影的路吧，那么，不管是现实的路还是无影的路，那都是路，我疑惑的是，路是我走出来的？我是从路上走过来的？"①每个生命个体，甚至万物都囿于天命之中，小说中活得最长的那个人是匡三司令，比匡三司令活得更长久的是唱师，唱师虽"解衣磅礴""燕处超然"，但最后也死了。贾平凹多青睐于这类人物，例如《古炉》中"善人"这一角色也是替道家立言。在他的言辞中，"天命""宿命"等词语运用得非常频繁。《老生》中的唱师唱了一百多年阴歌，最后因"老了"要回家却找不到家，便顺风走，风停了就住在窑洞里。"唱师"是一个玄之又玄的角色，他长相奇特又通晓阴阳两界。唱师是陕南民间祭祀活动中一个重要的角色，通过唱阴歌为亡人超度魂灵。陕西是道教萌生的发源地，西岳华山被称为"道教第四洞天"，楼观台被称为"道教福地"，八仙宫被称为"全真教十方丛林"。道教音乐作为道教文化的一个类别在陕南地区与民间音乐相融合，形成一种带有地方特色的音乐形式，唱师则是道教文化影响下产生的民间艺人，《老

---

① 贾平凹：《老生》，人民文学出版社，2014年，第290页。

生》中唱师所唱的阴歌《安五方》《悔恨歌》《孝劝》《道劝》《游十殿》《还阳歌》《十二时》《叹四季》等,大都能在道乐中找到相似点。再者,教师作为传道授业解惑之人,他的言辞颇为神秘,为孩子授课的过程中只作答,没有太多解释。教师也信仰"神",信仰万物循环、生死转化等道家思想的观点。

道家的生死观中主张"死的非真实性""生死的关联性""死的寻常性""死即生"等观点。生死不是具体的生命状态,它的本质是共生于"道"中的同一生命状态的不同表现形式。唱师经历和回忆了中国近百年的历史动荡,但最后也逃脱不了死。道家对待死"没有悲伤",因为他们认定生死是可以互相转化的,人的生命一茬又一茬,总是在万物的"道"之中轮回,死是对生的解释和说明,也是生的升华。庄子在老子高扬生的价值之后,转而深究死的价值,提出了以"生死物化,生死命定,生死一体,生死为徒,生死俱善,生死顺化,生死道达,生游死归"[①]为主要特点的生死观。其中,"生死物化"讲求生命现象中的生死只是物变现象,二者并没有本质性的区别;"生死命定"指生与死的出现是必然的,不必刻意拒绝或接受;"生死一体"是指生死只是处于道之中的两种形态;"生死为徒"指生死之间总是呈现"始卒若环"式的无限循环;"生死俱善"第一次肯定了死的价值;"生死顺化"指生与死符合道的规律,是顺应万物的章程法则;"生死道达"指对生死的大彻大悟;"生游死归"指从宇宙大道的角度来看,"万物一府,生死同状"才是最高的境界。

《老生》里面有四个人物贯穿始终:唱师、匡三司令、小孩、教师。四个人,四种职业,有贵有贱,有贫有富,有老有少,有天真无邪,也有油滑无赖,不管是正在经历着历史的,还是讲述着历史的,回忆着历史的,本质上最后都必然死去。这是道家生死观在小说人物形象上的体现。贾平凹在后记中说到"生死有地",他把生与死看成"气"的形成与遁

---

① 李霞:《老庄道家生死观研究》,载《安徽大学学报》2007年第6期。

去。这种生命观来自"元气论"。"元气论"属于中国传统的生命观,老子说"道生一,一生二,二生三,三生万物。万物负阴而抱阳,冲气以为和"①。这里的"气"是指构成天地万物的原始物质。此与彼,人与物,阴与阳,按道家的世界观来说都是与"道"共生共息,一切都该顺应自然本身的规律。《老生》中的女性形象同样也是不容忽视的,其中具有代表性的女性形象大多相貌俊美、勤劳朴实、诚恳善良,如四凤、玉镯、马立春、荞荞等。这些人物身上集聚了农村女性的优秀品质,作者对她们持以守护、赞扬和同情的态度,她们大多作为社会改革的附属品和牺牲品存在。一方面体现出作者对男权体制所建立的当下文明的不满,另一方面女性在中国佛教与儒家思想文化中,大都是被贬斥和抑制的角色。而道教中虽也主张男尊女卑,但是女性未被斥为罪恶或有缺陷的存在物。相对来说,道家文化中女性的地位要稍高一些。

小说在四个小故事中分别叙述了许多小人物(非贯穿小说始终的人物),他们或以种种方式和目的参加革命,或激情高涨地参与到无止境的掠夺、斗争和厮杀,或在经济形势大好的时代背景下不顾一切为自己牟取暴利。贾平凹在客观逼真地还原人性中冷酷、自私、狡诈、丑陋、荒唐等方面的同时,当然也书写了人性的温情所在,如故事中白土的憨厚老实,马立春对婆婆的孝顺,等等。贾平凹是在真实地呈现过去的国情、世情、民情,呈现人性的本来面目,而绝非"戏说",他是以整体的宇宙观来观照世界,这与他前期的文学观相去甚远,例如1980年代的商州系列,包括《商州三录》《鸡窝洼人家》《小月前本》《腊月·正月》《远山野情》《天狗》《古堡》《黑氏》《商州》《火纸》《浮躁》等,这些作品或多或少夹杂着主流意识形态,也有文化寻根的意识。

---

① 老子:《道德经》,安徽人民出版社,2005年,第95页。

四、故事意蕴

从《老生》的故事内容上讲,故事可分为两个层次:第一层,教师为学生讲《山海经》;第二层,唱师回忆他所经历的历史。两层线索一动一静,一古一今,一张一弛。以"老生常谈"的中国式的叙述方式呈现出来。

贾平凹《老生》中的意蕴出自两个层面:第一层,教师的讲授内容和唱师的唱词首先不容忽视;第二个层面就是故事内容本身。教师给孩子讲述的《山海经》本身就是一本包罗万象的奇书,他选取了《南山经》,以及《西山经》和《北山经》的一部分。之所以未选《海经》,是因为《山海经》是神农时期的作品,而那个时期的人们为追求生存家园,对海的认识完全是陌生的,而山则是他们所追求的神明,再者,陕南地区多山这一地理因素也是作者选择《山经》而未选《海经》的原因之一。为学生答疑的过程中,教师并不像是一位教师,而更像是一位深沉神秘的道家文化的传承人。这在他的许多言语中就可以体现出来。如世界的阴阳共生、魔道共生、人生生死沉浮的不稳定性、万事万物之间的张力结构、欲说还休的话语神秘性等等。这些授课语言中蕴含着一种似乎"虚无""玄妙"的东西。唱师也是如此,他的唱词似乎就是为贾平凹代言。唱师的任务只是"告诉人们他们已经死了",他对待人的生死采取的是视之如常的态度,把人的生死与房子等物的腐朽等同起来,人生的爱恨、贫富、病痛都不重要,重要的是魂灵的皈依。唱师和教师的说辞无不体现着道家生死观中"生命源于宇宙又回归于宇宙""当人超越生死的同时也获得了逍遥"这些说法。

四个小故事中众人物或革命、改革,或发家致富,他们身上无不充斥着贪婪猥琐等人性的弱点。故事中的人物尤其是男性人物大多长相奇特,作者消解了人性健康的特性。如同莫言笔下大部分男性形象一样,经作者对男性"去势化"的书写之后,人性的萎缩和生命力的匮乏体现得更加明显。这隐含了贾平凹对现代文明体制下人性缺失的体察与担忧。仅就四个故事来说它无异于贾平凹以前的小说中的"密实的流年式的叙写"。第一个故事中"老黑埋母"一事足见老黑的冷酷和无情,自从当上正阳镇保安队的粮子,他嗜血的本性便暴露无遗;第二个故事发生在老城村,卷入土改事件中的这些人物,地痞无赖马生是刻画的重点,这样一个无产者最终侥幸成为农会的领导;第三个故事以"文革"为背景,地点是过风楼,冯蟹先天生长发育缓慢,但靠一张能溜须拍马的嘴当上了棋盘村村长,毫无政治头脑的他为了追随革命为棋盘村制定了许多怪异的制度,他的肤浅和流氓本性在革命过程中表现得淋漓尽致;第四个故事发生在改革时期的当归村,戏生这个所谓烈士的后代为了牟得暴利不惜参与到"华南虎事件"的骗局中。人物的身份地位变化无常,大起大落。阿Q式的无赖马生在农会混得风生水起;勤俭持家的张高桂死后未落下一块正经的坟地;药店老板一跃成为徐副县长。在对这些小人物的叙述中,贾平凹始终保持着冷漠的态度,这些推翻了历史戏说的国情、世情、民情,也正是他"不愿想,不愿讲"却"不得不讲的"。

从游击队时期的阶级革命到土地改革,从"文化大革命"到新时期的改革开放。《老生》虽只选取了历史的一部分,但历史的发展似乎逃脱不了那个怪圈,正如鲁迅所说的,"革命,革革命,革革革命",所以说这四个故事的内容意蕴是丰富的,它们所代表的不仅是"这一段"历史,更是人类在整个历史长河中的一个缩影。从《山海经》中人类开辟洪荒开始一直到当下,这才是一段完整的历史。《老生》把两段不同时期的历史糅合得天衣无缝,古与今的结合,表面上看起来是人与人、物与物、人与物的关系,但贾平凹的终极目的是道出"人"和"宇宙"的关系。《老生》的整体基调苍凉沉稳,这是因为贾平凹最终还是本着自己的"使命"道出了自己的心声。他的生命关怀从以前写作中的国家民族意识上升到宇宙意识、天地意识、人间意识,并且具有了更宏观的悲悯情怀。

《老生》结合了作家通过道家文化观对本民族的历史文化和现实社会

的观照，并且这种结合具有极强的西方现代意识，体现着作家寻求人类获得终极拯救的超越精神。人类历史上所谓的改革或革命所形成的文明机制已经大大违背了道家所提倡的"道生德成""重人贵生"或"自然朴真"的价值观。贾平凹呼唤的不是道家生死观、生命观、价值观中虚无的东西，而是这种重视生命、解放人性、正视历史的道德责任感。

贾平凹出身于荒凉贫瘠的中国西北部一隅，他后来生活的西安又是一个具有悠久的人类活动历史和深厚的传统文化积淀的古老城市，长安道教凭借其丰富的物质资源与精神资源在这一地区孕育、发展了影响深远的道家文化，这对贾平凹文化观、文学观的形成产生了一定的影响。本文从四个方面对贾平凹《老生》中的道家文化和他对道家的再解读做了阐释，由此可以看出，他的作品风格具有道家的恬淡悠远、古拙质朴的特征，表现出他对乡土现实世界的关怀，也体现出道家文化与他自身生命体验相结合所产生的宗教般的救赎与悲悯意识。

原载《延安大学学报》（社会科学版）2016年第4期

（本文系与白璐璐合作，收入本书时有修订）

论贾平凹的诗集《空白》及其文学意义

贾平凹的诗集《空白》总共出版过两次，收录了新诗三十一首，除《一个老女人的故事》《二月》等诗篇较长外，其余的诗篇大都以短诗为主。第一次是在1986年12月由诗刊社和花城出版社联合出版，第二次是在2013年8月由陕西师范大学出版总社有限公司出版，前后出版时间相隔二十七年，却鲜有人提及。贾平凹在诗集的后记中写道："我更多的是写小说和散文，最倾心的却是诗……活着需要空气，就更需要诗啊！"[1]从中可以看出，虽然贾平凹在诗歌创作领域取得的成就远不及他的小说与散文，但他对诗歌有着浓厚的兴趣并在诗歌创作方面花费了很多的心思，投入了很大的热情。诗集《空白》在语言特色、题材内容、审美情趣、思想意蕴等方面都为贾平凹后来的小说和散文创作打下了坚实的基础，值得关注与研究。

一、诗集的名称

贾平凹的诗集《空白》第一次出版距今已三十年有余，却鲜有人关注，更遑论研究，他在诗集的后记提到出诗集时的感受："天呀，这多么让我兴奋和惶恐！但一边整理，一边老产生疑惑：这是诗吗？这像诗吗？"[2]这其中包含着作者对自己诗歌的不自信，或许这是一种谦虚，或

---

[1] 贾平凹：《空白》，陕西师范大学出版总社有限公司，2013年，第137页。
[2] 同上。

许贾平凹在出版诗集时就已料到,学术界会很少有人关注与研究自己的诗集,它会是一种"空白"存在,而事实也仿佛证实了这一点。

除此之外,笔者认为作者取"空白"二字作为自己第一部诗集的名称,也许有更为深广的含义。"空白",是西方接受美学中的一个概念,指的是文学作品蕴含许多的意义与意义空白,能够激发读者去探寻作品的意义,使之拥有参与到文学作品中去的权利,并构成其中的一部分。当作者完成他的作品之后,作品就和作者无关了,而是交给读者去理解、去完成。因此,不管贾平凹对自己的诗歌自信与否,从这一层次来看,他的诗歌具有多义性,并鼓励和激发着读者去探寻诗歌的意义和价值,去形成读者自己关于诗歌的理解和认知。

二、诗歌的语言

诗集《空白》中的诗篇大都以日常化语言、陕西方言、"陌生化"语言等写就,这些不同的语言风格之间又相辅相成,使得诗集《空白》彰显出俗雅共存并极富诗人个性化的语言特色。

(一)日常化语言

贾平凹以日常化语言入诗,使得诗集《空白》中的一些作品散发出浓郁的生活气息,这与诗人深入生活、了解生活、感受生活的体验是分不开的。诗人亲近普通群众,深入人民群众的生活,从芸芸众生间领略生活的真谛,汲取语言的魅力,以此拉近了与普通百姓的距离,使诗歌不再高高在上,而且自然散落在百姓的视野与生活之中。正因为如此,贾平凹诗集《空白》的诗歌语言较之于其他诗人的诗歌语言,愈发显得鲜活而富于生命力。比如《题三中全会以前》的"吃了?"[①]、《一个老女人的故事》

---

① 贾平凹:《空白》,陕西师范大学出版总社有限公司,2013年,第3页。

中的"扫帚星"①、《二月》中的"菜花黄了"②等等，诗人把日常化的语言作为诗歌的语言，把日常生活中使用得最普遍、最为大家所熟悉的语言融入诗歌之中，既拉近了与读者的距离，也是对同时代一些盲目追求诗歌华丽辞藻、故弄玄虚以显清高的诗人的反驳，其中不仅包含着诗人个性化的语言色彩和写作方式，也传达出诗人关注普通民众生活、主张诗歌走向大众生活的理念与态度。

（二）陕西方言

贾平凹生于陕西，长于陕西，陕西的一草一木、陕西人的一言一行，他都烂熟于心。因此，诗集《空白》中贾平凹对陕西方言的使用，可谓娴熟自如，使得诗歌不仅具有鲜明的地域性和厚重的地方韵味，也传达着诗人对家乡、对土地和对人民的热爱。如《一个老女人的故事》中的"谁偷了羞谁的先人！"③诗人通过运用陕西方言所特有的厚重、直接，并具有一定力度的特点，使人物豪放与泼辣的性格跃然纸上。再比如《致陕北黄土高原》中的"汉子""女子"等词，即使诗歌显得轻松活泼，也可以读出诗人对家乡三秦大地的热爱与眷恋。

（三）"陌生化"语言

"陌生化"语言的使用，可以打破读者的思维定式，打破其常规性和习惯性的思考方式，从而使读者感到新奇与陌生，增强其阅读兴趣，加深与延长阅读所带来的快感。"陌生化"语言的使用使贾平凹的诗歌语言在日常语言与家乡方言所带来的质朴之外，又增强了语言的意蕴涵泳，呈现出雅俗共存的语言特色。

诗集《空白》中，贾平凹所使用的"陌生化"语言主要体现在他对

---

① 贾平凹：《空白》，陕西师范大学出版总社有限公司，2013年，第9页。
② 同上，第69页。
③ 同上，第7页。

动词与形容词的创造性使用上。正如诗人在一次讲演中所提到的："形容词可以使语言产生韵致，……语言中多用动词，用常人不用的动词，语言就有了场面感，有了容量和信息量，有一种质的感觉。"①虽然诗人在讲演中主要说的是小说的语言，但这一点与其诗歌的语言也是有相通之处的，即追求一种陌生化，而诗人在他的诗歌里也多处活用动词和形容词，达到传神效果。例如《二月》："我听见了一只蜜蜂薄翼在颤/水塘里破裂了一个水泡/还有一棵小草/叭叭地扭动着纤细的腰"②，这里的动词有"颤""破裂""扭动"，形容词有"薄""纤细"。"破裂"本是水泡在破裂，但是诗人故意倒置语序，造成陌生化的艺术效果。诗人通过"颤""扭动"赋予蜜蜂、小草以人格化的生命力，也就使诗歌具有了陌生化的艺术效果。由于动词和形容词的活用，短短几句诗，就带给读者一幅动静结合的画面，呈现出一种万物已经开始复苏的景象，并且诗人在这里所选取的对象都是小巧的事物，比如"蜜蜂""小草"，给人一种优美感，虽然对象体积很小，却充满着生机与活力。再比如《一个老女人的故事》中："村里人都在挖布告上的红印/说是可以避邪"③。布告是平面的，显然不可"挖"，但是通过这个动词的陌生化手法，就把村里人自私冷漠的心理展露了出来。

三、诗歌的内容

诗集《空白》的内容是丰富多样的，正如诗人自己所说："……全是为某位朋友所写，为某宗事所写，为某处山水所写，情得导泄了也便心灵平衡安妥罢了。"④纵览诗集《空白》，写景咏物、记事抒情、爱情苦

---

① 贾平凹：《关于语言——在苏州大学"小说家讲坛"上的演讲》，载《当代作家评论》2002年第6期。
② 贾平凹：《空白》，陕西师范大学出版总社有限公司，2013年，第69页。
③ 同上，第9页。
④ 同上，第137页。

恋、亲情友谊等构成了诗集的主要内容，其中关于爱情苦恋的诗歌数量相对于其他内容的要多。通过细读文本可以发现，诗人并不单单是在叙事或抒情，还通过文字阐发深刻的思考，进行执着的精神叩问。

（一）故乡山水，蕴含人文情怀

贾平凹用诗意的语言，礼赞着家乡三秦大地的山山水水，故乡的山水在贾平凹的诗歌里不仅是诗人"根"之所在、生命力之所在，而且也是诗人精神栖居的天堂。美丽的秦巴山水与厚重的乡土情感，均洋溢在诗歌的字里行间。家乡秦地山水深刻地影响着贾平凹的创作，他的作品充满了对三秦土地的眷恋和喜爱。

例如1986年1月完成的《致关中平原》："关中平原有着世上最辣的辣子最高亢的秦腔最浓烈的西凤酒/但这一切却使我们趋于沉迷归于稳静和保守"[1]。诗人用朴素和真挚的语言描绘着故乡的事物对人性格的养成，厚重的黄土哺育的也是厚重、朴实的人，从中流露出诗人对家乡的热爱与礼赞，以至于诗人忍不住呼喊"快给我骨骼快给我血肉快给我生命快给我成熟"[2]，诗人连用四个"快给我"，感情的汹涌和爆发一泻千里，内心的激动和自豪不言而喻。

再例如，诗人在1981年9月完成的《致陕北黄土高原》中写道的："看见你，陕北黄土高原！/我想起了我弯了腰的老父和瘪了嘴的老母！"[3]诗人通过朴实、真挚的语言，表达着自己对陕北黄土高原父老乡亲们的热爱，这种热爱是流淌在血液里的，而这种热烈的表达又是直接的。故乡的山水是优美纯净的，而这纯美的山水又养育着生活在这里的男女老少，"你把坚强勇敢给了陕北的汉子，把精灵秀气给了陕北的女子"[4]。诗人

---

[1] 贾平凹：《空白》，陕西师范大学出版总社有限公司，2013年，第53页。
[2] 同上，第55页。
[3] 同上，第51页。
[4] 同上。

在黄土高原上找到了生命的答案，领悟到了人生的真谛，寻觅到了自己的根之所在。故乡没有江南水乡的清秀，有的只是黄土，"脚下是飞扬的黄土……/内脏里也只是黄土、黄土、黄土！"[1]但就是这黄土，让诗人热爱和赞美，这是诗人的力量之泉，灵魂之根。

（二）故乡变迁，担负精神重担

贾平凹的身上有着浓重的传统意识，他对故乡的山水和人物有着深厚的情感。但随着时代的发展，现代化的推进，故乡也在悄然改变着：朴实的乡情不见了，物质利益充斥着人们的头脑；传统美德消失了，自私狡黠弥漫整个村庄，诗人对此是痛心却又无奈的。

例如《一个老女人的故事》："村里人都在挖布告上的红印/说是可以避邪/她也挖了一个/走到哪里人还是在唾她'扫帚星！'"[2]诗人表达的深刻性和鲁迅《祝福》中的祥林嫂有一种超越时空上的契合和呼应。虽然时代在向前发展，但物质的进步似乎是以传统精神价值的消失为代价的。故乡已经不是以前的故乡，这里充斥着自私和腐朽，充斥着金钱的腐臭。"村里人忙着去挣钱/钱使人腰杆儿粗了/钱使人眼窝儿浅了/谁也看不到她"[3]，金钱占据了村里人的生活，金钱使他们变得冷漠和自私，金钱侵蚀的不仅是他们的肉体，更是他们的心灵，失去或放弃土地的农民，其本身就是对传统生活的背叛，是对自身身份的阉割。

诗人在这首诗歌的第一节中写道："同辈人全死了/……/她是死者的墓碑"[4]。在最后一节写道："发财的是村里的每一个人/每一个人是她的墓碑"[5]。诗中的老女人就如同一个见证者，同时也是一个固守者。她见证着故乡的变迁、人们精神的衰落，她固守在故乡，固守着传统习俗，可

---

[1] 贾平凹：《空白》，陕西师范大学出版总社有限公司，2013年，第51页。
[2] 同上，第9页。
[3] 同上，第15页。
[4] 同上，第7页。
[5] 同上，第25页。

她的力量却是那么弱小和微不足道，最终也只是成为一个"墓碑"，也只剩下沉默。从老女人面对村里人的嘲笑和冷漠却只是沉默和隐忍来看，贾平凹表达出对传统乡村秩序失落的痛心，却缺乏一种与之抗争的力量与精神突围的果敢，实则是暗含一种无奈与悲观。

（三）奇人怪事，深具现代意识

诗人以一种有别于普通现实生活中的奇人怪事，来表达着对人性的思考、对人类生存境遇的思索，如《广岛的老鼠——并非攻击人的一则寓言》和《我的眼睛有了特异功能》。

在《广岛的老鼠——并非攻击人的一则寓言》中，诗人通过猫、鼠、人三者之间的关系及关系的变化来说明善恶并不是绝对的，善有时是恶，恶有时也是善。在诗中，善恶的区分和有无都以人的生存为标准。从中可以看出，诗人对人性的思考相当深刻并具有哲理性，正如诗中所说："善和恶该怎么说？/平均分配着存在/这就是生活"[①]。

在《我的眼睛有了特异功能》中，"我"因为生了一场大病之后而具有了"我能透过衣服看见人的肉体/我能透过肉体看见人的心肺肝肾"[②]的特异功能，"我"可以随时发现人们的病症，为人们诊断病情，人们都夸赞"我"，"但我对着所有人指出他们的毛病"时，"我倒成为一个小丑了"[③]，没有人愿意与"我"做朋友，还骂"我"是疯子，甚至要挖掉"我"的眼睛。诗人选取"奇人"的视角，当他指出所有人都有病时，却被大家斥为疯子并且被孤立，人性的复杂和矛盾在这里一览无遗，诗人也正是借此来咀嚼和反思人性。

[①] 贾平凹：《空白》，陕西师范大学出版总社有限公司，2013年，第125页。
[②] 同上，第131页。
[③] 同上，第133页。

（四）面对爱情，缺乏自信勇敢

诗集《空白》关于爱情题材的诗作，表达的都是诗人在一厢情愿的苦恋中怯于表白，这是诗人在面对爱情时缺乏自信与勇敢，甚至是自卑心理的表现。

例如，《单相思》一诗中，诗人在一开篇就说道："世界上最好的爱情/是单相思/没有痛苦/可以绝对勇敢"[1]。在爱情中，没有失恋也就没有痛苦，但这还是爱情吗？或者说这并不是完整的爱情，爱情不是一个人的事情，是两个人心生爱慕的两心相悦。诗人虽向往爱情，却不敢勇敢追求，而是害怕受到拒绝和伤害。面对爱情，采取一种躲避的态度，这是诗人自卑心理的表现。

《初恋》一诗便是对诗人缺乏自信和害怕在爱情中受伤的很好阐释，"三年五年了/我一直悄悄爱你/可我不敢说/……/我怕我当面说破了/你会不会同意？/不同意从此骂我卑鄙/那我将失去你永远的情谊"[2]。诗人渴望爱情，而且也有喜欢的对象，可是自身的胆怯使他在爱情中缺少勇气，缺少表白的勇敢，因此，他只是一味地一拖再拖，直到"三年五年"，也许还会更久，诗人害怕表白失败后，原先的友谊也会荡然无存。类似于这种一厢情愿、苦苦暗恋的诗作还有《天·地——静夜给A》《分手给××》等诗。

（五）生活叙事，极具哲理意味

诗集《空白》中，还有一些诗篇极具哲理意味。这种哲理意味的表现，并不是抽象的议论和图解，而是诗人通过对日常生活的描写，传达出对人生和生活的感悟与思考。

例如短诗《问》，通过一个小女孩的视角，进行层层富有童趣的提

---

[1] 贾平凹：《空白》，陕西师范大学出版总社有限公司，2013年，第81页。
[2] 同上，第107页。

问,来阐明生活的哲理,读来令人感到轻松和愉悦。在短诗《鱼化石》中,诗人在米脂县博物馆内看到一块有四十五条鱼的化石,写道:"参观者经过了这里/想到了水/一只猫跑进来/想到了腥味"①。诗人用幽默的笔法,写出即使是再珍贵,意义再重大的事物,对不同身份的人,包括一只猫而言,其价值也不能相提并论,读后,不仅使人哑然一笑,而又不得不佩服诗人关于这一现象的深刻的哲理思考。

再比如《无题(之二)》一诗,一个卖饸饹的少年,在叫卖着饸饹,可人们只是路过,并没有人去买,还对其卫生状况进行一番数落,诗人不由地发出感叹:"呼不来的饥饿/呼不出的寂寞"②。对于非常饥饿的人而言,填饱肚子才是关键,不会特别在意卫生的好与坏,可那些并不十分饥饿的人,才有心思去考虑食物以外的东西,因此,"饥饿"不是能"喊"来的,"寂寞"也不是一"呼"就能出去的。诗人善于通过日常生活中经常会遇到或碰见的小事,来抒发人生哲理,看似简短的诗,实则极具哲理意味。

(六)生殖崇拜,潜藏性爱心理

在中国人的思想观念中,"性"是一个忌讳的话题,甚至是谈"性"色变,因此,在文学作品中,作家对性的描写并不多见。在诗集《空白》中,诗人对生殖崇拜的描写,实际上潜藏着诗人的性爱心理。

例如《深山见闻》中写到的:"桃肉被男人们吃了/桃核就作了口哨/天天在一家门前吹/吹得那家女子害了痨"③。这里的"桃"实际上是对"性"的暗示,潜藏着诗人的性爱意识。再比如《野游》一诗中所写的:"花是草的生殖器/蜜蜂作着情之结合"④。对"性"的描写更为直接和突

---

① 贾平凹:《空白》,陕西师范大学出版总社有限公司,2013年,第83页。
② 同上,第95页。
③ 同上,第111页。
④ 同上,第115页。

出，也指明了"性"的普遍性。在《初恋》一诗中诗人写道："这些人爱你全是为了尽快扒掉你的衣裤"①。这里对性的描写是比较直白的，表达出诗人对性的看法和其他男人不一样，也表达了他对爱情的珍视。

四、诗歌与小说

诗集《空白》中的语言特色、题材内容及诗人情感的表达，在贾平凹的小说中，也得到了进一步的体现和深化，甚至，从某一程度来讲，贾平凹的小说创作特征，从其早期诗集《空白》中都可以找到类似的表达。

诗集《空白》中，诗歌的语言具有浓郁的地方性和"陌生化"的特点。在小说创作中，方言土语和"陌生化"语言的运用，几乎贯穿于贾平凹的每一部小说，从而不仅使其小说的语言呈现出一种别样的艺术美，也烙印下了贾平凹小说创作的鲜明特色。

例如，小说《土门》中有一段："我看见巷头院墙下圪蹴着一群人，有老的，有少的……"②这段话中的"圪蹴"就是作者家乡的方言，作者使用自己熟悉的家乡语言进行创作，拉近了和读者的距离，使得读者在阅读文本时能够感受到一种亲切和自然。这样不仅凸显了人物的身份和地域，而且还使作品中的生活场景含有地方风情的韵味和特色。再比如在《高兴》中，刘高兴和五富离开农村去西安城南的池头村找韩大宝，在进村口时有人在路边烧纸，"天空里可能有鬼，我们怀疑鬼在日弄我们"③，这里的"日弄"一词，就是作者家乡陕西的方言土语，读来使人感到一种诙谐和幽默。

"陌生化"语言的运用在贾平凹的小说中也很突出，例如在《浮躁》中，两岔镇连年干旱，而十里外其他的地方雨都下得"汪汪稀汤了，这

---

① 贾平凹：《空白》，陕西师范大学出版总社有限公司，2013年，第105页。
② 贾平凹：《土门》，漓江出版社，2013年，第15页。
③ 贾平凹：《高兴》，译林出版社，2012年，第7页。

里就是瞪白眼……就把两岔镇隔得绝情！"①这里的"绝情"一词，本是用来形容人的，在这里用来修饰物，给读者以陌生和新奇的感受。再比如《浮躁》中小水嫁娶的那天，小女婿登门迎娶，给麻子外爷和韩文举拜礼时，"跪倒在尘埃里给麻子外爷和韩文举磕了头"②，这里的"尘埃"一词，今义主要指的是颗粒或尘土等污浊的东西，古义主要指的是烟雾、微风。作者采用古义，将本来很常见的词用出了新意，使读者读后耳目一新，增强了读者的审美感受。再比如《高兴》中作者对秃子蹬三轮走的时候的一段描写："腰又弯着，稀稀的几根头发在风里飘摇……"③"飘摇"一词，不仅把秃子头发的稀少写得惟妙惟肖，实则也写出了生活的不易与艰难，给读者以生动形象的感受。

贾平凹热爱着故乡，但对故乡的物是人非，又是痛心的。诗集《空白》就有这样的表达，而在他的小说中，这种思想又得到了进一步的深化和加强。正如高春民所说："贾平凹将视野转向了曾经和谐美好的故乡商州，以知识分子的回归乡土来寻找精神拯救之路。然而，……尴尬的精神还乡，得到的却是再次无奈的逃离。"④

例如小说《高老庄》中的高子路，其身上就有贾平凹想通过回归故乡来达到精神拯救的思想表达，但却以失败告终。高子路出生在农村，他凭借自己的不懈努力终于在城市谋得一席之位，成为一所大学的教授，然而，他感觉不到快乐与轻松，城市的浮躁和欲望侵蚀着他，使他疲惫、空虚。于是，他找了个借口，企图返回故乡，寻找精神的拯救和灵魂的安放，但当他回到故乡，才发现高老庄已经不是他记忆中那个田园牧歌般的故乡了，这里不仅充斥着各种现代化工厂，而且"有着被骂着妓女的苏红，有躺在街上的醉汉，有吵不完的架……"⑤被工业化和商业化侵蚀的高老

---

① 贾平凹：《浮躁》，漓江出版社，2013年，第12页。
② 同上，第23页。
③ 贾平凹：《高兴》，译林出版社，2012年，第44页。
④ 高春民：《贾平凹小说的精神生态解析》，载《小说评论》2015年第6期。
⑤ 贾平凹：《高老庄》，译林出版社，2012年，第230—231页。

庄已经呈现出衰败和腐朽的境况，淳朴的乡风民情消失殆尽，金钱利益占据了人们的身心，因此，高子路的精神返乡救赎是失败的，也是痛苦与无奈的。

长篇小说《秦腔》中的夏天义和诗集《空白》中《一个老女人的故事》中的老女人一样，是故乡土地的固守者，因为他们都知道土地对农民的意义与价值。可面对清风街的土地流失，农民却毫不在乎，甚至是麻木不仁。一边是夏天义拼死保护和坚守这份土地，却无济于事，甚至丢掉性命；另一边是农民丢掉土地，拼命地挤入城市。

再比如《土门》中工业化和商业化对仁厚村的侵蚀，"建筑就如熔过来的铅水……我们在西京里，就真的如这些可怜的丧家狗啊！"①对于农民来说，失去土地就等于失去根和灵魂，就如同"丧家狗"一般可怜。作者对农民失掉土地的行为是痛心的，正如谢有顺在《贾平凹小说的叙事伦理》一文中所说："他试图写出故乡的灵魂，但心里明显感到故乡的灵魂已经破碎。"②面对农民与土地关系的断裂，面对钢筋水泥对农村的侵占，贾平凹也深感无奈与遗憾。

贾平凹的诗歌与其小说的关系是紧密相连的，贾平凹不仅把创作诗歌的语言与诗歌所表现的情感等融入他的小说创作中，甚至有时直接将《空白》中的诗歌引入小说中，为小说增添一种别样的诗意美。比如在小说《废都》中，主人公庄之蝶在一个慕名而来的姑娘的背上题了一首诗："把杆杖插在土里/……/希望寄给远方的她"③。这首诗就是诗集《空白》中的《希望》。并且在小说《病相报告》中，作者对这首诗稍做改动，变成了胡方写给江岚的诗歌。

---

① 贾平凹：《土门》，漓江出版社，2013年，第4页。
② 谢有顺：《贾平凹小说的叙事伦理》，载《西安建筑科技大学学报》（社会科学版）2009年第4期。
③ 贾平凹：《废都》，漓江出版社，2012年，第331页。

五、诗歌与散文

贾平凹对家乡三秦大地的热爱,不仅在其诗集《空白》中通过《致陕北黄土高原》和《致关中平原》两首诗歌表达出来,而且在其散文创作中,更是不遗余力地反映这种深沉的恋乡之情。这其中不仅仅是对故乡山水的礼赞,而且更蕴含着作者浓厚的人文情怀。

例如散文《走三边》中,作者不仅对三边的山水树木等进行了描写,而且还对这里具有地域特色的世俗民情进行了描写。当作者听到"秦腔"二字时写道:"一句秦腔,倍感亲切","秦腔却使我立即缩短了陌地陌人的距离"。①从中可以看出,作者对故乡情感的抒发不仅停留在自然景物上,同时也对具有地域特色的世俗民情大加赞赏,这其中蕴含着作者对具有历史文化底蕴的、富有地域特色事物的喜爱,因为,它们不仅愉悦着人的眼目,而且丰富着人的精神世界,拉近着人与人之间的距离,让人与人的相处变得更为亲切与和谐。在散文《秦腔》中,贾平凹对秦腔的赞美与热爱更是溢于言表,指出秦腔对农民的价值和意义,是早已和他们的生命融为一体的,"八百里秦川的劳作农民,只有也只能有这秦腔使他们喜怒哀乐"②。在《关中论》一文中,作者更加强调民风民俗的重要性,甚至把民风民俗提高到关乎一个地区振兴与衰落的高度上,"振兴关中,民性风俗要振兴啊!"③类似于这样的作品在贾平凹的散文中不胜枚举,比如《黄土高原》《延川城感觉》等篇,对山水景物、民风民情的描写,蕴含着作者深沉的人文情怀。

作为诗人的贾平凹,善于在日常化事物及平凡普通的生活中抒发哲理。作为散文家的贾平凹,在其散文创作中,也擅长通过对日常生活的描

---

① 贾平凹:《商州寻根》,时代文艺出版社,2015年,第191页。
② 贾平凹:《旷世秦腔》,时代文艺出版社,2015年,第32页。
③ 同上,第150页。

写阐发与升华哲理。

例如，《地平线》一文，小时候的"我"因为对一位老者说的地平线感到好奇，于是不停地去追逐，虽然没有追到，但一直让作者保持着好奇，吸引着作者对这样一件很普通的小事的思考与追索，悟出"命运和理想是天和地的平行，但又总有交叉的时候"①。即使那条"地平线"很远，但只要保持好奇，拥有一颗永不停歇的心，不停止追寻的脚步，勇敢地追逐梦想，"永远去追求地平线，去解这个谜，人生就充满了新鲜、乐趣和奋斗的无穷无尽的精力"②。再比如《三游华山》一文，作者通过三次来华山却并不登山，而是被山下的风景所吸引这一日常生活中的小事的描写，托物喻理，阐发了"好东西不可一次饱享，慢慢消化才是"③的哲理，《鸡蛋》《门》等篇也是如此。贾平凹对日常生活中的所见所闻有着深刻的思考，正如赵允环在《浅谈贾平凹散文的创作特色》一文中所说的："对于他来说，一颗露珠，一粒砂石……都可以找到一定的美学含义，都可以找到一定的哲理和诗情。"④

在贾平凹的散文作品中，也有着与其诗歌共同蕴含的现代意识，贾平凹文学作品中所蕴含的现代意识，是他关于"审视复杂的人生境况，揭示世相百态，针砭痼疾时弊"⑤的有力表达。

例如《人病》一文，作者在一开篇就说道："我突然患了肝病，立即像当年的四类分子一样遭到歧视。"⑥因为患了肝病，朋友不来作者家串门了，领导也不再喊作者作陪了，作者原有的生活改变了，变得清静了，也变得尴尬了。作者把自己置身于一个"病人"的视角，以此来观照人

---

① 贾平凹：《商州寻根》，时代文艺出版社，2015年，第27页。
② 同上。
③ 贾平凹：《旷世秦腔》，时代文艺出版社，2015年，第73—74页。
④ 赵允环：《浅谈贾平凹散文的创作特色》，载《韶关大学学报》（社会科学版）1995年第1期。
⑤ 孙宜君：《论贾平凹散文的文化意蕴》，载《江苏社会科学》1997年第3期。
⑥ 贾平凹：《土门胜境》，时代文艺出版社，2015年，第70页。

生、体察人性。再比如《名人》一文，当你突然之间成为名人时，人们对你的态度便与之前截然不同，你的丑成了美，你的邋遢是一种潇洒，有各种人求你为他们办事，可只有你自己知道"名第一，人第二"[①]的时候，你生活得有多疲惫，以至于你大声疾呼"我不要这个名，我要活人！"[②]作者正是通过名人为名所累的一系列境遇和生活状况来审视人的生存境遇，以此达到针砭社会生活的目的。其他的散文，如《弃人》《牌玩》等也深具强烈的现代意识。

贾平凹后期的散文弥漫着一种悲观、颓废的人生观，甚至夹杂着鬼怪、妖邪等色彩。例如，写于1993年11月的散文《红狐》中提道："我不喜欢阳光进来……我愿意在一个窑洞，或者最好是地下室里喘气。"[③]从这段文字可以明显感觉到作者的颓废与悲观。"我也没喝酒，亦不想睡，想着真有狐狸的吧。"[④]在这篇散文中，不仅作者的颓废感渗透在文章之中，而且字里行间都弥漫出一种"鬼气"。再比如《关于埙》中作者写到他在吹埙时，"每一次吹响，楼下就有小孩吓得哭，我就觉得它召来了鬼，也明白了鬼原来也是可爱的"[⑤]。这些神秘玄幻或鬼怪色彩都可以在贾平凹早期创作的诗集《空白》中找到端倪。

结　　语

诗集《空白》作为贾平凹初涉文坛的尝试之作，其诗歌不可避免地存在着局限与不足，例如，部分作品诗意性不强，诗歌多注重个人感情的抒发而割裂了与时代的联系，对爱情的悲观书写流露出颓废的气息，等等。

---

① 贾平凹：《太白山魂》，时代文艺出版社，2015年，第75页。
② 贾平凹：《土门胜境》，时代文艺出版社，2015年，第77页。
③ 贾平凹：《时光长安》，时代文艺出版社，2015年，第45页。
④ 同上，第46页。
⑤ 同上，第43页。

除此之外，诗集《空白》中潜藏的性意识，在贾平凹后来创作的小说和散文等领域得到了较大程度的书写，有时甚至达到了夸张的地步，使得部分小说和散文显露出一定的局限性。例如长篇小说《废都》，对性的大段直白的描写显得毫无节制，不仅降低了文本的艺术价值，也使作品呈现出低俗甚至媚俗的不良倾向。散文《人草稿》《少男》《寡妇》等出现大量表现性变态与性臆想的文字，传达的是低级趣味的不健康的审美趋向。

整体来看，作为贾平凹早期的文学创作作品，诗集《空白》所具有的优缺点以及创作母题、艺术风格、语言特点等，都在贾平凹后期的文学创作领域，尤其是小说和散文中有所表现和流露。当然，由于作家后来专注于小说与散文创作，其文学创作的题材范围、对生活的哲理思考乃至作品的思想蕴含都大大超越了诗集《空白》，艺术风格也明显比他初涉文坛写作诗歌时的稚嫩、拘谨而显得炉火纯青、熟稔老辣、游刃有余。从诗集《空白》到近年来贾平凹长篇小说精品的不断井喷，显示了作家贾平凹在文学创作领域的执着追求、艰辛探索与不懈努力。

原载《北京社会科学》2018年第3期

贾平凹《山本》中"陆菊人"形象阐释

近年来，贾平凹继2011年的《古炉》、2013年的《带灯》、2014年的《老生》、2016年的《极花》等四部长篇小说之后，今年（2019年）又出长篇新作《山本》。纵观这几部长篇小说，不难发现，四部作品贯穿着一条越来越具有强烈的反思色彩的主线。如《古炉》，通过对故乡小山村的描绘，来打开反思"文革"的一扇窗子，其间也贯穿着对贫苦中人性恶的描述；又如《带灯》，通过乡镇女干部带灯来反映社会基层的问题，他称自己"不能女娲补天，也得杞人忧天"；《老生》则通过对过去的国情、世情、民情的呈现来反思人性人情；《极花》通过妇女被拐卖引发的一系列道德与伦理上的悲剧来反思当下凸显的社会问题。在以上四部作品中，作者有对民间、传统的反思，又有对现代意识的反思。例如《古炉》中所用到的原型——陕北铰花花的老太太周平英及其剪纸画册，又如《带灯》中对"地藏菩萨"的极度崇拜，均具有浓厚的民间色彩。《山本》似乎有继承这一传统的意味，但又不仅限于此，在这部作品中，作者除了以往的反思，更将现代性、传统性与民间性放置于同一时空下，即20世纪二三十年代充满秦岭气息的涡镇中，通过这里的男男女女、老老少少的故事的讲述与被讲述，连同着秦岭中的山石草木，共同交织起一个关于"三性"的经纬网。纵横交错的"三性"经纬网正是作者主观意识中对"三性"间相互冲突与调和的认识的外现，外现为人物间命运的纠葛。随着人物间的关系由紧张到舒缓，作者的态度也渐趋明朗，对"三性"的态度是贾平凹站在较以往更高的一个层次上对过往的一个反思。如贾平凹本人在访谈中所提到的："年轻时阅读，好技巧，好那些精美的句子，年纪大了，阅读看作品的格局和识见。现在人阅读习惯于看作品讲了个什么故事，揭露了什么，宣传了什么主义，或者有趣不有趣，其实人类最初谈小说，就是为了自己怎么活人，里面有多少值得学习的生活智慧。《山本》是我60多岁后的作品，我除了要讲一个完整有趣的故事，就是一有机会就写进了我60多年的生命经历中所感知和领会的一些东西。"①

笔者认为，在作品中，女主人公陆菊人是寄托了作者愿望的一个理想人物，有学者将她称作不食人间烟火的"地藏菩萨"，笔者更愿意将她作为一个有女儿性、妻性、母性的普通女子来看，并由她来看与她有着联系的各类世俗人。通过这些世俗人，我们可以更真实、真切地还原各类世俗人身上所具有的"三性"特点，为生活在当下的我们提供借鉴，即作为个体如何以一个健康、积极、和谐的姿态来面对生活乃至生命中的有常与无常。

一、在民间自由舒展着本性的"陆菊人"

因家境贫寒无力偿还债务，年仅十二岁的陆菊人就被父亲许为杨家的童养媳，要嫁给一个仅七八岁、两筒子鼻涕、整天玩"占山头"的小孩子。虽不情愿，小小年纪的陆菊人倒也忽然能想开了，"自己给爹当了一回女儿，现在再去给杨家的儿子当一回媳妇，这父女、夫妻原来都是一种搭配么，就像一张纸，贴在窗上了是窗纸，糊在墙上了是墙纸"②，陪嫁的除了三分胭脂地还有一只猫。如同终日卧在门楼上的瓦槽里的老猫，陆菊人在柴米油盐的日常中圆了房，有了身孕。

此处内容被学者诟病为描写得不真实，认为小小年龄的陆菊人思想未

---

① 贾平凹、王雪瑛：《声音在崖上撞响才回荡于峡谷——关于长篇小说〈山本〉的对话》，载《当代作家评论》2018年第4期。
② 贾平凹：《山本》，作家出版社，2018年，第2页。

免太过老成，笔者却认为恰是这类看似有失妥当的心理刻画才成功地塑造了陆菊人的形象。陈思和先生将《山本》分析为一部民间说野史，认为其继承了民间说史的特点，即"老百姓对于历史真相并不感兴趣，替古人担忧只是一种审美功能，并无功利实效"①。按照这个思路，我们不妨来分析一下有关陆菊人的这类写法：井宗秀邀请陆菊人担任茶总领一职，替他料理茶坊生意，陆菊人始终不能做出决定。虽先后有公公的鼓励和陈先生的点拨，她还是不能定下心来，于是将决定权交托出去——如果能够摊个完整的饼，如果能见到不常见的野兽，便是上天的安排，她就应承了井宗秀。让人意外的是，陆菊人的这些念想竟全部实现，她也心安理得地接受了这份差事。按照语境推测，陆菊人最后会答应井宗秀的邀请，一来因为两人有不浅的交情，二来前面陆菊人帮助井宗秀的几桩事情足以说明陆菊人的才干，三来有公公和陈先生的支持。但此处，作者为何要费如此多的周折，来写陆菊人一连串的心理活动呢？笔者认为，深受传统的"天时地利人和"观念的影响，作者只有把陆菊人"求神拜佛"的矛盾心理刻画出来，才能使得她最后接受茶总领这一身份合情合理化，也能增加形象的立体真实感，即从侧面完成对民间的陆菊人形象的塑造。

　　提及民间及民间性，我们首先想到的是莫言和他笔下的一片红高粱，有落后，有野蛮，甚至是充满血腥与暴力的，但事实上，民间也存在它所对应的温情。在《山本》中，也同样提及了五雷一类土匪身上野蛮的民间性，但在笔者看来，这并不是作者描写民间性的重心所在。反之，与这类民间性相对应，真正代表着作者心目中理想的民间性的应是在涡镇中生养并成长起来的陆菊人一类的秦岭人，暂且将他们称为"陆菊人们"吧。剩剩每次生病，陆菊人总要抱着他跑去给陈先生看看，陈先生的存在，对于陆菊人来说，不仅是个医者，更是可以指引她人生道路的智者。因为陈先生眼睛看不见，陆菊人总是隔几天就到陈先生家里，或帮他洗衣服，或

---

① 陈思和：《民间说野史——读贾平凹新著〈山本〉》，见《收获》文学杂志社编：《收获长篇专号·2018·春卷》，长江文艺出版社，2018年，第289页。

擀一案板面，或拿起扫帚扫院子，即使在她后来当了茶总领，还时常跑过去干这些零活。在井宗秀给她送去三盒特色糕点时，她都没忘记给陈先生送去一盒；看到花生后，虽然她对井宗秀也有特殊情愫，但想到自己已是寡妇之身，便有意撮合花生与井宗秀，并且将花生当作亲妹妹一般时时教导提携，花生结婚当晚，她为自己有一丝丝醋意而发笑；阮天保攻打涡镇时，几个妇女因为见不到井宗秀，于是将怨气发泄在陆菊人身上，当周一山要责罚她们时，陆菊人主动替她们求情；公公因为从别人口中听到井宗秀与陆菊人的风言风语，便劝陆菊人改嫁，陆菊人看到公公年事已高，眼睛看不清楚还做好了饭，她心里愧疚又自责，"她在检点自己：为什么能惹得那些人说自己的不是呢，是自己和井宗秀走得太近了？""陆菊人倒恨了一句杨钟：你不担沉你走了，让我受这号罪！却又想：这也怪不得杨钟，那些人是对井宗秀怨恨了又不敢对井宗秀怎样，拿我发泄了。那也好，只要不伤害井宗秀，就对我出气吧。"[①]在这里，贾平凹极力彰显一种民间伦理观照下人与人之间所呈现出的人性关怀。如学者所指出的："民间伦理则是不定型的，由普通民众在其实际生活中自发形成的、在话语表达上居于主流之外的价值观念，它广泛地表现在人们的风俗习惯、生活方式等非理论化的现实状态之中。"[②]由此来看，陆菊人身上的这些品质——勤快、善良、淳朴、憨厚、知恩图报等——正是"民间伦理"这一"小传统"[③]所赋予的。

除了陆菊人，在民间伦理观照下，这里还生长了一群豪气冲天、侠肝义胆的涡镇人：因发小情谊，心甘情愿跟着井宗秀出生入死的陈来祥等人；平时会因蝇头小利斤斤计较，但在预备旅最艰难时刻，却甘愿拿出自家米、面、柴、油的店掌柜们；在战事集中时，预备旅一声令下，全家出动或是参与战事或是帮忙做饭送饭的人家。即使是生活在涡镇里的有各种

---

① 贾平凹：《山本》，作家出版社，2018年，第252、253页。
② 贺宾：《论民间伦理的特征》，载《中州学刊》2006年第2期。
③ 同上。

各样毛病的小人物们也都有各自的可爱之处：夜里敲着警锣，几十年如一日地为涡镇人报送平安的老魏头；像跟屁虫一样忠诚地追随着井宗秀，不允许别人对井宗秀有丝毫不敬的蚯蚓；浑身长满毛病，但在大是大非面前却有几分责任和担当的杨钟；慈善本分的杨掌柜；就连土匪也懂得知恩图报。

涡镇上更生活着一群有着顽强而又多彩的生命力的"陆菊人"。老魏头在被土匪砍了数刀之后，抱着神像祈祷，后来竟奇迹般康复；邢瞎子在被砍掉双腿之后，竟存活数日，直至剥皮剜心才死；在土匪玉米被毒蜂群攻，生命奄奄一息时，井宗秀发动全镇人对其又是吐唾沫又是抹鼻涕进行土方治疗……然而，这却仅是贾平凹笔下关于民间性的显性表现，其真正的内涵却蕴藏于人物的骨髓之内，诸如陆菊人。由出身贫寒的童养媳成长为显赫一时的茶总领，陆菊人的经历可谓传奇，但与之相伴的亦是人生的大起大落：丈夫早年离世，儿子年幼又残疾，年迈的公公虽时常呵护她却也在意外中悄然离去，被寄予了自己人生希望的井宗秀在到达事业巅峰时遭仇家暗算而丧命。面对人生的无常与遭遇，陆菊人身上散发出的是一种超生命力的生机。这种生机来自民间，是自由的，更是无穷尽的。

最后，涡镇在炮火的轰击下遭到重创，三分胭脂地的梦境随着井宗秀的死亡而彻底破灭，故事的参与者也大多丧生在这次战役中。陆菊人活了下来，跟跟跄跄地跑向安仁堂，安仁堂安然无恙，延续着陆菊人生命的剩剩也安然无恙。作者在某种程度上正暗示了充满生命力的民间精髓的一种延续。

二、多重身份观照下回归传统的"陆菊人"

军阀、土匪、逛山和刀客在秦岭一带的出现，使得一向安宁的涡镇变得不安宁起来，涡镇的人开始开凿石窟，恐慌也成了人们议论中的主要话题。老魏头与陈皮匠老婆一次偶尔的对话唤醒了陆菊人内心的秘密与惊喜，赶龙脉人的预言与陪嫁的三分胭脂地在陆菊人的心里生根发芽，希望随着腹中胎儿的成长而萌生着。或许是命运的安排,在陆菊人坐月子期间,井掌柜意外去世,不知情的杨掌柜将她的三分胭脂地转而送给井宗秀安葬父亲。阴差阳错的安排,使陆菊人的注意力不自觉转向了井宗秀,在改变井宗秀命运的同时,也为自身命运的起承转合埋下了伏笔。

杨钟生性顽劣,做事又不着边际,陆菊人在公公的帮衬下,渐渐成了家里的顶梁柱。从五雷刚进村时陆菊人在寿材铺上演空城计,到后来巧妙化解三副棺材的困境,再到后来利用毒蜂与老魏头巧妙脱身,我们不难看出陆菊人的胆识与智慧。更有意味的是,在杨钟这一"现实丈夫"的映衬下,陆菊人近乎完美地阐释了"好女人"的含义。如面对杨钟的不务正业,她先是多次为他寻找出路,让他和井宗秀一起做酱笋生意,让他跟随井宗秀一起起事,从而能有一番作为。在杨钟我行我素,不通人情世故时,总是她不断为他做善后的工作,如:在陈先生没能治好剩剩的腿,而杨钟当面责难陈先生时,是陆菊人从中劝阻,还请陈先生不要记怪;在杨钟经常不分场合地直呼井宗秀的姓名,且一次次逞能地骑井宗秀的马时,是陆菊人不断地警告他,要注意自己的身份。但即便如此,陆菊人在外人面前还是处处维护着杨钟作为一个男人的面子,如在她去阮天宝爹家送礼钱时,她坚决要求写礼单的人记上杨钟的名字,这是她自觉对杨钟作为一家之主身份的尊重与维护。而作为儿媳妇,陆菊人的行为也无可挑剔:在杨钟时不时顶撞杨掌柜时,陆菊人总是从中劝和,时常为公公宽心;她自己对公公说话也总是客客气气,还察言观色着公公对自己的态度,如在井宗秀当了预备团的团长时,她心里高兴又自豪着,因而连着几天的饭都做扯面,"杨掌柜却说:明年有个闰二月的。她心里咯噔了一下,觉得是自己轻狂了","就自己没敢多吃,端了碗去给剩剩喂";[1]杨钟走后,为了不再听到别人的闲言闲语,她一段时间坚决不与井宗秀往来,而且比之前更加孝顺公公。作为剩剩的母亲,她同所有的母亲一样,不仅关心呵护

---

[1] 贾平凹:《山本》,作家出版社,2018年,第141页。

他，在杨钟走后，她还将剩剩带在身边。考虑到剩剩腿有毛病又早早没了父亲，陆菊人便想把剩剩送到陈先生那里去，而当陈先生答应收剩剩为徒弟时，她激动地流下了眼泪。从这个角度讲，陆菊人是传统意义上的贤妻良母，身为人媳、人妻、人母，她不仅坚守本分，而且通透睿智。

  在三分胭脂地阴差阳错成了井家坟地，儿子剩剩看着也是不成气候时，陆菊人开始将希望寄托在井宗秀身上。从最初的彼此敞开心扉到后来帮助井宗秀成家立业，她就是照着井宗秀一步步走向高峰的那面铜镜，井宗秀成了她的"理想丈夫"。在井宗秀设计消灭五雷，要向她借手镯时，连杨钟都嫌弃从死人胳膊上摘下来晦气，她却说"有啥晦气的，灭了土匪我这镯子还有一份功劳哩"①。在预备团成立初，杨钟三天打鱼两天晒网，她对着杨钟又是发脾气又是摔盆子，"你这是打井宗秀的脸！预备团脚跟还没站稳，你就起了这么个坏头，都像你这样，那预备团不散伙了？！"②这既是对杨钟恨铁不成钢的无奈与斥责，更是对井宗秀事业的帮衬与扶持。在井宗秀收拾完五雷一伙土匪，被任命为预备团团长时，陆菊人初期的心理活动很丰富，却也很真实："她真的高兴，井宗秀当上团长了，就暗暗有了些得意。"③随之又想道："这井宗秀一下子当了团长，该怎么个当法？那保安队长就瞧不起他啊，而他是和杜鲁成、阮天保一块儿闹起的事，杜鲁成、阮天保能服气吗？涡镇上那么多人也都参加了，又都肯受他管？"④接下来便有了替井宗秀"造势"的系列举措：把众人都感兴趣的"因果报应"事件与城隍转世为井宗秀联系在一起，经杨掌柜之口散播开来，在众人的口耳相传中，井宗秀的威望便树立起来。后来陆菊人又替井宗秀经营茶坊，为他的预备旅提供经济支援，在井宗秀每每犯错误时，总是她在旁提醒或者为他善后。从这个角度讲，陆菊人更是

---

① 贾平凹：《山本》，作家出版社，2018年，第125页。
② 同上，第142页。
③ 同上，第141页。
④ 同上，第141—142页。

传统意义上的"贤内助"。

而与之相对应,涡镇上同样生存着一群向着传统、向着秩序靠拢的"陆菊人"。如安仁堂的陈先生,在他这里患者并无高低贵贱之分,他的眼睛虽然看不见,心中却始终洞若观火,于他而言,在涡镇开诊所是谋生,更是对救死扶伤这一传统的自觉坚守;又如130庙的宽展师傅,面对着繁复变幻的涡镇局势,她宠辱不惊,世间的丑恶美善于她而言,并没有绝对的界限,她守候的是庙里的香火,更是在乱世中对世间人心的安定,这是自觉向传统礼教的回归。

通过这些分析,我们不难发现,对"陆菊人"这个形象,作者毫不吝啬地给予了称赞,而对她身上的这些品质,作者也流露出了欣赏,以至于让读者觉得她就是那个光芒四射、不食人间烟火的"地藏菩萨"。在笔者看来,不论是"陆菊人"这个形象,还是她身上的这些品质,都成了作者建构他心中理想大厦的材料,这里简单质朴,个人安分守己,不论为父为子、为夫为妻,都在做自己分内的事情,安仁堂的陈先生如此,130庙的宽展师傅也如此。

三、现代意识统摄下的"陆菊人"

有学者称《山本》中最具现代性的是接受了现代性观念熏陶的井宗丞与具有民主平等观念的麻县长,两者集中体现了现代性的两面:"柔弱的理性与充满暴力色彩的冷酷"[1]。但何谓真正的现代性?韩庆祥在《现代性的本质、矛盾及其时空分析》中指出,"用来在总体性上反思一定历史发展阶段(即现代社会)生产方式、交往方式、生存方式和思维方式及其蕴含的思想观念,并寻求发展的再生之路的一个核心概念,是指现代社会不同于传统社会的根本特质,是对现代化的'本质''特性'的概念的

---

[1] 徐勇:《三部曲,或精神重建——关于贾平凹的〈山本〉》,载《中国艺术报》2018年5月23日第3版。

概括和表达"①。笔者认为，作者在书中对这个问题的认识是有一个过程的：井宗丞、井宗秀在起初是被作者寄予了期望的两个年轻人，"大儿子井宗丞黑是黑，但能说会道，办事干脆"，"小儿子长得白净，言语不多，却心思细密"②，加之又有陆菊人三分胭脂地的保佑。兄弟二人虽然走上不同的革命道路，起初的出发点却是相同的：为一方安宁、为民谋利益。后来，井宗丞三番两次地得罪战友阮天保，井宗秀为了自己的私欲逐渐失去涡镇人的拥戴，导致他们最终丧命。至于麻县长，书中写道：他"原本一心要造福一方，但几年下来，政局混乱，社会弊病丛生，再加上自己不能长袖善舞，时时处处举步维艰，便心灰意冷，只兴趣着秦岭和秦岭上的植物、动物"③。如果麻县长仅是一个文人，在乱世之中，或许我们对他的这一行为倒也不必太过苛责，但现实是，他身居县长之职，若不能担负起相应的职责，便是一种罪过。所以他后来一次次受到各方势力的要挟，最后沦为井宗秀扩张势力的工具。面对着同样象征着现代文明的枪火炮弹，麻县长的亲民平民、平等民主等观念似乎只剩嘲讽意味了，所以等待他的也只有自杀结局。从这个角度讲，作者所倾向的或者说想要建构的一种真正意义上的现代性并不在此。

笔者认为，在《山本》中作者将对现代性的认识与思考更多地熔铸于陆菊人身上，她的成长历程在某种程度上也可以看作是作者心路历程的反映。由出身贫寒的童养媳到茶行的茶总领，这一脱胎换骨的改变，不仅是身份的转换，更是一个具有现代意识的独立成熟的女性的崛起过程。

如果说前期的陆菊人对现代性的认识尚处于一个模糊的探索阶段，那么后期的陆菊人对这一问题的认识可以说已经进入清晰的自省阶段。依照西方对现代性的认识，现代性主要从经济、社会和政治三维结构中体现出来。那么我们也从这三个方面对陆菊人身上的现代性做简单分析。

---

① 韩庆祥：《现代性的本质、矛盾及其时空分析》，载《中国社会科学》2016年第2期。
② 贾平凹：《山本》，作家出版社，2018年，第10页。
③ 同上，第37页。

关于井宗秀与陆菊人，有学者称，两人是一种相互凝望、相互依存又相互背离的关系。[1]与研究二人之间关系的关注点不同，此处将更多的注意力放在对两人这种关系形成原因的探讨上，即陆菊人对井宗秀而言的存在价值。

首先体现为陆菊人在政治方面关于现代性的实践：陆菊人在发现三分胭脂地的秘密后，面对丈夫与儿子的不成气候，转而将希望寄托在井宗秀身上。对陆菊人而言，在某种程度上可以说，井宗秀通过他的权力机构（6军预备旅）帮助陆菊人实现她所认可的安宁、自由、平等等现代理念，如让涡镇人过上不再遭受土匪、刀客威胁的安宁日子，而陆菊人是井宗秀实现理想抱负路上不断照清他自己的一面铜镜。在这个过程中，一旦井宗秀的行为偏离陆菊人的这一理念，她就有责任和义务去给予纠正：在井宗秀要杀阮家十几口人以泄心头之恨时，是她跑去找麻县长劝阻；在涡镇人传说井宗秀在年轻女人的家门口挂马鞭时，陆菊人当着井宗秀的面撕掉了那截对他们来说有着特殊意义的黑布，要他对着祖坟发誓并答应立马迎娶花生；在井宗秀对邢瞎子剜心掏肝要替井宗丞报仇时，陆菊人虽然也觉得邢瞎子死有余辜，但仍然"见不得血是那么个流法"[2]；在井宗秀中弹身亡后，"陆菊人站在井宗秀尸体前看了许久，眼泪流下来，但没有哭出声，然后用手在抹井宗秀的眼皮，喃喃道：事情就这样了宗秀，你合上眼吧，你们男人我不懂，或许是我害了你。现在都结束了，你合上眼安安然然去吧"[3]，这是两位知己最后的告别。陆菊人心中有难过，有自责，可能也有对这种寄托无疾而终的无奈与遗憾。

受井宗秀之托，在帮助他经管茶行生意时，陆菊人表现出了精明的才干与先进的管理理念，这是她在经济方面关于现代性的实践。拜访麻县长时，她敏锐捕捉到黑茶这一商机，并随之安排伙计去外地学习制作，进而

---

[1] 李然：《〈山本〉：贾平凹的"秦岭志"》，载《湖南日报》2018年4月27日第14版。
[2] 贾平凹：《山本》，作家出版社，2018年，第496页。
[3] 同上，第506页。

将黑茶作为茶行的主推，不仅创建了茶铺自己的商号，扩大了茶铺规模，而且为井宗秀的预备旅提供了大把的银子；新官上任，她先是实地考察各个店铺的经营实况，随之又制定出一系列的规章制度与经营条例，实施股银制与赏罚分别的奖惩制度，使得各个分店利润大增；在用人方面，面对不服气却有能力的店铺掌柜，陆菊人恩威并施，将一大伙平时趾高气扬、看不惯女人的大老爷们收拾得服服帖帖，说到底这都是陆菊人过人智慧的表现。

陆菊人打算将花生嫁给井宗秀，便开始对花生进行全方位的调教。陆菊人对花生的这番调教，作者有意无意流露出他的欣赏与赞叹，这是陆菊人在社会方面的关于现代性的实践。她不仅把花生收拾得漂漂亮亮，纠正她的言行举止，更通过一次次的对话，向花生渗透了她对男女两性关系的认识。文中这样写道："要对男人好，就得知道他的胃，把他的胃抓住了，也就把他人抓住了"；"遇着男人，即便是做了夫妻，女的都不要黏人，把男人黏得紧或者啥事都管，虽然你一心为他好，他也会反感。女人不能使强用狠，你把你不当女人看待，丈夫就也不会心疼你"；"他在外边少不了有烦心的事，受气或者委屈，回来要给你说，就是他所作所为是错的，你要给他宽慰，不能也指责他，一定要待事情安然过去了你再说他的不对"；"你要他不花心少花心，你首先是一朵花，你不要以为你过门了，是他的媳妇了，就松松垮垮、邋里邋遢，你一直要开你的花，时不时让他惊喜，他就离不得你，只对着你好"。①从这些话语中，我们不难看出，这里的陆菊人虽然是贾平凹从男性立场出发塑造出来的具有现代意识的优秀女性，但不可否认的是，在当下这样一个社会中，对一个优秀女性的要求与评判，正是基于经济独立基础上的精神独立，而陆菊人则很好地阐释了一个现代女性的特质。

以上三部分，分别从民间性、传统性、现代性出发，对陆菊人进行探

---

① 贾平凹：《山本》，作家出版社，2018年，第237页。

索与认知，其实，这也是作者在《山本》中对"三性"这一宏大命题进行思考的一个小切口。正如贾平凹自己在《山本》后记中所言："作为历史的后人，我承认我的身上有着历史的荣光也有着历史的龌龊，这如同我的孩子的毛病都是我做父亲的毛病，我对于他人他事的认可或失望，也都是对自己的认可或失望。"①如此说来，陆菊人形象的建构，除了表现作者对生活在当下的现代人的一种不可名状的忧虑之外，更是他自觉寻找出路的一个过程，即人如何以一个健康、协调的姿态来面对生活乃至生命中的有常与无常。

对这一命题的思考，作者在文中其实是有暗示的：首先，民间既是生命胚胎的发源地，又是为生命不断输送养料的动力站，它代表着野性的同时也代表了顽强，它的浩大与包容，在滋养着人性的同时，也在塑造着合理的人性，涡镇上生生不息的生命力就是见证。其次，传统并不意味着回到过去，更不是停留在世代相传的习俗礼节中，而是在靠近传统秩序的同时，安定着内心的一亩三分地，井宗秀等人由起事到发展壮大预备旅，依靠的正是这种传统的秩序。而现代性并不等同于某种先进的理念或象征着文明的仪器，而是寻求一种既能为自身的发展提供良好机遇，又能被大环境所容纳的合适的思想观念，陆菊人的成长便很好地阐释了这一点。

由此可见，"三性"问题小至我们个体，即个人如何在现代性、传统性与民间性之间找到一个好的平衡点，以促进自身的发展，大至民族国家，即在复杂多变的国际形势中，既保持自身特色，又能在回归传统与走向现代中找到一条适合的道路。笔者认为对这一问题的探索与思考，不论是个体还是国家，可能都还有很长的道路要走。

原载《燕山大学学报》（哲学社会科学版）2019年第6期

（本文系与白翻琴合作，收入本书时有修订）

---

① 贾平凹：《山本》，作家出版社，2018年，第526页。

马斯洛需求层次理论视域中的人生困境书写

——以贾平凹《废都》中的庄之蝶为例

1990年代出版的贾平凹的《废都》一经面世就引起轩然大波，成为当时重要的文化现象之一，其主要原因当然在于该书露骨的性描写细节让不少学者与读者难以接受，一段时间《废都》成为禁书而难觅其踪。但随着贾平凹与部分文学评论家对《废都》的多重解读与评论，加之后来该书的解禁，都昭示出《废都》在很大程度上被部分读者误读了。小说《废都》营造出的这个西京城里，女性被物化，知识分子异化，被人诟病的性描写其实不过是一层外衣。性描写的背后，实际表达的是知识分子在时代的更迭沉浮中对废都之"废"的思考与描摹。虽然贾平凹个人一直强调"我是最尊重女性的，对女人我是很崇拜的"[①]，但在作品中，贾平凹的菲勒斯男性中心观念还是比较明显与突出的。很多学者与读者至今还认为作者贾平凹就是庄之蝶的人物原型，或者至少庄之蝶的身份和性格特征与贾平凹有较多相似之处。《废都》中庄之蝶对待女性，总有一种亵玩的成分在。庄之蝶先后与四个女性有染，与女性发生关系的过程表面上是他满足生理性需求的过程，实则是他一步步丧失自我走向悲剧人生泥淖的过程。

人本主义心理学家马斯洛认为，"人的最高层次需要便是自我实现的

[①] 贾平凹、走走：《贾平凹谈人生》，上海社会科学院出版社，2004年，第333页。

需要，包括对成就或自我价值的个人感觉，也包括他人对自己的认可和尊重，其最终目标是自我实现，或是发挥潜能"①。从人本主义心理学的理论来看，庄之蝶长期的需求缺失引发其之后的报复性满足，他所选择的四位女性，正好对应其不同的需求层次。庄之蝶错把自我实现的需要寄托在女性身上，当身边的女性消失不见时，必然会导致他精神的崩溃。当庄之蝶一次次背叛家庭，沉浸在性欲望中不能自拔时，他的悲剧人生也由此酿成。

一、欲望的萌生

人天生就有需求，人类最基本的需求就如同人的本能，如果得不到满足，就会郁闷痛苦。当人的基本需求长期求而不得时，就容易发展成为欲望之火熊熊燃烧。庄之蝶作为西京城里的大作家，在社会上享有极大声望，外人把他奉作神明一般，仿佛他人生圆满、无缺无憾。可实际上，庄之蝶与妻子牛月清的婚姻生活并不和谐，庄之蝶在妻子面前甚至是一种性无能的状态，这导致了他严重的性压抑与性苦闷。庄之蝶的第一个情妇唐宛儿曾明确指出，庄之蝶能够爱上自己就是"平日的一种性压抑"②使然。保姆柳月也说，"庄老师之所以那么写女人都是菩萨一样的美丽、善良，又把男人都写得表面憨实，内心又极丰富，却又不敢越雷池一步，表现了他是个性压抑者"③。吊诡的是，连普通读者都能从庄之蝶的文字中感受到他本人的性压抑，身为妻子的牛月清却对此毫无知觉，只认为这单纯是庄之蝶身体的虚弱。这一方面说明庄之蝶与妻子之间缺乏沟通，另一方面说明牛月清平日对丈夫需求的忽视。而马斯洛需求层次理论之所以常被企业管理者奉为圭臬，就是因为它能在很大程度上帮助领导层了解职工

---

① 转引自钱世凤：《马斯洛需要层次理论与〈红楼梦〉人物解读》，载《沈阳师范大学学报》（社会科学版）2010年第1期。
② 贾平凹：《废都》，漓江出版社，2012年，第90页。
③ 同上，第99页。

亟须满足的需求，从而有重点地激励员工为公司所用。因此一定意义上，庄之蝶产生性压抑的重要因素之一是牛月清对他基本需求或者生理需求的轻视与忽略。呈倒金字塔形分布的马斯洛需求层次理论，共五个等级，由下到上分别为生理需要、安全需要、归属和爱的需要、尊重需要、自我实现的需要。性需求作为需求层次理论中最低层级生理需要的一部分，本就是人类生活的最基础需求，而长时间缺失的基本需求一旦有机会得以满足，就会像被按压已久的弹簧一样释放出巨大的反弹力。婚姻中性生活的不和谐是庄之蝶后来多次出轨的根本原因，与唐宛儿的相遇则是庄之蝶婚外恋情的直接导火索。

马斯洛提出，达到健康和自我圆满主要通过基础需求的满足而不是基础需求的受挫。正是因为庄之蝶一开始在性需求上的严重受挫，所以他在追逐生理需要的满足时，生理需要完全占据了主导地位，全然忘记自己的作家身份，忘记自己的自我实现应该是通过创作优秀作品来体现。庄之蝶最初还因为自己是作家却创作不出好小说而懊悔，可后来他为假农药厂做广告，售卖赝品字画，甚至利用关系特权开辟"求缺屋"专供自己与情人幽会，则是他完全放弃自我，开始沉沦的表现。

在马斯洛的需求层次理论中，生理需要、安全需要、归属和爱的需要常被归类为缺失性需要，因为这三种需要在很大概率上是人类进行基本生活时，需求更为迫切的需要，如果缺失性需要严重受挫，人就很难感觉到快乐；而超越性需要则囊括尊重需要和自我实现的需要，这一类需要往往意味着得到他人的认可，创造社会价值等较高级的追求，属于"仓廪实而知礼节，衣食足而知荣辱"的"礼节""荣辱"部分。马斯洛认为，一般来说，如果存在两种缺失性需要，更占优势的是等级"较低的"一种，它会被优先选择去进行满足[①]。很明显，庄之蝶严重的性压抑使得他的生理需要一旦爆发便一发不可收拾，他试图通过性爱满足自身的需求，找回男

---

① 亚伯拉罕·哈罗德·马斯洛：《动机与人格》，陕西师范大学出版社，2010年，第121页。

性的自信。在一个良好的社会中，个人自我价值的获得应该是发挥个人潜能，通过突破自身，为社会创造价值，尤其像庄之蝶这样的名作家，更应该通过不断创作出优秀的作品来实现自身价值，可庄之蝶却把人生的赌注都投掷于处于底层的性需求的狂欢中。

二、需求的狂欢

基本需求的严重缺失会导致近乎疯狂的弥补和攫取。庄之蝶在婚姻之外遇到的四位女性，其实应了小说伊始智祥大师所预测的"必将为尔所残也"的"四枝奇花"①。庄之蝶因为性压抑，在不断满足生理需求的过程中逐渐沉沦与异化，他不再单纯追求生理需要的满足，更是把女性当成个体自我价值实现的变态途径。在女性对他的崇拜和仰慕声中，他彻底迷失自我，颓废堕落，纵情声色，陷入现实与欲望强烈冲撞厮杀的混沌之中。

（一）红颜知己唐宛儿——归属和爱的需要

马斯洛认为，当某一阶段，人的某种需求一直无法得到满足时，此需求就会跃升成为人的主导需要。庄之蝶的性压抑为其与唐宛儿的一拍即合铺就前提。同时唐宛儿足够聪明，她既能够意识到庄之蝶的作家身份所对应的喜好，又会讨巧，明白如何控制庄之蝶的心。唐宛儿最初的几次出场要么是在读《闲情偶寄》，要么是赏花吟诗。而庄之蝶的发妻牛月清根本不具备或者说不懂得这些花前月下与诗情画意。牛月清是典型的传统女性，恪守妇道，操持家务，贤惠大方，刀子嘴豆腐心，容易跟庄之蝶闹脾气。可以说，唐宛儿为庄之蝶打造的是一个真正的温柔乡，庄之蝶可以随时在此处歇脚、放松。温婉可人的唐宛儿是庄之蝶最理想的情妇，"你是作家，你需要不停地寻找什么刺激，来激活你的艺术灵感"，"女人的作

---

① 贾平凹：《废都》，漓江出版社，2012年，第3页。

用是来贡献美的,也便使你更有强烈的力量去发展你的天才"[1],唐宛儿的善解人意和殷勤主动,不仅满足了庄之蝶的生理需要,更使庄之蝶感觉如觅知音。

庄之蝶与妻子结婚多年,两人貌合神离,日子过得平淡且无聊。唐宛儿的出现,令庄之蝶如沐春风,体会到了爱情的萌动,"令我感激的是,你接受了我的爱,我们在一起,我重新感觉到我又是个男人了"[2]。唐宛儿是得以结构《废都》整部小说的关键性人物,是她的"勾引"使得庄之蝶决定释放性压抑与性苦闷,所以庄之蝶才逐渐沉溺其中,不能自拔。唐宛儿直白地用言语向庄之蝶表露爱意,并且用独自打胎等事情向庄之蝶证明自己爱得单纯,她给予庄之蝶充分的理解和抚慰,也因如此,即便庄之蝶在后来遇上单论样貌绝不输唐宛儿的柳月、阿灿等人时,庄之蝶依旧选择与唐宛儿保持最稳定的联系。庄之蝶始终把唐宛儿看作很重要的人,他在唐宛儿身上获取的绝不只是生理满足,还有久违的爱情,也就是归属和爱的需要。

(二)近水楼台得柳月——安全需要

马斯洛指出,安全需要指一个人正常生活所必需的安全感,包括经济财富的安全、生命的安全等等。"安全需要比生理需要高一级,当生理需要得到满足时,就要保障这一需要。"[3]柳月因为容貌姣好才得以被庄之蝶选中成为他家的保姆,这个被选择的理由似乎就已经昭示了柳月的下场。庄家虽然不是侯门,但凭借庄之蝶的地位名望,与庄家结交的也都是西京城内有头有脸的人物,因此柳月也可说是"一进侯门深似海"。当庄之蝶与唐宛儿的苟且之事被柳月撞破,庄、唐两人担心柳月会向牛月清举

---

[1] 贾平凹:《废都》,漓江出版社,2012年,第90页。
[2] 同上,第91页。
[3] 梁金凤:《从马斯洛需要层次理论解读斯嘉丽的三次婚姻》,载《海外英语》2014年第18期。

报,于是索性把柳月也拉入泥潭,这是庄之蝶开始异化的开始。庄之蝶与柳月之间第一次性关系的发生,既源于庄之蝶对"美"的早已觊觎,又是其保全自身的策略。根据贾平凹在小说中的描述,庄之蝶是"西京四大名人"中声望最高的,连市长也要敬重三分。正因如此,作为传统文人的庄之蝶,必然会十分在乎声名。在隐私秘密被他人发现时,庄之蝶侮辱柳月是为了堵柳月之口,保证自己的安全,如家庭内部夫妻关系的稳定、名声的持续等。

之后庄之蝶与柳月多次发生性关系,他又为了个人利益,两次把柳月当作私人物品般转手,这是因为庄之蝶清楚柳月来自陕北农村,家境不好,又是保姆,没什么地位。在对待柳月的态度上,庄之蝶完全显示出他的卑劣和龌龊,与龚靖元、汪希眠之流并无二致,甚至有过之而无不及。

柳月的漂亮长相则既是她的救命稻草,也是她的地狱之门。柳月一开始以为自己"保不准将来也要做了这里主妇;即使不成,他也不会亏待了我"①。但后来她从庄之蝶的举动中逐渐清醒,意识到自己的位置,却依旧落得嫁给市长的残疾儿子这样的下场。在物质财富的拥有上,柳月或许成功了,但小说末尾柳月跑去阮知非的乐团跳舞买醉,透露出柳月过得并不幸福。柳月在出嫁以前就已经彻底沦为庄之蝶满足欲望的工具和保护自身的屏障了。在庄之蝶婚外遇到的四个女人中,庄之蝶对柳月的感情应该是最淡薄的,可以随意把柳月当作物品交换。很大程度上,他利用柳月完成了自身安全感的维系,通过"堵住"柳月之口保证自己生活的稳定。

(三)窗前白月光之汪希眠老婆——尊重需要

尊重需要的实现往往依托于自我尊重、尊重他人以及被他人尊重这三种方式。相对于生理需要、安全需要、归属和爱的需要,尊重需要已经属于较高层次的需求,一般来说,能满足尊重需要,就意味着在人格的完善中又更进一步。在庄之蝶的四段婚外恋情中,只有汪希眠老婆与庄之蝶的

---

① 贾平凹:《废都》,漓江出版社,2012年,第114页。

相处是真正"发乎情，止乎礼"的。庄之蝶的好友汪希眠的老婆一直深爱庄之蝶，她在两人偶然相遇时告诉庄之蝶自己心中深藏多年的爱意。庄之蝶听闻后，按捺不住自己内心的冲动，却被汪希眠老婆适时制止。汪希眠老婆是识大体的女性，她明白做出不轨的事情，对双方家庭都是伤害，所以她宁愿选择默默喜欢，不去追逐肉欲之欢愉。

汪希眠老婆绝不同于唐宛儿和柳月。唐、柳两人逢迎庄之蝶，是因为其内心都有做"庄之蝶太太"的意图，想要过上养尊处优、被人艳羡的生活，汪希眠老婆不是。汪希眠老婆的目的最为纯洁，她只是单纯喜欢庄之蝶这个人，不在乎一切外在条件。汪希眠老婆的存在是庄之蝶窗前的白月光，庄在离开西京城时，最后的惦念就是汪希眠老婆。小说最后，庄之蝶准备离开西京，却突然中风，汪希眠老婆风尘仆仆地赶来，暗示着牛月清和汪希眠都已经离开人世。因为按照两人之前的约定，只有双方爱人都已离世的情况下，两人才可再续前缘。无论从生老病死的角度，还是从作者给这座废都定下的基调来考虑，这样的结尾都是一种颓废和无尽荒凉的留白。虽然庄之蝶与汪希眠老婆这一段，是庄在四段婚外情关系中唯一未能满足生理需求的一段，但庄之蝶在汪希眠老婆这里感受到了对方的自尊以及对方对自己的尊重。这种尊重不同于以往庄因为作家身份受到的奉承式的尊重，这对他来说是极为珍贵的，因此庄之蝶愿意尊重汪希眠老婆的选择。

（四）昙花一现的阿灿——自我实现需要

阿灿是庄之蝶的四个婚外恋人中最有个性的女性，她敢于为妹妹出头，咬掉强权者的舌头，她主动散播消息谎称自己被离婚，其实是为了保全丈夫的面子。看似个性张扬、肆无忌惮的阿灿，其实内心最为自卑，她需要找寻自信，活着的自信。"我不求什么，不求要你钱，不求你办事，有你这么一个名人能喜欢我，我活着的自信心就又产生了！"[1]庄之蝶的

---

[1] 贾平凹：《废都》，漓江出版社，2012年，第178页。

喜欢，让阿灿产生活着的信心。而阿灿也是庄之蝶生命中的一段奇遇，几乎如同"天上掉下个林妹妹"一般出现在庄之蝶身边。阿灿不但满足了庄之蝶的生理需要，同时她对庄之蝶不求回报、真诚质朴的仰慕，使得庄之蝶获得极大的成就感，因为庄之蝶"从没有听到过女人给他说这样的话"①。阿灿与庄之蝶的恋情是庄的四段婚外恋中最具有"各取所需"意图的。

在《动机与人格》中，马斯洛曾提出人类自我实现的需要是一种最高级别的需求，往往代表着自我实现和成就感的获得。在自我实现的过程中，往往会出现"高峰体验"，这种高峰体验含有两种成分，一种是感情的快乐，一种是理智的启示，两者不一定会同时出现。很明显，庄之蝶在与阿灿的交往中已经获得高峰体验，只是这种高峰体验是短暂的。甚至连同阿灿这个人都只是庄之蝶生命中的昙花一现，盛开得灿烂，消失得迅疾。但不可否认，庄之蝶通过阿灿对他的喜欢，获得了成就感。这种自我实现的来源，一方面是通过阿灿言语上对庄之蝶的激励，比如阿灿认为庄之蝶的喜欢让她产生活着的自信；一方面是阿灿主动为其生子，以及为保庄之蝶的清白将脸划花决绝离开的举动。对于庄之蝶这样的传统文人而言，他一定是有着传宗接代延续香火的观念，否则不可能任由妻子牛月清四处寻找求子的药方。而庄之蝶原本膝下无子，阿灿主动为其生孩子的举动正是对庄之蝶人生缺憾的弥补。再者，阿灿的决绝离开其实免除了庄之蝶的后顾之忧，因为庄内心并不愿意被人逼着离婚。总体而言，阿灿的出现虽然短暂，但作为庄之蝶四段婚外恋情中的最后一段，她应该带给了庄之蝶极大的心理震撼，并让他实现了自身的价值，尤其是身为男性的自信的树立。

按照常理来说，庄之蝶在陆续实现自己的安全需要、归属和爱的需要、尊重需要和自我实现的需要之后，应该趋近于一种人格完善、自身完

---

① 贾平凹：《废都》，漓江出版社，2012年，第178页。

满的状态。可实际上，庄之蝶却逐渐陷入情欲的泥淖之中，并且堕入人性异化的深渊。这一切皆起因于庄之蝶严重的性压抑，庄从一开始就清楚自己"是成了名并没有成功的"，想要写自己"满意的文章"，但"一时又写不出来"。①而与唐宛儿的相识让庄"心里有了涌动不已的激情"②，庄之蝶觉得自己还可以写出好的文章。从此，庄在性需求的满足过程中彻底处于一种虚实不分的境地，他被自身的生理需要彻底钳制住，错误地以为实现性需求的满足就是在实现自己的人生理想。小说后面庄之蝶有意识地选择四位不同的女性，是他的贪婪，也是他潜意识里成全自己写作理想的借口。马斯洛所提出的自我实现的需要，意即人通过充分发挥自身潜能，提升自己，达成自身理想的需要。而庄之蝶的自我实现是假性的虚幻的，并非真正意义上的自我达成。或者说庄之蝶这种依托于生理需要的满足同时企图获得其他快感的目的本就如同空中楼阁，一旦为他提供需求的女性消失，他的自我价值实现之路也就倏然崩灭。

三、自我的堕落

马斯洛在《动机与人格》中提出，如果所有人都学会发现他缺乏了什么，了解他的基本欲望是什么，大致知道缺乏这些基本欲望的满足的表现形式，那么他将可以有针对性地开始尝试着弥补这些匮乏。性需求作为人类最最基本的需要，一旦缺失，人立马就能感受得到，更何况像庄之蝶这样细腻敏感的文人。正是因为庄之蝶对自己需求的缺失已经有了足够的意识，所以他才会在作品中把女性刻画得如同菩萨般美丽善良，而把男性写成"表里不一"的两面派，外表憨厚，内心不安分，"却又不敢越雷池一步"③。也因此，在知晓自己的缺失以后，庄之蝶开始对自己的需求进行

---

① 贾平凹：《废都》，漓江出版社，2012年，第90页。

② 同上，第91页。

③ 同上，第99页。

疯狂的补偿和满足。

（一）压抑与放纵

　　唐宛儿是第一个看出庄之蝶有性压抑的人，在唐宛儿的暗示引导下，庄之蝶学会了如何满足自己的生理需要。但长久压抑的庄之蝶在欲望得到满足后并没有停下脚步，反而更促使他继续行动。他先后在婚姻外找到柳月、好友汪希眠的老婆、阿灿，来释放自己的欲望。在这个过程中，庄之蝶执着于自身生理需要的满足，已然从性压抑发展为性放纵。生理需要成了庄之蝶一切基本需求中最占优势、最剧烈、最急切、最性命攸关的需要。庄之蝶把作家身份、写一部长篇小说的计划都抛诸脑后，潜意识中已经把自我实现的人生目标完全寄托在女性身上。他从四位女性那里不仅获得了生理需要，而且获得了自以为是的自我实现需要。他在女性那里投注了自我的乌托邦，收获仰慕、尊重和归属感，这与他前期在文学上的收获——位居"西京四大名人"之首，有名声有威望——是极为相像的。

　　原本庄之蝶的文人形象还算正派，但过度沉溺的性放纵使庄之蝶完全迷失自我，甚至导致他人格的畸形。给假农药厂打广告闹出人命，为了个人私利两次出卖柳月，趁火打劫低价收购画家龚靖元的字画并高价售出等，都表明庄之蝶彻底泯灭了作为一名知识分子所应具备的道义与良知。唯有在帮助老友钟唯贤疗愈情伤这件事上，庄之蝶显示出了他的良善和笃定。但由于这件事本身和爱情紧密相关，结合庄之蝶严重的性压抑，与其说是庄在"渡老友"，不如说是庄在"渡己"。庄之蝶与初恋情人景雪荫的情场官司贯穿整部小说，最后庄之蝶官司的失败使他身败名裂，也呼应着他此时情场的失落：唐宛儿被丈夫抓回潼关，阿灿再无踪影，柳月去了歌舞厅，牛月清死亡。庄之蝶在性需求的满足中并未适可而止，而是愈演愈烈、愈加疯狂。性压抑引发的性放纵，使庄之蝶亲手把自己一步步推向西京文学界的版图之外而并不自知。当庄之蝶的文学理想、爱情理想都已无处安放，准备离开这座城市时，他却在车站的候车室突然中风。他逃离不了这座废都，无论是他的精神还是肉体，都将永远被围困在这里，这是庄之蝶的宿命。

（二）影响与同化

笔者在整理文献资料时发现，庄之蝶虽然见利忘义，多次背叛家庭，却很少有学者去批判庄之蝶的为人，反而大都对庄带有一种悲悯同情的态度。究其原因，不过是因为贾平凹描绘的西京已然是座"废都"：街面上气功大师、各种神功带元气罩盛行，卖柿饼的妇人将生石粉裹在柿饼外层冒充柿霜，新买来的鞋子穿不到一星期就开裂"张嘴"，街上到处晃荡的也都是些整过形的假脸、假胸、假屁股。此外，从市长到龚靖元、阮知非这样的西京文化名人，也都存在不同程度的卑劣和堕落。于是，在西京城颓废衰败的大环境中，庄之蝶的所作所为不仅变得有迹可循，而且与整个城市环境浑然一体。庄之蝶是被"废都"影响和同化的普通人之一，"废都"也是由无数个庄之蝶组成的。庄之蝶所代表的也就不仅仅是庄之蝶自己，更是那个颓废衰败的西京城。

马斯洛认为，"良好社会要促使人类充分发展潜能，鼓励人性的充分发展"①。因为环境本身不能塑造人，环境只能起到促进的效果，催化或激发人类本身就具有的潜能。庄之蝶潜在的性压抑决定了他需要去满足自己的欲望，周遭的环境则助推了他的行动。孟云房几次直言劝说庄之蝶这世道乱，社会乌烟瘴气，"你不必把自己清苦"，"有权不用，过期作废；有名不利用，你也算白奋斗出个名儿"，②而且孟云房与尼姑慧明偷情，汪希眠与多个女人有染的事情，庄之蝶也早有耳闻。在这样的社会环境中，原本就有性压抑的庄之蝶做出后续一系列性放纵的举动便不足为奇。残缺的文化衍生残缺的人，健全的文化成就健全的人。而且，残缺的个体让他们的文化越发残缺，而健全的个体则使他们的文化愈发健全。庄

---

① 亚伯拉罕·哈罗德·马斯洛：《动机与人格》，陕西师范大学出版社，2010年，第90页。
② 贾平凹：《废都》，漓江出版社，2012年，第113页。

之蝶与废都就是这样的关系。如果说庄之蝶与唐宛儿的恋情始于庄之蝶内心纯粹欲望的驱使，那后面三段恋情，很大程度上是外在环境赋予了庄之蝶胆量。人终究不完全是被浇灌成或锻造成或规训成的，环境的作用，往往只是促进或制造契机，使人自身的潜能得以发挥。庄之蝶所做的一切，既源于自身欲望的内在驱使，也与环境的外在熏染不无关系。

  从表层上看，《废都》讲的是名人庄之蝶不断满足自身性欲望的故事；但作者贾平凹对自己的作品最有发言权，他认为《废都》通过性，讲的是与性毫不相干的故事。《废都》的责任编辑田珍颖曾说，"我至今不认为《废都》的性描写就很淫秽，四十万字的书，性描写不过几千字，而且它是为人物和细节服务的，它不游离、不猎奇"[①]。回顾《废都》的创作背景，时值20世纪90年代，"市场经济的社会体制保障了人们的追求欲望的合法性与可行性，人性的解放从理性走到'自己的亚当'的原欲大释放"[②]。贾平凹正是从这一时间节点出发，在表现名人庄之蝶自我迷失的过程的同时，通过收破烂老头的歌谣、哲学家奶牛的反刍以及庄之蝶岳母那看似疯癫话语的映衬，勾勒出一幅虚假成风、乱象丛生的西京社会风貌图。而庄之蝶作为《废都》中的主角，他是缩影，他身上凝结了彼时废都社会的浮华与衰颓。庄之蝶真正想实现的文学理想，在那个病态的都市社会未曾实现也不会实现，被压抑的性欲望驱使他放纵自己，在虚幻中臆想自己的需求得到满足。当庄之蝶发现自己各层次的需求在四个女人身上得到满足其实是自我麻痹的假象时，他已经陷入人生困境的泥淖而无法逃遁。

      原载《重庆交通大学学报》（社会科学版）2020年第5期
        （本文系与陈楠合作，收入本书时有修订）

[①] 魏华莹：《田珍颖口述：我与〈废都〉》，载《文艺争鸣》2016年第4期。
[②] 李清霞：《沉溺与超越——用现代性审视当今文学中的欲望话语》，2006年兰州大学博士学位论文。

困境与突围：贾平凹《暂坐》的都市女性书写

女性形象一直是贾平凹文学创作关注的重点之一，从《姊妹本纪》中的水儿、《小月前本》中的小月，再到《废都》中的唐宛儿、《秦腔》中的白雪、《带灯》中的带灯，贾平凹的女性形象画廊里既有清新质朴的乡野女性、从乡迁城渴望被城市接纳的现代欲望女性，也有地母般的神圣慈悲女性，她们共同诉说着贾平凹对女性生存状态的深刻思考，也牵引着贾平凹关注时代动向，不断谱写契合时代情绪，映衬现实人生的新女性诗篇。

贾平凹的最新长篇小说《暂坐》选择去描摹这样一群在都市的商海沉浮中小有名气的女子，她们美艳精致，生活富足，活力四射。可即便如此，她们仍旧无法避免在夹缝中求生存的生活状态。父权制社会的阴影一直盘旋在这群女性的头顶，正如同雾霾始终笼罩着西安一样，于是在这困境中她们只好一边奋进，一边后退，总像是在水里来回扑腾。令人欣慰的是，她们步履不停，并且企图掌握命运，掌控自我。她们的命运处处彰显着和时代的交集，这也正符合贾平凹的文学视角——立足本土，关注中国。基于此，本文选择回归贾平凹"文学作品不仅反映生活，也要照亮生活"①的创作理念，从剖析这群女性的生存状态和精神状态出发，解读她们自我突围的路径和方法，以期给当代女性生存道路与生存状态选择提供启示与借鉴。

---

① 贾平凹：《文学要反映现实照亮生活——"陕西青年作家走出去"丛书的启示》，载《解放军报》2019年7月6日第8版。

一、久居围城：夹缝求生

关于围城，钱锺书先生说婚姻是围城，城外的人想进来，城里的人想出去。而《暂坐》中的这群女性虽然都是单身，但笔者认为她们仍旧居住于社会的围城——男权规范下的围城。作者贾平凹也在《暂坐》后记中写道："'墙东一隙地，可二亩许，诛茅夷险，缭以垣，垣内杂种榆柳，夹桃花其中'。这是她们的生存状态，亦是精神状态。"[①]将社会比作城墙（即"垣"），将这群女性比作桃花，贾平凹用寥寥数语点明这群女性的明艳动人，也刻画出她们夹缝求生的生存状态。居住环境、交际圈子、工作机会，这几乎涵盖了普通职场人的基础生活圈层，贾平凹也是在这些方面注入了对女性生活状态的深切体察。

（一）环境的阴霾

一直以来，贾平凹的作品中都有着鲜明的被明清古典小说浸润过的特质，尤其是在环境氛围的渲染、语言的书写上，承继了诸如《红楼梦》《金瓶梅》等小说的塑造手法。从《废都》起，这种特质就十分鲜明，那时是颓废的基调；而到了《暂坐》，贾平凹开篇就交代"雾霾却还是笼罩了整个城市"[②]，而且，这场雾霾始终笼罩在西安城的上空，在这部小说提到的每一个空间里，雾霾都始终存在。雾霾是什么？平日里的雾霾是一种灾害性的天气现象，但放在小说里，雾霾就是一种意象，它代表着一种混沌、迷离、昏沉、不清不楚、不明朗的状态，而"小说既然以写人为中心，就没有理由离开人物赖以生存的自然条件和社会环境作孤立的描写，从某种意义上讲，环境就是人"，"小说环境的全部美学意义，即在于与

---

① 贾平凹：《暂坐》，载《当代》2020年第3期，第117页。
② 同上，第5页。

小说人物的相互作用之上"。①贾平凹在一开篇就用这四处弥漫的雾霾寓意人物生活状况的不明朗，雾霾更像是这群女性的生活背景和精神底色。贾平凹自己也说："《暂坐》里大量的笔墨是在写雾霾和市井的，那就是我要渲染和弥漫的，是一种象征。"②由此，雾霾就是一种困局，困住女性，晕染社会。

（二）社会的偏见

哪怕妇女翻身的口号从提出到现在已经远超半个世纪，到今天，这"仍然是男性的社会"③。回到小说的人物中来，《暂坐》中的女性以"西京十玉"为主，这些女性乍一看，穿着打扮光鲜亮丽、潇洒自由、生活无忧，时常吃饭喝茶聚会逛街。貌似她们真的是天之宠儿，运气自来，生活圆满。可实际上，她们的奋斗成果来之不易。这些女性既要接受来自男人观赏亵玩般的凝视，也要接受来自男性的钳制。在社会的所有领域中，商业社会里的男性对女性的抑制最为明显，父权制社会中的男性为了捍卫自己身体和脑力上的主体地位，会制定女性审美标准和女性行为规范，并通过不断的重复和宣扬将其内化成女性自身审视的规则和标准，仿佛女性只应该貌美如花、相夫教子。传统的"男耕女织"其实也就是最原始的男权压迫体现。所以伴随着商业领域男性对女性的打压，能跻身商业浪潮的女性本就少之又少。而小说中的这些女性之所以生活富足，也是她们工作辛苦卖力，待人诚恳良善，像"母鸡下蛋"一般历经伤痛，才得以在男人堆里闯荡出自己的事业。但她们的事业也都面临着困境。陆以可的广告公司没有客源几近倒闭，向其语的能量舱馆是为了周转资金贷款开的，海若的暂坐茶庄要依靠市政府秘书长的关照……这群女性在男性林立

---

① 魏怡：《小说环境论》，载《华中师范大学学报》（哲学社会科学版）1996年第2期。
② 韩寒：《榆柳夹桃花 日光漏叶莹——贾平凹新作〈暂坐〉》，载《光明日报》2020年7月25日第9版。
③ 贾平凹：《暂坐》，载《当代》2020年第3期，第28页。

的商海里打拼，本身就是在与男性争夺商业资源，因此从个人层面上说她们是在追逐自身的经济自主权；放置在社会层面，她们更像石头扔进湖面泛起的涟漪，她们聚在一起，试图打破商业场域完全由男性统领的局面，她们共同在男性主导的社会中争夺女性的一席之地。她们主动陷入商业竞争的困局，也是她们女性意识使然。

（三）身份的羁绊

尽管优秀如大姐海若，爬升的过程依旧要受到"地球引力"的羁绊，这羁绊有时是自己作为母亲的身份，有时是作为女儿的身份，更多时候就是作为女人的身份。正如福柯所言，"长期以来，妇女被困在她的性别上，妇女被告知，除了她的性别以外，什么方面都微不足道"[1]。在以男性为话语中心的社会里，男性会于有形无形中抑制女性的发展。"男性"的标签以及男性天生要赚钱养家的社会印象，给了他们在承担家庭琐事方面更多的自由。某种程度上，正是女性一手包揽家务，陪伴孩子成长，才为男性掌握军队、财政、政治机构等等这个社会所有通往权力的途径开辟了渠道。这因此成为男性得以彻底支配女性的利器。

《暂坐》主要围绕"西京十玉"（其实不止十人）的日常生活展开。这群都市女性均落脚在西京，她们各自拥有自己的事业，时尚明艳，独立自我，她们因暂坐茶庄相遇相知，她们身上发生的故事也被贾平凹娓娓道来。同时贾平凹也在小说中写了很多看似闲笔的市井现象来衬托"西京十玉"的生活状况，比如贾平凹写那个在街上为给孩子治病而向丈夫要钱的年轻女人，她低声下气，换来的却是丈夫的不屑一顾，扭头就走。相比之下，"西京十玉"至少通过奋斗获得了经济独立，甚至都已经摆脱家庭的束缚，避免了像传统女性那样囿于厨房客厅，相夫教子的局面。但商业社会并非女性的领地，甚至在所有涉及权力的场域，女性都只能居于从属地

---

[1] 福柯：《权力的眼睛：福柯访谈录》，严锋译，上海人民出版社，1997年，第40页。

位。即便"西京十玉"中海若经营高档茶庄,严念初售卖医疗器械,陆以可有广告公司,向其语有能量舱馆,可海若的茶馆是通过市委秘书长的关系便宜租下的,日常收入也仰仗于几位老板的照顾,严念初需要想方设法搭关系认识医院院长才能做生意,陆以可想接下机场路上LED显示屏的生意需要给领导送名人字画,向其语希望朋友老申能多带领导来她的能量舱馆,因为领导影响力大。

表面上"西京十玉"经济独立,不再为物质所困,但实际上她们仍旧并将长期受制于男权社会。整个社会以男性为主导,女性是"第二性",这是一种根深蒂固的社会意识形态。女性处于从属地位,注定其只能享受有限的自由。"西京十玉"深谙商业社会的丛林法则,她们明白自身的处境和地位,自觉对权力做出妥协和迎合。她们获得的经济独立既有自身努力奋斗的因素,很大程度上又来自对权力结构的依附,这是一种空中楼阁式的经济独立,根基是悬置的。因此,她们"在经济方面得到自由,就不是傀儡了么?也还是傀儡。无非被人所牵的事可以减少,而自己能牵的傀儡可以增多罢了"[①]。

贾平凹也在小说中借羿光之口指出这群女性"脚上又带着这样那样的泥坨"[②]。"西京十玉"自身的"翅膀"不够大,不能佑护自己,不断地倚赖外力也终究让自身陷入泥淖。当市委秘书长被"双规"后,海若也被带走调查,但直到暂坐茶庄爆炸海若也没能回来。海若是"西京十玉"中最有担当的大姐大,无论是拥有的人脉资源还是性格和为人处世,都要胜其他姐妹一筹。但她却是最先出事的,她营造的姐妹圈也当即破碎。男权制的社会结构决定了女性不可能成为权力的持有者。一定程度上,单纯的女性身份就已经是女性向上攀升的羁绊。

---

① 鲁迅:《鲁迅全集》第一卷,人民文学出版社,1957年,第273页。
② 贾平凹:《暂坐》,载《当代》2020年第3期,第28页。

二、等待戈多：信仰无着

对于常常需要倾诉的女性而言，她们"花"一样的女性特质决定了她们需要有外物来引导自己，指点自己，提升自己，甚至是给自己鼓劲打气让自己充满信心和希望。这种信仰可以是某个物品，也可以是具体的人。

（一）佛光普照

小说中众姐妹的第一次聚会，讨论的主题就是活佛的到来，她们为迎接活佛修缮佛堂，翻阅经书，组织放生，她们盼望着皈依，希望得到神灵的启示，"解决生活生命中的疑团"[①]。此后她们时常问起活佛的来期，总是得到"快了，快了"但又没有准确日期的答案，但吊诡的是直到小说结束，这个令众人翘首以盼的活佛也未曾到来。像极了西方名著《等待戈多》，两个流浪汉在日复一日的等待中，感受着存在与虚无。没有人知道活佛长什么样子，但是等待过程中内心的期待一直被延宕，生活也一直维持着现状，明明满怀期待却只能收获失望。很明显，活佛是众姐妹对理想生活的一种期待，在她们的想象中，活佛可以给她们能量，为她们加持，活佛寄托了她们自我超越、自我完善的理想，也表述着她们此刻生活的不尽如人意。

中国人信佛往往带着一种实用主义的目的，带着一种"邀福躲祸"之心，像众姐妹这样的事业型女性，在生活中也期望能得到神灵指点和庇佑，其实这正是她们精神困顿无依的表征。小说中经营着一家广告公司的陆以可，早年间来到西京出差，无意中遇到一个和父亲长得一模一样的修鞋匠，她认定这是逝去的父亲专程在此昭示自己的，所以就此留在了西京。当她的表哥向她抛出橄榄枝，她准备前往成都发展时，她又偶然遇到

[①] 贾平凹：《暂坐》，载《当代》2020年第3期，第25页。

一位和父亲长得一模一样的人，于是陆以可决定继续留在西京。陆以可用父亲的幻影来决定自身的去留，看似荒诞不真实，但这正是她内心迷茫、精神迷惘的表现。应丽后在讨债遇到阻碍时，第一时间跑到海若的茶庄，求佛祖保佑；海若在得知下属小唐被纪委带走时，第一时间选择把茶庄的佛像、柜子等物品重新摆放。这些女性大都是忠诚的信徒，但其实她们也明白"求佛只能求自己"[1]。

很多时刻人类无法掌控事情的发展方向，于是为了稳定心神，安妥自己的灵魂，就会选择借助外力来帮助自己，比如通过读书洗涤自身，求佛祖庇佑。但很明显，对于信佛的人来说，礼佛带来的是一种心灵上的直接安慰，也可以说是麻痹，它比书中的知识、他人的劝解都来得直接和纯粹。正如葛兆光在《难得舍弃，也难得归依》中所说："科学与民主并不能建立心灵的终极价值，科学是有用的，但惟其有用，它更多地表现在技术操作层面。民主也是有益的，但民主是一种制度而不是目标。人，尤其是文化人的心理需要更深层的生存意义来填充，需要更虚玄的人生价值来实现，也更需要有一种脱离了具体的实用的生活的平静心境来支撑。"[2]而活佛就是一种虚玄的人生价值，是一种冥冥中的希望，因此小说中这些女性为活佛的到来做足准备，她们渴望皈依，以为皈依就能解决一切烦恼。可是佛祖本身就是普度众生的，它高悬于万物生灵之上，从来不会成为哪个人的专属庇护所。也因此，在这部小说中极具象征意义的活佛必然不会到来，过度地期待和依赖只会让自身焦躁不安，女性精神上的无着也只能依靠自身奋斗与努力来填充与摆脱。

（二）羿光缺席

如果说物象的活佛是众姐妹期待的那个手持经卷的活佛，那么具象的活佛就是羿光了。仿佛是延续贾平凹都市题材小说"一男多女"人物布

---

[1] 贾平凹：《暂坐》，载《当代》2020年第3期，第52页。
[2] 葛兆光：《难得舍弃，也难得归依》，载《东方文化》1997年第7期。

局的一贯特色，《废都》里五个女性围绕着庄之蝶展开爱恨情仇，《暂坐》中十几个女性簇拥着羿光喝茶聊天。虽说《暂坐》主要写这群女性的生活状态和精神状态，但其实羿光也在小说中占据很大的篇幅，要么他直接出场，要么就是在众姐妹的口中被提说。"十玉"口中说出的哲理性句子，比如"找对象就是寻自己"①等，往往也都是羿光讲过的。羿光本身既是作家又是书法家，博学多识，是市里的大名人，又跟众姐妹相处融洽，外人需付重金才能买到的羿光书法，众姐妹可以轻而易举免费获赠。尽管外人口中的羿光抠门爱钱，这些女性却不这样认为，她们尊重敬佩他。一旦在社会上听到任何有关羿光的负面言论，她们就会立马澄清事实，不遗余力地维护羿光。羿光在这群女性心中像男神一样被仰视。比如大姐海若一直对羿光心有所属，但是羿光好像不为所动，只是把海若当作很好的朋友。小说在羿光与海若关系的建构上能看到一种新的区别于饮食男女的现代两性关系的萌芽，他们互相欣赏、充满感情，但并不是恋人。羿光与另外"九玉"也是很好的朋友关系。但其实羿光身边有不少情人，至于他为什么不选择"西京十玉"，可能是这些女性的"美艳带着火焰令你怯于走近"②，他所向往的女性是俄罗斯女孩伊娃那种的，单纯漂亮却不谙社会。正如他夸赞伊娃漂亮时说："女人要什么天才？长得好就是天才。"③

"西京十玉"在生活或是事业出现问题时，习惯性地让羿光帮忙，诸如打探市委那边的消息、帮忙写字画等等。毕竟"女人再刚强还是女人么，关键时刻得有个依靠，即便是谁也依靠不上，但能有人听你诉说，或者给你一两句安慰话，那都太需要啊"④。可当遇见了最大的事，即海若被纪委带走时，众姐妹需要羿光利用人脉资源打听进展时，羿光却不见了

---

① 贾平凹：《暂坐》，载《当代》2020年第3期，第31页。
② 同上，第117页。
③ 同上，第75页。
④ 同上，第86页。

踪影。虽然羿光前去马来西亚确有要事，但羿光作为海若心中的"护法使者"，他理应在场并且积极帮助海若脱离困境。可现实事与愿违，羿光的缺席就如同活佛迟迟不来一样，意味着没有人来解救海若。而海若又是"十玉"的主心骨、凝结剂，当海若被带走，众姐妹自然也就"树倒猢狲散"。人基本都是在迷惘困惑的时候才会心生希冀，希望通过某个人或某件事的加持来帮自己渡过难关，但越艰难的时刻，信仰崩塌瓦解得反倒越快。这是因为有所依附，自身的根在社会中就扎不深，当所依附的大树不复存在，恐惧恓惶也就加倍。在这群女性身上，无论是对佛光照耀的追逐，还是对有羿光陪伴的习惯，这些原本期待的庇护最终都倏然崩灭，明明存在的庇护也可能变成虚无，这意味着这群都市女性的生活终究无法依靠他者得到救赎，她们孤独无依、悲观迷茫的精神困境或许像西安的雾霾一样，持续笼罩。活佛或是羿光，也都不过是众姐妹精神无依的一种外显而已。

三、自我突围：迂回前进

萧红曾说："女性的天空是低的，羽翼是稀薄的，而身边的累赘又是笨重的。"①《暂坐》中这群女性的生存状态也佐证了萧红的判断。她们无论是肉身还是精神都陷落在困境之中，她们始终是社会中的"第二性"，尽管如此，她们仍旧谋划着"学会了行走就跑起来还要追求着再飞翔的人生"②。她们不给自己设限，追求经济独立，并尝试精神独立。她们深谙社会的话语体系和既定规则，当不能直线追击时，她们就选择迂回前进。她们始终行走在自我突围的罗马大道上。

---

① 萧红：《馨香一缕寄云边》，陕西师范大学出版社，2007年，第2页。
② 贾平凹：《暂坐》，载《当代》2020年第3期，第43页。

（一）璞玉自琢

以往贾平凹小说中的女性大都是家庭主妇的形象，或者很大程度上依附于丈夫或男性名人，是《暂坐》真正把事业型女性拉到了台前。《暂坐》中的这群女性有强烈的女性意识，她们想要改变命运，想要跟命运的不公和阻碍顽强抵抗。就连给众姐妹取团体名字这件事，她们也大有研究。一开始提出的"十钗"被驳回，因为钗"是套用金陵十二钗，本来就俗了，何况那十二钗还都命不好"①，相比之下"十玉"的寓意就要美好圆满很多，也正好能呼应她们每个人脖颈上佩戴的玉吊坠。在中国的传统文化中，玉向来是向善向美的文化载体和美德符号，玉几乎可以用来比喻形容所有美好的事物，玉常常出现在"谦谦君子，温润如玉""宁为玉碎，不为瓦全"这样的场景中，无论是表达一种君子气质，还是表明不折不挠的气节，玉都是重要的文化载体。对名字的考究正代表了她们对摆脱命运摆布的期望，是其追求美好生活的愿景。但"君子服之，以御不祥"，其实最早，"佩戴美玉的目的在于抵御不祥事物的侵害，佩饰用玉最初也是出于避害目的，而不是出于审美"②。这些女性戴玉，一方面显示着她们审美品格的温润高雅，一方面表达着她们想要规避障碍，命途顺利。对于贾平凹这样深受传统文化浸染的作家来说，这显然不是作家的无意为之。因为在这些女性郑重出场时，作者多次提到她们的玉饰物，而"西京十块玉"代指的十位女性，她们的影踪也贯穿整部小说。无疑，玉也是作者在小说中安插的重要意象，而且"玉"的晶莹亮泽正好与雾霾的昏沉灰暗形成强烈的对比，这群女性在昏沉的社会大环境下依旧试图洁身自好，明丽动人，但处在风云变幻的时代里，她们必然被时代浪潮裹挟着走，同时"玉不琢，不成器"，她们势必也会在生活的波涛骇浪中被雕

---

① 贾平凹：《暂坐》，载《当代》2020年第3期，第26页。
② 于雪棠：《吉美贵善的综合载体——〈诗经〉玉意象论析》，载《河南大学学报》（社会科学版）1995年第5期。

刻,被洗礼。

整部小说围绕着生病住院的夏自花展开,众姐妹悉心照料夏自花的过程既是她们抱团取暖的表现,也是她们自我拯救的延伸。从暂坐茶庄二楼的"飞天"壁画,再到这些女性为了各自的事业陷入烦忧、奋斗努力,她们始终以一己之力与这个社会周旋着,她们深知经济权是女性拿来和男性争取权力平等的筹码,因此努力用自己的双手创造财富,她们较为富足的生活其实就是她们自我突围的最好证明。但又毕竟是女性,在男性主导的社会中,再优秀的女性也会在男性社会中被视作依附者、客体、弱者。所以经济权的筹码不足以扳倒男性在男女平权这个跷跷板上的主导地位,男性仍旧是横亘在女性职业发展道路上的障碍物。女性的附属性使她们不可避免地"被看",她们又像玉一样温润柔和,所以,当应丽后一直被讨债公司的人勒索时,范伯生就对她说:"要是你有丈夫,也不至于事情会这样。"[①]男性话语有意无意流露出对女性的不屑一顾,即便是这些已经属于人中之凤的女性也同样如此,这就决定了这群女性进行命运突围的过程必然道阻且长。

(二)女性雄化

在以男性为中心的传统社会中,占据主导地位的男性制定着一系列的文化规则和社会标准,而女性的被支配地位决定她们只能对照这些标准不断约束和完善自己,以期达到标准。但《暂坐》中的这群女性尽可能地提供着另一种风景。她们选择遵从内心,尽可能不被男权社会的规范影响,在反抗与顺从之间达到某种奇妙的平衡。司一楠就是这群女性中的典型。司一楠五官好看,可"脖子短,腰身粗壮,又喜欢留个短发,中性穿着,经常被外人误认为男的",同时又是"众姊妹中最厚道又最能吃苦耐劳的"。[②]她胆大心细,开车速度极快,但这么多年从没出过事故。当姐妹应丽后被人碰瓷时,

---

[①] 贾平凹:《暂坐》,载《当代》2020年第3期,第101页。
[②] 同上,第36页。

司一楠及时赶到，不仅立即看穿碰瓷者的行径，还敢于戳穿，甚至对碰瓷的男人大打出手，逼得碰瓷者忙叫"大哥"求饶。当被人指摘是同性恋时，司一楠也丝毫不忌惮对方的身份地位，立刻予以反击。

  司一楠的长相、脾气、着装，使她初步被男性鄙夷为"女汉子"。似乎在男权社会中，女性就应该只有一种形态，就是被男性规约过的，男性审美标准中的女性。很明显，司一楠与男性审美标准下的女性形象是鲜明对立的。甚至，司一楠的处事方式和行为风格也展现出一种对男性中心意识的冒犯。与一般女性胆小慎微的开车方式不同，司一楠开车速度极快，她敢于对碰瓷的男人大打出手，她所体现出来的这种勇敢、力量甚至是说话方式，都更像是社会中男性的行为。也因为她对男权社会造成某种冲击，所以她被指点，被挖苦。她身上带着一种反叛的精神，一种对传统男权秩序的反叛。但她不是一个人，当司一楠被指是"女汉子"时，陆以可立即回应对方"我也是女汉子"[①]。笔者在她们身上看到的是一种女性与女性之间的惺惺相惜，她们抱团取暖，正如戴锦华所言："都市生存之中，女性渴望在同性情感中获救；但正是这都市在侵蚀着、间离着女性的可能的生存空间和文化空间。"[②]

  当女性发觉自身在男性社会中占有一席之地遥遥无期时，她们或许就会采取"雄化"的方式，让自己获得某种权力。如同花木兰征战沙场需要女扮男装一样，"女性雄化"既是女性对男权社会的一种反抗，也意味着她们认识到渐趋"男性化"是她们获得权力的一种捷径。不仅是司一楠身上"女性雄化"的特征体现着对男权社会的反叛，司一楠与姐妹徐栖的恋情也代表着对传统两性关系模式的反叛，她们敢于正视和体认内心情感，试图建构新的恋爱关系。依利格瑞认为，"同性恋是一种颠覆社会文化秩序的方式，例如男同性恋者之间的性满足使阳具丧失了它的象征力量，

[①] 贾平凹：《暂坐》，载《当代》2020年第3期，第101页。
[②] 戴锦华：《奇遇与突围——九十年代女性写作》，载《文学评论》1996年第5期。

女同性恋者则拒绝成为男人的贸易商品"①。"西京十玉"在社会闯荡多年，她们被社会权力规则挟持和笼罩，她们必然渴望拥有跟男性并无二致的社会权力甚至社会地位，渴望获得和男性同等的竞争机会。当然，她们并非在抵御男性，不过是在维护争取自己作为女性即社会中的另一性所应该获得的平等的权利。但即便如此，想突出重围也绝非易事。现实决定了她们只能审时度势，一边妥协，一边对抗，循序渐进。

结　语

和鲁迅先生写小说是为了"揭出病苦，引起疗救的注意"②的观念一脉相承，贾平凹说"小说的目的不是让我们活得多好，多有意义，最后是如何摆脱痛苦，而关注这些痛苦"③。因为聪明的读者自己就会在优秀作家的描摹刻画甚至是平铺直叙中感知到众生相，体悟到归途与来路。

在小说最后，海若被纪委带走的事情也没有回音，贾平凹也在后记中留白，"满天空都是个谜团"④，好似一切都没有结果，但其实无论是读者还是这些女性，都已经有了自己的答案。因为人一旦发现自己在社会中的关系，就很容易循迹找到自己在社会中的位置。《暂坐》中这群女性在生活和精神上遭遇的困境或许会带来一时的忧愁，但放眼至整个社会，这只会激励更多女性去勇敢争取女性的权力，获得经济乃至精神的独立。因为《暂坐》中的女性生存困境也映照出当代都市女性的命运，由此可以看出，贾平凹的鸿鹄之志和文学野心就在于他让这些女性的命运与时代于若隐若现处反复交叉勾连，于是"个人命运的故事，也就是社会、时代命运

---

① 转引自陈顺馨：《中国当代文学的叙事与性别》，北京大学出版社，2007年，第15页。
② 鲁迅：《鲁迅全集》第四卷，人民文学出版社，1958年，第393页。
③ 贾平凹：《暂坐》，载《当代》2020年第3期，第27页。
④ 同上，第118页。

的故事"①。"西京十玉"也终会在日复一日的不懈追求中摸索出自身的出路,尽管此刻她们还在与男权社会设置的藩篱与桎梏周旋,还在弥合创伤,但当她们羽翼渐丰,必然会冲破这层屏障,飞出围墙,自由徜徉。她们会自由定义自己的服装风格、爱情模式甚至是可从事的行业范围,终有一天,她们会摆脱男性的钳制。

原载《井冈山大学学报》(社会科学版)2021年第2期

(本文系与陈楠合作,收入本书时有修订)

---

① 贾平凹、王春林:《"个人命运的故事,也就是社会、时代命运的故事"——贾平凹访谈录》,载《百家评论》2016年第2期。

弗洛伊德三重人格理论视域下的《逛山》土匪类型生成研究

　　贾平凹1993年出版的土匪题材系列小说集《逛山》是继莫言《红高粱家族》之后当代文学土匪叙事画廊中的又一力作。"逛山""吃粮"是陕南当地土匪的代称。贾平凹以故乡历史中曾出现过的"逛山"们为原型，进行四次不同的故事新编，产生了四个寓意不同的土匪故事——《美穴地》《白朗》《五魁》《晚雨》，刻画了四个个性迥异的土匪——苟百都、白朗、五魁、天鉴。《逛山》分别叙述这些个性鲜明的土匪"为匪"的经历或"脱匪"的过程，贾平凹采用了大量的心理描写来刻画土匪们的心理活动，他们或疯狂或沉静，或压抑或放纵，是一个个复杂的矛盾结合体。土匪们时而兽性泛滥，时而又回归人性，时而还散发出神性的光辉，本我、自我、超我三重人格时而分崩离析，时而又紧密结合，交织汇合成复杂的"匪性"。弗洛伊德在其著作《自我与本我》一书中曾提到人格由本我、自我、超我三部分构成。这三部分运动、平衡、交织制约人的行为，影响人的命运。本文拟用弗洛伊德三重人格结构理论剖析《逛山》中的一个个土匪，分析他们迥异的人格特征，体会匪性的复杂多变，进一步揭示造成土匪命运悲剧背后的人格因素。

一、兽性：无法控制的本我

根据弗洛伊德的理论，本我、自我、超我处于动态平衡中，但实际上，三者难以保持绝对的平衡。任何一方力量的过于强大都会导致其他两方力量的失衡。弗洛伊德将本我原始的冲动称为"力比多"，力比多是人格发展的动力。他曾在书中指出："人格可以获得的能量总是一定的，人格中某一系统获得能量后，就意味着其它系统已丧失了能量。"[①]本我是无意识的，几乎包含了所有原始冲动、本能和欲望，本我始终遵从"快乐原则"。换言之，只要能使自己达到快乐的状态，本我驱使下人可以抛弃一切原则，成为无所束缚的"自由人"。在这种快乐原则的诱惑下，本我占据人格中的绝大部分，自我和超我被本我排挤驱逐，人的动物性占据上风，人就完全沦为"兽"。《逛山》第一篇《美穴地》中的苟百都，就是这样一个无法控制本我欲望、完全丧失人性、异化为"兽"的十足的"恶匪"。

苟百都本是地主姚掌柜雇佣的长工，长工历来是被压榨、被欺凌的弱势群体。苟百都作为姚家的长工，通常情况下，他应该是饱受欺凌的弱者，是作家给予同情和关怀的弱势小人物，然而在贾平凹笔下，苟百都却一反常态。他不仅仅是被姚掌柜剥削的长工，他还是姚掌柜的帮凶，甚至最终发展成为比姚掌柜更加凶狠、残忍的逛山头目。实际上，苟百都的人性之恶在其做长工时就有所体现。苟百都虽然在姚家做长工，但从心底他从未敬佩过他的主人，反而是满怀嫉妒、鄙视、诅咒，时常在深夜意淫姚掌柜的四姨太，幻想和其春宵一度。苟百都身上还体现出"阿Q精神"的某些部分——向更弱者泄愤，在欺凌更弱者的过程中获得精神满足。在受到姚掌柜一家的压迫后，苟百都面对比自己更弱的"西门家的"时，不仅

---

① 弗洛伊德著，宋景明编：《弗洛伊德箴言集》，东北朝鲜民族教育出版社，1993年，第43页。

恐吓索要走她的一只鸡，连刚下的鸡蛋也不放过。柳子言为姚家踏好吉穴以后，苟百都更加愤愤不平，对姚家的兴旺表现出极大的愤恨："你掌柜的有吃有穿，老的咳嗽弹出屁来，却占个好娘们儿，还想世世代代床上都有好×！"①愤恨不平之下，苟百都捣毁姚家祖坟，破坏龙脉，一不做二不休，上山"吃粮"做了土匪。如果说做长工的苟百都还能因自我的约束行事有所收敛，那么做了土匪的苟百都则彻底放弃自我约束而百无禁忌。他任凭本我欲望支配，言行之间只求自我愉悦，更加肆无忌惮，他打家劫舍，横行乡里，完全沦为只剩"兽性"的怪物。

　　在本我欲望的驱使下，苟百都完全失控，随心所欲，全靠本能欲望行动。面对昔日的乡亲，苟百都一言不合就拔枪相见。在过去的主人姚掌柜面前，苟百都将心中的不满全部倾泻而出。他与姚掌柜称兄道弟，借此来羞辱这位过去的主人，更在堂前肆意杀狗敲山震虎，见到四姨太后更是色胆包天，将其强娶回家做压寨夫人。成功抢到四姨太后，苟百都甚至等不及回家进洞房，在回家的路途中，在光天化日之下，在马背上强逼四姨太行龌龊之事。此时的苟百都已经完全丧失为人的羞耻心，他甚至因此而得意扬扬，在柳子言面前炫耀。抢亲后的苟百都并不止步于此，坐拥娇妻之后，他更想拥有一份富足家业，为此他强掳柳子言为其踏吉穴，柳子言满足其愿望之后，苟百都不仅不感激柳子言，反而欲杀之而后快。在本我欲望的疯狂驱使之下，苟百都一步步走向变态，为了祖坟能有好风水，他甚至泯灭人性地将老母亲推下山崖。欲壑难平，苟百都在欲望的驱使下完全异化为兽。当刺客被他震撼归顺于他时，苟百都非但不招贤纳士，反而鄙视刺客不够凶狠不敢杀人。此时的苟百都，本我完全失去控制。当人完全异化为兽，欲望泛滥得不到控制，强大的本我将自我、超我完全摧毁时，失去两极平衡的人格必然崩溃。生而为人却失去人性，兽性驱使下苟百都遭"天谴"的结局既出人意料却又在情理之中，苟百都的悲剧是本我失控的悲剧。

---

① 贾平凹：《贾平凹文集》，中国文联出版公司，1995年，第13页。

二、人性：进退两难的自我

弗洛伊德曾表示，一仆不侍二主，实际上自我的处境却更加艰难。①自我同时服侍着三个主人，并且要不断地在三个严厉的主人——外部世界、超我、本我之间做和事佬。艰难之处在于，这三个主人的要求往往背道而驰，自我在其中周旋，一不注意便万劫不复，人格失衡分崩离析。《五魁》篇中的五魁，自我时时刻刻都在外部世界、本我欲望、超我理想三重要求中苦苦挣扎，最终失去自我而崩溃。《晚雨》中的天鉴在本我欲望和外部世界的双重挤压之下艰难地维持自我，最终不惜阉割本我欲望，却也难逃一死的悲剧。自我力量过弱会失去自我，自我力量过强也会导致其他人格力量失衡，土匪们在多重力量中挣扎，进退两难，自我无处安放。

老实厚道的五魁恪守农民的本分，即使做了多年的驮夫也始终规规矩矩。尽管五魁背过无数个新娘，自己却始终没有新娘，他也并不像其他人那样抱怨，五魁从心底里认为自己能力不够还不配娶妻。这样老实忠厚的五魁在遇见柳家新娘时心中却荡起了一丝涟漪，一颗本分的心乱了方寸。"五魁对于她美的爱怜而生就出了自己童身孤体的悲哀。"②本我刚有了靠近柳家新娘这一念头，五魁就立刻受到自己良心的责问："什么马配什么鞍"，旋即自我反省贫穷的自己不配拥有柳家新娘这样的好女人。

柳家新娘被劫之后，五魁冒死闯入白风寨搭救，这一行为表面上出于这样一个英雄主义的动因：柳家新娘这样的好女人落在土匪手里是一种罪过，他五魁必须承担拯救女人的责任。实际上，柳家女人被劫五魁完全不需要担责，但在超我道德原则之下，五魁由农民化身为孤胆英雄勇闯白风寨。然而，在超我道德原则要求掩饰之下，促使五魁付诸实际行动的其实

---

① 弗洛伊德：《精神分析引论》，上海商务印书馆，1988年，第285页。
② 贾平凹：《贾平凹文集》，中国文联出版公司，1995年，第97页。

还有内心的本我欲望。因为暗恋柳家新娘，所以五魁将她划到自己的保护圈内，自觉将保护柳家新娘、使柳家新娘幸福变为自己责任的一部分。因为暗恋柳家新娘，所以五魁用各种理由掩饰，默默守护奉献，将"使柳家女人幸福"作为自己的使命。正因如此，在柳家新娘归家后，五魁仍然时刻关心这个女人的生活状态，甚至不惜自降身价到柳家做长工，只为离柳家女人更近一步。以至于此后趁机放火带瘫痪的柳家女人逃走、二人野山同居、认柳家女人为妹妹、杀死四眼，五魁所有行动的出发点都混杂着本我与超我的双重力量。一方面，五魁出于本我欲望暗恋柳家女人；另一方面，五魁却又在高标准的道德原则面前感到自卑，他始终觉得自己配不上柳家女人。一面是火热的爱恋，一面是冰冷的道德原则，每当五魁想要遵从本我欲望与柳家女人相好时，总会有一双看不见的超我道德原则之手冷酷地打醒五魁，警告他不可做出越轨行为。

五魁在冰火两重天中畏首畏尾，自我无处安放，人格逐渐变形。人格失衡的五魁在超我理想道德原则的要求下仍然时刻规训着自己，同时也以这样超高标准的道德原则来要求柳家女人。偶然发现柳家女人身上的"女神"光环灭掉之后，五魁深陷矛盾之中，他时而觉得柳家女人不检点，时而又怪自己害了柳家女人。矛盾无处可解，五魁就将矛盾转嫁到四眼身上。逼死四眼，五魁觉得一身轻松，因为他人格中的本我、超我、自我短时间得到了平衡。但是柳家女人的自杀给了五魁致命的一击，本我欲望承载对象消失、超我的道德原则成为害死本我欲望对象的帮凶，脆弱的自我无法调解本我与超我之间的深仇大恨，五魁的内心世界轰然崩塌。崩溃的五魁沦为拥有十一房压寨夫人的匪首，走向与此前恪守本分、忠厚老实、克制欲望截然相反的另一端。脆弱的自我一直企图在本我与超我之间周旋，却始终不得其法，五魁的悲剧是自我脆弱的悲剧，也是高标准超我理想主义迫害本我欲望的悲剧。

五魁因脆弱的自我而最终走向"悍匪"之路，《晚雨》中的天鉴却因强悍的自我而魂断官场。"晚雨"作为篇名本就意味深长，"巫山云雨""淫雨霏霏",中国文学传统中,"雨"和"欲"总是有着千丝万缕的联系,"晚雨"与"晚欲"也有着说不清道不明的牵绊。《晚雨》篇中,竺阳县梅雨时节的百姓总是沉浸于欲望狂欢中,并且不以为耻,反而形成一种特定风俗,"雨"随即成为"欲"的象征。天鉴原是山中悍匪,机缘巧合之下冒充盐县令入竺阳县做官。表面上天鉴是因为小兄弟的"死谏"不得已而为官,实际上,细读文本不难发现,天鉴做官完全是出于本我的需要。尽管心中不忍,但小兄弟的死无疑打消了天鉴做官的最后一丝顾虑,小兄弟的死使得天鉴从此正式化身为盐县令。为官后的种种不易使得天鉴多次有一走了之的本我冲动,然而每次天鉴的本我欲望涌动之时,总会有一只超凡脱俗的白狼闪现于心头,天鉴在白狼的监视下平息冲动,因此得以坚定自我,白狼俨然成为天鉴超我人格力量的化身。在遇到王娘之后,一切都发生了转变。王娘是天鉴枯燥为官生涯中不可多得的一抹亮色,王娘的出现使得天鉴的欲望有了宣泄口。纵然是得到了这样的人间极乐,天鉴也始终压抑着、隐藏着这种快乐,只是隐晦地将县衙后院门顶上的题字更换为"晚雨"。政务上遇到困难,天鉴也有过携王娘一走了之的想法,但在心头盘桓的白狼身影和小兄弟之死的阴影迫使天鉴始终不敢弃官而走。在做出一番政绩并在小兄弟坟前得到预示后,天鉴终于在本我欲望泛滥前找到镇定的灵丹妙药,他下定决心光明正大地求娶王娘。为了获得外部世界的认可,天鉴甚至装模作样一番休掉远在江南的原本的盐县令妻子,找借口拒绝巡检的妹妹。天鉴的愿望即将实现时,王娘的旧事却将这一愿望彻底摧毁。在求娶王娘无望的打击之下,天鉴无处抒发自己的欲望,最终举刀自我阉割以消除欲望。消除欲望的天鉴回到自我管控之中,却变得理性而冷漠。随着本我欲望一起被阉割的,还有天鉴为官的初衷和良善,以及时刻监视天鉴的超我白狼的凝视。几年后王娘身死,天鉴娶了巡检妹妹,严禁城中雨季交合的风俗,将"严亭"扩建成竺阳花园。天鉴最终迷失在官场中沦为官场一腐吏,升了官还没来得及上任就因阉割旧伤复发死于雨季。

相比于五魁过于脆弱的自我，天鉴超强的自我使得他不惜阉割本我欲望来获取内心的平静。过强的自我引发自戕行为，天鉴的结局引人深思。脆弱的自我会导致自卑，会以他人为中心而忽视自我需求；强悍的自我会引发自私自负，处处以自我为中心行事。五魁是前者，天鉴是后者。

三、神性：追求完美的超我

根据弗洛伊德人格理论推演，本我泛滥会导致人异化为兽的悲剧，自我过于脆弱或过于刚强会导致人格失衡崩溃的结局，而过于强大的超我要求则会使人陷于追求完美的泥淖而不可自拔。《白朗》篇中，白朗时刻以超高标准、近乎完美的道德理想原则来要求自己，这使他身上不时散发出神性的光辉。过分之处在于，白朗不仅时时刻刻以这种近乎完美的道德原则约束自己，他还企图以此来规训其他土匪。在这种不近人情的道德绑架之下，昔日的兄弟纷纷远离，白朗却仍然责怪其他兄弟眼界太窄成不了大事业。追求完美自我的白朗失去了兄弟，陷于理想无法满足的苦闷之中。当遭遇被劫等一系列的变故以后，白朗在完美理想的迷梦中陡然苏醒，追悔莫及，更添悲凉。

白朗与《逛山》中的其他土匪不同，白朗做土匪，属于"盗亦有道"的那一类。身为土匪，他并不滥杀无辜，也不近女色，劫富之后一定济贫，与官府作对出发点也是为百姓谋福利。白朗的种种义举，使得他比官府更受百姓爱戴。在"菩萨大王"声名远播之时，白朗的超我人格力量逐渐失控，具体表现在他日益严格的自我要求和对他人的严格要求上。白朗原是庙中和尚，在发现住持的淫秽行为后怒而杀之，他追求完美的倾向实际上在此时就有所展现。恪守清规戒律的信仰迫使他眼里容不得一粒沙，因此在面对那些受住持压迫的女人时，白朗毫不留情地将她们统统杀害。这种无差别杀害的背后，是白朗内心完美的理想道德原则做支撑：只有清清白白、干干净净的人才有权利活下去。在白朗的认知中，那些被住持玷污的、长时间藏匿于地下的女子不再清白，不适合再露面于世，自己杀掉她们反而是给予她们解脱。落草为寇后，白朗依然坚持着这种近乎完美的高标准的理想道德原则，不仅如此，连兄弟陆星火、刘松林正常的娶妻愿望在白朗看来也是胸无大志的短见薄识。白朗在这条高标准的理想道德原则之路上一路狂飙，他也因这种超乎常人的完美理想原则深受百姓爱戴，并自认为"历史上多少名留青史的英雄豪杰也莫过如此吧？而哪一个英雄豪杰又是有着菩萨一样的花容月貌呢！"[1]短短自得以后他又迅速转入大业未成的失落中。"女人，女人，女人真的是英雄的罪恶吗？"[2]扩大地盘的雄心伟业因陆、刘两兄弟的儿女情长而耽误，白朗暗叹两兄弟没出息之余，不禁感慨："狼牙山寨还确确实实是些土匪了！"[3]白朗此言一出实际上还有另一层意味：他绝不将自己放入与陆、刘两兄弟一样的土匪行列。实际上，白朗因有异于常人的完美超我原则的约束，他的所作所为与土匪有云泥之别，他也从不将自己视为土匪，而是下决心要做出一番轰轰烈烈的大事业。在这种做大事的壮志因陆、刘两兄弟的出走难以实现之时，白朗第一次陷入迷茫中，并因此得罪黑老七，被捉进地坑堡。

即使兵败寨毁，人被俘虏至敌营，白朗也依旧保持着自己的英雄气节。不料此时遇见了曾经搭救过的姚家小妾。故人相遇，白朗却认不出自己曾经搭救过的女人，在女人几次三番的暗示之下，白朗才陡然明白眼前的黑老七夫人就是曾经的姚家小妾。一向视女人为洪水猛兽的白朗在此刻动摇了，黑老七夫人无微不至的关怀使他心动，白朗第一次对女人产生了欲望。这种欲望被白朗紧紧压抑在心底，他时刻提醒自己事业未成不能耽于儿女情长。但是女人的主动碰触让白朗的自我防御一溃千里，现实中无法疏解的欲望洪流在梦境中却活色生香，梦中破戒之后白朗以庙中的规矩惩罚自己，尽管他此时已不再是庙中的小和尚，可他依然自觉遵循这种清

---

[1] 贾平凹：《贾平凹文集》，中国文联出版公司，1995年，第53页。
[2] 同上。
[3] 同上，第55页。

规戒律。

  在众人的帮助下白朗重回狼牙山，此时的他超我理想膨胀到了一个新高度，他深信是自己的超我原则赢得了女人的爱，征服了黑老七，获得了众人的信服，从而得以重返狼牙寨。正当他为自己的英雄气度扬扬自得之时，却在行功宴上被众人曝出众多无名的幕后英雄，超我的理想神话瞬间幻灭。白朗不禁反问自己："我胜利了吗？我是王中之王的英雄了吗？"①白朗的信仰如同天元寺的石塔一般轰然崩塌，他不再神采奕奕。一直以来白朗都对自己完美的超我理想原则深信不疑，他信服这种严格的超我原则并身体力行，最终却发现这种原则的幻灭性。英雄不是超我原则成就的，英雄是盛名背后无数无名枯骨造就的。意识到女人、兄弟、百姓对自己的默默付出之后，白朗从超我理想泡沫中清醒过来，一时之间无所适从，避世隐逸于山洞中。此时的白朗终于做回了真正的自我，却得不到大家的认可。众人无法将眼前平凡的、衰老的隐士与即使做了囚徒却依然英俊的白朗相联系，于是向这位避世的昔日英雄掷土块，愤怒地质问："你怎么是白朗？不准你是白朗！"②

  身为土匪却从不自视为土匪，而是时刻以英雄的超我原则神化自身。经年累月之中，近乎完美的超我力量已经变成一张面具，白朗时时刻刻戴在脸上，众人也已经习惯白朗完美的超我面具。一旦白朗卸下这张面具，众人便无法认可已经神化的白朗大王原本也是平凡人的事实，因此愤而攻击。英雄梦醒后的悲凉，是白朗超我人格幻灭的悲剧，也是世俗人间不容"英雄平凡"的惨剧。

结　　语

  弗洛伊德认为，只有当本我、自我、超我三者的能量处于协调平衡

---

① 贾平凹：《贾平凹文集》，中国文联出版公司，1995年，第90页。
② 同上，第93页。

的状态时,才能保证人格的正常发展,否则人格将处于分裂的状态。[①]实际上,没有人能时刻保持三重人格势均力敌,人终其一生都在寻求这种人格平衡。本我、自我、超我达到平衡时竭力维持平衡,三重人格力量失衡时努力恢复平衡。对于逛山的土匪而言,他们亦有自己的人格力量,也时时刻刻在心灵战场上进行着人格力量的殊死决斗。《逛山》中的土匪,有本我失去控制而兽性泛滥的恶匪苟百都,有自我力量脆弱最终崩溃沦为悍匪的五魁,有自我力量过于强悍而自我阉割的官匪天鉴,也有散发神性光辉秉持超我理想但最终幻灭的义匪白朗。他们是普通人眼中避之不及的土匪,但在为匪的前因后果中,他们实际上也是于三重人格力量中挣扎的普普通通的平凡人。土匪们身上所展现的兽性、人性、神性色彩实际上是他们心灵战场中本我、自我、超我三重人格力量交锋的痕迹。苟百都、五魁、天鉴、白朗因各自人格力量的失衡而展现的种种或残忍、或偏执、或虚伪、或自满的个性特征不是个例,生活中的每个人都有这样失控的瞬间。重点在于,在失控之后如何重新协调自己的人格力量,使之重返平衡。达到本我、自我、超我人格力量的平衡状态是弗洛伊德人格理论的理想状态,也是《逛山》四篇土匪寓言带给读者的启示,更是实际生活中每个人孜孜以求的理想人格目标。

原载《西安电子科技大学学报》(社会科学版)2021年第1期

(本文系与王晶合作,收入本书时有修订)

[①] 汪柳花:《本我、自我、超我中挣扎的神父——从弗洛伊德的人格结构理论解读〈荆棘鸟〉中的拉尔夫》,载《学术评论》2012年第Z1期。

"土匪"叙事视域中的《红高粱家族》与《逛山》比较论

"土匪"一词，循名责实，指那些离开土地以暴力获取生存资料的武装力量。这一群体处在道德、法律秩序的边缘，在官方话语中与"盗""寇""贼"并列，历来属于被官府剿灭、清除的对象。中国文学向来有土匪叙事传统，以《水浒传》《荡寇志》为代表的绿林传奇流传于各个时代、各个阶层，不仅在民间广为流传，更被列入正统文学行列成为不朽的经典巨著。中国现代文学中也不乏土匪题材作品，《死水微澜》《南行记》中时时浮现土匪的身影。新中国成立后，更是出现了《林海雪原》《桥隆飙》这样以土匪为中心构筑的红色经典巨著。20世纪八九十年代，民间话语频现文坛，作家们重新以个人化的目光审视历史，追寻民族之根。莫言的《红高粱家族》被视为新历史主义小说的滥觞。学者张清华更是表示："从'文化主题'转向'历史主题'，《红高粱家族》是一个标志。"[①]《红高粱家族》在新时期开土匪叙事之风，贾平凹的《逛山》则是1990年代土匪叙事的又一高峰。两部作品不同的写作路向显示出新时期土匪叙事的两种新维度：土匪英雄化和土匪日常生活化。"匪性"成为填补商业化时代英雄情结空白的精神依托。不同作家有不同的创作目的，有不同的叙事方式以及语言风格。《红高粱家族》与《逛山》相比较，显示出莫言与贾平凹处理同一题材小说时各具特色的叙事风格。

---

① 张清华：《莫言与新历史主义文学思潮——以〈红高粱家族〉〈丰乳肥臀〉〈檀香刑〉为例》，载《海南师范大学学报》（社会科学版）2005年第2期。

一、赞扬与重现匪事

　　20世纪八九十年代的土匪叙事是对"十七年"时期土匪叙事的颠覆。土匪不再是与英雄相对的反派角色，莫言与贾平凹这一时期的土匪小说亦呈现出这样的颠覆性，但两者在书写土匪故事时又有所不同。莫言主要是通过书写匪人匪事赞扬匪性精神的强悍，贾平凹则倾向于持客观、冷静的笔触还原匪人匪性的本来面貌。

　　《红高粱家族》整部小说既是"酒神精神"的化身，也是匪性精神的代表。高密东北乡是酒气浸染的热土，亦是土匪横行的快活林。《红高粱家族》集中描写高密热土上生生不息的匪徒们的热血匪事，讴歌他们悍勇的匪性精神和崇高的英雄气质。莫言将土匪英雄化、匪事传奇化，是对"十七年"时期土匪叙事的解构。文本中频繁出现的意象"纯种红高粱"，不只是一种生长在高密大地上的植物，它俨然成为充满蓬勃生命活力的匪性精神的象征。纯种红高粱见证高密土地的满目疮痍与生机勃勃，目睹一代高密土匪由青涩走向成熟，它亲历东北乡乡民的生生死死，依旧不改其纯正的颜色和昂扬的姿态。"红高粱"向读者展示出一种可资比照的韧性力量与人格高度，给委顿、疲软的现实生活注入生猛的阳刚之气。小说末尾，在被现代文明浸染的东北乡土地上，最后一颗纯种红高粱屹立在地头成为拯救"我"的唯一法宝。莫言对匪性精神的认同首先就体现在对红高粱及其精神的高度赞颂上。

　　《水浒传》是一部典型的土匪英雄演义，书中塑造的一百零八个土匪个个都是杰出的英雄好汉，尽管他们时常游走于法律边缘，然其"替天行道"的义举受到许多读者的喜爱和赞赏，体现着民间"匪言匪事"话语超越正统史话的胜利。《红高粱家族》有异曲同工之妙。莫言对匪人、匪事、匪性精神的赞扬还体现在以下两个方面：一是从历史层面出发肯定其价值，土匪们的英勇抗日行为保存了民族生存发展的火种；二是从现实角度出发褒扬其内涵,土匪们热血、狂放、剽悍的匪性给疲软、卑琐、庸俗的现代生活现实注入一针强心剂。东北乡土匪们的种种行为都不符合当时的法律规定,他们依凭自己组织的民间武装力量与官府针锋相对,通过占山为王成为地区实际权力的掌控者。余占鳌一伙人既是官府眼中的匪,亦是百姓心目中的守护神。尽管这些土匪时而做一些横行乡间、恐吓百姓的恶事,但相比于对内盘剥百姓、对外软弱绥靖的伪政府,这些土匪反而成为护佑一方安稳的血性英雄。土匪们身上强烈的反抗意识更是与现实生活的庸常形成强烈反差,以古照今尽显先辈英姿。

学者贺玉庆等指出,莫言用"民间化的历史场景,'野史化'的家族叙事,实现了对现代中国历史的原有的权威叙事规则的一个'颠覆'"[1]。土匪不再是历史中的边缘人,反而成为历史书写的主角。倘若没有抗日情节的介入,小说或许只是一部土匪家族传奇,但莫言"土匪抗日"这一情节的介入使得小说不再停留于个人家族层面,而上升至民族、战争、生命的高度。余占鳌著名的抗日宣言是:"谁是土匪?谁不是土匪,能打日本就是中国的大英雄。"[2]无论是土匪还是正规队伍,在日本侵略者面前没有身份差别,抗日土匪也是英雄,抗日匪事皆为义举。匪性精神超越民族、战争成为英雄主义的具体特征。整部小说中看不到作家对历史真实与否、土匪行为正义与否的判定,只有一个个真实、鲜活、充满生命力的人物在时代的演武场上跳跃翻腾。日本侵略者是失去人性的屠夫,但在幼小的"我爹"眼中余占鳌劈死日本兵亦令人心生恐惧。狗吃人,人食狗,战争背景下异化的人与狗展示出生存最残酷的景象。"活着"本身的意义重于一切,强悍的匪性成为人类生命原力的最佳印证。余占鳌等人身上的悍勇、血性成为经历时代动乱延续生命的重要火种。小说末尾"我"对充满生命原力"种"的追寻落到二奶奶指点的最后一株纯种

---

[1] 贺玉庆、董正宇:《战争叙事的新变——论莫言小说〈红高粱家族〉》,载《创作与评论》2013年第18期。
[2] 莫言:《红高粱家族》,当代世界出版社,2003年,第20页。

红高粱身上,"我"寻到了家族的根——纯种红高粱,寻根之旅由此完成。莫言赞扬、肯定、崇拜这强悍的生命原力,小说末尾甚至直接发出愿以"不肖子孙"的心脏祭奠先辈们英武不屈的魂灵的慨叹,充分显示出作家对充满匪性精神的生命原力的赞扬与崇拜。

《红高粱家族》被视为新历史小说的重要代表作之一,莫言重述民间历史的态度具体表现在对土匪精神的赞扬、崇拜上。与之相比,贾平凹的《逛山》则力图将土匪拉到具体的、日常化的生活中,以此来重现匪性精神的本相。贾平凹笔下的商州匪事不似高密匪事那般与民族、战争相连,贾平凹的匪事书写专注于对土匪故事本身的描摹刻画。《逛山》四篇故事实际上是四部土匪前传或土匪后传,贾平凹通过讲述土匪的前世今生来展现匪性真实、复杂的一面。目的不在于写土匪英雄传奇,而在于写土匪原本的生存面貌。土匪本性中确有悍勇、血性、坚韧的光辉一面,但在《逛山》中,贾平凹也描摹了其粗俗、蛮横、残忍、暴戾的阴暗一面。

《逛山》中的土匪们因各自的原因主动或被动上山"吃粮",贾平凹既不粉饰土匪们造福一方的功绩,也不掩盖他们为祸一方的事实。贾平凹笔下,土匪是多变的,他们身上的匪性亦是复杂的。《美穴地》《白朗》《五魁》《晚雨》,四个不同的土匪故事展示了四种不同的土匪生存面貌。这些匪事书写,有的重心在为匪前,有的在为匪后,有的甚至是脱离土匪行业后的"后土匪"叙事。土匪们或残忍,或义气,或忠直,或暴戾,贾平凹通过书写这四个不同的土匪故事重现匪事、匪性精神的原貌,人性、匪性、神性相交织,蕴含说不尽的意味。《美穴地》是一个极端的悍匪案例。土匪苟百都杀人越货,抢人钱财,夺人妻子,尽显土匪的粗俗、卑劣、蛮横。《白朗》是关于土匪发现自我的寓言。匪首白朗从自负一身丰功伟绩,到发现自身的平凡而陷入自我怀疑和愧疚的旋涡中无法自拔。从自负到自卑,从自信满满到自我怀疑,从坚持超我到回归自我,土匪大王不仅仅是"大王",更是世俗中的凡人。《五魁》中贾平凹只用最后一句话交代老实农民五魁为匪后的斑斑劣迹,从老实忠厚、迂腐善良的农民到烧杀抢掠、拥有多房压寨夫人的悍匪，五魁由人异化为兽，揭示出人性脆弱、匪性疯狂的一面。《晚雨》是整部小说中最特别的一篇，土匪天鉴摇身一变成为县令老爷，时时在"官""匪"之间摇摆，夜夜在"欲""理"之间挣扎，最终强行自宫，为"官性"而阉割"匪性"。《逛山》中贾平凹通过讲述四个不尽相同的土匪故事力图重现匪性精神既强悍又脆弱、既忠义又狡黠、既高洁又粗俗的本相，使读者得以了解土匪、匪事的真实面貌。

莫言的《红高粱家族》是通过家族叙事来追寻、肯定、赞扬红高粱一般血性、坚韧的匪性精神，贾平凹的《逛山》则是以不同的土匪故事来展示匪性精神中冲突、复杂的斑驳本相。莫言向读者展示了一个生机勃勃的高密绿林世界，并以此为镜反观当下现实世界的孱弱、平庸，彰显土匪精神的高蹈；贾平凹则向读者揭开商州土匪上山"吃粮"的神秘面纱，土匪们在日常生活中挣扎生存，生生死死、起起落落中重现匪性、匪事的复杂多面。

二、审美化与原生态的土匪形象

战争打乱了原本就脆弱不堪的社会秩序，时势造就土匪也造就英雄。莫言在《红高粱家族》中塑造了一群剽悍、充满血性的土匪英雄。他们或许有诸多反世俗、反社会的越轨行为，但这些缺点并不足以掩盖其崇高的英雄气质。余占鳌、余豆官、花脖子、黑眼、五乱子、刘大号、王文义、哑巴、方六方七兄弟，这些土匪既杀人越货也精忠报国，既有放荡不羁的响马精神，也有保家卫国的英勇忠义，他们虽没有彪炳史册为后人敬仰，却凭着一股义勇之气成为以身殉国的民间英雄。余占鳌并不是完全意义上的好人，将他放到"十七年文学"中的任何一个抗日英雄序列中都显得突兀，但他一定是其中塑造得较为丰满的土匪形象。

莫言在书中对余占鳌的外貌描写着墨不多，从文本中仅能看到一个有着宽肩细腰、青白色头皮的大概轮廓,但这并不妨碍莫言向读者传达余占鳌身上挺拔高大的英雄气质。余占鳌出类拔萃的英雄气质首先体现在他果断的行事风格上。余占鳌行事果决,十六岁时就因无法忍受余母与和尚来往而怒杀和尚,与戴凤莲发生关系后果断履约杀死单家父子,做事雷厉风行。莫言同时赋予余占鳌刚直的心性,他有仇必报,从不肯对权势折腰,有罪必罚,对亲叔父余大牙也毫不手软。余占鳌对任副官、江小脚这样的革命者心怀敬佩却并不心悦诚服,对冷麻子这样昏聩无能的流氓军官更是冷眼相看,心怀鄙夷。即使是参与抗日他也保持着自己独立的英雄本色:快意恩仇,无拘无束,任性而为。他自始至终保持着一份独立的姿态,游离于官方、集体、正统之外。余占鳌抗日不是官方组织的行动,完全出于个人意愿,他没有旗帜,没有口号,没有武器,没有计划,碰到了日军就提枪上阵,反而显示出一种民族血性。小说中余占鳌甚至孤身一人从北海道返回高密,其中艰辛可想而知。莫言曾经强调:我们力图恢复历史的真实。①莫言揭开反复被言说的官方历史表层,挖掘隐藏的民间抗日史,追寻民间的凡人抗日奇事,赋予土匪不平凡的英雄气质。《高粱殡》一章中,上一刻冷支队、胶高大队、铁板会三支队伍还如火如荼地开展斗争,下一刻日本人当前,三支队伍又拿起枪支合力杀敌。这就是莫言笔下的英雄,"最英雄好汉最王八蛋"②,他们的性格、人生充满矛盾却也充满张力,散发出一种"极致"的美感,至爱至恨,至刚至柔,至纯至真。这种碎片化的历史书写反而给读者带来立体化的阅读真实感。

　　余占鳌的土匪兄弟是莫言刻画的另一群英雄,他们身上不无缺点,但瑕不掩瑜,缺点反而使他们个性鲜明,令人过目不忘。王文义胆小懦弱,惧怕战争,但真正打起仗来也不做逃兵。哑巴热衷开玩笑逗趣,正经对付日本人却毫不手软。任副官在整个土匪小队中鹤立鸡群,文质彬彬却不孱弱,腹有诗书而不迂腐,在他的指导下余占鳌的队伍才得到正规的训练。

---

① 莫言、王尧:《从〈红高粱家族〉到〈檀香刑〉》,载《当代作家评论》2002年第1期。
② 莫言:《红高粱家族》,当代世界出版社,2003年,第2页。

莫言写任副官的篇幅不长，却给读者留下了深刻印象。五乱子是铁板会中的异类，他是余占鳌相见恨晚的知音。五乱子在黑眼和余占鳌之间左右逢源，成功地将两个宿敌拉在一个队伍。一番天下分合论使得余占鳌心服口服地加入铁板会，两个身处高密却胸怀天下的土匪从此惺惺相惜。《红高粱家族》中，莫言不仅赋予主人公余占鳌卓越的个人气质，还赋予他远大的豪杰志向。心怀天下的土匪余占鳌，被塑造成一个乱世英雄。在余占鳌的参与之下，铁板会不仅掌控高密部分武装，还发行货币掌控地方经济权，成为另一个"太平天国"。莫言此时才向读者展示出余占鳌的全部内心角落，他不仅行事果决，性格坚韧，还胸怀李自成、洪秀全一样的天下大志。正因如此，他尊重任副官这样的知识人，欣赏五乱子这样的合作者，始终拒绝被收编，保持自身的独立性，期冀有朝一日发展壮大自己的力量。

相比于莫言《红高粱家族》这部读之令人振奋的草莽英雄史诗，贾平凹的《逛山》塑造了另一群在商州山水间生存、挣扎、纠结的普通山匪。他们没有遇到侵略战争，所以身上没有民族英雄光环的加持。他们被禁锢于生存夹缝中，胸中亦无天下大志，更看不到轰轰烈烈的国仇家恨，他们只想守好自己的一方天地。这些山匪中有善有恶，有美有丑，有忠有奸，贾平凹通过塑造这群商州山匪，最大限度地呈现给读者原生态的土匪样貌，传递了一种土匪就是土匪，异于常人也异于英雄的原生态气息。

贾平凹笔下的土匪样貌不同，性格各异。恶匪苟百都、义匪白朗、狂匪五魁、官匪天鉴，他们各自拥有着属于自己的一片土匪天地。不同于莫言笔下义薄云天的高密土匪，贾平凹笔下的土匪心性疯狂，天生带有反骨。《美穴地》中，苟百都在姚家做长工时就觊觎主人家的钱财和姨太太，整日里愤愤不平，后来他将自己的屈辱转嫁给更为懦弱的乡民，颇有几分阿Q气质。苟百都最终因嫉恨姚家的美穴地动手将其摧毁，出逃后转身就上白石寨做了山匪。随后他又自立门户，拉起队伍占山为王，强掳姚家四姨太做压寨夫人，强逼柳子言踏美穴地，甚至为了占吉地将自己的老母亲推进沟中摔死，其恶行罄竹难书。在苟百都身上几乎看不到人性的闪光点，给读者留下深刻印象的唯有他的粗鲁、猥琐和残忍。在苟百都身上，读者看到了土匪身上的阴暗面，他们这类土匪不是意气风发的梁山泊英雄，而是祸害一方的无耻盗贼。另一篇故事《白朗》当中，贾平凹又向读者展示了另一个与苟百都完全相对的义匪形象。白朗与余占鳌一样具有英雄气质。白朗一生都在践行自己心中的道德律令，作为一个山大王，白朗不嫖不赌不随意抢劫，一心专注于将自己的队伍发展壮大。劫富济贫、劫财不劫色是白朗恪守的土匪逻辑，他甚至替天行道打败官府放开盐池，被百姓赞为"菩萨大王"。贾平凹笔下的白朗比其他土匪多了侠气，少了俗气，是古往今来为数不多的义匪典型。五魁是整部《逛山》中与青年余占鳌经历最为相似的土匪，但二者的选择截然不同，命运也迥然相异。二人在为匪前都从事婚丧嫁娶服务业，整日里替别人娶新娘。二人命运的分岔口在于，余占鳌顺从内心欲望夺走了别人的新娘戴凤莲，而五魁则压制自己的欲望将柳家新娘完整无缺地送回柳家。抢亲后的余占鳌自此依照快意恩仇的本我需求进入绿林，送亲后的五魁却始终压制本我欲望本本分分做柳家的奴才。在几近变态的自我压制中，五魁不断地虐待自己，甚至以这种变态的清规戒律压制柳家女人，柳家女人在羞愧中自尽，五魁坚守的道德原则轰然倒塌。超我的道德原则幻灭后，崩溃的五魁也失去了自我，完全沦落到本我欲望的泥淖中，成为拥有十一位压寨夫人、危害一方的大土匪。相比于《红高粱家族》结尾余占鳌英雄式的赞歌，五魁末路狂欢式的疯狂显得触目惊心。余占鳌不做土匪后仍是乡民眼中的大英雄，《逛山》里天鉴不做土匪后则摇身一变成为县令。二者不同之处在于：余占鳌不做土匪后身上依然保留着土匪身上那股决绝、强硬的匪气，并由此凭着一口气一路从北海道返回家乡；天鉴却在为官的过程中一点点褪去匪气，最终和那些混迹官场的蛀虫别无二致。余占鳌、天鉴两者的对比引人深思：动荡时代中，官匪之间的界限在哪里？两者孰优孰劣，难以定论。

莫言塑造的是一群铁骨铮铮的土匪汉子，尽管这些草莽英雄身上不无缺点，但莫言赋予他们的英雄气质足以掩盖他们身上其他方面的微小瑕疵。贾平凹则选用平实的笔法尽力去展现土匪性格的每一个侧面，这群商州土匪既不是英雄，也不是凡人，他们阐释了土匪的原始含义：就是一群善恶并存、令人望而生畏的山间强盗。

三、动态与静态式叙事风格

当代小说有两种叙事节奏，一种是动态叙事，另一种是静态叙事。而叙事形式又具体通过叙事者、叙事视角的变化展现其基本形态。叙事者以及叙事视角的位移、变幻给文本造成动态感，反之，叙事者、叙事视角少有变化则增加文本的客观性与稳定性，给读者带来极大的阅读真实感。《红高粱家族》属于前者，《逛山》属于后者。

学者李洁非曾讲："在莫言那里，小说写作超越于'讲故事'这个层面"[①]。《红高粱家族》中展现的动态叙事艺术无疑是最有力的证明之一。《红高粱家族》中，莫言在叙事层面做出革新，其叙事者不再长时间集中于一人。从第一人称叙事者"我"开始，到第三人称叙事者"我父亲""我爷爷""我奶奶"，叙事者不断更替。随着叙事人称转变，叙事者时时在故事内外游离切换。时而以"我"的口吻冷静、全知全能地讲述业已发生的历史，叙事者"我"甚至骄傲地宣称"我爷爷、我奶奶不知道的历史，我知道"。时而又以少年人"我父亲"的眼睛描述墨水河伏击战，展现战争面前儿童的心理体验、生死观。紧接着叙事者又切换到"我奶奶"，从"我奶奶"的视角发出生命的呼唤。《红高粱家族》中，叙述者上一段落还是站在历史之外的观察者"我"，到了下一段落就转换成历史的亲历者"我爷爷""我奶奶""我爹"。叙事者切换、位移中，"我爷爷""我奶奶""我爹""我娘"的所见所闻从不同的角度串连起来形

---

① 李洁非：《中国当代小说文体史论》，陕西人民教育出版社，2002年，第98页。

成完整的故事链,给读者带来陌生化、动态变化的阅读感受。第一章《红高粱》中有这样一段描写:"父亲就这样奔向了耸立在故乡通红的高粱地里属于他的那块无字的青石墓碑。"[①]"我"看着"我父亲"的命运,"我"超脱于故事之外,是全知全能的外叙述者。可就在下一段,"有人说这个放羊的男孩就是我,我不知道是不是我"[②]。"我"加入了故事之中,成了文本角色之一。整部《红高粱家族》中,第三人称和第一人称无缝对接,"我"时而在故事之外冷眼旁观,时而嵌入故事之中成为小说的一部分,读者也随着叙事者的变化在阅读中跳跃于故事内外。莫言不仅将"我"设定为叙述故事的人,而且赋予"我"介入故事发展的权利,"我"时不时发出感慨议论:"余占鳌就是因为握了一下我奶奶的脚唤醒了他心中伟大的创造新生活的灵感,从此彻底改变了他的一生,也改变了我奶奶的一生。"[③]这种从"我"到"我父亲""我奶奶"不断切换的非聚焦型视角打破了传统叙述的视角限制,叙述者随着叙事焦点的变化而变化,读者随着叙述者视角的转移而转移,通过各种视角的转换推知故事的全貌。此外,由于视角的转移,读者从不同的人物身上读到对同一事物的不同理解,从而对文本中的人物性格有了更全面的把握。"我""我奶奶""我爹"以及村民眼中的余占鳌是不同的,莫言通过叙事视角的变化使得读者借不同人物的眼睛观察、接近主人公。读者既能看到他们的心理活动,预知他们的行为,又能站在故事之外理性地进行思考分析,人物、文本在读者面前变得更加透明。

相比于《红高粱家族》中叙述者、叙述人称的频繁切换,贾平凹的《逛山》始终坚持第三人称叙述到底,"不定内聚焦视角"与外聚焦视角相结合,既抓住了人物的心理活动,又始终像一个局外人一样冷眼旁观,极大增强了文本的客观性。《逛山》全书四篇故事皆采用第三人称叙述,

---

① 莫言:《红高粱家族》,当代世界出版社,2003年,第1页。
② 同上。
③ 同上,第35页。

叙事者隐藏在文本中，只是故事的传达者，冷静客观不带有情感色彩。无论是《美穴地》里的苟百都，还是《白朗》中的白朗，贾平凹并没有在文本中透露出叙述者自身的想法或观点，而是留下充足的空白给读者去评论、思考。《五魁》一篇末尾，贾平凹仅用一段话来客观叙述五魁为匪后的异化。叙事者对五魁的巨变未置一词，只做描述不加议论，纯然的第三人称外聚焦视角，将评论的权利移交给读者。正是这样客观的叙述，反而令读者对五魁的变化更加印象深刻。《晚雨》中，叙事中心时而聚焦于天鉴，时而聚焦于王娘，一来一回间，读者不仅能看到主人公的行为动作，还能把握到他们的心理活动。《晚雨》也采用了外聚焦视角叙述。当俊脸小匪质问天鉴："大哥！你是担心这件事有一日会败露吗？"[①]天鉴语焉不详，贾平凹此处的描写极为克制。作家没有追着对天鉴内心进行大特写，而是采用纯客观的外聚焦视角留下空白，读者包括叙事者在内只能通过天鉴的具体动作仔细揣摩天鉴的心理，无法确证其所思所想。这种有意识的留白给读者阅读制造了障碍，使得人物形象更加复杂，文本也生成更多的阐释空间。《逛山》中的这种留白手法，是作家高超叙事技巧的有力印证。

　　莫言、贾平凹都是叙事大师，虽然《红高粱家族》《逛山》两部小说在叙事者、叙事视角安排方面不尽相同，但叙事结构设置方面却有一些相似之处。《红高粱家族》中，莫言并没有中规中矩地讲故事，而是采用了碎片化的叙事。正叙、倒叙、插叙、补叙相结合，将"我"现在发生的事与"我父亲"过去发生的事，以及"我爷爷""我奶奶"过去完成的事情串联起来，形成完整的叙事结构。莫言经常在叙述中打破时间限制，自由地"闪回""闪前"交错。《红高粱家族》开篇就"闪回"叙述一九三九年八月初九"我父亲"十四岁时发生的事，仅隔一段后又"闪前"叙述"我父亲"坟头上已是荒草萋萋，紧接着又"闪回"一九三九年八月十五

[①] 贾平凹：《贾平凹文集》第四卷《侠盗卷》，中国文联出版公司，1995年，第147页。

的夜晚，过去的过去、过去、现在三个时空交错相织，读者也跟着叙述者在文本中一次次穿越。无独有偶，《逛山》中也出现了"闪回""闪前"交错的叙述手法。《白朗》中白朗在被押去黑风寨的过程中"闪回"自己七岁时在安福寺做和尚的光景。《美穴地》中，正当柳子言与四姨太对话时倏忽"闪前"到十年后叙述柳子言儿子唱戏的场景。叙事者在文本中穿梭，过去、现在、未来相交错构成完整的故事序列。贾平凹、莫言杰出的叙事技巧令人惊叹。

四、狂欢与常态化的语言以及神奇的意象

同为土匪题材小说，《红高粱家族》与《逛山》在语言上各具风格。《红高粱家族》描述的是齐鲁土匪，文本缝隙里处处渗透着齐鲁方言；《逛山》书写的是商州山匪，文本中夹杂着秦地方言。"心急喝不得热粘粥""吃杠子饭""吃抹饼""杂种出好汉"，《红高粱家族》中有大量的山东方言，它们多出自罗汉大爷、"我爷爷"这一代逝去的人口中，这些方言俗语既贴合当时的语言环境，又言简意赅、生动形象。《逛山》中同样有这样一组秦地土语："踏风水""有多大的虮子出多大的虱""粮子"。这些商州方言土语渗入文本中，形成雅俗相融的艺术效果。除了方言使用之外，《红高粱家族》中莫言经常大词小用、今词古用，以戏谑的笔调调侃历史，形成一股别具特色的油滑味儿。莫言用"生的伟大，爱的光荣"这样形容伟人的大词来形容"我奶奶"，罗汉大爷是家中的"业务领导"，"我爷爷"加入了东北乡"婚丧嫁娶服务公司"，古今杂糅、幽默风趣。莫言还将一些相对的词语堆叠到一起故意制造语意悖论，如《狗道》中用"可恶可敬可怕可怜"来形容狗，增加了语言张力。语言是有色彩的，色彩语言一定程度上影响作品的语言风格。大红、大绿、大紫是《红高粱家族》中经常出现的色彩，艳红的地平线、血红的朝阳、黑洞洞的嘴，莫言采用极为浓重的色彩语言营造出《红高粱家族》浓墨重彩的土

匪世界。《逛山》当中并没有《红高粱家族》大红大紫式的色彩渲染，文本更多采用白、黄、赤红这样的淡色，描绘出一幅蕴含悠悠古意的商州水墨丹青画。

莫言在《红高粱家族》中还使用了大量陌生化的通感和比喻："紫红色的火苗灼热地跳跃着，冲击着他的双耳里嗡嗡地响"[①]，"从悲婉的曲调里听到死的声音，嗅到死的气息，看到死神红高粱般深红的嘴唇和玉米般金黄的笑脸"[②]。莫言还将月光比喻成水银，将驴粪比喻成苹果，将肠子比喻成花朵。这些修辞陌生而艰涩，给读者造成强烈的阅读阻距。相比于《红高粱家族》中陌生化的修辞，贾平凹《逛山》中的修辞更为中规中矩，譬如葱样的手指、莲藕似的胳膊、黑色莲花似的蓬松头发，这些比喻符合大部分普通读者的审美阅读心理。值得注意的是，《红高粱家族》与《逛山》中都出现了一些奇特的意向。《红高粱》中巨大的圆月和沉甸甸的高粱穗，似是通晓人事的精灵。《狗道》中那群"可恶的可敬的可怕的可怜的"狗是凶猛的兽，可它们在某些时刻又拥有一些人的特点。莫言赋予狗以人类的思想，狗就不再单纯是动物，甚至人与狗之间的战争也就蒙上了另一层意味。狗吃掉人的尸体，人又靠着狗肉度过冬天，狗吃人、人吃狗、人吃人，战争酿出的惨剧，没有人无辜。莫言似是在写狗，实际上也是在写人。借狗道写人道，更显示出战争的惨烈和人性的复杂。《逛山》中也有一个奇特的动物意象——狼。《逛山》的末篇《晚雨》中出现了一只神秘的毛色纯白的狼。这只狼实际上没有过任何行动，但主人公天鉴觉得这只狼始终监视着自己。每当天鉴放松心情或情绪低落想要重做土匪时，这只白狼的身影总会浮现在天鉴面前以做警醒。白狼成为天鉴超我力量的化身。《白朗》中英明一世的白朗大王喜欢百姓称自己为"白狼大王"，甚至狼牙寨中每个兄弟的衣服上都绣有一只白狼。在这里，白狼又成为匪首白朗侠义的代

---

① 莫言：《红高粱家族》，当代世界出版社，2003年，第13页。
② 同上，第34页。

表。《逛山》中,贾平凹赋予狼特殊意义,"狼"已经不再简简单单是动物,而是与正直、勇敢、刚毅、厚德有关的神明的象征。这些神奇的动物意象为《红高粱家族》《逛山》再添精彩一笔。

结　　语

　　《红高粱家族》与《逛山》都是当代文学土匪题材写作中的精品,通过对比这两部杰出的土匪题材小说,能更进一步地认识莫言、贾平凹这两位当代文学大作家在处理土匪题材时采用的不同方式。土匪叙事在中国文学中由来已久,不同时代作家对土匪题材的处理方式也截然不同。1985年后中国文坛的巨变也影响着土匪叙事的变化,《红高粱家族》和《逛山》在主题、人物形象塑造、叙事方式、语言风格方面所获得的成就正显示出20世纪八九十年代土匪叙事的不同走向以及承接关系。土匪叙事不仅是关于"土匪"的故事,它更关涉社会、历史、两性、正邪、雅俗等方方面面,是涉及"土匪"隐喻及其所有潜在可能的叙事。因此,通过《红高粱家族》与《逛山》的对比,不仅能发现两部作品在主题、人物形象、叙事艺术、语言风格上的异同,更能看到20世纪八九十年代土匪叙事的整体风貌和内在流变。

　　从《红高粱家族》中不难看到寻根文学的余影,学者张清华也曾指出《红高粱家族》与寻根文学的应和关系。因为要寻中华民族文化之根,所以莫言在《红高粱家族》中对过去的历史、英雄人物是报以崇敬、仰视、追思的态度去描写的,"土匪"就成为英雄的化身,"匪气"成为英气的代表。《奇死》末尾,已被现代文明侵蚀的不肖子孙的呐喊发人深省,古今对照中,古人之伟尽显今人之懦。相比之下写于1993年的《逛山》少了一些寻根气息,贾平凹在《逛山》后记中直指自己的写作有"写写神话新编"的意味。因此,贾平凹《逛山》中的土匪不是英雄,土匪的行为也不完全出自正义,贾平凹的土匪人物长廊中也有苟百都这样完完全全的悍匪。相比于莫言"土匪英雄化"的书写，贾平凹更多是将土匪拉到日常生活情境中，还原土匪的本色。两位作家以实际创作展现出新时期土匪叙事的两种维度，此种意义上，《红高粱家族》体现了1980年代人文主义浪潮中将土匪英雄化、崇高化的潮流，《逛山》则代表了1990年代商业化趋势下土匪书写本质化、日常化的复归。

原载《宁夏大学学报》（人文社会科学版）2022年第4期

（本文系与王晶合作，收入本书时有修订）

《尘埃落定》与《秦腔》中的傻子形象比较论

阿来与贾平凹都是中国当代文坛上具有重要影响力的作家，他们各自笔下的藏地色彩和西北风情在文学世界相映生辉，受到文艺评论界与学术界的颇多关注，尤其荣获茅盾文学奖的《尘埃落定》与《秦腔》两部作品，更是广大读者与评论家们关注的焦点。自两部作品问世以来，形式的创新与叙事的独特便引发了众说纷纭的研究与评论之声，有对叙事结构的解析、审美意义的透视、主要人物形象的分析等，但是这些研究大多只是以单篇作品作为对象，将两部作品联系起来进行研究的也仅仅是注重对叙述视角的分析，对书中两个傻子形象的对比研究尚有可以探究的空间。傻子形象作为一种不可忽视的文学现象，其存在具有重要的言说意义，而阿来与贾平凹相继选择在作品中塑造傻子形象，其承载的自然是作家对社会文化以及生命内涵的深思熟虑，因而傻子形象虽作为边缘人物存在，却蕴含着极大的隐喻，并且阿来《尘埃落定》中的傻子少爷与贾平凹《秦腔》中的引生又体现出一种探索创新的尝试与开拓，反映了中国当代文学创作的与时俱进。

阿来的《尘埃落定》与贾平凹的《秦腔》均选择以傻子形象作为小说的叙述者，虽然傻子视角的采用颇为相似，但是由于两位作家受到不同民族、文化和地域环境的熏染，在各自作品中对傻子形象的描摹又各有侧重。本文将通过比较傻子少爷和引生这两个典型形象悬殊的身份地位、不同的形象刻画、迥异的结局隐喻三个方面，探究表象之下叙事功能、人物意义、作品意旨的差异，从而阐述两部作品殊途同归的价值主题，挖掘傻子形象塑造的当代意义，分析两位作家选用傻子形象叙事的良苦用心，体会作家对现实社会和虚伪人性共同的反思态度，既表现出作家社会责任感的担当，也引来了发人深省的人性叩问。

一、身份地位之别：土司少爷与乡土农民

《尘埃落定》与《秦腔》中的傻子形象最为明显的不同体现在两者身份地位的云泥，一个是生活在土司家族享受锦衣玉食生活的少爷，另一个却是穿行于清风街上人人调侃、奚落的孤儿，这样的设置事实上是阿来与贾平凹在对自己耳濡目染的文化历史进行深刻体察之后别出心裁的匠心运用，人物形象身份的选择背后承载的是各自小说叙事功能的展开。人物作为小说的三要素之一，其刻画不仅要符合小说的主题和艺术基调，还要有其独特的艺术魅力，能够推动故事情节的发展，凸显生动的创作风格，例如鲁迅小说中塑造的阿Q、祥林嫂、涓生、吕纬甫等一系列经典的人物形象。在社会大变革的历史背景下，鲁迅先生着眼于农民、妇女、知识分子等底层人物身份的构筑，并借助这些人物形象实现揭露现实和启蒙民众的社会功用。因此，人物形象在作家精心雕琢之后释放出来的丰富而复杂的表现力往往有着强大的叙事功能。傻子形象相较于正常人往往不会受到严苛的社会伦理和精神道德的钳制，他们从现实生活中抽离，进入另一重世界，以一种洒脱的姿态超越文明的藩篱，在他们身上作者更能实现相对的话语自由表述。但是，更加自由的话语表述也带来了傻子形象塑造上的挑战，诸如如何完成角色的意义指向、如何把傻子身上的叙事功能转化为深刻的文化内涵等，都会为傻子形象的塑造增添难度。而身份作为人物形象的一个重要标识，融合着丰富的文化内蕴，解读傻子的身份之别，一定程度上就是对作者文化态度的探究。

阿来《尘埃落定》中的傻子二少爷出身并成长于藏族土司家族中，身

为土司的儿子，虽然他是一个傻子，但是他的少爷身份让他并不处于社会的弱势地位。傻子和少爷这样的身份组合形成一种悖谬的存在，这悖谬恰是作者的刻意为之，其指向的不仅是对生命存在的思考，更是对看似稳固的土司制度的反讽和对一群所谓正常人的嘲弄。

　　首先，傻子作为麦其土司家的二少爷，本该与"才华横溢""风流多情"等词语联系在一起，在古往今来的文人佳话中公子配佳人，自然是应该抱得美人归的，可是这位傻子少爷对爱情的真心换来的却是挚爱之人的冷漠和背叛。傻子对蓉贡土司的女儿塔娜一见钟情，为了迎娶塔娜，他不顾别人劝说毫不犹豫地将粮食借给蓉贡土司，帮助其家族解决粮食短缺的燃眉之急。这种雪中送炭的情谊在塔娜看来完全是利益的交换，而她正是这场交换的牺牲品，并且这个行动决定者还是一个众人眼中的傻子。因此，塔娜轻视傻子，几度背叛傻子，将傻子的一片真心任意践踏。塔娜对傻子二少爷的不忠、不爱归根结底是对傻子形象的嫌憎，这正是傻子少爷身份的悖谬之一。虽然地位尊贵，但是形象与地位的不对称让他依旧被人看不起，甚至还在勇敢追爱的过程中伤痕累累。傻子少爷悲凉的爱情也是对土司制度的讽刺，以利益为目的的各个土司家族终归是没有人情与真爱的，他们的命运也将和傻子少爷的爱情一样走向破灭。其次，傻子少爷并不是真正的智力低下，只是因为他异于常人的表现而被周围人视作傻子，事实上他有着旁观者清的超脱与从容。小说中，被当作傻子的"我"常常说一些傻言傻语，可是这些话却又多次帮助麦其土司家族做出正确的决定。比如当其他土司都种植罂粟时，傻子少爷建议种植粮食；当哥哥在南方挑起事端发动战争时，傻子少爷却把坚固的堡垒变成开放的市场，以和平的方式解决土司之间的冲突。结果是种植罂粟的土司家族都不得不来求助于麦其土司，使得麦其土司家族实力大增，而哥哥的好战也让他最终命丧仇人之手。以傻子之"智"对比智者之"愚"，这是傻子少爷身份的悖谬之二，傻子做出的决定却往往是正确的，荒唐却真实，愚者之智的反差更凸显讽刺之意。

与阿来赋予傻子少爷身份的讽刺功能不同，贾平凹《秦腔》中引生的乡土农民身份则体现的是一种观照反思。《秦腔》文如其名，犹如一曲宛转悠扬又喑哑不言的挽歌，以傻子引生之眼，审视了现代文明入侵下清风街上人们精神文化裂变、道德伦理沦丧、人情趋于泯灭的现象，揭示了宗法制乡村在被现代性罪恶蚕食过程中举步维艰的生存状况。引生作为一个底层的农民形象，他生活在贾平凹有社会责任感的文学书写中，是作者将其对故乡的复杂体验和悲悯情怀倾诉于读者的真情表达。

首先，在清风街上，引生和所有人一样是一个地地道道的乡土农民，其身份不显突兀，因而能够很好地融入清风街民众这一社会群体，四处游荡的他可以深入观照世俗的现实。从村委会到赵宏声的药店，从砖厂到果园，从万宝楼酒店到七里沟，清风街大大小小的地方都有引生身影的逗留，好好坏坏的事情都留下了引生疯眼的见证。其次，引生是带着被正常人鄙视的卑微而存在的，由于不懂人情世故被定位为傻子的他更处在了底层的末端，引生在周遭人眼中的可有可无、地位的卑下能让所有人放下防备，卸下伪装，将自己虚伪、狡猾和丑恶的内心在他面前展露无遗，而引生也能够做出自己最本真的判断，带给读者直指人心的真实感受。当村支书夏君亭力排众议要在三角地修建农贸市场以拉动经济增长拯救清风街的衰败时，从地下挖出了土地神的石像，打消了村里人对修建市场的疑虑，大家把这一现象看作是一种预示市场成功的祥瑞。但引生竟语惊四座："说不定是君亭事先埋在那里的！"[①]随口之言令周围的人包括夏天智都意想不到，而大家却只当他说的是没有根据的疯言疯语。事实上，引生的语出惊人道出了他对夏君亭人品的本能体察，抵达事物本质却不被人们接受，毕竟人们只相信自己眼睛看到的，谁又会相信一个傻子的胡言乱语呢。通过引生乡土农民的身份，贾平凹把对世纪末乡土中国的观照和反思展现得淋漓尽致。

---

① 贾平凹：《秦腔》，人民文学出版社，2012年，第98页。

二、形象刻画侧重不同：智慧的傻子与清醒的疯子

虽然《尘埃落定》与《秦腔》都是以傻子人物为中心，但是在傻子形象刻画上又各有侧重，人物痴傻行为的表现也各有千秋。"《尘埃落定》中的土司二少爷是傻子与智者的结合体，是人性和神性的化身，是'两体合一式'的人物形象。"①阿来不拘囿于对傻子之傻展开描绘，更多地关注着傻子身上闪烁着的与众不同的智慧之光，将理性、反思、追求等多元内容融入其中，由傻子带领我们走进辽阔的精神世界，一种苛酷却真挚的美感个性始终笼罩在傻子的身上。傻子的智慧首先体现在他对傻子形象的坦然接受，他不会流于表面地在意别人把他视作傻子，相反他用一种知傻装傻的态度突破世俗的狭隘目光，从心所欲，率性而为，潇洒无拘。正因如此，他往往比那些所谓的正常人、聪明人更能洞见迷雾中显现出来的真相，触摸事物纠缠背后的根本，而这也为他自己获得了旁人难以企及的生命的欢乐和痛快的体验。同时，心甘情愿地作为一个傻子让他在父亲、母亲、哥哥等人眼中没有任何威胁，使他人放松了对他的警惕，少了钩心斗角的残害，可以说在别人眼中他的愚钝事实上成为他性命无虞的保护伞，这也正是最后仇人多吉罗布打消杀掉傻子念头的重要原因。此外，傻子的智慧还体现在对他人心思的明了洞悉和处事态度的宽容豁达上。傻子与现实生活的格格不入让旁人忽视了他的存在，自然也不能注意到傻子那双细致观察的眼睛，这双眼睛让他轻松地捕捉到常人所不能发现的细节和感情。如母亲对权力的享受过程，不加掩饰地映入傻子之眼："办了一会儿公事，母亲平常总挂在脸上的倦怠神情消失了。她的脸像有一盏灯在里面点着似的闪烁着光彩。"②当索郎泽郎故意把雪踢到傻子脸上愚弄他时，

---

① 邹婷婷：《"不可靠"的叙述者——中国现当代文学中"傻子"形象的符号意义》，载《淮南师范学院学报》2013年第2期。
② 阿来：《尘埃落定》，作家出版社，2009年，第7页。

傻子却不加以怪罪,反而体恤地想:"即使是奴隶,有人也有权更被宠爱一点。"①傻子虽然宽和,但他也不会让自己吃亏,他知道让奴仆感到畏惧,展现自己作为主子不可侵犯的一面,他会在侍女不给他穿衣服时故意大声叫喊,以此引起侍女担心被土司太太惩罚的恐惧,从而达到自己的目的。知人情而不世故,这恰是傻子少爷的智慧使然。我们从傻子二少爷身上感受到他那看似疯狂的话语、巧合的直觉、离奇的顿悟、怪异的行为,其实这些表现都是在一定基础的理性智慧上迸发而出的,傻与智的对峙让傻子的形象充满了荒诞和神秘色彩。

贾平凹《秦腔》中被视作疯子的引生,却是清风街上最能看透生活本质、领悟生命真谛的人,他那疯傻表象下的清醒内在、非理性躯体下的理性思考才是作者刻画这一人物形象的意图所在。虽不是风云人物,但引生眼中的风景却气象万千,而他于这风景中表现出来的清醒认识,事实上是物欲横流的社会中,人们压抑起来的内心最真实的感受与性情。引生的清醒最直白地体现在他的爱情观念中。文章一开篇就直截了当地说明了引生对白雪的喜欢,引生喜欢着白雪的一切,即使白雪嫁为人妇也没能斩断引生对她的爱恋。在引生的眼中白雪是纯洁的,他对白雪的爱也是纯粹的,因此在内衣事件之后,引生毫不犹豫地选择挥刀自宫来捍卫这份爱的神圣。这一行为虽然荒诞且并不被人认可,却不失为一次对理性的挑战、对真理的探求。引生对待爱情的清醒态度来源于他清楚地明白对白雪的爱是神圣不可玷污的,他也并不奢求得到白雪的回应,因此才会用一种极端并且不被人理解的方式去守护这份真情,这反映了引生作为一个疯癫者的心灵的本真。对清风街上人与事的解读也反映出引生异于常人的清醒。比如夏天礼因为银元被人殴打致死后迟迟不肯闭眼,而引生说"用银元按按他的眼皮,眼睛就合闭上了"②,一句不可靠的疯话却真的让夏天礼的眼睛闭上了,令大家匪夷所思。其实这是引生作为一个置身其中而又超然物外

---

① 阿来:《尘埃落定》,作家出版社,2009年,第9页。
② 贾平凹:《秦腔》,人民文学出版社,2012年,第237页。

的观察者拥有的接近真实的清醒。在引生看来，夏天礼的死"都是银元惹的祸"。"夏天礼一辈子都喜欢收藏钱，其实钱一直在收藏他，现在他死了，钱还在流通。"①疯亦非疯、无知又无不知的引生，将清风街上的人情世态尽收眼底，因而能够一语中的，"用聪明人最始料不及的简单破解一切复杂的机关"②，接近事物的真相，从而获得清醒的认识。而引生那疯傻的清醒背后，最终意义是为读者展现以清风街为代表的中国传统农村社会在现代文明冲击下精神的异化与农民无奈地妥协让步的现实。

《尘埃落定》与《秦腔》傻子形象刻画的侧重便体现在智慧的傻子与清醒的疯子之间的区别，从而体现出人物各自代表的意义。《尘埃落定》中的傻子二少爷，阿来着重笔墨展现的是他智慧之光的闪烁，用来观照的是土司制度下民族与历史的多元复杂。而在《秦腔》中，贾平凹则更多地书写着疯子引生身上清醒的一面，透过引生的清醒苦苦追索着农民与土地、乡村与城市、传统与现代、理想与物质等伴随着时代发展变化产生的难题之解。

三、结局隐喻迥异：孤独的终结者与游走的见证者

《尘埃落定》与《秦腔》两部作品中傻子形象的结局也有着显著的不同：一个随着土司时代的谢幕豁达地结束了生命，一个在见证乡土文明的凋敝之后继续游荡在迷失的困境中。两者不同的结局隐喻着阿来与贾平凹两位作家在对历史进行回顾之后，对各自文化土地所寄予的深刻的理性思考，是作品意旨的突出强调。

文学作品是我们构建的有效沟通历史与现实的桥梁。作为一部成功描绘了藏地历史风云变幻的文字画卷，《尘埃落定》实现了历史与现实的

---

① 贾平凹：《秦腔》，人民文学出版社，2012年，第242页。
② 林建法、乔阳：《中国当代作家面面观·汉语写作与世界文学》，春风文艺出版社，2006年，第249页。

时空互动，随着时代的更迭显出意义的宏大与主题的深刻，而傻子二少爷这个人物也因作家超越地域和民族的书写在文学画廊中光芒四射。傻子二少爷作为麦其土司家的最后一位土司，见证了土司时代由盛到衰、由存到亡的历史过程。傻子以一个孤独的终结者姿态用他的双眼凝视着这片土地，他既看见了土司家族最后的繁荣稳定，也洞悉了这浮华表象之下深刻的腐朽；他既体验了权力的至高无上并萌生了争夺土司之位的想法，却也因此陷入了权力的困惑；他既预言了时代潮流滚滚向前的不可阻挡，也冷静地观察着在这潮流裹挟之下的亲情、爱情、欲望与人性。最后，傻子让仇人结束了自己的生命，慷慨赴死，亲手拉下了历史舞台上土司制度的帷幕，终结了权力的争夺和土司的存在。傻子二少爷的结局展现了阿来对民族文化的理性审视。土司制度存在的藏民族地区在很长一段时间内都处于一种封闭的状态中，其发展受到地域、宗教、封建农奴制度等多种因素的影响，正因如此，土司制度下的藏地经济落后，等级森严，思想保守，早已呈现出一种没落颓废的态势。当先进的异质文明以一种强势的姿态进入土司管辖的世界，加剧着土司体制的内部消解。落后与先进的对立体现了文明的辩证关系，处于弱势地位的土司文化在与先进的外来文化的交流碰撞中，将自己的缺点暴露无遗，面对人类历史发展步伐的势不可挡，如果不能进步则只能走向灭亡。傻子的结局隐喻着土司制度被取缔的必然，落后的文化在现代文明的冲击之下，必然只能化为历史的尘埃，其中隐含了作者对本民族文化的反思以及在未来社会发展中民族文化应当如何进步的思索。

"如果说取材地位显赫的土司氏族的《尘埃落定》是基于宏大背景之下的有关大人物的大历史、大叙事，是星辰大海，与我们存在一定的距离"[①]，那么，取材于当代农村生活的《秦腔》则是以小人物来写大历史，通过疯子引生第一视角的叙述深刻地反映当代中国农民在传统文化日趋

---

① 鲁淼：《论阿来〈尘埃落定〉和〈空山〉的史诗性》，2021年辽宁师范大学硕士学位论文。

衰落、乡村生活面临困境背景下挣扎迷茫的生存状态，引生形象本身具有的象征意味使得其最后的结局也体现出丰富的内涵隐喻。相比于《尘埃落定》中傻子的死象征着土司制度的灰飞烟灭，《秦腔》里引生与清风街的终身相伴则象征着乡土文明还有一片栖息之地。在贾平凹的笔下，引生无疑是特殊的，他身上有着对传统文化的追寻。例如他对秦腔的精灵化身白雪的爱慕，对以夏天义为代表的乡土文明的追随；同时，他身上表现出对清风街上人与事的神秘预言，例如白雪离婚之前引生便有预感，他梦见掉牙，想到亲人有难，而白雪对他来说就是亲人；此外，引生的身上还有对客观生活的清醒认识，他会灵魂出窍去果园看夏天义和新生他们忘记年龄和悲伤地打鼓，实际上是在向我们传递着传统文化兴盛和没落的讯息。引生身上的种种象征蕴含着贾平凹对故乡的深情眷恋和守望，他借用疯子引生这个在清风街上无孔不入的游荡者形象，见证了清风街二十年的变迁和人们的生老病死、喜怒哀乐。在小说结尾，引生选择和夏天义到七里沟淤地，实际上是选择了这块生于斯长于斯的土地。当夏天义死后，引生继续独自守着他的无字碑，见证着清风街的荣辱兴衰，见证着传统民间文化在现代文明挤压下的没落与颓败、挣扎与努力。引生的结局带来的是贾平凹对乡土文明的深思：现代工业文明与传统农耕文明两者的存在如何能够并行不悖？现代社会能否包容多元文化的存在？乡土精神、乡土文化的生存空间又该在何处寻觅？或许这些问题没有准确的答案，但是引生最后留在清风街，继续深爱着、坚守着这片土地，实际上是作者给思想躁动、惶惑无依的诸如夏风一般的城市人诗意的留存。乡土文明并未像阿来笔下的土司制度那样陨落，在现代科技日新月异中它该何去何从，作者给我们留下无尽的思考。

四、价值主题的殊途同归

小说价值主题的选择与书写是作家对一个时代文化表象的记述、描绘与创造，它表达着书写主体精神性的思考。阿来与贾平凹在小说中均选择通过傻子形象的描绘来折射社会现实，整个书写空间弥漫着浓郁的文化精神，引发人们去探索隐藏在傻子形象背后的深层意蕴以及傻子载体指向的价值主题。

  阿来是一位藏族作家，《尘埃落定》也是一部关于藏族土司制度的故事，字里行间流淌着藏族的风土人情和神秘的藏文化色彩。人们都说这是阿来笔下一部关于藏族的史诗，但是在阿来的眼中，这是一部具有普遍意义的作品，"我并不认为《尘埃落定》只体现了我们藏民族或那片特别的地理状况的外在景观。人们之所以需要文学，是要在人性层面上寻找共性，这是具有普遍意义的东西，也是不同特质的人类文化沟通的基础"①。傻子与正常人的背道而驰实际上观照了傻子不傻的通透品质，傻子二少爷悖谬的存在担负的意义和使命正是作者关于普遍人性的思考。现代性的袭来让土司制度土崩瓦解，在这个过程中我们看到了被利益扭曲的人与人之间的关系，兄弟反目、父子嫌隙、爱人背叛等等，人与人之间的冷漠让傻子二少爷的存在更显突兀。但是傻子却是正视人本能欲望以及人性弱点的参照物，傻子挣脱规则的束缚和道德的标尺，用他的真实、真诚、智慧消解了虚伪、荒芜、异化的人性。此外，傻子二少爷对自我的追问和思考，更将作品主题提高到了人的生命意义与存在价值等人生终极问题的层面，是哲理思辨的叩问，从而摆脱现实的窠臼，阐明了深刻的哲学理念。而《秦腔》何尝不是这样一部具有探究人生普遍性特征的作品。同样是傻子的第一视角叙述，同样因天马行空的主人公引生不被周围人理解而被当作傻子，但同样傻子有着敏锐的大智慧和先知先觉的预言能力。引生他孤独地活在这个被现代文明冲击下的世界中，他的所思所想、所作所为没有人能理解，甚至被单纯地否定，但他是七里沟最善良、最清醒、最热心、最风趣也最执着的存在，他有着自己的追求和信仰并为之付出心血和努力。贾平凹用引生不向世俗社会屈服的坚定，不被道德压抑的本能将

---

① 阿来：《大地的阶梯》，人民文学出版社，2001年，第586—587页。

真实的人性展露无遗，以此揭开被金钱扭曲的人性虚伪、丑恶、阴暗的面纱，在引生这个小人物身上表现出深邃主题的思想含量。

《尘埃落定》中的傻子二少爷与《秦腔》中的引生，他们茕茕孑立于浩浩荡荡、波澜壮阔的新旧时代的交错处，用看破前尘往事的神秘迎来一段新的历史，他们身上充溢着颠覆与启蒙、自我与他者的矛盾，他们就像是一面镜子映照着生活中的世俗丑态，揭露和讽刺着人性的虚伪。随着现代社会的发展，人们的物质生活越来越富足，但是精神世界却越来越空虚，现代人的精神世界充斥的是物质欲望的膨胀，精神追求的空间被进一步压缩。面对这样的社会现实，两位有责任和良知的作家忧心忡忡，他们在作品中对此进行了深刻反思。阿来与贾平凹通过傻子形象的刻画，说出了常人所不敢言说的真相与事实，表达了一种对人类世界中日渐空泛模糊的真善美情感的向往，以及对人生意义的追寻，在缅怀各自的民族文化或者乡土文明的同时，用傻子的智慧与清醒、疯子的豁达与坚守传递了对现代社会中人性纯真、善良、诚实等品质的呼吁和追求。

阿来笔下的傻子二少爷与贾平凹笔下的引生虽然刻画各有侧重，书写也各具特色，但是两位对文学秉承赤子之心的作家却通过傻子形象表达了共同的文学诉求。傻子二少爷与引生身上的单纯快乐反衬着现代社会人性的悲凉，体现出两位作家对生命的思考，凸显了他们对自由灵魂与丑恶现实格格不入的反省，张扬着他们对人类真诚心灵的渴望。阿来与贾平凹在各自作品中关于傻子的书写是非常厚重的，他们用一种理性的目光回望各自民族历史与时代文化的更迭变迁，通过对傻子形象的深入刻画，探寻共同的人性主题，蕴含着两位有深度、有理想的作家对历史、文化、命运、人性、现代性等问题的审视与思考。

原载《聊城大学学报》（社会科学版）2022年第4期

（本文系与廖慧合作，收入本书时有修订）

论1980年代"被启蒙者"的反叛行为及其悲剧命运

——以陈忠实的《康家小院》和《蓝袍先生》为例

自"五四"以来,关于"启蒙"与"被启蒙"的话题讨论,一直经久不衰。在20世纪那个风起云涌的时代,大量涌入的外来思想、制度、文化等不仅渗透到中国传统社会的各个角落,同时也在一定程度上更新着中国传统民众的思想观念。以鲁迅为代表的"外来者介入"的叙事模式,在建构"启蒙与救亡"之下新的乡村文明秩序的同时,也反映了当时中国新旧交替、文明与愚昧的激烈碰撞情态。蕴含于这一叙事模式之中的"启蒙"与"被启蒙"主题,在经历了几十年的风云变幻后,仍然焕发着勃勃生机。

1980年代,在文学流派如雨后春笋般崛起的同时,陈忠实以他坚实的笔触,在乡村与城市、文明与愚昧的碰撞中,以对"被启蒙者"的强烈关注,重拾"启蒙"与"被启蒙"的话题。在他1980年代中篇小说的创作中,《康家小院》中的吴玉贤、《蓝袍先生》中的徐慎行,成为"被启蒙者"的典型代表。这些"被启蒙者",相较于1920年代的"被启蒙者",其思想和文学蕴含都发生了重大改变。陈忠实在描述"外来者"介入乡村进行启蒙的同时,更加注重表现"被启蒙者"面对"启蒙"时的态度与回应,以及由此所产生的"反叛"行为。基于此,本文试图从陈忠实小说中"被启蒙者"的"反叛"行为出发,进一步探析这些"反叛"行为最终发展成为悲剧的社会根源，从而更好地把握这些作品所具有的思想内涵和现实意义。

一、"被启蒙者"反叛行为的产生

20世纪80年代，是中国当代文学史上一个具有转折意义的特殊时期。这一时期，随着文学和政治关系的逐渐"解冻"，西方各种思想流派的汇入，中国文坛重建和复兴文艺事业有条不紊地进行着。"伤痕文学""反思文学""改革文学"等一批与时代变迁息息相关的文学流派的出现，为1980年代的中国文学添上了浓墨重彩的一笔。这一时期，伴随着中国自身在"文革"后所经历的思想解放，加之西方形形色色新思潮的涌入，"启蒙"与"被启蒙"的春风，再次吹到了这片已经被禁锢多年的广阔的大地上。此时，身处时代洪流之中的众多作家，他们的所思所感，代表的不仅是他们个人对那个时代政治、经济、文化等方面问题的反思，同时也是社会群体在外来思想的冲击之下所表现出的最直接回应。身处这一群体之中的陈忠实自然也不例外，他在这一时期所创作的《康家小院》和《蓝袍先生》等中篇小说的关注点自然落在了外来思想文化对传统乡村文明的冲击之上。由此所产生的"被启蒙者"的一系列"反叛"悲剧，不仅表现了那个年代最真实的乡村文明现状，同时也令我们感受到了作者由现代文明与传统文明的碰撞而产生的深深忧虑。

《康家小院》讲述了一个传统媳妇在接受新思想的启蒙后，希望争取婚姻自由却最终失败的悲剧故事。小说中的康田生，是新媳妇吴玉贤的鳏居公公。他老实，本分，勤劳又和蔼，在新媳妇吴玉贤进门以后也从不让她伺候，凡事亲力亲为，甚至连"一家人的金库"——亡妻所留下的梳妆匣，也完全放心地交由玉贤保管。应该说，康田生身上所具有的这些特质，是中国传统农民所具有的精神美德的外化。而他的儿子勤娃，名如其人,"勤快,实诚,俭省,真正地道的好庄稼人"①。玉贤虽然经由父母之命嫁到康家来,但无论是康田生还是康勤娃,从没在大事小事上亏待过玉贤,可以说是尽自己所能,奉献出了所有的淳朴与热情来对待她。"夫勤妻贤",这是陈忠实在塑造"康家小院"时,对其所给予的最美好农家生活的设想,它同时也是作者理想中和睦家庭的最好诠释。

按理说,这样平静和谐的生活应该理所应当地继续下去,父慈子孝,公媳和睦,这样的家庭还有什么地方能令人不满意呢?然而,陈忠实正是抓住了这个以"小院"为代表的传统乡村家庭的支点,在外来思想与文化的冲击中放大了乡村文明与现代文明的矛盾。看上去平静无波的"康家小院"似乎很稳固,可一旦遭遇外来思想的冲击,这个家庭所潜在的危机与矛盾便会无可保留地暴露出来。赵园曾在《地之子》一书中对这种"乡村的平静"做出解释:"乡村的诗意的平静、稳定、安全等等,是以生活的停滞、缺乏机遇、排摈陌生、拒绝异质文化、狭小空间、有限交际等等为条件的,是以一切都已知、命定、相沿成习、是以群体(宗族、村社)对于个人的支配为代价的。"②

《康家小院》中的新媳妇吴玉贤,本来对自己现在的生活是很满足的,"人说新媳妇难熬,给勤娃做媳妇,畅快哩!"③但这样平静的一切,都被外来的冬学教书先生杨老师打破了。"五官端正,眼睛喜气,头上留着文明头发。"④这是玉贤看到杨老师的第一印象。在玉贤看来,杨老师穿戴干净,高雅博学,实在是年轻又可爱的人,因而对"外来者"杨老师充满了热情与崇拜。与此同时,课堂上关于妇女解放、男女平等、婚姻自由等的一系列的新鲜名词,也经由杨老师这个外来的"启蒙者"之口,传递到了与外界联系相对较少、作为"被启蒙者"的农村妇女之中。

① 陈忠实:《陈忠实自选集》,天地出版社,2017年,第82页。
② 赵园:《地之子》,北京大学出版社,2007年,第73页。
③ 陈忠实:《陈忠实自选集》,天地出版社,2017年,第82页。
④ 同上,第87页。

这样，在外来新思想的启蒙之下，玉贤内心的爱情逐渐觉醒了。她突然发现，在她与勤娃的婚姻中，自由于她，从来就没有得到过。"嫁人出门，那自古都是父母给女儿办的。临到她知道婚姻自主的好政策的时候，已经是康勤娃的媳妇了。要是由自己去选择女婿的话，该多好哇……那她肯定要选择一个比勤娃更灵醒的人。可惜！可惜她已经结婚了，没有这样自由选择的可能了……"①作为"外来启蒙者"的杨老师，不仅在封闭的乡村文明中为玉贤提供了"启蒙"的窗口，同时其本身和玉贤的相恋也成为主人公在"启蒙"过程中进行反叛抗争的工具。尽管杨老师其实不过是和玉贤"玩玩"，然而经由他口所传达到落后农村地区的关于婚姻、爱情、自由等的众多新思想，却为主人公获得"启蒙"并最终进行抗争的行为提供了合适的契机。就这样，在外来"启蒙者"的影响之下，以吴玉贤为代表的"被启蒙者"第一次对自己原有的生活现状进行了怀疑与审视。她渴望做出改变，于是面对杨老师的求爱她没有拒绝，这是玉贤第一次潜意识上的"反叛"。而在她和杨老师的恋爱被人撞破时，玉贤遭受了来自父母的毒打，但即使如此，在毒打过后，玉贤还是想着"她如果能和勤娃离婚，和杨老师结婚的话，她才不考虑丢脸不丢脸"②。由此看来，外来者的介入和新思想的传播，进一步促进了隔绝又封闭的乡村中的"被启蒙者"的觉醒。此后所产生的一系列"反叛"行为，即"被启蒙者"对"启蒙"的呼唤与回应。

同样关于"被启蒙者"的回应，陈忠实在随后《蓝袍先生》的创作中，再次触及了。主人公徐慎行，名如其人，在"读耕传家"的家训影响之下，从来谨言慎行。"我穿上那件由母亲亲手缝的蓝洋布长袍，顿然觉得心里咯噔一声，沉重起来，似乎一下子长大成人了！"③一身蓝色长袍，仿佛一个枷锁，束缚着徐慎行的言行举止，令他永远无法摆脱。在这

---

① 陈忠实：《陈忠实自选集》，天地出版社，2017年，第89页。
② 同上，第103页。
③ 同上，第121页。

篇小说中，主人公徐慎行和《康家小院》中的吴玉贤，两人的身份认定有相似之处，即都是作为"被启蒙者"的身份而去回应"启蒙"。徐慎行是男性，吴玉贤是女性，可无论性别是男是女，当他们站在乡村"被启蒙者"的身份立场，去面对外来思想文化的冲击时，传统的束缚依然固执地存在于乡村社会之中。

费孝通就曾经在《乡土中国》中提道："在乡土社会中，传统的重要性比现代社会更甚。那是因为在乡土社会里传统的效力更大。"[1]在保守的乡村文明中，传统效力的根深蒂固远超我们的想象，但也正因为如此，在这种现实之下去进行觉醒与"反叛"，其社会意义的深刻性就更加凸显。

在《蓝袍先生》中，徐慎行所成长的家庭，就是这样一个典型的传统家庭。他虽然身为男子，但从小所受到的束缚一点不比吴玉贤少。"读耕传家"的家训代代相传，早已成为徐家的一个铁律。在这样的家庭氛围之下，徐慎行从小受到了比常人严苛百倍的训导。"那柳木削成的木板，开始抽打我的手心，原因不过是我把一个字的某一画写得离失了柳体，或是背书时仅仅停磕了几秒钟。"[2]父亲在徐慎行的成长过程中担负着重要的角色，他是掌控徐慎行一切事宜的大家长。不仅事无巨细都要亲自安排，同时家里多条"清规戒律"也必须按照他的想法执行，不允许任何人对他提出质疑。"对于异性的严格禁忌，从我穿上浑裆裤时就开始了。岂止是'男女授受不亲'，父亲压根儿不许我和村里任何女孩子在一块玩耍，不许我听那些大人们在一起闲时说的男女间的酸故事。"[3]徐慎行就在这样的家庭环境中长大，因而养成了懦弱与不敢反抗的性格。

这一时期的徐慎行还不具有"反叛"的特质，"启蒙"的契机还没有到来。所以即使在他十八岁刚成年的时候，父亲自作主张给他娶回来一个丑媳妇，他所能做的，也仅仅是流眼泪而不敢直接向父亲提出质疑。父亲

---

[1] 费孝通：《乡土中国》，上海人民出版社，2006年，第42页。
[2] 陈忠实：《陈忠实自选集》，天地出版社，2017年，第120页。
[3] 同上。

作为传统的大家长，对徐慎行训导了一番，就使得主人公轻易地接受了这所谓的"人生的道理"："大丈夫立国安家成学业，怎能贪恋女色！我长到十八岁，从来没有听过怎样对待婚娶的道理，父亲今天第一次坦诚地对我训导，我悟出人生的道理了。"①由此看来，父亲对徐慎行的控制早已经超出了身体的范围，这种控制甚至已经蔓延到了主人公的精神之中。也因为徐慎行就这样唯唯诺诺地听从着父亲对自己人生的一切教导，从不曾想过反抗，因而二者的关系才能一直相安无事，直至成年。如果这样的局面继续下去而不被打破，那么徐慎行的"启蒙"也就永远没有了到来的可能。

可陈忠实所安排的"启蒙"契机，就这样突然来临了。与《康家小院》中吴玉贤在乡村被动等待"启蒙"的姿态不同的是，陈忠实让徐慎行在乡村主动迎接了"启蒙"。乡政府一纸让主人公去城南师范学院进修的通知，打破了徐慎行看似平静的生活。他带上父亲所要求的蓝袍，背着行装，就这样上路了。"等待我的那个世界会是什么样子呢？我无法具体想象……无论如何，这次出门，成了我一生中的第一次重大的转折……"②当乡村"被启蒙者"开始自由地呼吸新思想的空气时，新旧文明的碰撞就势必要对原有局面做出相应的改变。徐慎行到学校进修后，受到女同学田芳的鼓励，把代表着迂腐与古板的蓝袍送到裁缝店改制成了一件时兴的、充满解放气息的列宁服。这是他在面对"启蒙"时，对父辈传统所做出的第一次"反叛"。"我像卸下了钢铸铁浇的铠甲，顿然感到浑身舒展了。"③由此开始，作为"被启蒙者"的徐慎行，第一次体会到由"反叛"行为所带来的快乐。在以田芳为代表的众多同学影响之下，徐慎行随后向父亲写信要求"离婚"等反抗行为的出现也就有了合理的解释。在新旧文明的交替碰撞中，主人公的改变势在必行，而游走于其中的"启蒙"与"被启蒙"意识，则在这交替的过程中循环往复，不断促进着人的觉醒与反抗。

---

① 陈忠实：《陈忠实自选集》，天地出版社，2017年，第121页。
② 同上，第132页。
③ 同上，第141页。

无论是徐慎行还是吴玉贤,当他们作为"被启蒙者"的典型代表被放置在冲突的中心时,"反叛"本身的发生就已经昭示了命运的必然。

二、"被启蒙者"反叛行为的表现及其原因

由于新旧思想文化的冲突,传统文明与现代文明的矛盾,"被启蒙者"在"启蒙"的过程中往往会对原有秩序产生怀疑与审视,进而会通过各种"反叛"行为来改变自身,并把这种行为作为对"启蒙"的回应。陈忠实在《康家小院》和《蓝袍先生》中所塑造的吴玉贤和徐慎行就是这种"被启蒙者"的典型代表。在他们接受"启蒙"的过程中,由于"反叛"行为的出现配合着个人意识的觉醒,因而呈现出了具体的表现形式。

(一)以"离婚"为主要的表现形式

在《康家小院》中,吴玉贤的"反叛"行为有两处比较突出:一处是在小院里玉贤顺从了杨老师的引诱,这是她在潜意识的心理状态下所做出的自然反应;另一处则是在被父亲毒打过后,玉贤在内心还对杨老师抱有美好幻想的情况下,去学校找杨老师见面,然后打算去乡政府"离婚"。这是玉贤经过一夜思考所认真做出的决定,其中蕴含着玉贤明确的主观意识。她要反抗,要离婚,要和自己真正所爱的人结合,而不是屈服于父母的包办婚姻。陈忠实在描写玉贤打算"离婚"时的心理活动时,其笔触无疑是十分细腻的。"她和杨老师一旦正式结合,那么还怕谁笑话什么呢?如果不能和杨老师结婚,继续和勤娃当夫妻,那就一辈子要背着不能见人的黑锅了。"[①]主人公沉浸在自己对未来美好的设想中,"离婚"成为她实现那个美好未来生活的最直接途径。

"婚姻法喊得乡村里到处都响了,宣传婚姻法的大体黑字写在庄稼

---

① 陈忠实:《陈忠实自选集》,天地出版社,2017年,第103页。

院房屋的临街墙壁上,好些村子里都有被包办婚姻的男女离婚的事在传说。"①在这样的乡村环境大背景之下,女主人公的"离婚"要求,其实并不仅仅是因为接收到外界的新潮空气而突然做出的决定。联系前文就会发现,在玉贤决定"离婚"之前,这段婚姻的隐患早已存在,只是主人公彼时还不自知。"他不灵也不傻。她对他不是十分满意,却也不伤心命苦。"②父母的包办婚姻,令爱情这个美好的核心因素一开始就在婚姻中缺失了。而陈忠实对结婚时野蛮又不文明的婚庆恶俗寥寥几笔的描写,如给新郎新娘灌酒、新娘给新郎点烟、"糊顶棚"、"掏雀儿"等,更是勾画出了带有落后愚昧特征的传统乡村文明陋习。

"屋里来了客人,总是由父亲和哥哥陪着吃饭,她和母亲待在灶房里,这是习惯,家家都是这样。"③家家尽如此,人人皆亦然,封闭的乡村文明就这样一代又一代地流传下来。贯穿于农村妇女整段婚姻中的地位与人格上的压迫,就因为这"理所应当"的传统,而在"传承"中不断地被忽视。由此看来,玉贤把"离婚"作为自己"反叛"传统的主要形式,不仅仅是现代文明对传统文明"启蒙"的直接结果,它更是主人公以此为契机,企图来打破这愚昧又封闭人生的一把利器。作为"被启蒙者",吴玉贤的"反叛"行为在"离婚"念头出现的那一刹那,就已经完成了"启蒙"思想上的蜕变与进化。

而在《蓝袍先生》中,当"被启蒙者"徐慎行接受了新思想的洗礼,其"反叛"行为的表现首先是脱下那一身迂腐又古板的蓝袍,穿上了改制的列宁服。随后,他又和同学们一起排话剧公演,帮助田芳退婚,并在田芳成功退婚的鼓励下,萌生了自己也要离婚的念头。"一个念头在我脑子里像一道电光闪耀了一下,匆匆消失了,我自己也被震住了:如果我提出

---

① 陈忠实:《陈忠实自选集》,天地出版社,2017年,第103页。
② 同上,第102页。
③ 同上,第91页。

和她离婚，她会怎么样？我的父亲会怎么样？这个家庭会怎么样呢？"①这里徐慎行的"反叛"意识使他第一次考虑到和父亲正面对抗的可能性，毕竟之前的改制蓝袍、下乡公演等活动，徐慎行更多的是在和自己做斗争。而当他的个人意识在"启蒙"的影响下终于冲破自身的枷锁后，随之而来的困难将是去反抗那个一直高高在上压制自己的父亲。这在徐慎行看来简直是无法想象的一件事，可一旦有了这个想法，它就再不会轻易地从脑海中抹去。

徐慎行对待"离婚"的坚决态度和吴玉贤很类似，两者都是父母包办婚姻，并都在后来因为遇到了自己真正想要结合的人而提出"离婚"。但与吴玉贤所遇到的感情骗子杨老师不同，田芳聪明、活泼、开朗，并能在与徐慎行的交往中适当地给予对方以支持与鼓励，她是真正懂得徐慎行的朋友与爱人。相比之下，父亲自作主张给徐慎行所娶的农村女人就逊色多了，不仅粗鄙、庸俗、没有文化，无法与徐慎行进行思想上的交流和沟通，同时她的存在也时时刻刻地提醒着徐慎行，自己将永远无法摆脱父亲对自己人生的控制。因此，他把实现"离婚"作为自己"反叛"传统，争取个人独立与人格自由的主要途径。

的确，在现代"启蒙"思想的传播中，乡村青年男女对包办婚姻的反抗，似乎总是会在多样的"反叛"形式中占据着一席之地。费孝通在《乡土中国》中就这个问题曾做出过阐释："问题的发生是中国社会也开始变迁了。两代之间有着很大的隔膜，互相不能了解。于是上一代的判断也很难合于第二代所处的新环境。这时代父母之命的结果也不容易满意了。原有的社会安排的方式也成了造成恶姻缘的机构了。"②社会的变迁，终究是造成乡村新旧思想文化冲突的根源，而代表性的"反叛"行为"离婚"的出现，实际上也是这种激烈冲突外化的直接表现。

---

① 陈忠实：《陈忠实自选集》，天地出版社，2017年，第162—163页。
② 费孝通：《乡土中国》，上海人民出版社，2006年，第318页。

（二）以"离婚"为"反叛"形式的原因

陈忠实在描写"被启蒙者"逐渐觉醒的过程中，与他们切身相关的婚姻问题始终伴随其中。无论是《康家小院》中的吴玉贤，还是《蓝袍先生》中的徐慎行，"离婚"都成了表现主人公"反叛"行为的关键一环。吴玉贤和徐慎行的遭遇，同时也为我们揭示了传统乡村文明在遭遇冲击时其背后所蕴含的复杂社会根源。

其一是对父权威压的反抗。吴玉贤和徐慎行的婚事无疑都是父亲的安排，但从父亲权威的强度来看，徐慎行所受到的压迫要比吴玉贤大得多，尤其是在"离婚"这件事情上。知道自己的女儿给自己丢尽了脸面，吴三扇巴掌、抽皮鞭等一系列的举动，毒打的是玉贤的身体，可玉贤要"离婚"的念头却并没有因此打消。"她为可亲的杨老师挨打，她没有眼泪可流。"①父亲对玉贤的威压是身体上的，玉贤在咬牙忍受的同时并没有放弃"离婚"这个念头，直到杨老师玩弄女人的丑恶嘴脸暴露出来，才使得玉贤彻底放弃了"离婚"的幻想，放弃了走向"启蒙"的步伐。而当徐慎行决定离婚时，他向县法院邮寄了离婚申诉，以为可以借此摆脱那段可笑的婚姻，却没料到父亲的到来将一切都打破了。"父亲伸手从口袋里摸出一把剃头刀，拉开锋利的刀刃，'你先收了我的尸首，办了白事，再去离婚，再去办红事！'"②父亲的以死相逼断绝了徐慎行的一切后路，也将他所有关于爱情、人生、未来的美好幻想埋葬。"我今日给你把话说透彻，日后不管何年何月何日，一旦我在家接到法院的传票，就是我的丧期死日。"③徐慎行的父亲并没有像吴玉贤的父亲一样毒打自己的孩子，可他的所作所为，却比毒打还要令徐慎行绝望。他在精神上对徐慎行所做出的折磨与压迫，并迫使他答应永远不离婚的举动，昭示着徐慎行对父权

---

① 陈忠实：《陈忠实自选集》，天地出版社，2017年，第102页。
② 同上，第168页。
③ 同上，第169页。

反抗的失败。"他把我逼死了,那个媳妇也就不会在徐家门楼待下去了;把我逼死了,他可能在杨徐村更不好活人了。"[1]由此看来,无论性别是男是女,父权的阴影永远笼罩其中。当乡村青年男女们作为"被启蒙者"在新思想的浪潮之下终于突破了个人枷锁的束缚时,殊不知,在不远的将来,还会有更多的障碍,去阻挡着他们前进的脚步。

其二是婚姻择偶观念的变化。吴玉贤作为一个普通的乡村妇女,她所处的生长环境造就了她逆来顺受的性格。在"启蒙"的思想还没有传到这个封闭的乡村时,她顺其自然地接受着父母对自己婚姻大事的一切安排。传统乡村文明对女性总是有着过多的苛求,譬如家里来客时不准上桌吃饭,嫁人后如何伺候公婆、如何服侍丈夫,等等。同时,旧式女子的贞洁观也在影响着农村妇女的个人意识。当玉贤和杨老师的"奸情"被撞破时,玉贤当即选择用上吊的方式来结束自己的生命。这种种乡村文明中愚昧且腐朽的思想观念,决定了女子的地位无论是在父家还是夫家都不可能有太大的提升。但"启蒙"的到来,却为改变这一局面增添了新的动力。新式婚姻观念的传入,使乡村青年男女的传统婚姻观发生了重大改变。"我跟他离了,咱们经过政府领了结婚证,正式结婚了,那就不怕人说闲话了,政府也不会查问了。"[2]思想的"启蒙"使玉贤对传统婚姻的看法发生了改变,甚至连"离婚"这种"大逆不道"的想法都萌生了出来,这不能不说是现代文明观念在乡村"启蒙化"过程中的巨大影响。同样,徐慎行的婚姻择偶观,也在这种"启蒙"过程中逐渐发生了质变。从一开始坦然接受父亲那一套"大丈夫怎能贪恋女色"的婚娶论调,到后来决定向法院寄送离婚申诉书,徐慎行的婚姻观念在"启蒙"与"被启蒙"的进程中发生了翻天覆地的变化。"被启蒙者"由于婚姻择偶观念的变化,进而产生申请"离婚"的行为,是对原有婚姻模式的抗争与不满。虽然两人的离婚行为最后都失败了,但这种"反叛"行为在乡村文明进展中所产生的

---

[1] 陈忠实:《陈忠实自选集》,天地出版社,2017年,第170页。
[2] 同上,第110页。

积极意义却不容忽视。

其三是个体主观意识的觉醒。在现代文明对传统文明的"启蒙"中，个体主观意识的觉醒常常伴随着"被启蒙者"反叛行为的出现，它代表着"启蒙"最终对个人精神与思想上的洗礼和解放。《康家小院》中，父亲的打骂、母亲的劝说都不能使玉贤改变自己的心意，玉贤的主观意识既独立又明确，她要离婚，要和杨老师在一起。此时玉贤的"离婚"诉求，已经不仅仅是在对传统婚姻秩序表达不满，它更多地体现出了主人公想要自己掌控人生的那种美好愿望，这就在一定程度上反映了"启蒙"对乡村文明所造成的碰撞与冲击。个体主观意识的觉醒催生了一系列"反叛"行为的产生，因而"离婚"诉求的出现也就不足为奇了。同样的反抗在《蓝袍先生》中也有所指涉。徐慎行所遭受的挫折与障碍相较于吴玉贤来说更为艰巨。在他被父亲冠以所谓的"脸面"问题以死相逼时，身为人子的他在退却与屈服的同时却又无可奈何。其实在"被启蒙"的过程中，徐慎行要求"离婚"的主观意识并不比吴玉贤少，但从小的耳提面命、言听计从使他养成了懦弱性格，令他在面对生养自己的父亲时，不敢呈现出豁出一切的血性与勇气。这从侧面上也反映出乡村文明在接受外来思想"启蒙"的同时，自身所具有的劣根性由于根深蒂固而无法轻易摆脱。即使"被启蒙者"在新思想的熏陶下，能够逐渐卸下原有意识中的枷锁与桎梏，但传统秩序所产生的影响与效应却能够在相当长的一段时间内继续作用着人们的主观意识与客观行动。即便"被启蒙者"思想中依然有着传统观念的存留痕迹，但这并不妨碍我们对他们争取独立与自由的精神追求做出肯定与赞扬。

三、"被启蒙者"的反叛悲剧

无论是《康家小院》中的吴玉贤，还是《蓝袍先生》中的徐慎行，陈忠实在描写这些"被启蒙者"面对现代文明与传统文明碰撞中做出的"反叛"行为时，选择将更多的悲剧色彩保留在了小说的结局中。玉贤所遇到的"可敬可爱"的杨老师，实际上不过是一个道貌岸然的感情骗子。"我不过……和你玩玩……"①当玉贤好不容易鼓起勇气，想要反抗这段被父母所包办的婚姻时，杨老师的一句话无疑给了她当头一棒。自己抛却了一切得到的却是一个遭人玩弄的下场，自己心心念念设想的"离婚"后的美好生活居然是一场笑话。父亲的毒打都没有让玉贤放弃"反抗"，但在这一刻，玉贤的"启蒙"被彻底击碎了。她开始怀疑自己的做法，自责与愧疚使她恨不得"立刻跳进井里去"。

的确，玉贤的所作所为在当时的乡村可以用"伤风败俗"来形容，她的这种"移情别恋"，同时也违反了中国传统伦理道德观念的要求。但若从社会历史的角度去看，其实这也从侧面反映出了陈忠实对现代文明与传统文明碰撞时所带来的冲突的深深忧虑。玉贤作为"被启蒙者"的人物形象代表，被作者放在了这场冲突的中心。细腻又真实的心理描写，使我们真切感受到了"启蒙"对乡村普通农民思想的冲击。同时，玉贤主观意识的觉醒与个人情感的反复，也是碰撞之下传统乡村文明多重矛盾的表现和映射。陈忠实曾在"谈真实"这个话题中提道："人物的思想崇拜、价值取向和道德观念等等因素，架构成一个人独有的心理结构形态。""这种独有的心理结构被冲击、被威胁乃至被颠覆时，巨大的痛苦就不可避免；及至达到新的平衡，这个人的性格就呈现出独特而新鲜的一面。"②对人物形象尽可能真实地去塑造，这是陈忠实在进行小说创作时的一贯原则。也正因为如此，这样的人物在被"启蒙"中所经历的悲剧才更值得人深思。

小说结尾处的玉贤在回康家"寻死"的路上，遇到了在客栈里喝得酩酊大醉的丈夫勤娃。"玉贤扯起衣襟，擦了勤娃的脸，抓住一只胳膊，架在她的脖子上，另一只手紧紧搂住勤娃的腰，几乎把那沉重的身躯背在身

---

① 陈忠实：《陈忠实自选集》，天地出版社，2017年，第110—111页。
② 陈忠实：《接通地脉》，作家出版社，2012年，第301—302页。

上，拽着拖着，离开丁家栈子，走上了官路……"①比从未"启蒙"的乡村现状更悲哀的是，"启蒙"到来后却又失败的局面，使得"被启蒙者"在最终又返回到未"启蒙"时的初始阶段，继续保持着原有的生活现状，好似永远无法摆脱原有的秩序。

同样的悲剧在《蓝袍先生》中也有所显现。徐慎行在生活上的"离婚"诉求失败后，工作上又陷入了莫名的政治劫难。当他终于得以平反回到乡村老家时，最终的结局却是和那个粗鄙、庸俗、只会颐指气使的妻子一起，麻木地度过了人生的后半生。"她手插在粗壮的腰里，指挥我去种地，干一切过去由她自觉承揽的家务，初时有报复的意味，后来就成了习惯。"②即使后来她意外去世了，"我的心，似乎还在那个小库房里蜷曲着，无法舒展了。田芳能够把我的蓝袍揭掉，现在却无法把我卷曲的脊骨捋抚舒展……"③陈忠实在对徐慎行的塑造中，相较于吴玉贤，这个人物身上似乎具备着更多的复杂性。爱情和政治上的双重劫难，使得他"被启蒙"的步伐不断地受挫。"他朝坡上走去，回他的原上那个杨徐村去了。他的脊背躬起来，一步一踩，缓缓地沿着蜿蜒的坡间小路走上去。"④

徐慎行和吴玉贤，二人的结局在这一点上殊途同归。吴玉贤最终扶着喝醉的丈夫勤娃向官路上走去，不言而喻，他们最后的归处依然是那个"康家小院"。而徐慎行即使曾经觉醒过，冲破过，但最终的结局依然是屈服于命运，回到杨徐村，按部就班地和一个不爱的人麻木地过完下半辈子。他的生活没有激情，没有爱情，没有任何他人生中所希望的美好的东西，他就这样碌碌无为地度过了一生。陈忠实在对这两个人物结局的叙述中，无疑将更多的笔触放在了"回归"之上。在艰难地突破了自身的桎梏后，"被启蒙者"寻求解放的道路并没有畅通无阻。相反，他们所遭受的

---

① 陈忠实：《陈忠实自选集》，天地出版社，2017年，第113页。
② 同上，第198页。
③ 同上，第199页。
④ 同上。

困难远比"启蒙"初期还要大得多。在经历了命运的"反叛"与抗争后却依然回归到生活的原点,这是主人公们无可奈何的人生悲剧。

但从另一方面来看,这种"反叛"的抗争,其中却仍然蕴含着一些新质的因素供读者们思考。玉贤虽然和丈夫勤娃回到了那个原有的"康家小院"之中,但玉贤的思想毕竟已经经历过"启蒙"的洗礼了,她遇到过挫折,也最终选择了屈服于现实,但她曾作为"被启蒙者"的身份,却使得她的思想并不会再像过去那样完全认同于未"启蒙"时期封闭的乡村文明。她会质疑,会思考,会根据自己的想法做出改变。尽管这些努力是微弱的,且前景也不太明朗,但"启蒙"的过程并不是一蹴而就的,玉贤的个人意识毕竟在这一点点的努力中逐渐觉醒。徐慎行也是如此,虽然他在经历劫难后再也没有了年轻时的意气风发。在"被启蒙"的过程中,他由懦弱变勇敢,又在遇挫后由勇敢变回懦弱。但那一身蓝袍,脱下终究是脱下了,即使无形的枷锁貌似依然禁锢着他,但他曾经做出的那些改变、抗争,却不能被轻易否定掉。

作为"被启蒙者",吴玉贤和徐慎行的人生抗争是失败的,但在复杂的社会变迁中,又有什么抗争是会轻易成功的呢?二者的悲剧原因在于当"启蒙"来临时,迂腐的传统观念还没有消失殆尽,在新思想的碰撞下,它们似乎还占据了上风。可随着时代的继续发展,个体意识的不断觉醒终将会促使一系列"反叛"行为接踵而至。正如吴玉贤和徐慎行在小说中的抗争一样,"启蒙"的脚步从来不会停止,而"被启蒙者"的接受与回应,也永远不会结束。

原载《中国文学研究》2020年第3期

1990年代的小说叙事转向

——以陈忠实《白鹿原》为例

20世纪以来的文学总体脉络与乡土文学密切相关,早期乡土文学是知识分子以审视、批判或怀念的目光投向乡村,并以启蒙为目的进行写作,但让与农民分隔开的阶层进行启蒙注定得不到回应。在左翼文学延续之下,延安时期、"十七年"时期的知识分子真正与农民联系或出身农民的作家改变了尴尬的状况,尽管对乡村的书写与意识形态的要求紧密联系,但真实的乡村也在如赵树理、柳青等作家的笔下熠熠生辉。到当代寻根文学热潮以及对宏大历史叙事的追求,文学的眼光也没有从乡村离开过,不同的是作者以何种立场去观照乡村世界,书写历史变迁,这种差异也导致了对传统文化或审视或反思的不同态度。

1980年代到1990年代经济转型,改革开放之后的商品化社会浪潮之中有对金钱至上的崇拜写作,也有追寻人文精神的写作。沉潜与浮躁并存的社会之中人的价值难以确认,大众文化浪潮之下主流文学与政治意识形态关系的疏远,种种原因导致了知识分子顾影自怜式的不安。回归源远流长的传统文化之中汲取养分,是相当一部分想要构建自身与社会关系的知识分子的选择,这类作家身上所背负的责任感与古代知识分子修齐治平的追求,以及现当代知识分子救亡与启蒙的目标是一致的,具体体现为文学创作要对社会承担责任的精神传承。

一、时代要求对叙述的选择

当代文学从新中国成立初期到新时期初期的叙述表达与艺术追求都和国家意志紧密联系，当然这种紧密联系自左翼文学到解放区文学就已经足够明显。长期共名状态之下的个人意志与情感表现是潜在的，"十七年文学"革命叙事继承了延安文艺传统与《在延安文艺座谈会上的讲话》精神，创作中心围绕着阶级矛盾来塑造无产阶级英雄形象，善恶的区分在这个时期多表现为阶级的对立，对农村社会的复杂性简化处理，典型化了的人物形象也展现出对人物真实性、复杂性的消解。

在敌我、贫富、革命者与非革命者等二元对立的叙事中确立人物的立场与身份，这种叙事模式要达到的目的是对个体从身体行为到内心追求的规训，使表述达到历史合法性。《创业史》通过梁生宝"新人"的英雄形象追求无产阶级道路与中富农小农经济式的"自私"的冲突，来达到前者对后者的感化、训导。等待被"改造"的农民往往是创作中的亮点，人物的复杂性通过行动的逐渐改变显现出来，梁三老汉的形象可以作为代表，甚至在《种谷记》中最为亮眼的人物形象也是被划分为中间人物的王克俭。乡土社会的稳固性使农民性格心理较为固定，长久以土地为依存的生活方式使他们形成只能相信只有依靠自己的朴素生活观念。历史积累悠久的恒稳心理往往要通过暴力的方式得到突破，于是革命叙事的意义得到了显现。对以地主阶级为代表的敌对势力采取暴力手段往往是革命叙事小说的高潮，《暴风骤雨》中对韩老六所施行的暴力手段是农民彻底掌握自己生命行动力的象征，在革命的外衣之下暴力的正当和合法得到了充分的支持，个体本身的生命意义被阶级化的社会身份指向取消掉了。

进入新时期之后，文学与政治开始有意无意地疏远了关系。新历史主义小说在对历史的表述中刻意回避意识形态的影响，回避政治观念对历史现实的合政治目的的图解表达，从民间视角去还原历史，体验历史，并且强调个人性格的独立和完整，展现民间世界绵延蓬勃的生命力。莫言在《红高粱》中打破二元对立的人物概念，将余占鳌的身份表达成土匪与英雄，将历史战争还原为对暴力的反抗与生存斗争，还有在余占鳌与戴凤莲的情感描写中对人的欲望与本能的情感肯定，这种表述一反之前将农村看作是待启蒙的阴暗世界的观念，民间世界在莫言笔下充满了野性的生气，这是在现代秩序化社会之下难得的蓬勃生机。

八九十年代的经济环境、政治现状渐渐将文学推到主流之外的位置，传统的出世入世的完整路线又为文人提供了出路，疏远意识形态也是对意识形态的一种反映。从京派小说注重对个人精神世界的展现与追求，新感觉派对欲望的肯定，并且对现代化所带来的负面效果做出一定程度的反思，可见个人话语在当代是得到过合法化的表达的，它潜在主流话语的缝隙之中顽强生存。90年代人的欲望表达合法化，个人话语、日常生活叙事、身体叙事等方面成为作家表达的主要内容。时代的包容性导致关注历史的宏大叙事与关注个体欲望的私人叙事并存，小说所要反映的是现实社会，以作家经验为中心、目的为导向进行创作，作者对社会的责任感决定了小说的落脚点是个人与社会关系的建构或纯粹个人化的表达。

《白鹿原》初版发行在1993年，陈忠实将野心写在了书的扉页，他的目的是写关于民族的历史。中国传统社会以宗族制为中心，被强行进入现代化之后基础的社会构成难以在短时间内改变，因而以家族为中心书写社会历史的变迁是古代与现代作家共同的选择。《白鹿原》以两个家庭为中心展开对动荡时期历史的描写，封建历史的崩溃与新政权的建立在作品中得到了乡村视角的表达，与以往对革命、推翻封建统治的书写相比有很大的改变，作者从古代小说与西方小说之中吸收养分，对民族文化进行反思从而达到与现代性负面后果对抗的目的。

《白鹿原》与既往建构历史化小说的叙事方式以及新时期解构历史化的叙事方式都保持着距离，作者通过对两个家庭人员的复杂情感描写与日常生活的意义挖掘，试图建构一种传统与现代手法交融的日常生活历史化表达。《白鹿原》的人物有着目的性极强、改变社会的、具有责任感的行动，但大多数人是跟着社会历史的改变做出反应和行动的，生命的不可捉摸与把握生命走向的趋向是同时存在于陈忠实的表达之中的，作者把握人物复杂性的可贵之处就在于此。尽管可以将这种不同归结为未被启蒙的民众与掌握了知识的革命者的结论，但现实的复杂性与真实性就被简单的结论消解掉了。

二、行动的倒错与现实的合法化

以何种方式实现自身目的决定了如何对人物形象进行评判，《白鹿原》的书写处处是不同信仰之下的人物为实现各自利益行动的对比。鹿子霖与白嘉轩同宗同族，但家族传承、观念信仰都相反，不过两个人都为各自利益的获得做出了相似的行动——以牺牲他人的利益来达到自身的目的。他们行为的倒错要回到封建乡村社会语境之下理解，封建社会为宗族观念之下的男性所设定的人生意义就在于对家庭、家族利益的追求，在目的的正当性之下，个体行为是否合理合法反而不重要了。

白嘉轩在第三章卖地迁坟所展现出的气魄代表着个人通过封建社会话语体系获得利益采取的行为正当，个体不正当行为通过其在群体之中的价值得到了合法化的确认，族长身份的起点也以此为支撑。他的独立行动是成为家族掌权者的确证，"白赵氏的心病不是那两亩水地能不能卖，而是这样重大的事情儿子居然敢于自作主张瞒着她就做了，自然是不把她当人了"①。自此，个体权力所涉及的范围从岌岌可危的家庭逐渐扩大到整个白鹿原，但封建社会为白嘉轩所提供的权力范围始终局限在乡村世界中，白、鹿两家的争斗也都被限制在白鹿原这个舞台之上，区别在于以耕读传家的社会语境来审视两家位置的差距，从两家如何起家以及白鹿原上生活

① 陈忠实：《白鹿原》，人民文学出版社，2012年，第36页。

的群体对其的态度就可以确认封建社会对人的规训。

　　白家祖传的木匣子是家族文化的传承，它代表的是一种秩序的延续，封建社会的稳定和长久从匣子到白家子孙的精神，刻下了不可磨灭的痕迹，因而白嘉轩才会是白鹿原上最信奉封建社会制度、最受封建意识形态规训的一个。反观鹿家的发家史，出卖自尊的"越王勾践"化了的掩盖历史真相之下是没有文化积累的空壳，鹿家人除了鹿兆鹏、鹿兆海这一代所信奉的都是在忍辱负重的苦难过后，必然会有利益的获得，这种肤浅的倒错作者在鹿子霖的生命历程中反复书写。但这两家除了年轻人一代都是受着小农经济现实束缚的，与之相匹配的封建社会的烙印在历史的局限性之下是不可改变的。

　　陈忠实在《白鹿原》中对历史的书写是完全通过角色体验来完成的。白嘉轩、鹿子霖对革命的不了解，一个支持一个反抗都是站在自身局限性以及自身立场利益的角度去看的，他们不能逃脱封建社会的束缚，朱先生也同意的"翻鏊子"说法也表明了这个被神化了的圣人也是被限制在封建社会的认知之下的。人的地位是有明确的划分层次的，在白鹿原上的两种人物评判体系展现的是封建社会的现实性和正统性的区别，朱先生、冷先生以及白嘉轩所代表的是封建社会正统的评判体系，而对鹿子霖、田福贤等人的评判也代表着现实的维度，权力地位的区分使一部分人永远被压迫，而少数人依靠奴役、压迫这些农民来获得利益和享乐。这是白鹿原所隐含展现出来的封建社会的残忍，就算是朱先生也无法打破封建社会加给既得利益者的享乐倾向，封建社会意识形态的坚固也就显现得淋漓尽致，那么这之后年轻一代的个体奋斗与理想追求才更加具有意义。

　　压抑他人与获得利益的工具很大程度上依靠的是观念精神的层面，总体社会所依靠的是儒家治国的理念，一层层对人的规训是无法被个体挣脱的，而在白鹿原这个地方依靠的还有家族传承的规约，乡约所代表的是这个生存空间的秩序，是生活在其中的人无论个体意愿如何都必须服从的社会规则。《白鹿原》中对乡约的重视不言而喻，无论是白嘉轩创建学堂让孩子们接受精神上的教育，还是黑娃他们打碎了乡约的石碑，后来白嘉轩修复乡约石碑，以及朱先生针对修复石碑所说的："兄弟呀，这才是治本之策。"①都代表了精神规约的重要性和顽固性，因而革命活动的展开在这片土地上尤为艰难，大部分对革命的描写集中在白鹿原以外的城市之中。同时在这句话说出口之后，朱先生的超然圣人形象在这里得到了一定程度的否定，他是圣人，但也只是封建社会所塑造的圣人，他的眼光不足以看出社会发展是螺旋上升的，可以说他接受社会的变革，但不能说他看到整个社会在没有稳定性的战争年代将要如何安定繁荣。

当然，封建社会的顽固性依靠小农经济的社会关系来维持，但当时的社会现实是不足以改变这种社会关系的，生产力的发展太过落后，物质现实层面的局限性限制着社会形态的现代化。这就意味着对封建社会意识形态只能做一件事——推翻它，重新建设新的社会关系。改变社会关系的重要性对中国社会的重要性不言而喻，《白鹿原》所描写的时代历程中最重要的层面还是反帝，惨烈疯狂的战争和稳定安宁的乡村世界巨大的反差对比并没有得到特别的强调，战争在白鹿原上的高潮在于鹿兆海的赴战而死和朱先生一行人的请战书，在白鹿原上展开的争斗更多是关于各方势力权力的争夺和利益的分配，观念性的碰撞要展现得更多一些。

以一套区别于封建社会价值评判体系的观念来看老一辈的人生意义是能被简单地否定掉的，但这等于用一套价值评判体系去审视另一套评判体系的内容，无意义并且漏洞百出。对白嘉轩、鹿子霖等人这些切切实实生活在白鹿原上的农民而言，小农经济的生活方式就足以支撑他们的现实需要和精神层面的构成，他们对自己的文化、社会构成、生活方式方方面面足够自信，并且自觉维护稳定持久的社会关系、社会内容。无论白稼轩、鹿子霖在价值追求上采取的手段有多大的差异，他们总是要依靠土地、功名等封建社会的价值衡量内容来规划自身以及家族的道路。白嘉轩看着新

---

① 陈忠实：《白鹿原》，人民文学出版社，2012年，第236页。

式制服所发出的感叹，看着自己城里的二姐回家所穿的新式衣服，展现出的不赞同态度是一种纯封建式的眼光。鹿子霖穿上新式制服也是因为这身衣服所代表的身份能够带给他足以与白嘉轩抗衡的权力。两个人所争夺的乡村话语权，所追求的名望、权力，都是局限在白鹿原这片土地上的，小农经济的思想让他们认为这就是自己生命最终所要追求的价值实现，超出乡村世界体系的权力构成是被农民式的朴素生存方式拒绝的。他们希望子孙来承担这个部分的责任来光宗耀祖，自身的价值实现和土地、家庭、家族直接挂钩，并且只局限于白鹿原这片土地，家庭局限于自己的家庭，家族也大部分是同姓利益为先。

《白鹿原》的特殊之处就在于此：它展现了前现代时期社会和剧烈变革的现代化社会两种世界，但作者并不以线性历史观来对历史进行评判，生活在不同社会环境之中自然各有各的运行机制，无须确认一套正确的观念然后对其余的观念进行否定。很明显以"十七年文学"为代表的文学在评判价值时主要依靠的不是作品的文学性，文学和政治联系太过紧密的时代，阶级观念来审视现实与作品才是与时代一致的价值取向。此种视角之下代表封建社会的个体就成了作品必须进行批判、改造的人物，光辉正面的人物是站在新的社会秩序立场之上的，文学要和社会现实挂钩，在对中国现代化历程进行回顾之后得到经过沉淀的社会历史，因而陈忠实能够在了解各种书写方式之后选择最能将白鹿原历史还原的书写方式，琐碎的日常生活场景之中生存着的个体为了各自的追求不断努力也是对生命意义的实现，最终生活在现实中努力奋斗的大多数才是压倒性的力量。

白鹿原上的大部分农民长期受着剥削，但这种剥削经过长久的规训在乡村世界中被合法化了，他们甚至在国民革命军不断征粮的过程中怀念清朝的法令，以期能够减轻生存压力。鹿三化作白嘉轩的那一刻所代表的并非身份的转化，白嘉轩的族长身份代表着民意，鹿三在这里是合了威胁到农民生存的现实，他们需要反抗、发泄——白嘉轩身份意味着农民心理愿望的集中。当下层民众的生存问题不能得到解决时最简单的处理方式自然是暴力，上层依靠加重的剥削来获取利益也意味着上层也不能依靠旧有的秩序了，这两方的合流就造成了白鹿原所展现的农民运动的合法性，秩序的摇摇欲坠和生存困境的重压汇聚成一种反叛性力量，最终它的落脚点还是大多数人期望重新获得平稳生活的愿望。

白嘉轩与鹿子霖行动的倒错所涉及的范围最多涉及家庭，他们永远不可能作为社会变革的决定性力量，在被压迫到极致的境况之下他们的身份也融入农民群体之中，压倒性的大多数决定了社会进程所要依靠的力量，它要实现的也是多数人的生命追求。观察历史进程中的决定性力量，我们很明显能看到代表大多数的意志在社会进步中的决定性力量，现实的合法化最终依靠的也不是少数既得利益者为不断生产利益的规约，决定性的选择权最终会交于社会的大多数人手中，鹿兆鹏和白灵所代表的进步力量立场也是站在最普遍的劳苦大众一边，这样一切都被现实合法化的行动才有着巨大的力量。

三、主体的工具化与个体的主体化

对主体的工具化的分析主要是文学作品人物在其所存在的社会系统之中体现的工具性。在白鹿原这片土地上人的工具化是长久的，被工具化的群体的数量如此之多，以致这种异化才是社会正统的合法性行为——鹿三与白嘉轩情感十分深厚，但本质上是相反的两个方向。鹿三由于个体情感联系而对儿子黑娃的教诲就意味着他从内心认可封建社会体制的所有内容，他自己也成为这个体制运行的维护者。

《白鹿原》展现了地主农民阶级矛盾的反面，白嘉轩与鹿三的关系，甚至鹿三与整个白家的关系都是充满人情味的观照，而非两方利益的剧烈冲突，鹿三在儿子开始独立之时告诉他："我给你说，像你嘉轩叔这样仁义的主儿家不好寻哩！我是眼见为信。你爷爷就在白家干了一辈子，连失牙摆嘴的事也没有一回。你就到白家去，趁我还没下世，也好经管你。"①白家对于最底层的农民来说是最好的选择，主家仁义，鹿三一家本本分分地干活，与其他农民相比较甚至能从主家得到恩惠，获得利益。但这种关系是建立在几代人的往来之上的，情感基础很深厚，白家的仁义也是族长身份不断传承下来的性情，导致这种交情是超越各自身份地位的，干亲的联系使两家联系更加紧密，温情的书写之下是对别样主仆关系的赞扬和对双方品性的肯定。

普遍的主仆关系并非如此，白鹿两家的主仆关系能被强调、美化就是因为在普遍的现实之中，它很珍贵。黑娃去过的郭秀才、黄老五家更加真实一些，主仆并没有大方向的矛盾，但确实存在的是身份地位的差距。剥削奴役掩盖在温情的人际往来之下，再加上宗族关系、血缘关系、亲缘关系等各方面的维护，封建社会也就得以长久存在。白鹿原作为农村世界的缩影展现出的农民真实生活与思想是整篇小说最珍贵的内容，人与人的关系得到了还原，现实的人情往来、情感交流支撑着长久被压抑剥削的、忍受无尽痛苦的群体，他们是为了自身以及家庭的稳固安宁牺牲了生命的一部分价值。当然这也可以看作农民群体在面对强权时的逃避，但站在农民立场来看，社会的正统性如果足以让家庭稳定、国家安定，那么付出毁灭性力量的代价也就超过他们的考虑了。封建社会的残忍也就在于为压倒性的大多数农民造出了生存的幻象——只需要牺牲生命的一部分就可以获得长久的安宁，它的坚固性也在于此，只有当矛盾上升到威胁群体生存时，变革才可能发生，个体才能从被工具化的窠臼中挣脱出来获得主体的觉醒。

社会规则代表着一部分人为了维持社会稳定与自身利益所指定的社会运行制度，人的行动的合法性由此而来。具体到《白鹿原》主要展现的乡村世界，这个规则就是朱先生设立的乡约，在白嘉轩考虑没了皇帝之后人要依靠什么规则生活的时候，朱先生将乡约叫作"过日子的章法"②，从行动到思想各个层面对农民进行规约。悲哀的是适合小农经济的封闭乡村

---

① 陈忠实：《白鹿原》，人民文学出版社，2012年，第123页。
② 同上，第92页。

世界马上就要被改变，现代化的世界中要建立新的社会运行机制首要针对的就是旧社会维持的根基——小农经济稳固的社会关系，从规则入手是最直接的办法，这是时代的必然。鹿子霖在白嘉轩刻乡约石碑于祠堂的时候成为白鹿镇保障所的乡约，乡约成了官名，本质是属于两个世界的运行体系的对立。但是本质的改变没能改变它在白嘉轩、鹿子霖眼光之中仍然是各自进行白鹿原权力争夺的武器、工具，在第七章开头鹿子霖建新白鹿仓保障所以及他对新制服的炫耀态度，就可以看出他想要的是这个身份所带来的权力。双方争斗在阔大的时代背景之下看上去不够亮眼，但放到稳定平和的乡村世界则显得惊心动魄。

封建社会对个人的异化在鹿三、白嘉轩、鹿子霖以及田福贤等人身上都有体现，一方对另一方无条件的压制所展现出的服从关系是普遍的社会关系，人被自觉不自觉地工具化了。以田福贤及其更上层次的人员来说，基本的生活已经不需要自食其力，通过奴役和剥削就能将自身的利益不断再生，然而下层人民甚至白鹿两家都是为享乐的阶层提供养分的工具。白嘉轩口中的皇帝是享乐身份的极致，但封建社会所展现的只是这个身份代表的超然地位与无尽享受，它所代表的无限剥削是被君权神授之类的合法性语言遮盖的，人在旧运行机制之中被强行分了层次，有纯粹剥削、纯粹被剥削、剥削与被剥削并存的复杂关系，残酷的本质被掩盖在儒家治国理念与封建社会所有规约之中。

现代性脚步的迫近代表着个体主体性的觉醒，白鹿原上生活着的上一代能以被工具化来看待，在社会剧烈变动之中分在各个秩序之中的新一代个体所代表的是个体掌控主体性的艰难。以对性的不同选择来看个体在关乎个体本能欲望的部分的挣扎，对性行为的看法由传统转向现代的过程中经历了彻底的反转，现代将其认可为人的合理诉求，而在传统社会之中性是被无限贬低的，就单以贞洁烈妇为代表来说，它称赞的是对欲望的强制压抑。白鹿原上性观念最为"正统"的莫过于白嘉轩，女人在门外喂奶是不成体统的行为，但在正统的家庭关系之中又必须有性实质的发生，家族需要不断传承，因而白嘉轩连娶了七房妻子。婚姻是为了传承家庭财产、对抗社会风险等等目的而存在的，是封建社会组织的单位构成，性是工具性的，它带有目的。

中国现代小说中对性的书写经历了大的起伏，"五四"时期以叶灵凤与郁达夫为代表的作家在书写中表达欲望，欲望开始得到正统化的表达。但随着战争大爆发后方的首要任务从人性觉醒转移到种族保存，海派小说所代表的中国现代消费文明又受西方唯美主义的影响走向了媚俗肉欲的性爱小说，"新感觉派的情爱叙事不再是灵肉合一，男女双方的谈情说爱只是为了欲望的满足，而与组建家庭无关"[①]。再以延安文艺、"十七年文学"、"文革"文学为一条线来看，它歌颂人的优秀品质，但把性和对英雄人物的描写彻底分离开来。主流文化之下的性压抑在新时期得到了爆发，90年代之后围绕身体欲望的写作以《我爱美元》为起点，越来越媚俗化肉欲化，在还算主流文学的作家群体之中对性的描写也各有不同，"陈忠实的性描写不像王小波那么有间离效果，也不像贾平凹那样细密写实，主要特点就是强调处男感觉，反复强调"[②]。

性在文学描写中无论是刻意书写还是有意回避，都表明了它的位置十分重要。在《白鹿原》之中对性爱的书写都是以男性视角为中心的，先不论它指向的女性客体如何被凝视，只以白孝文、黑娃、鹿兆鹏三者的性爱体验为中心来分析作品中性与主体性的关系。黑娃最初是其中与封建规训距离最远的人，他身上未被驯化的野性引导他对性需求的表达十分直白。在第五章，三人同行偷窥牲畜配种的反应各有不同，他们都对动物的交配感到兴奋，可见未被成功规训的个体对欲望是无比诚实的。后来黑娃与田小娥的结合是有封建观念束缚的，由于二者的欲望契合而产生的性爱既是未知情事的黑娃长久欲望的爆发，也是田小娥受情欲压抑的崩溃，二者的碰撞展现出的是突破了压抑困境的个体对欲望的重新掌控。后期的黑娃

---

① 陈忠实：《白鹿原》，人民文学出版社，2012年，第18页。
② 许子东：《重读〈白鹿原〉》，载《文学评论》2021年第5期。

成了朱先生的学生,在他自身的反思中所有过去的欲望都是值得羞愧的,"他想不起已往任何一件壮举能使自己心头树起自信与骄傲,而潮水般一波又一波漫过的尽是污血与浊水,与小娥见不得人的偷情以及在山寨与黑白牡丹的龌龊勾当,完全使他陷入自责、懊悔的境地"①。黑娃霎时在这个契合了一切封建精神的妻子面前忏悔了,他不再是被封建文明排斥批判的个体,他完成了对传统的彻底回归。

  介于放纵欲望与节制欲望之间的是鹿兆鹏,主要原因在于在欲望释放之前,他已经将人生的最高追求与社会、历史进程挂上了钩,他的主体性主要被放在革命历史中展现。他的妻子是冷先生的大女儿,封建家族之间姻亲的联结是完全属于社会认可范围的,但他在过了第一夜之后再没有回过鹿家过夜。对封建婚姻无比拒斥,一是因为两人并不符合鹿兆鹏心中对婚姻的追求,后来他不惜破坏兄弟情谊也要追求的是与白灵之间由爱情产生的真正婚姻关系;其二就是受历史现实的感召,他所要追求的并非个体的享乐,而是一种崇高理想的实现。即使和白灵温存过后,他也要回到白鹿原坚持自己的事业。鹿兆鹏极具理性,他在《白鹿原》中的所有行动都有着明确的目标指向,但他对白灵说:"哥今黑出了这门,即使再进不了这门,也不遗憾了。"②话语中隐含的是个体在自身历史责任感之上对主体性的隐晦表达。

  三者之中性挣扎最为激烈的无疑是白孝文,他是受传统规训最严重的下一任族长,初尝情事让他感觉"他的腹下突然旋起一股风暴,席卷了四肢席卷了胸脯席卷了天灵盖,发出了一阵灼伤的强光,几乎焚毁了"③,之后便一发不可收拾地沉溺于身体欲望被满足的快感之中。在白赵氏、白嘉轩、仙草对儿媳发出警告并实际干预二人的欲望纾解的阻挠之下,白孝文从沉溺于快感享受的肉欲个体重新回归到家族长子的身份。最为震耳欲

---

① 陈忠实:《白鹿原》,人民文学出版社,2012年,第583页。
② 同上,第446页。
③ 同上,第153页。

聋的话语由父亲说出:"你要是连炕上那一点豪狠都使不出来,我就敢断定你一辈子成不了一件大事。你得明白,你在这院子里是——长子!"①话一出口就意味着家族族长身份的传承和承担维护封建社会稳定的责任一并都给白孝文的精神上了重重枷锁,一切都要求他逃离性欲带来的所谓浅薄快感,促使他追求自己的人生价值、家族传承。一切都是和白鹿原上的社会关系紧密联系的,白孝文在网的中心无法反抗被规划的生命过程。

在未摆脱族长身份时与田小娥的情事纾解遭到的最大阻碍来自自己内心无法冲破族长身份所代表的封建秩序的枷锁,从这一点就能看到白孝文与鹿子霖的巨大区别,对封建乡村社会运行的规则极为重要的道德感的对比展现出的是对社会规则维护与破坏的两面。在偷情被发现之后白孝文的枷锁突然解开,他在此后的行动不再靠近父亲所代表的正统的行动原则,越发靠近的是鹿子霖式对欲望、权力的无限追求,他将拥有的所有财产卖给鹿子霖的时候就已经意味着彻底的转变。从未尝情事的一无所知到不知节制地纾解欲望再到节制的欲望,这个过程所代表的是传统男性对性与生活的平衡所做出的选择,之后白孝文与田小娥的偷情完全打破了传统性爱与家庭的正统关联。但是否可以说白孝文是被性驯服的?答案当然是否定的,在生命垂危之际他抓住了生机投靠了田福贤,更大的权力重新回到他的手中,他在这个过程中经历的不是鹿兆鹏式为追求理想的实现不断奋斗,他行动的一切落脚点都在于自身利益的追求。白孝文重新认祖归宗了,但他清醒地认知到白鹿原的一切平稳安宁并非自身所渴望的,"白孝文清醒地发现,这些复活的情愫仅仅只能引发怀旧的兴致,却根本不想重新再去领受"②,白鹿原带给他的温柔的属于人性的部分不断被磨灭,他最终成为权力的奴隶。

总之,陈忠实在《白鹿原》中对个体的主体性书写也是把人放在历史现实中去还原的,以性来分析只是很简略的一个剪影,复杂的人性通过多

---

① 陈忠实:《白鹿原》,人民文学出版社,2012年,第157页。
② 同上,第506页。

方面的展现形成活生生的人物。革命文学和关于社会主义建设的文学有自身要完成的时代要求，消费文化盛行的新时期文学与政治联系越发减弱，个体独特性的部分又不断被强调。《白鹿原》诞生于新时期，不受强意识形态的要求，它要承担的社会责任更多在于还原真实的乡村世界，如何安放躁动不安的精神世界它也给出了一部分回答：传统文化中值得去审美性还原的部分永远是代表人性闪光点的部分，不局限于古今之别，也不局限于各种意识形态的对立，关于人类品性的闪光之处永远值得赞美。

结　　语

　　《白鹿原》大多数时候被划分到新历史小说的范围，它关注历史背景之下个人和家族的命运走向，但它并没有简单将历史背景化，其中生活的个体与历史深刻联系并且还会主动干涉历史的进程。从个体与社会关系的联系程度来看，《白鹿原》中个体与社会紧密联系的事实代表着它有社会叙事的维度，由此程文超、郭冰茹将它划分为社会叙事，这个结果要比新历史小说的划分更加贴切一些。"虽然作家的政治信念不同，……作家们显示了一种共同的努力和决心，即期望全面地阐明社会和个人的各种可能的关系；他们大都强调某种特定的社会历史意识形态，赞同通过个人命运显示历史的进程，认为社会历史的变化是决定个人命运的关键因素。"[①]基于《白鹿原》中个体与社会关系联系的程度之深，以个体在社会之中的位置、身份、命运、理想、追求等方面的全方位的书写，围绕白鹿原这片土地，展现出了社会各个层面的人自觉不自觉地或推动或阻碍地影响着历史现实，但历史自有它的方向，有限的生命对社会现实产生的中介作用终究会随着历史所指向的方向不断前进。时间的残忍和个体生命的不断奋发对比形成的悲壮力量最终会让人类群体不断强大。

---

① 程文超、郭冰茹：《中国当代小说叙事演变史》，中国社会科学出版社，2006年。

白鹿原上生活的每个个体为了使自己的生命更有意义，会按照自己内心所信服的社会价值取向做出行动。不断前进的历史现实不可否认的是：前进过程中虽然有曲折，但个体所蕴含的强韧生命意识、奋发的生命精魂和个体命运的不断沉浮都意味着生活在每个时代的人是不可或缺的。《白鹿原》展现的缩影是几千年来封建社会的缩影在现代化进程中崩溃的同时焕发光芒的珍贵现实。

原载《当代文坛》2022年第2期

（本文系与李柔合作，收入本书时有修订）

新时期农民形象谱系的改写与重塑

——以路遥的文学创作为中心

一个作家如果能因其文学活动产生巨大争议而被命名为某种"现象"其实是不多见的,已故著名陕籍作家路遥就是这为数不多作家中的独特的"这一个"。笔者认为"路遥现象"大约包含这些因素:不为学院派看重而文学史地位不高,但草根读者众多,作品发行量极高,社会影响巨大;创作方法保守单一,无根无派,却创造出文学蕴藉无限的"城乡交叉地带";文学理想高蹈激情而举重若轻,但文学写作艰苦扎实却举轻若重。质言之,路遥及其创作尽管备受质疑与争议,但是其对文学的痴迷、对文学创新的孜孜以求,应该是大家所公认的。其实,路遥的文学魅力、文学创新还来源于他本人对新时期农民形象的独特关注与塑造。

1981年,路遥发表的中篇小说《人生》塑造的高加林这一人物形象与此前"十七年文学"以来的"英雄"式、"高大全"式的中国农民形象迥异,他有个人的奋斗目标,有着自己对爱情、对事业"小我"的想法和追求,甚至有为了自己的奋斗目标可以伤害其他人的感情、利益的举动,这应该是新时期文学关于农民形象塑造上的飞跃与"质变",是对新中国成立以来农民形象谱系的转换与改写。从高加林到孙少平,这些生活于苦难底层的农民为了个人的奋斗目标与人生理想,殚精竭虑甚至挖空心思"向上爬"的勇气,颠覆了新时期以前当代文学史中农民形象要么"大公无私、心怀集体"的崇高伟大，要么"眼光狭隘、发家致富"的猥琐自私的扁平印象。农民形象谱系的改写与重塑酝酿着路遥巨大的文学野心，他是新时期以来率先对生活于"城乡交叉地带"的农民认真思考的作家之一，是对全国"思想大解放"运动的支持和回应，是真正走进农民尤其青年农民心间并"接地气"的作家，是真正理解和支持新时期农民怀揣"进城梦"的作家。路遥的作品素材大多来源于农村生活，在读者面前展现了一大批激人奋进的农村追梦者形象，感染了许多读者，也激励了很多年轻人走上寻找梦想、追求成功的人生之路。

一、农民形象的精神新质

路遥的作品不多，但在他的笔下却出现了众多不朽的农民形象，纵观其小说中的农民形象，从《人生》中的高加林，到《平凡的世界》中的孙少平、孙少安。这些农民形象呈现出显著的特点：热情、进取、独立、敢于反抗、"追求更高的生活意义"[①]。他们淳厚刚毅，结实坦荡，面对困难不屈不挠，尤其是对自身命运的抵抗，他们有自己的生活愿望，有自己的苦与乐，有自己的怯弱与胆识、局限与智慧。可见路遥塑造的这些走出黄土地的青年农民从内心到外表渗透出可贵的精神特质。根据人物形象所凸显的精神品格差异，我们可以将这些形象分为三种类型。

首先是具有上进特质的农民形象。这一类人物形象是路遥刻画的重点，在其作品中占据主体地位，也集中体现了作者的理性思考和审美追求。这个群体中的农民，最鲜明的特征是：敢于向传统生活挑战，为了有尊严地活着而自觉设计并执着追求着自己的人生理想。

例如《痛苦》中发愤图强的高大年，《在困难的日子里》中积极进取的马建强，以及《人生》中面对复杂的现实追求自我价值实现的高加林。其

[①] 路遥：《路遥文集》卷四，陕西人民出版社，1993年，第365页。

中最具有代表性的是《平凡的世界》中的孙少平。路遥在描绘这个人物的时候，重点描写他成长的复杂过程，给其影响最大的是高中上学时的经历，贫困的生活对他的自尊心造成了伤害。那时候的他多么渴望能够穿一身体面的衣服站在女同学面前，和其他的同学一样，每天排在买饭的队伍里，领一份菜，打一个白馍或黄馍，不是因为嘴馋，而是为了有尊严地活着。贫困的生活处境，引起了他对人生的思考。直到他读了《钢铁是怎样炼成的》后，作品中的主人公保尔改变了他的思想意识，使他有了自己的追求，努力成为一个胸怀大志、志向高远、超凡脱俗的年轻人。孙少平有知识有理想，但他不是"万般皆下品，唯有读书高"的老夫子与书呆子，他不怕吃苦，热爱劳动，在工作岗位上做得十分出色，受到身边人的尊敬，正是知识的累积和务实的作风，成就了孙少平的事业与追求。勇于进取的孙少平，开始的时候不满父辈们传统的生活方式，对山区滞后的生活环境十分不满，一心想着闯荡世界，希望凭自己的力量干一番事业。可是，在那个时代里，作为农民的儿子，要想改变命运，不是件容易的事情。在黄原、铜城打工，他始终都挣扎在生活的底层，能否满足温饱都成问题。面对命运一次次的挑战，他以顽强坚韧的奋斗精神与不怕苦难的超人毅力，与命运抗争到底。他颠沛流离，尝尽了世间冷暖，但从不屈服，坚守着自己的理想，无论环境怎样改变，他始终眺望着自己的精神家园。他喜欢读书学习，通过书本不断丰富自己的精神世界，生活在他面前开始丰富多彩起来。当他奋不顾身地从洪水中救出伤害过他的侯玉英，从供销社"保释"郝红梅，以及后来作为一个寄人篱下的揽工汉，宁肯丢掉饭碗也要从黑心包工头手里救出受蹂躏的少女小翠时，他已经超越了"乡巴佬"式的狭隘，变得自信豁达。

经过一次次思索、反抗、奋斗直到崛起，这类人不断在与苦难抗争，在挫折和严酷的现实面前，他们张扬出坚韧的个性，迸发出耀眼的生命激情与火花。对于他们来讲，活着就意味着抗争，迎接挑战就意味着前进。

其次是在路遥笔下频频出现的具有务实特质的农民形象。他们对生活的态度始终是脚踏实地，勤勤恳恳，活着只求无愧于心，代表人物有：

《平凡的世界》中的孙少安、《风雪腊梅》中的冯玉琴等等。孙少安无疑是务实型农民的典型。精明能干的他,以务实的眼光、冷静的思考、理性的抉择安排了自己的人生包括爱情。他为了年迈的父母与未成家的弟弟、妹妹,心甘情愿地牺牲自己的前途,承担起养家糊口的责任。他与田润叶可以说是青梅竹马,彼此欣赏,真心相爱,本是天造地设的一对。然而,务实的他清醒地意识到他们之间难以铺平的生活反差。"一个满身汗臭的泥腿把子,怎么可能和一个公家的女教师一块生活呢?"①于是他放弃了深爱他的润叶,迎娶了与他没有任何感情基础的农村女子贺秀莲。他之所以选择放弃,是因为他站在一个有责任心男人的角度去思考:希望自己心爱的女人过得更好,为爱而放弃爱,这是一种理智而痛苦的选择。

与孙少安相比较,冯玉琴显得有些单纯可爱,但单纯可爱的她在面对婚姻与幸福选择时,也懂得取舍。从贫穷的小山村被招进城里招待所当服务员的冯玉琴,当面对地委书记夫人让她做儿媳妇时,善良单纯的冯玉琴开始思考:是嫁给自己并不熟悉和喜爱的有钱人,还是回到农村和自己喜爱的门当户对的人结合?她抛开世俗观念与物质诱惑,从女人的角度,拷问女人的本心,毅然决然地选择了自由和爱情,尽管相爱的人最后背叛了爱情,但冯玉琴的选择并没有错,她勇敢地接受现实,离开不属于她的城市,冒着风雪回到自己熟悉、喜爱的乡村,重新开始寻找幸福。

最后要说的是具有现代知识分子精神特质的女农民形象。这一类人大多是青年人,他们出生在贫寒的农民家庭,通过自身的努力,接受了良好的教育,改变了自身的农民身份。但从骨子里讲,她们首先还是农民,然后才是知识分子。如《平凡的世界》中的田润叶,她的家里比较富裕,通过接受教育,田润叶从农民子弟成为一个公办女教师,可以说她是个知识分子,脱离了农村生活,但是她在面对与"泥腿子"孙少安的那份感情中,她可以放下女孩子、知识分子的羞涩,去追求少安,她每次回到农

---

① 路遥:《路遥文集》卷三,陕西人民出版社,1993年,第167页。

村,总是到少安家去,这充分说明她身上一直保持着农民的单纯与朴素。笔者认为她们都是陕北这片黄土地里孕育出来的知识型农民,她们既有农民的真诚淳朴,又有知识分子的高洁与典雅。

这些可爱的青年人继承了黄土地精神,他们用自己的实际行动赋予了这种精神以新的概念:年轻人不仅要有梦想,更要有实现梦想的勇气和智慧,不断充实自己,做一个有用的人,做一个能向社会传递正能量的人。

二、农民形象的改写与重塑

从人物塑造方面来看路遥小说中农民形象所具备的精神特质,可谓个性鲜明、标新立异,与20世纪中国文学史上塑造的农民形象迥然不同,充分显示出新时期生活于"城乡交叉地带"年青一代农民身上具有的独特的精神谱系。20世纪中国文学史上的农民形象从精神状态分类,总体来说可分为以下类型:

首先是愚昧不自觉、不能清醒地认识自己的境遇的人。例如鲁迅《故乡》中的闰土,柳青《创业史》中的梁三老汉,高晓声《陈奂生上城》中的陈奂生。这些农民形象与路遥小说中的农民相比,从精神角度说处于未启蒙的状态,他们缺少斗争和反抗精神,没有意识到自己的遭遇与现实之间产生矛盾的真正原因,他们总是以阿Q的精神胜利法麻醉自己,机械地遵从命运的安排。这样的精神状态来源于"长期的小农经济方式和封建残余的影响"[1],从客观上说他们没有当家做主的主人翁意识与反抗精神。如陈奂生在城里走了一圈回家之后,作者描述他的内心感受是"身份也确实有所提高"[2],反映出广大农村群众思想深处落后愚昧的心理和封建等级观念。

其次是在党的教育下,成长为"平民式英雄"的一类。例如柳青《创业史》中的梁生宝,浩然《艳阳天》中的萧长春,梁斌《红旗谱》中的江

---

[1] 朱栋霖:《中国现代文学史》下册,高等教育出版社,1999年,第100页。
[2] 同上。

涛、运涛等。这些农民形象与路遥小说中的农民比较，他们接受党的教育，从最开始的鲁莽到最终自觉成长为"平民式英雄"，有一段成长历程。他们缺少个性，对自我价值缺少认同。如梁生宝这个人物，他具有"质朴的进取精神，在他身上升华为坚定的社会主义信念，它主导人物的全部行动，支配梁生宝抛弃个人的一切，把肉体与灵魂毫无保留地献给集体事业……在创业过程中，面对来自各方面的困难与阻力，不管是社会的，还是自然的，不管是物质的，还是精神的，不管是公开的较量，还是隐蔽的破坏干扰，他始终毫不动摇，一往无前，表现了'党的忠实儿子'听党的话，跟党走的政治品质"①。

最后一类是挣扎在城市的底层、深陷生活困境中的农民形象。这类作品主要围绕矿难、红灯区"外来妹"的辛酸、拖欠工资、工地繁重劳动等题材展开，注重描写生活在社会最底层贫困农民的经济状况和恶劣的生活环境，反映当今社会存在的问题。"作家们将'底层'看作是用来表现个人立场的'文化象征客体'或'良心客体'，却并不在意'底层'的实在性。"②隔岸观火式的写作不能揭示生活表层后面的真相；在人物形象塑造上，对人物形象内在的精神气质缺少深度挖掘。"往往带有很强的主题先行色彩，人物性格没有独立的主体性地位，作家们表现的主要对象，也没有得到充分表现，尤其是他们的痛苦，他们深层的精神世界。"③

可以说20世纪中国文学史关于农民形象塑造的作品，描述的都是苦难对农民的吞噬与戕害。然而路遥小说与众不同，他另辟蹊径，注重描写苦难激发了农民自我价值、自我身份认同的觉醒。苦难可以让人的精神麻木，也可以激发人们的奋斗潜质。路遥笔下的新一代农民是自强不息、奋斗不止、坚守理想的新型农民，是有着远大理想、能够吃苦耐劳、敢于挑

---

① 朱栋霖：《中国现代文学史》下册，高等教育出版社，1999年，第23页。
② 吴亮：《底层手稿》，载《上海文学》2006年第1期。
③ 贺仲明：《一种文学与一个阶层——中国新文学与农民关系研究》，人民出版社，2008年，第52页。

战命运的农民形象谱系。如《平凡的世界》中孙少平给妹妹孙兰香的信中这样写道:

  我们出身于贫困的农民家庭——永远不要鄙薄我们的出身,它给我们带来的好处将一生受用不尽;但我们一定又要从我们出身的局限中解脱出来,从意识上彻底背叛农民的狭隘性,追求更高的生活意义。

  要知道,对于我们这样出身农民家庭的人来说,要做到这一点是多么不容易!

  首先要自强自立,勇敢地面对我们不熟悉的世界。不要怕苦难!如果能深刻理解苦难,苦难就会给人带来崇高感。亲爱的妹妹,我多么希望你的一生充满欢乐。可是,如果生活需要你忍受痛苦,你一定要咬紧牙关坚持下去。有位了不起的人说过:"痛苦难道是白忍受的吗? 它应该使我们伟大!"[1]

  孙少平深刻地认识到农民身份的特殊性,他试图挣脱农民身份带给他的局限和羁绊,想要超越现实,实现自己的人生梦想。追逐梦想并不代表孙少平想要唾弃或者遗弃生养过他的乡村世界,孙少平对自身农民的身份有一种特殊的爱,他对生育他的土地持有浓厚的感恩情怀,并将这样的情怀深深刻印在心底深处,离开故土、振翅高飞是想要寻找故乡落后的病根,寻找医治拯救农村落后面貌的良药,让和自己生活在一起的父老乡亲们改变落后的生活状态,活得更加有尊严、有底气、有理想。艰苦的环境培养出他坚韧的品格,这种品格让他身处逆境能继续奋斗,对未来总是满怀希望和期待,从不惧怕困难。他从不怨天尤人地埋怨自己的境遇不好,而是试图通过勤苦劳动或外出打工,依靠自己的双手过上好日子来改变"农民"身份所依附的不幸与苦难。"这些打工者并不认为自己的处境无法忍受,相反他们仍然对生活怀有信念,对世界有一份坚定和乐观的抱

---

[1] 路遥:《路遥文集》卷四,陕西人民出版社,1993年,第365—366页。

负。他们相信凭自己艰苦的劳作和机敏的争取,完全有可能为自己开创一个美丽的未来。他们并不想绝望地走向社会的反面,也并不激烈地抨击当下的生活,而是在困难中互相慰勉,在挑战中从容面对。"[1]作品向读者展现了一种崭新的农民观:将人生的苦难升华,追求精神的永恒。哲学家马尔库塞说过:"艺术不能直接改变世界,但它可以为变更那些可能改变世界的男人和女人的内驱力作出贡献。"[2]路遥作品中这些农民形象闪现的光辉便是"变更那些可能改变世界的男人和女人的内驱力"的精神源泉。路遥笔下的农民面对命运的坎坷与责难,不断审视人生境遇,奋起直追,使自己的人生理想与精神世界得到升华。如《人生》中的高加林面对困惑和失败,开始对生活与梦想之间的关系认真思考;《平凡的世界》中的孙少平面对困境与疑惑时,不抱怨、不放弃,依旧坚持不懈。这种精神不仅为农民,更为当代青年提供了奋斗不息的励志动力。

为什么读者至今仍然喜欢阅读路遥的作品,是因为人们可以在路遥的小说中得到启示,获取宝贵的精神资源。对于现今的人们来说,更应该审视自己的精神品格是否强大。现实生活中的风暴即便再猛烈,但如果怀揣自己的理想与信念,人们依然可以泰然处之,在纷繁复杂的时世中不随波逐流迷失自我,坚定勇敢地追逐自己的梦想,不断提升丰富自己的内心世界,从而实现自我价值。

三、农民形象谱系重塑原因

在对路遥小说中关于新时期农民形象精神特质的分析中,我们能深刻地感触到作者与农民那种血浓于水的情感纠葛,这种情感成就了作者的农

---

[1] 张颐武:《在"中国梦"的面前回应挑战——"底层文学"与"打工文学"的再思考》,载《中关村》2006年第8期。
[2] 赫伯特·马尔库塞:《审美之维》,李小兵译,生活·读书·新知三联书店,1989年,第32页。

民立场、农民视角、农民情怀。路遥以他对农民兄弟、家乡父老的深厚情感回馈生他养他的黄土地,他以自身短暂但却不凡的生命深情礼赞了他挚爱的那片黄土地,书写了平凡的黄土地上普通农民不平凡的人生传奇。对苦难经历的表述,他并非隔岸观火地玩味、窥视农民兄弟的辛酸生活,而是融入其中、设身处地为他们的苦难担忧与叹息,为他们的奋斗喝彩与加油。他的生命与情感已经与陕北农民休戚与共、血肉相连,无处不流露着作者对这片古老深厚的黄土地的情感皈依,因此他的小说具有浓郁的乡村气息与人文关怀,氤氲着独具特色的陕北文化氛围。

（一）农民情结

幼时农民身份所依附的贫困与落后、"文革"时期权力的畸形决斗、三年困难时期导致的永生难忘的饥饿、创作路上的羁绊沉浮都会使路遥困惑与思虑,也使他在苦难中逐渐成熟。路遥人生命运的坎坷曲折,完全可以用《人生》中高加林与《平凡的世界》中孙少平的经历诠释。就如他自己所说:"我只能在我自己生活和认识所达到的范围内努力。"[1]路遥将他人生的经历用文学世界展现出来,掀起了那个时代人们的共鸣。正是他的特殊经历,让其拥有深刻的土地意识与农民情结。而"土地意识,作为一种文学表现,不但是乡村的客观反映,也融注了作家们的思想和意识形态"[2]。

在陕北农村生活二十四年的经历,让路遥深知农民的疾苦与愿望。"什么东西也无法割断路遥同生他养他的那块黄土地的精神联结。路遥骨子里是一个农民,一个志向高远的农民。他的精神渴求和对生活的向往,哪怕是衣食起居,始终没有同他的农民儿子的身份相剥离。"[3]正是这种在农村土生土长并与陕北父老乡亲血脉相连、情感与共的生活阅历,促使

---

[1] 陈毅:《面对着新生活》,载《中篇小说选刊》1982年第3期。
[2] 贺仲明:《一种文学与一个阶层——中国新文学与农民关系研究》,人民出版社,2008年,第71页。
[3] 陈泽顺:《路遥小说名作选》,华夏出版社,1999年,第555页。

他以一个现代知识分子的眼光审视陕北农民的人生轨迹，站在农民的立场上建构新时期黄土地人民的理想与尊严，挖掘黄土地里蕴涵的生存理念与精神家园，塑造新时代的陕北农民形象。是陕北贫瘠苍凉的土地赐予路遥直爽、豪迈的精神品质和创作灵感，路遥则用自己的作品回馈这片土地，他用自身生命礼赞了他挚爱的土地，传达了黄土地上农民真切的愿望及要求。心理学家荣格说得好："不是歌德创造了《浮士德》，而是《浮士德》创造的歌德。"[1]无疑，黄土地深沉博大、无私奉献的精神成就了路遥心系故土、情寄稼穑的"农民情结"。

（二）农民视角

在路遥的笔下有很多描写陕北人文自然景观的句篇，这些句式简短流畅、简单质朴，情感抒发真实热情，原本自然环境险恶、贫瘠荒凉的黄土地，在他热情洋溢的文笔下呈现出一番喜悦澎湃的动人景观。"黄土高原八月的田野是极其迷人的。远方的千山万岭，只有在这个时候才用惹眼的绿色装扮起来。大川道里，玉米已经一人多高，每一株都怀上了一个到两个可爱的小绿棒；绿棒的顶端，都吐出了粉红的缨丝。山坡上，蔓豆、小豆、黄豆、土豆都在开花，红、白、黄、蓝，点缀在无边无涯的绿色之间。庄稼大部分都刚锄过二遍，又因为不久前下了饱墒雨，因此地里没有旱象，湿润润，水淋淋，绿蓁蓁，看了真叫人愉快和舒坦。"[2]黄土高原八月的景色，在路遥热情洋溢的笔下，读者可以感受到字里行间流露出的热情与自豪，浑然的豪气间不缺诗意流淌的美感。唯有生于此、长于此的农民才会发自内心对这并不富饶美丽的山村发出由衷的赞扬与喜爱之情，路遥完全是以当地农民的心理与视角来审视外界的自然环境的。

陕北自然环境恶劣，女作家王安忆这样表述陕北："陕北这个地方的

---

[1] 荣格：《心理学与文学》，冯川、苏克译，生活·读书·新知三联书店，1987年，第142—143页。

[2] 路遥：《路遥精选集》，燕山出版社，2006年，第108页。

自然条件实在是太险恶了，简直无法想象那里的人是怎样得以生存！"①然而路遥热爱这片土地。他扎根这片土地，正如他自己说道："今生今世我是离不开这个地方了，每看到这里的一草芽、一树桃花、杏花，我都会激动得泪流满面……"②路遥就是以这种爱恋土地的农民视角，讲述陕北的人、陕北的事，描绘陕北的景，抒写陕北的情，这让他作品中的人和景都有了灵魂，有了精气神，有了灵动的诗意，也有了激昂澎湃的理想与热情，读者之所以被吸引正源于他作品中隐藏着的火烈情感。他不仅仅将这种炽热的情感融入他的作品，而且将他熟识的陕北民歌融入作品之中，用民歌传达出自己浓厚的恋土情感。陕北民歌正是黄土地特色文化的精髓所在，也是农民在繁重劳作期间抒发、宣泄其内心真实情感的艺术方式之一。路遥大量使用民歌来表现陕北农民丰富的情感世界，民歌在他的锤炼下与作品浓郁的乡土气息、曲折的故事情节完美地结合起来，成功地塑造出一个个鲜活的农民形象。

路遥小说中的农民形象拥有可贵的精神特质，这种新型的精神气质改写了20世纪中国文学史中农民忍辱负重、任劳任怨、不思进取的精神谱系，为文学史提供了崭新的农民群像。从高加林到孙少平、孙少安，路遥为文坛奉献了一批新时期生动的农民形象，这些农民不再一味隐忍、苟活，他们虽然出身贫困卑微，但却有着高尚的理想追求、坚忍不拔的品格、奋斗不息的精神。这些新农民形象谱系正悄然改变着新时期被形形色色、天马行空的各种西方文学潮流冲击的中国文学地图，昭示着路遥这样一个特立独行、看似保守实则新潮的中国作家在新时期文坛以中国作风和中国气派向世界传递着一个文学殉道者独特的文学经验。

原载《延安大学学报》（社会科学版）2015年第1期

（本文系与高慧合作，收入本书时有修订）

---

① 曹谷溪：《令人在灵魂深处隐隐作痛的土地》，燕山出版社，2000年，第1页。
② 同上。

论路遥《平凡的世界》中的存在主义意蕴

西方两次世界大战后人的普遍的存在危机与精神危机催生了存在主义的诞生及发展，1980年代的中国刚从"文革"藩篱中解放出来，国人在精神上的迷茫与困顿加速了存在主义在中国土壤上的生成与传播。无论是在路遥的创作个性上还是在他具体的文本创作中，都不难发现其与存在主义之间的密切联系与精神契合。

一、路遥创作个性中的存在主义管窥

创作个性是作家在长期写作实践中形成的相对稳定的个性气质，多种因素合力下的作家创作个性的具体所指因人而异，并进一步制约着作家文学风格的形成，因而也造就了文学创作千姿百态的图景。但以作家生活体验以及成长经历为出发点，审视路遥与存在主义精神气质之间的关系，会发现路遥的创作个性显示了与存在主义的精神暗合。

（一）孤独的心境

在存在主义者看来，孤独是人身处"此在"生命境遇时的基本生命情态。存在主义创始人克尔凯郭尔认为，只有孤独的人的存在才是真正的存在；他强调个人在一种孤独的境遇下，探索生活意义和走完自己生活道路的责任感。

路遥的孤独特性在他本人以及研究者的双重确认下已经成为一个近乎定性的存在。具体而言，路遥的孤独主要来源于三方面，即心理层面的孤独、创作环境的孤独和创作心态的孤独。这种强烈的孤独感自然是有着长期的情感积淀的。

众所周知，路遥在七岁时被过继给大伯，而对"被过继"这件事情，路遥当时是有着清醒的认识的，只不过理智阻挡了他追随父亲回家的脚步。"五里不同俗，十里不同风"的说法在仅相差一百多里路的郭家沟村和王家堡村再次得到印证。

来到延川之后，环境上的陌生、心理上的隔膜使得路遥形成了敏感、孤独、内省的精神特质。"主体先前的经验尤其是童年时代的经验，主体的需要和动机，主体的情绪和心境等因素，童年的故乡生活留给人最初的心理体验，即会形成一种稳定的基本心理定式而影响人的一生。"[①]从心理学上讲，童年时期尤其是五岁到七岁之间的经历对一个人的个性气质和思维方式的形成和发展起着决定作用。路遥童年时期由物质匮乏和精神创伤共同构成的缺失性经验显然对其性格的形成有着不可忽视的形塑作用。

"路遥弃政从文之后，内在文化精神上的痛苦加重了路遥的孤独之感。"路遥是一个对政治有着浓厚兴趣的人，其老师申沛昌曾说："路遥是一个酷爱文学又关注政治的人。"[②]因为关注政治，所以才能创作出文本中那些从政人物。路遥的朋友、同事贾平凹更是以"一个出色的政治家"来定义路遥。

某种程度上说，路遥的弃政从文是以期借文学的力量来消弭政治之殇，在文学所构筑的象牙塔里疗救仕途不顺带来的孤寂与失落。然而步入文学大军的路遥却与时代格格不入，其内在文化精神上的痛苦再次成为其孤独的来源。路遥对现实主义的执着坚守某种程度上就如同存在主义式的

---

① 翟瑞青：《童年经验对现代作家创作的影响及其呈现》，2005年山东大学硕士学位论文。
② 申沛昌：《十五年后忆路遥》，载《收藏界》2012年第11期。

"被抛"状态,充满了未知与由此带来的无归属感和孤独感。正如路遥所言,"我同时意识到,这种冥顽而不识时务的态度,只能在中国当前的文学运动中陷入孤立境地。但我对此有充分的精神准备。孤立有时候不会让人变得软弱,甚至可以使人的精神更强大,更振奋。毫无疑问,这又是一次挑战,是个人向群体的挑战。而这种挑战的意识实际上一直贯穿于我的整个创作活动中"①。事实证明,路遥的这次挑战是成功的,但不可否认,这种成功是建立在敢于坚持自我的勇气和承受孤独的毅力之上的。

文学创作是作家对世界、对生命的独特体验和观照,而疾病是每一个人都不可避免的生命体验之一。《平凡的世界》被称为"蚌病成珠之作",长期伏案写作导致的过度劳累、昼伏夜作的作息方式、毫无规律的饮食习惯成为压倒路遥身体的稻草。路遥回忆道:"其实在最后阶段,我已经力不从心了,抄改稿子时,像个垂危病人半躺在桌面上,斜着身子勉强地用笔在写。几乎不是用体力工作,而纯粹靠一种精神力量在苟延残喘。"②路遥不愿重蹈柳青那样带着作品未完成的遗憾离世的覆辙,于是他这样写道:"我之所以如此急切而紧迫的投身于这个工作,心里正担心某种突如其来的变异,常常有一种不可预测的惊恐。"③于作家而言,一部作品的完成更多的是一次精神之旅的结束,也才能够带给读者完整的体验,否则于作家作品都是一种缺失。由于病痛产生的不安全感以及由此而产生的忧患意识让路遥对死亡产生了近乎真实的体验,也让他在精神上备受折磨,甚至一度滋生出自杀的念头。

多方面的因素将路遥推至孤独的深渊,但路遥却以一种享受孤独的姿态面对,这使他在探寻人的存在价值和意义的路上创造了一片不被打扰的天地。正如路遥自己所说:"孤独的时候,精神不会是一片纯粹的空白,它仍然是一个丰富多彩的世界。孤独可以使人的思想向更遥远更深邃的地

---

① 路遥:《路遥全集·早晨从中午开始》,北京十月文艺出版社,2010年,第17页。
② 同上,第7页。
③ 同上,第75页。

方伸展，也能使你对自己或环境作更透彻的认识和检讨。"[1]正是生命个体萌发出的孤独以一种精神资源的方式丰富着路遥的创作。

（二）焦虑的情绪

存在主义诞生于西方现代文明出现危机之际，当时人类内心的普遍焦虑是其得以产生的精神基础。存在主义认为，焦虑源于意识，与人的存在密不可分。人作为生命个体而存在，要想获得生存的意义和价值必须进行选择，相应地要为自己的选择付出代价。路遥的焦虑既来自个人选择的个体性焦虑，又来自对风云变革时期国人选择的敏锐关注而产生的现代性焦虑，这体现了作家在现代化进程中对个人生存问题以及社会存在问题的双重思考。

1. 个体性焦虑

路遥多重矛盾身份是其个体性焦虑产生的主要原因。首先，农民出身与知识分子之间的矛盾。路遥出生于陕北农村，自小受到以黄土地文化为主的传统文化的浸淫。但后天所接受的现代化教育使得路遥又并非一个完全意义上的农民，农村的生活空间已经安放不下路遥渴求走出大山的不安分的灵魂。无论身处农村还是城市，他都是一个异乡人，无法克服的身份矛盾与不稳定的生存空间造成了路遥焦虑心态的产生。其次，家庭角色和社会角色之间的矛盾。人作为社会的个体，总是在经纬交织的社会网中扮演不同的角色，人生的价值也在对不同角色的成功演绎中得到真正确认。而附加在路遥身上的标签亦是多重的。在家庭中，他是一个儿子，同时又是一个丈夫、一个父亲。在社会中，他则是一位著名作家。遗憾的是，路遥并没有能很好地处理家庭角色与社会角色之间的关系，殉道般的苦行僧精神让路遥在文学创作过程中常常忘我，"早晨从中午开始"是路遥工作与生活最真实的写照，长期超负荷的写作使得路遥无暇顾及家庭，并与妻子产生矛盾，由此而带来的焦虑情绪是不言而喻的。

---

[1] 路遥：《路遥全集·早晨从中午开始》，北京十月文艺出版社，2010年，第49页。

2. 现代性焦虑

路遥经历了新中国成立初期社会转型所带来的种种不适应。中国正在奋力告别过去走向现代，现代性焦虑是诸如路遥等有责任感的知识分子作家在时代变革时期参与社会、思考未来的产物。学者杨经建指出，在中国"现代性语境"观照下，焦虑已经由经典模式"人类—人生—人性"到中国存在主义文学外化为"现代性"焦虑，即由忧生患命到忧时患世再到忧国忧民。[①]路遥关注社会转型时期人的选择，表现人在农村与城市、传统与现代对立中的焦虑状态，是一种存在主义式的现代性焦虑。

1980年代，中国在经济、政治、文化等方面都在进行蜕变后的重构，不同的文化习俗、价值取向、思维方式让农村与城市成为近乎两个独立的存在。国家的现代化进程意味着这种局面必定会被打破，农民在这场变革中充满了不确定性。传统乡村秩序被打破以后，他们被迫纳入现代化进程中去，但当城市的发展还在朦胧状态时，原有的乡村秩序也遭到破坏，既不能在还没有来得及发展的现代文明中安妥自己的灵魂，又不能在回首乡村时找到精神慰藉，路在何方的"忧国忧民"情绪是路遥现代性焦虑的集中体现。焦虑心态的产生一方面体现了作家在历史洪流中的茫然无措之感以及由此生发出的忧国忧民情怀；另一方面，当焦虑发展至无以复加又无法逃避之时，作家方能在感受到自我存在的无可着落之后更接近于事物的本原与人的本真，对人的存在有着更为深刻的认识。

路遥虽有"孤独""焦虑"等情绪，但又不深陷泥沼，而是以直面存在的方式来反思自己的生活境遇，以写作的方式抵抗孤独与焦虑的蔓延。文学创作为潜藏于心的孤独和焦虑提供了喷发口，文字的天马行空与自由无束满足了作家疏导心中焦虑情绪的需求。此外，作家借手中之笔赋予人物反抗孤独与战胜焦虑的品质，使原有情绪得到释放，实现对自身孤独与焦虑的超越。

---

① 张运全：《存在主义视野下的贾平凹创作论》，2014年江西师范大学硕士学位论文。

二、《平凡的世界》中的存在主义意蕴

《平凡的世界》是路遥在中国当代文学史地位得以确认的重量级作品，也是存在主义意蕴无意识流露的文本之一。

（一）基本主题：孤独和苦难

1. 孤独的内核

人是个体性与社会性的统一。存在主义认为人生来便是孤独的，这种说法强调人的个体性，强调人处于群体中时个体所占有的独立精神世界。在1980年代各种力量重组的背景下，挣脱"文革"藩篱却不知路往何处的精神危机与物质匮乏所导致的生存危机，将作家们引向思考人的存在处境与存在方式的道路，在对生存困境的挣脱中自然生发出一种孤独感。1980年代的中国式图景与存在主义诞生之背景是有其相似性的，彼时生存环境下的人的孤独情绪亦是共通的。文本中越来越呈现出存在者的"孤独"，这种"孤独"既是文本中人物的生存状态，也是作家创作心态在文本中的投射。

孙少平出身农村，却无意在传统农村中安身立命。求学道路上艰难、贫困、饥饿的现实生存条件使他有意识地拒绝外界，他怀着对未来的生存期待融入城市，现实却是独自面对陌生的生存空间以及对未知生活的恐惧，孙少平用尽全部力气换来的不过是个体生命徘徊在农村与城市之间却两头不到岸的事实。漂泊无依的生存状态使无归属感与孤独感在孙少平的心里逐渐滋生。文中写道："尽管满眼都是人群，但他感觉自己像置身于一片荒无人烟的旷野里。一种孤单和恐慌使他忍不住把眼睛闭起来。"[①]在这种生存状态下，人们会不自觉地想要退回到自己的内心世界中去，阅

[①] 路遥：《平凡的世界》，北京十月文艺出版社，2012年，第97页。

读成了孙少平消解孤独、反抗孤独的一种方式,文学所描述的另一个世界让他无所归依的灵魂得以安放。孙少平越是倾心于阅读就越是表明他在现实中的孤独无依。无论是在煤矿宿舍还是建筑工地,孙少平总是为自己创造一个不被打扰的阅读环境,如此一来便陷入了为了躲避孤独却营造了另一种孤独气氛的悖论。但这种回环往复并非原地踏步,而是螺旋式上升,孙少平看似回到孤独的原点,但在这一过程中却是不断蜕变,在孤独中始终保持着奋斗的生命状态。

2. 苦难的底色

存在主义关于人生存的苦难的言说与路遥文本中的苦难意识形成一种对照。存在主义认为人生来就是痛苦的,苦难是人存在的基本状况,表现在文学中,则是创作主体将自身苦难经历的情感积淀内化为文本的主题思想,借文字语言得以外化。而路遥《平凡的世界》中人物的生存状况与存在主义关于苦难的言说不谋而合。

首先,生存之苦。温饱是人类首先要面临的生存问题,在那个年代饥饿已经成为一代人的生存印痕。孙少安作为家中长子长孙,为了负担家庭重担而主动辍学回家种地,事业上,其倾尽心力所办砖厂却挫折不断。孙少安似一个负重前行的跋涉者,"一切都太苦了,太沉重了,他简直不能再承受生活如此的重压。他从孩子的时候就成了大人。他今年才二十三岁,但他感觉到他已经度过了人生的大部分时间"[①]。孙少平求学期间只能靠一份丙菜和两个馒头充饥,甚至一度被饿晕。进城后的孙少平先后当过揽工汉、建筑工、煤矿工人,甚至在一次事故中毁了容,即便经历多重磨难与困苦,却也没能改变孙少平以一颗拳拳之心在黑暗中摸索前进的步伐。他们在荒谬痛苦的人生中坚持自我,坚守精神底线,创造着自己生命的诗意。

其次,精神之苦。比起肉体上的苦难,精神上的苦难才更让人难以

---

① 路遥:《平凡的世界》,北京十月文艺出版社,2012年,第167页。

承受。孙少安几经起落之后事业稍显起色，一直相伴其身边的秀莲却难再携手并进，比起事业上的打击，斯人将逝更加令人悲痛。作为城市的异乡人，农村与城市的差距有多大，孙少平心中的自卑感就有多强烈。城乡差异让城里人天生的优越感在面对从农村来的乡巴佬时更加强烈，并且毫不避讳地表现在了对城里农村人的鄙夷与歧视。同时，爱人兼精神导师的田晓霞突然离世，这于孙少平而言更是致命的打击。此外，在《平凡的世界》中有诸多人物都有过精神灭亡的经历，并随之产生死亡的念头。孙玉厚因为女婿倒卖老鼠药被批判，儿子又接着被批判而无法承受重压；田福堂向公社告发孙少安引发了批判会，使得孙少安不堪生活之沉重；田润叶因心心念念的少安哥与别人结婚陷入绝望的境地；李向前对田润叶爱而不得，又因车祸失去双腿而感生活无望。众多人物都挣扎在精神的痛苦深渊中难以自拔。可以说，苦难成就了路遥笔下人物的成功。

（二）人物行动：自由选择和主体自由

"行动，就是要去改造世界的面貌，就是使用一切手段去创造一个结果，行动是通过意向性的原则实现的。"[1]行动相应的也就包括目的、行为、结果这三部分。萨特的行动观认为，人唯有通过行动才能介入世界，唯有通过行动，才能体现自由选择的权利。自由选择是存在主义核心观点之一。萨特曾说："因为如果存在确实先于本质，人就永远不能参照一个已知的或特定的人性来解释自己的行动，换言之，决定论是没有的——人是自由的，人就是自由。"[2]在萨特看来，所谓自由即选择的自由，人如果不能做到选择自由，自由就毫无意义。在路遥文本中，自由选择常常是推进情节发展、塑造人物形象、升华故事主题的重要途径之一。

孙少安，选择辍学务农就必须与土地打交道，选择拒绝田润叶也就必须面对分手时的煎熬与润叶另嫁他人的现实；孙少平，选择放弃民办教师

---

[1] 杜小真：《萨特引论》，商务印书馆，2007年，第138页。
[2] 萨特：《存在主义是一种人道主义》，上海译文出版社，2005年，第11页。

的职业离家当揽工汉，也就拒绝了少安要他回家和他一起经营砖厂，拒绝了一条和父辈一样守着黄土地的路。兄弟二人正是在不同的选择中成就了彼此不同甚至截然相反的人生。此外，田润叶、田晓霞、金波、李向前等人无不是在不断的主体选择中逐渐确立自我。由此可知，人物都在选择的岔路口上做着非此即彼的决定，在选择的自由下又不断承担相应的责任。

（三）悲剧风格：爱情的错位与生命的偶然

存在主义从其产生之际就包含悲剧的因子，海德格尔认为人"被抛于世"，总是充满"畏"和"烦"的。萨特认为，个体在做自由选择的同时与社会、他人以及客观存在必然对立起来，孤寂与绝望等构成悲剧内容的情绪体验就随之而来。以存在主义的悲剧理论来观照路遥文本创作时会发现，爱情的错位与生命的偶然是这种存在式悲剧表现的两个方面。

1. 爱情的错位

《平凡的世界》中田润叶与孙少安之间有缘无分的爱情常令读者深感遗憾。悬殊的家境成为二人不可逾越的鸿沟，正如孙少安所言："一切都毫无办法。对于一个普通人来说，只好听命于生活的裁决。这不是宿命，而是无法超越的客观条件。在这个世界上，不是所有合理的和美好的都能按照自己的愿望存在或实现。"[1]路遥借孙少安的口说出了造成这段爱情悲剧的真正原因乃是人与客观存在之间的冲突。这个客观存在包括以下两个方面：

首先是他人。萨特认为"他人即地狱"，人在自由的追寻之路上与他人的关系是对立的。"世界上确有相当多的人生活在地狱里，因为他们太依赖于别人的判断了。正因为许多人因循守旧，拘于习俗，别人对他们的评论，他们感到不能忍受，……他们不能把自己从偏持和习惯的束缚中彻底地挣脱，他们往往因而成为别人议论的受害者。"[2]他人是一个存在

---

[1] 路遥：《平凡的世界》，北京十月文艺出版社，2012年，第175页。
[2] 何小溪：《论方方小说的存在主义意识》，2005年武汉大学硕士学位论文。

的客体,这种客体不同于物,他因为自由而对我构成了威胁,在他的目光下,我可能变成物。田润叶与孙少安的这段感情,又何尝不是"死"在这种"目光下"呢?孙少安在自卑感与传统婚恋观的双重影响下,认为自己配不上田润叶而选择离开,正是过于以外在(他人)的标准立身处世,才将这份感情推向悲剧的深渊。其次是社会环境。个体生存的外显是由人的社会性存在所赋予的,这种社会性使个体生命得到社会的认可,无论个体处在何时、何地,从事何种职业,他们都有一个外在的存在方式。例如路遥文本里"城里人"的田润叶和"庄稼汉"孙少安一样,"一个在城市,一个在农村,这种城乡文化经济的悬殊决定了田润叶的浪漫必然会被孙少安的现实所击碎。这一对青年男女最终迫于舆论和压力而没能走到一起,这也是当时社会下浓重传统伦理道德观念定的结局,他们的爱情成悲歌是必然"①。从这个角度讲,当时的社会环境也是"地狱"。

2. 生命的偶然

不同于"过客"式悲剧品格的是生的主观愿望与死的客观现实矛盾所引起的"生存之悲"。生与死是人类要面临的终极命题,而死亡是偶然性与必然性的统一,偶然的机会决定了我们死亡的特点,也决定了我们命运的征程。存在主义认为,个体生命毫无选择地被抛入这个世界上,经过一系列的偶然性得以存在,再毫无选择地必须离开这个世界,这种生的不可选择与死亡的必然性使得个体生命存在的每一次喘息都显得艰难无力。

在《平凡的世界》中,王世才为救徒弟英勇献身;田晓霞亲临抗洪第一线用身体挽救了一个年轻的生命;秀莲与少安共苦却不能同甘,办砖厂后繁重的劳动让她的身体亮了红灯,在命运的分岔口凄然离去。从某种程度上讲,路遥是一位"煞风景"的作家,他"残忍"地让幸福的生活陡然多了一个缺口,然而"作家,就是要以人类的名义,把悲歌化作生存的鼓励,关注死亡的背后是对生命意义的尊重,死亡在作家的创作里获得了

---

① 林慧频:《伦理道德下的爱情光环——评〈平凡的世界〉中的爱情婚姻观》,载《当代小说》2007年第8期。

崭新而意义丰富的艺术内涵和神韵"[①]。《平凡的世界》中三个死亡人物也都有着丰富的所指。三者的死亡都属于被动死亡，具有不可抗拒性，主人公只是在生与死的一瞬间选择了善，有一种投身赴死的崇高美，人物并不知道自己的行为会导致死亡，人物寻求"生"的主观意愿与不得不面临"死"的客观现实之间构成了一种悖论的关系，正是这种悖论关系将冲突最大化，使生存之悲得以凸显。

  《平凡的世界》虽展现出了存在主义元素，但并不意味路遥就是存在主义者。首先，存在主义表现的是西方世界的苦闷，而且存在主义代表者萨特是否定人性的。路遥虽设置种种苦难，但旨归在于肯定人性真善美，张扬的是一种积极客观的心态。其次，存在主义文学作品中，作者多采用"零度写作"，即不介入、不干涉。路遥作品里常常有艺术家介入的身影，包括一些带感情色彩的评论。正因为种种不同，所以路遥作品中的存在主义意蕴首先是无意识的，其次它更多的是与中国本土结合后生成的独特的存在主义。

原载《榆林学院学报》2018年第5期
（本文系与范婷合作，收入本书时有修订）

[①] 王玉琴：《论文学中的死亡意识》，2005年南京师范大学硕士学位论文。

论路遥对延安文艺大众化传统的继承与发展

——以路遥的《人生》与《平凡的世界》为例

文艺大众化是中国现代文学区别于中国古典文学的显著标志，也是其"现代性"的核心因素之一。中国现代文学自肇始起对文艺大众化的追求犹如"夸父逐日"般执着与不懈，但从"五四"的白话文运动到左联时期对"普罗文学"的提倡，文艺大众化始终是理论倡导有余而实践活动不足。新文学活动基本局限于资产阶级知识分子与城市小资产阶级范围，对于这个圈子外的广大民众，其基本是陌生的事项。延安时期，文艺大众化才真正从理论倡导付诸文学实践，涌现了大批老百姓喜闻乐见的文艺作品，文艺大众化由此翻开了新的篇章。中国文学进入当代以来，对大众化的追求并未止步，无论是"十七年"时期的《林海雪原》《山乡巨变》《艳阳天》等带有浓厚民间乡土特点的作品、新时期路遥坚守的现实主义文学作品，还是新世纪的打工文学、习近平总书记在文艺座谈会上提出"坚持以人民为中心的创作导向，创作无愧于时代的优秀作品"的思想，都体现了大众化在不同时期的文学诉求和价值取向。

一、延安文艺与路遥文学创作的大众化特征

延安文艺与路遥文学创作同为文艺大众化链条中重要的两环，因处

不同历史时期，二者既体现出一定的承传性又不可避免地表现出了各自的特征。

（一）延安文艺的大众化

延安时期文艺大众化是特定历史阶段的产物，主要是指1936年到1948年之间，中国共产党领导下的以延安为中心区域发生的文艺现象。当时，严峻的抗战环境以及初入延安的知识分子在创作上的文人化写作难以满足普通民众的精神需求，这一矛盾促使了延安文艺座谈会的召开及毛泽东《在延安文艺座谈会上的讲话》的发表。《讲话》确定了文艺创作应当坚持"为工农兵服务，为政治服务"的原则，制定了"政治标准第一，艺术标准第二"的文艺批评标准。以《讲话》为核心，延安文艺呈现出了明显的大众化特征。

首先，文学组织与文学刊物的平民化。文学组织与文学刊物的产生与发展一定程度上代表了某一时段的文艺特征与方向。延安时期的文学组织较多，其中致力于文学平民化、通俗化的亦占有较大的比重。陕甘宁边区文化界救亡协会作为有着广泛群众性基础的联合机构，曾组织《我们怎样到陕北来》等集体创作活动以及诗歌朗诵运动、"街头诗运动"等群众性文艺活动，致力于提高边区群众的阅读与写作兴趣。为使艺术走向大众，大众读物社规定无论大小稿件都应做到适合群众阅读，还将陕北话、音乐、民歌规定为每个干部的必修课程。延安"新诗歌会"积极举行诗歌大众化座谈会，加速了诗歌走向普通大众的步伐。《边区群众报》以基层农村干部和农民群众为主要读者对象，专设大众文艺栏目。《大众文艺》刊物从工农大众的水平与需要出发，主要刊登大众化、写作理论方面的论文以及群众写的故事、报告、诗歌、小说等作品。鲁迅艺术学院的教育方针和教育理念在《讲话》后由以往对专门化、学术化的追求转变为"文艺为政治服务，为现实政策服务，通过改造人而改造文艺，走教育与阶级斗争相结合、与生产劳动相结合的道路"①。"鲁艺"由此转变为培养"文艺的大众化"创作主体的摇篮。这些文学组织与刊物成为宣传文艺大众化的大道通衢,"文艺大众化"在各种文学组织与刊物的合力下完成由理论倡导到大众化的实践,大众化文学成为一种极好的社会"黏合剂",把劳苦大众与从亭子间走出的知识分子聚合在一起,让"五四"新文学、左联时期的革命文学所倡导的文艺大众化理论顺利着陆,真正走向普通群众,文艺大众化自此揭开新的篇章。

其次,创作主体的转变。《讲话》后,很多知识分子在文学信念与政治信念之间都经过了一种由冲突到融合的过程,在"到群众中去"的号召下他们开始深入群众生活,与群众同吃同住,改变了原有的生活轨道,按照丁玲的说法就是知识分子纷纷"丢盔卸甲"了。丁玲作为第一个奔赴陕北的国统区知名作家,在参加了延安文艺座谈会后坦言:"如果不到工农兵中间去,怎么写好工农兵呢?一定要下去,长期在他们中间,改造自己的思想和生活、兴趣。"②这在很大程度上代表了当时知识分子学习《讲话》后的真实心态。除了丁玲之外,何其芳也表达了自己深入生活的决心:"我应该到前线去,即使我不能拿起武器和工农兵站在一起射击敌人,我也应该去和他们生活在一起,而且把他们的故事写出来。"③以往带有优越性的精神贵族知识分子也纷纷开始走向民间,向老百姓看齐、学习。与此同时,那些有着一定文艺创作基础的工农兵群众则加入文艺创作队伍,成为创作主体,如陕北民间说书艺人韩启祥等。因为工农兵作家的介入,作家可以得心应手地改造民间艺术形式,形成了新评书体小说、新秧歌剧等新的文体,《新儿女英雄传》《吕梁英雄传》等通俗小说也广受好评。发生在延安的几次规模庞大的群众性写作运动,如《五月的延安》

---

① 乐程、周红月:《延安时期文艺大众化的探索及意义》,载《淮南师范学院学报》2017年第2期。
② 庄钟庆、孙立川:《丁玲同志答问录》,载《新文学史料》1991年第3期。
③ 何其芳:《何其芳文集》第二卷,人民出版社,1982年,第223页。

《长征记》等更是直观地表现了民众参与文艺活动的积极性。文学的创作主体与接受者之间发生了位移与互渗后,知识分子作家与工农兵群众从原有的仰视与俯视的关系变成平视的关系,原有的知识分子启蒙或者精英话语受到冲击甚至颠覆,群众语言被置于文学话语的中心位置,反映普通民众生活的作品如雨后春笋般涌现出来。起源于民间传说"白毛仙姑",后被改造为歌剧的《白毛女》广受赞誉,以陕北信天游为基础创作的民歌体叙事长诗《王贵与李香香》深受群众欢迎,这些作品以民间文化为底色,借用群众喜闻乐见的形式,辅以口语化的表达方式,彰显出浓郁的民族风格。

再次,创作风格的大众化。延安文艺创作主体的转变带来的最直接结果就是文艺创作风格的转变。延安文人通过实践完成了从大众话语的理论建设到大众化风格的创作实践,"读者的性格和读者的态度,就决定着艺术家创作的形式和比重"[①]。为了照顾延安受众的接受水平,作家也纷纷改变着创作的"形式和比重"。从语言方面看,基于最普通大众的阅读水平与经验,作家努力采用自然朴素的民间口语行文,以人物对白为主要叙述方式,力图减少大众阅读的阻距性,便于群众阅读和接受。从形式方面看,文学内容需借助文学形式这一载体得以外化,延安时期文学形式的选取首先立足于对陕北民间艺术形式的借鉴,陕北信天游、陕北民歌、陕北说书等具有地域文化色彩的艺术因子植入了延安文学的创作当中,并获得了鲜活的生命力。延安时期文学另一个瞩目的现象就是民族意识主导下的集体化创作以及与此相关的群众性写作运动的开展。它们的存在不仅仅丰富了延安文艺创作的多样性,更重要的是以集体创作代替了个体言说,一定程度上消解了文学创作的精英立场。从体裁上来看,戏剧、诗歌和小说都体现了创作风格的大众化特征。以解放区新秧歌剧和新歌剧为主的戏剧创作,以最直观的表现形式、最通俗的话语设置和单纯的结构安排很快

---

① 阿·托尔斯泰:《论文学》,人民出版社,1980年,第24页。

吸引了广大民众。新歌剧《白毛女》的成功演出便是延安文艺走向大众化的最耀眼的一张名片。民歌体叙事诗更是将陕北民间信天游和传统章回体小说完美结合，契合了大众的审美需求。解放区以赵树理等为代表的农村题材小说的创作也成为文艺大众化最有力的支撑。从创作过程来看，工农兵群众对延安文艺的参与建构是延安时期文艺创作风格大众化版图中重要的一个方面，一定程度上体现了工农兵群众由单纯的接受者到创造者的转变。作为文艺作品创作者的工农大众，他们会很自然地将自己的生活原生态、立体地呈现于文学作品当中，底层群众的日常生活体验和情感体验成为文艺创作的底色与风骨，共同赋予了作品鲜活的生命力。

（二）路遥文学创作的大众化

首先，路遥文学创作的大众化体现在其对现实主义文学创作方法的坚守上。"文革"结束以后，随着伤痕文学、反思文学的渐渐退潮，西方现代主义文艺思潮漂洋过海来到中国，一时间成为文坛竞相追逐的时尚语码，大部分作家以极大的热情接受并渴望将其付诸文学实践。先锋文学等表现西方现代主义艺术技巧的作品成为文坛新宠。路遥却不盲目跟风，坚守自己的文学理想，不为花样繁多的西方现代主义文学所动，始终做文学浪潮中的逆行者。路遥对现实主义文学创作方法的坚持本身就是其致力于文学大众化的一个表现。现实主义创作实质上就是与人民、与现实生活保持密切联系，现实主义一定程度上不光是文学创作方法，还是一种生活态度与生活理念。而源自西方的现代主义所强调的意识流、黑色幽默、蒙太奇等从一开始就与中国民众的审美趣味与阅读心理拉开了距离。路遥曾说："考察一种文学现象是否'过时'，目光应投向读者大众。一般情况下，读者仍然接受和欢迎的东西，就说明它有理由继续存在……'现代派'的读者群小，这在当前的中国是事实。"[1]基于这样的一种认知，路

---

[1] 路遥：《路遥全集》，北京十月文艺出版社，2012年，第15页。

遥选择了现实主义创作,也即选择了一条相对而言使自己"读者群大"的创作方式,这是从作者主观意愿上对自己作品的接受群体做出的分析,而客观上的"读者群"构成则由文本所包含的诸如情节、结构、语言等要素共同决定。显然,路遥作品的读者绝不会是那些养尊处优、优裕闲适的上流社会人士,而是生活在金字塔最底端的普通劳苦大众。

其次,路遥底层式的书写方式也是其作品大众化的鲜明特征。路遥视写作为"一种不潇洒的劳动",而且这种劳动并不比农民在土地上耕作高贵多少,路遥曾说:"作为一个农民的儿子,无论在什么时候,都永远不应该丧失一个普通劳动者的感觉。生活是劳动人民创造的,只有成为他们中间的一员,才可能使自己的劳动有一定价值。"[①]在人民本位思想的牵引下,路遥创作始终将目光聚焦在平凡人物身上,讲述他们的普通生活以及他们在社会转型期的矛盾心态。早期的诗歌《我老汉走着就想跑》用较短的篇幅刻画了一个生着病却不忘劳动的农村老汉形象,散文《银花灿灿》歌颂了铁姑娘们勤劳能干以及奋力保护棉花的拼搏精神。后来的小说《平凡的世界》中的孙少安与孙少平兄弟二人的理想也不过是普通人的平凡之梦。孙少安一心扑在黄土地上,渴望以一己之力改变家里的贫穷状况;孙少平渴望能在大山之外成就一番事业,二人体现了不同的人生追求,却有着同样的平凡底色。《人生》中高加林似一叶扁舟总是在农村与城市"两头不到岸"的波涛中打旋,"农村—城市—再回农村"的轮回最终证明他对城市生活的追求不过是水中月、镜中花。然而这种积极追求更好生活的精神却是"高加林们"所共有的。路遥在书写这些人物的时候张扬了一种身处逆境却逆流而上的乐观进取的人生态度,以普通人物为半径勾勒出了一幅底层青年积极向上的人生奋进图。路遥对生活近距离的观照甚至对现实生活的复制及对平凡小人物内心矛盾的多角度呈现,让众多读者都可以在文本中找到情感共鸣,这种接地气式的底层书写让他的作品的

---

① 路遥:《路遥全集》,北京十月文艺出版社,2012年,第111页。

接受程度超越年龄与地域的限制。尽管路遥在文学史书写中并不被重视，但是其作品借阅量至今仍高居各大图书馆借阅书目前列的文学现象，是众多读者对路遥表达最虔诚敬意的明证。路遥文学作品的价值也在这一过程中经由普通读者大众建构起来。在步入"新时代"的今天，一方面，市场经济体制下的利益驱动使得一部分作家为钱而作，横空出世的作品令人眼花缭乱，泡沫式的书写加上市场化的包装使得文学的纯度被稀释，在这样的背景下，人们的接受心理趋向于"平凡化"，越来越多的人开始怀念像路遥这样能沉下心来创作的作家。另一方面，当下仍有很多劳苦大众还挣扎在生存的边缘，他们仍在继续着绵延数千年的卑微生活，这时，文学为劳苦大众代言的写作方式与大众的情感需求因在一个频率上震动而易于奏响共鸣的乐章，路遥的作品便因张扬了一种底层大众对理想与信念的不懈追求的精神而具备震撼人心的力量。

再次，路遥文学创作风格的质朴纯真增强了作品的通俗性。路遥质朴纯真的创作风格为其大众化书写又添了重要一笔。文学进入21世纪以来，通俗化成为标榜文学最多的一个词语之一，常指文学借助大众传媒，按照市场机制，迎合读者的愉悦感与消费心理而创作的通俗小说。路遥质朴纯真的创作风格带来的作品的通俗化倾向却并非此意，而指的是路遥对陕北民间艺术形式的借鉴与改造后带来的通俗化的审美风格。"谨以此书献给我生活过的土地和岁月"是路遥在《平凡的世界》出版时的寄语，其中蕴含着路遥对陕北这片黄土地深沉的眷恋与感激。陕北这片土地不仅养育了路遥，更在历史传承与文化积淀中生成了极具地方特色的陕北民歌、习俗、语言等，这些具有民间烟火气息的艺术又直接成为路遥文学创作中的素材。陕北民歌某种程度上可以说是陕北人用以沟通世界的方式之一，是陕北民俗文化的缩影。从小生活在陕北这片文化厚土上的路遥很难不受民歌的浸淫与熏陶，在《人生》《平凡的世界》等作品里路遥曾多次引用陕北民歌来表现作品人物的感情。民歌的使用增强了作品与劳苦大众的亲和力与感染力且易于引起阅读与情感的共鸣。民俗是指一个民族或一个社会群体在长期的生产实践和社会生活中逐渐形成并世代相传的较为稳定的文化事项。陕北自然也有其独特的地方习俗,如饮食文化、服饰文化、建筑文化以及婚丧嫁娶、上坟祭拜等民间习俗,习俗的穿插使用为读者描绘了一幅活色生香的陕北民间生活图景。此外,路遥乃土生土长的黄土地的儿子,对陕北方言在"说"与"听"中自然是了如指掌,在文本中对陕北方言的运用信手拈来,如"山峁峁""锅台""屹崂"等专有名词,还有"婆姨""女子""后生"等独特称谓的使用,陕北方言的使用可以让读者感受到浓烈的陕北民间生活气息。

二、两者文艺大众化的联系与区别

(一)联系

1. 路遥之所以会坚持"为人民"的写作立场,离不开延安文艺传统在新中国成立后的发扬光大与对广大作家的重要影响

延安文艺从地域上来说萌生、发展于陕北,其对陕北籍作家路遥的文学创作的影响之深是不言而喻的。路遥1949年出生于陕北农村,从时间上来说其出生于文学史意义上的延安文艺活动结束之后,但文艺作为审美意识形态,并不会随着物理时间的终止而消逝。路遥曾说:"我是在延安的土地上长大的。在毛泽东同志《在延安文艺座谈会上的讲话》发表四十周年的时候,我作为一个年轻的文学工作者,和文艺界的老同志们一起来到延安参加纪念活动,进一步学习毛泽东同志的文艺思想,感到非常高兴。"[1]这是路遥对延安文艺与毛泽东文艺思想最直白的表达。陕北的水土孕育了路遥,诞生于陕北特定历史时空语境下的延安文艺传统也让初入文坛的路遥倍受滋养。不仅是理论上的学习,路遥更是将理论转化为实践的最强执行者,"我想我们归根结底只能是在《讲话》的基本精神指导下

---

[1] 路遥:《路遥全集》,北京十月文艺出版社,2012年,第139页。

从事我们的工作,才不会迷失方向,才能创作出大多数人民群众所欢迎的作品来"①。作为一个文艺工作者,路遥一直把如何继承好毛泽东同志在《讲话》中所阐明的那些基本精神作为努力的目标。《讲话》的精神已经渗透在路遥的创作理念之中并凝聚在为人民书写的笔端。《人生》《平凡的世界》等为底层人民代言的文学实践就是最好的佐证。

此外,北京十月文艺出版社所出版的《路遥全集》中收录的十四篇诗歌中有七篇都提及毛泽东,多达十八次,其中无一例外地表达了对毛泽东的赞美之情,如"延河水流向中南海,赞歌儿献给毛主席!"②"山里的歌儿哟心里的曲,句句歌颂咱毛主席!"③诗歌这一文学体裁的特征就在于以凝练的语言表达丰富的情感,路遥对毛泽东的直抒胸臆式的歌颂是他对毛泽东文艺思想与延安文艺尊崇与向往的表露。当这些感情与自己独特的生活体验相碰撞时,就有了路遥基于延安文艺传统而对大众化所做的努力。

2. 路遥对政治浓烈的兴趣成为其践行延安文艺传统的内在驱动力

路遥的从政欲望在他上小学时便有了蛛丝马迹可寻,他关心国家大事,并且热衷于向同学们讲述国内外发生的重大事件。"文革"期间,路遥还曾担任过延川县委革委会副主任的领导职务,但不幸的是,政治斗争过早地结束了他的仕途,使得他转而向文学进军。虽然路遥闻名于文学,却不能回避其作品中的政治底色。路遥创作中始终不回避作为社会生活之一的政治生活,农业学大寨、党的十一届三中全会后推行的家庭联产承包责任制以及改革开放等事件都艺术地再现于其文本创作中。路遥的老师申沛昌曾在纪念路遥逝世十五周年活动时说:"通过大学三年的相处和以后的交往,我可以明确而肯定地说,路遥是一个酷爱文学又关注政治的人。"④

---

① 路遥:《路遥全集》,北京十月文艺出版社,2012年,第139页。
② 同上,第539页。
③ 同上,第552页。
④ 申沛昌:《十五年后忆路遥》,载《延安文学》2007年第6期。

因为关注政治，所以路遥才能创作出文本中那些栩栩如生的从政人物。路遥的朋友、同事贾平凹更是以"一个出色的政治家"来定义路遥。某种程度上说，路遥的弃政从文是迫于现实因素不得不做出的非自觉性决定，倘若路遥仕途顺畅，读者不一定会认识政治家路遥，但一定会少了一个文学家路遥。延安文艺是"五四"新文学在特殊的战时环境中萌生发展起来的具有浓厚政治意味的产物，在这个层面上路遥与延安文艺之间有了契合点。当延安文艺传统跨越到当代并显示出旺盛的生命力的时候，路遥不顺的仕途道路以及潜藏在内心的政治理想便期望借助文学得以抒发和宣泄。

3. 路遥以笔下人物为载体所颂扬的精神品质是延安精神在新时代的具体体现

"人类精神的建设者"是阿·托尔斯泰对艺术家的定位，路遥便是这样的一位"建设者"，其作品一直都以对青年人的精神上的引领而高居"常销书"的宝座，"物质上的穷人，精神上的富人"几乎成了他大多数作品中的标配。《平凡的世界》中的孙少平怀揣着一颗渴求走出大山的赤子之心活跃在农村与城市之间，上学时只能吃到"非洲菜"的他，自尊心虽然受到了前所未有的挑战，但生活拮据之中的孙少平仍然苦读书籍，靠着精神食粮度过最艰难的岁月，外出打工挖煤时的窘迫与苦难并没有阻挡立志向上的孙少平在黑暗中摸索前进的步伐。在孙少平这里，苦难是最好的教科书，是一门必修课，它造就了孙少平坚韧不拔、迎难而上的性格。孙少安扎根农村，希望通过自己的艰苦创业来改变贫穷的生活。他开办的砖厂在几经起落后终于走上正轨，然而一直与他相伴的秀莲的健康却亮了红灯，相比于创业时的艰难，斯人已逝的悲痛才更让人难以接受。《人生》中的高加林渴望拥有更好的生活，经过自己的奋斗和努力，在自己一心向往的城市短暂逗留后不得不再次回到自己拼命想要离开的农村，看似回到原点，实则是一种螺旋式上升，是基于生活阅历的重新出发。路遥寄托在这些人物身上的精神特质不能不说是延安精神所强调的艰苦奋斗、自力更生在新时代的具体要求。延安精神是中国共产党人在革命实践历程中逐渐积累起来的宝贵的精神财富，它的内涵是坚定正确的政治方向，解放思想、实事求是的思想路线，全心全意为人民服务的根本宗旨，自力更生、艰苦奋斗的创业精神。延安文艺与延安精神的萌生与发展息息相关。从这个角度讲，延安精神是延安文艺与路遥文学创作共同的精神内核。路遥对延安精神的践行来自自觉的艺术追求，更源自与农民、农村的天然联系，而发自内心的情感诉求客观上也契合了延安文艺"坚持为工农兵服务"的文艺要求。

（二）区别

1. 大众化的受众不同

大众化的这一"方向性"创作必定要面向特定的受众群体。在教育体制越来越完善的今天回眸1940年代的教育会让人不得不再次感叹时代发展之快。当时的陕北农村闭塞落后，经济发展受限，教育的发展自然滞后，斯诺在《西行漫记》中记载了徐特立介绍陕甘宁边区教育状况时所说的话："除了少数地主、官吏、商人以外，几乎没有人识字，文盲几乎达到百分之九十五左右。"[①]文化水平的低下决定了大部分群众对那些阳春白雪式的作品敬而远之，能让他们拍手叫好的则多是诸如《西游记》之类的通俗文学与民间文学。为了使革命抗战的需要与大众的接受水平相契合，当时的文艺工作者寻求到文艺大众化创作这个平衡点。应该说，延安时期文艺的大众化道路选择，是特定历史语境下文艺功能"合目的性"的典型行为，为文艺的平民化、通俗化开辟了广阔的道路。但基于革命战争的需要，在政治力量的裹挟下，延安时期的文艺创作又不得不通过"大众化"以"化大众"，以艺术所表现和生发的力量服务于革命政治。丁玲曾说："我们现在需要群众化，不是把我们自己变成与老百姓一样，不是要我们跟着他们走，是要使群众在我们的影响与领导下，组织起来，走向抗战的

[①] 杨琳：《论延安文学的传播媒介生态特征：以传播主体和受众分析为中心》，载《陕西师范大学学报》（哲学社会科学版）2011年第2期。

路、建国的路。"①可见，虽然当时强调知识分子要深入群众生活成为大众的一员，但他们文艺工作者的身份让他们始终区别于劳苦大众，所以此时的文艺受众是一种需要激发革命力量与革命热情的劳苦大众。

相比于延安时期接受群体的封闭与单一，路遥作品的受众群体则更加开放与多样。从历史进程看，延安文艺与路遥文学创作发生于截然不同的历史时段。路遥是共和国的同龄人，其文学活动主要开始于"文革"后的新时期，举国上下发生了翻天覆地的变化，从政治经济到文化教育都体现了新的发展，就文学而言，读者的文化水平自然与延安时期有了较大的差别。改革开放以后，中国进入一个新的历史发展时期，文艺环境越来越宽松，路遥的文学创作历程始终伴随着读者个性的不断解放以及文学自身的发展。当延安时期读者以一种被启蒙的身份进入延安时期作家早已预定好的某种认知时，路遥作品的受众则拥有更多的自觉性与自主性。研究表明，路遥作品的接受群体多是底层的打工青年或者出身农村的知识青年，受众虽来自底层，但他们的阅读经验、阅读视野、接受水平较延安时期的受众有了不同程度的提高，对路遥作品的选择是他们基于自身需要所做出的有意识行为，读者的主观能动性得到了发挥与确认。

2. 大众化的内涵不同

延安文艺与路遥创作虽同归于大众化，但却是异质的。文学实践活动主要由作家的创作实践和受众的阅读接受实践两部分组成。延安时期，无论是文学创作主体还是文学接受者都体现了趋同化，当时的文学从生产到消费的整个过程都受制和服务于特殊的战时环境，文学为革命、政治服务成为事实，受到作者和读者普遍欢迎的自然是彰显主流意识形态的作家作品。延安时期过多地渗透了政治因素的文艺作品离开了战时语境，其价值意义不可避免地会大打折扣。文学的多样性与复杂性因为抗战、革命等因素而被消解。赵超构在访问延安期间见到丁玲时说："我感觉这里只有共

---

① 丁玲：《丁玲全集》第七卷，河北人民出版社，2001年，第22—23页。

产党的文艺,并没有你们个人的作品。"①可见革命、抗战作为时代主题在当时对文艺创作有绝对的制约和规范作用。延安文艺正是在作家、读者及文学政策的同构中实现了驱除个人主义的文艺大众化。这种大众化是文学在面对自上而下的政治力量时做出的自觉或不自觉的选择。

路遥作品中的大众化特征更多的是从作品本身的文学性而言的。从文学符号学角度来讲,文学创作旨在运用语言符号向人们传递特殊的审美信息,读者的接受活动是文学活动中关键的一环,这一阅读接受的过程实际上是对语言符号的破译解码过程。任何作家都希望通过文本传达出自己的某些情感倾向以及价值观念,同时也希望读者能在审美欣赏的过程中获得某种认识价值。为了作品的价值意义最大限度地被挖掘与传播,路遥以"直接面对读者"的创作心态选择了亲近数量巨大的底层劳苦大众,并在此过程中寄以他对这个群体最深切的关怀,渴望普通大众能在自己作品中找到心灵慰藉,从而探求出一条积极向上的人生之路。路遥塑造的生活在"城乡交叉地带"的人物形象是千千万万个普通大众的缩影,对那些正在为自己的梦想奋斗不止的底层大众来说永远是一服良药。李继凯指出:"从目前情况看,路遥在创作的内容与形式上,还主要是从大众文化的层面考虑的多些。"②路遥对大众层面的考虑是为了消解文本与读者的阅读距离,从而使大众化成为沟通读者与文本的桥梁,让读者破译过程的阻距性减少,进而实现文本内容以及所蕴含的思想价值的辐射范围的最大化。从这个角度上讲,路遥创作的大众化是形而下的,是要求读者徜徉在减少了阅读阻距性的"大众化"的文本中并获得个人独特的心灵体验的过程。

3. 大众化的实现方式不同

一时代有一时代之文学,路遥创作与延安时期的文艺创作隶属于当代和现代的不同文化语境,虽都是20世纪文学大众化发展轨迹上不可或缺的一环,却因实现大众化的路径不同而各成气候。延安时期,文艺大众化实

---

① 赵超构:《延安一月》,中国国际广播出版社,2013年,第95页。
② 李建军、邢小利:《路遥评论集》,人民文学出版社,2007年,第162页。

现了理论与实践的双赢。理论上从"两个口号"的论争中对"工农兵"主体地位的确立，到"民族形式"讨论中对文学"通俗化""民族化"方向的把握，直至《讲话》对延安文艺大众化理论的政策性规范才最终得以确立。可见，延安文艺理论的生成并非一蹴而就，而是在抗战革命环境及其对文艺的潜在要求下、在延安文人基于当时文学发展态势而认真讨论甚至是激辩中形成的，正因为其形成过程的艰难性才更彰显了理论的功用性和有效性。认识指导实践，理论规范创作，基于革命需求，延安时期文艺反映群众的真实生活和鼓舞民族危机笼罩下的国民士气成为主旋律。这支时代旋律将文学对人潜移默化的积极影响发挥到极致。革命现实主义就成为当时文艺创作手法的不二选择，"革命"是对文艺创作内容的规范，"现实主义"是对文艺创作方式的界定。在具体的写作过程中，作家又借助一定的陕北民间艺术形式拉近文学与大众的距离，从而拉近大众与革命的关系。延安文艺正是在这种复杂过程中既完成了自身文学形态的建构，又承担起了唤起民众投身革命的信心和愿望。

从延安时期到路遥文学创作时期，文学史由现代进入当代，1980年代的中国文学已经开始拥抱世界文学、学习现代主义并取得一定实绩了，路遥历来因为坚守在传统现实主义道路上而被认为是文学洪流中的逆行者。的确，从路遥对"城乡交叉地带"的空间环境的选取到其笔下的人物形象的塑造，路遥的确是现实主义的忠实守护者，但这并不意味着其对西方现代主义的完全拒绝。人的社会性乃人的根本属性之一，人必然要与周围环境（包括自然环境和社会环境）发生关系，路遥自然也不例外。在1980年代西方现代主义暖风的吹拂下，路遥很难置身事外。尽管路遥曾在其创作随笔《早晨从中午开始》里表示过对现代主义的怀疑，但我们依然可以从其作品中找到现代主义思潮的痕迹。路遥作为从陕北农村走出来的知识分子，本身是传统与现代的结合体，既不愿在乡村安身立命，又难以完全融入城市。身处时代变革中，路遥以一个知识分子的责任感与忧患意识，以自身经历为蓝本来反思生活在城乡接合部的人们的艰难与困苦，执着探索人的存在问题，一定程度上与西方存在主义对个体生命意义的探索相契合。从文本来看，存在主义强调人是自由的，并且要为自己的选择负责。路遥笔下的人物有着极强的自主性：高加林选择进城、选择与黄亚萍在一起；田晓霞选择孙少平、选择去抗洪一线；田润叶选择追求少安、选择与李向前共度后半生。无论现实如何，这些人物都有自由选择的权利，也因此必须自己承担一切责任。高加林的选择意味着他要承受巧珍另嫁他人的痛苦，田晓霞的选择隐含着她可能要付出生命的代价，田润叶的选择意味着她要具备被少安拒绝和接受一段无爱婚姻的勇气。此外，路遥在《平凡的世界》中塑造了三位死亡人物，分别是田润叶、王世才、贺秀莲，仔细研究会发现三个人物的死亡皆属于偶然死亡，他们在死亡的临界点到来之前并没有想过死亡，这些个体的偶然死亡也让人联想到存在主义所强调的人生的无常性。

值得思考的是，正如前文所说，现代主义在进入中国文化语境时，经常以其现代主义文学技巧展现与中国大众的距离，为何路遥文本里的现代主义元素却没有成为阻碍大众阅读的拦路虎？原因在于路遥对现实主义的执着与坚持底层书写的姿态在一定程度上弥合了现代主义作为新质的文化传统与大众的裂缝，也即路遥创作的现实主义底色与其文本大众化的旨归始终未变，只是在时代发展的强力推动下，路遥的现实主义更具有开放性、现代性，这是时代发展对文学的必然要求，也是路遥本人对时代发展做出的敏锐反应。

延安文艺与路遥文学同为文学要地陕西域内最值得挖掘的文学宝藏。从地域上讲，延安滋养了路遥的成长；从文学的角度说，延安文艺也给路遥文学创作以较大影响。文艺大众化将跨时空的两者紧密联系，深入分析它们之间的这种承继与异变关系，对学界研究与审视路遥及延安文艺或许有一定启发意义。

原载《中北大学学报》（社会科学版）2019年第3期
（本文系与范婷合作，收入本书时有修订）

论路遥《人生》中的农民观

农民观是指人对农民以及与农民相关的土地、劳动等问题的基本观点。20世纪40年代,毛泽东曾于《在延安文艺座谈会上的讲话》中提到,与未曾改造的知识分子相比,"最干净的还是工人农民,尽管他们手是黑的,脚上有牛屎,还是比资产阶级和小资产阶级知识分子都干净"[①]。仅在四十多年后,就有《人生》中张克南母亲这样的国家干部指着农民的鼻子大骂"担粪的!你把人臭死了!""这些乡巴佬,真讨厌!"[②]短短四十年,农民由"最干净"的位置跌落到"臭死了"的泥潭中,社会地位变化令人唏嘘不已。"翻身"也好,"翻心"也罢,农民成为政权主体不过半个世纪。"翻言"更是消声于20世纪八九十年代现代、后现代文学浪潮中。中国历史上第一次文化权力下移到人民整体之中的努力面临巨大挑战。时代变革激烈,农民依旧恒守土地,成为底层、弱势群体、时代落伍者和边缘人。尽管如此,文坛还是为农民开拓了一小块自留地。赵园将知识分子的这种乡土注视解释为自古以来中国士人内心潜藏的愧疚:"那种微妙的亏负感,可能要一直追溯到耕、学分离,士以'学'、以求仕为事的时期。"[③]值得注意的是,路遥与其他"地之子"们还稍有不同,路遥生来就是农民的儿子,人生中至少有二分之一的时间在农村活动,他切切

---

① 毛泽东:《毛泽东选集》第1卷,人民出版社,1964年,第808页。
② 路遥:《人生》,经济日报出版社,1997年,第402页。
③ 赵园:《地之子》,北京十月文艺出版社,1993年,第17页。

实实接触过土地和劳动,因此路遥注目乡村从来都是以平视的姿态。路遥小说中,叙事者不是文本里的局外人,其本身就是文本中的一分子。基于此,路遥写作中呈现出的道德伦理、农民观与他书写的对象基本保持一致。路遥不止一次提到自己农家子弟的身份,在茅盾文学奖感言《生活的大树万古长青》中路遥写道:"作为一个农民的儿子,我对中国农村的状况和农民的命运关注尤为深切。"①

20世纪80年代,国家允许并鼓励一部分人先富起来,内地闭塞的乡村自然不具备先富的优势,农民失去了昔日特殊的身份荣耀。城乡二元结构差异扩大,昔日"劳模"成为廉价"劳动力"。城乡巨变影响着城、乡人价值观念的变化。1979年一所城市小学的民意测验显示只有0.5%的学生想当农民;一所农中的民意调查显示只有6%的学生想当农民。②时代变革置换了农民的身份地位,也改变了农民观。城乡巨变中,传统农民如何看待自身?出走的农民如何看待自身?城市人如何看待农民?《人生》对此有精彩的叙述与清晰的反映。

一、庄稼人的农民观:认同农民

在建国仅有二百多年的美国,农民是一种职业;而在拥有五千多年农业历史的中国,农民已经演化为一种虔诚的事业。几千年农耕文明浸染、儒家文化教化之下,中国传统农民形成了对"土地"这一生存基础以及"劳动"这一生存方式的强烈认可,并建构了与之相适应的土地文化和信仰。故土难离、安土重迁,成为打在中国人身上无法抹去的烙印。不管现代文明冲击如何强烈,一部分中国人血液、骨髓里的传统农业文化气息始终难以抹除。即使在现代化迅速推进的今天,深圳、上海、北京这样的摩登大城市

---

① 路遥:《早晨从中午开始》,北京十月文艺出版社,2012年,第216页。
② 麦克法夸尔、费正清:《剑桥中华人民共和国史》,俞金尧译,中国社会科学出版社,1992年,第661页。

也保留有城中村的余影，衣着光鲜的现代人心里也隐藏着乡下魂。

《人生》中的老一代传统农民德顺、高玉德也好，新一代传统农民巧珍、马栓也罢，在急遽变革的年代，他们对农民、土地、劳动的认同从未动摇。土地是根，是生存基础，是毕生的依靠。他们不像高加林那样对现代文明充满渴望，在这些传统农民眼中，现代化顶多是一辆自行车上花里胡哨的时尚装饰品，并不能妨碍他们坚守古老的信仰和生存方式。在这些传统农民眼中"天下农民是一茬""农民不好也不坏"，他们非常认同自身的农民身份，并将之视为荣耀。有一种冷也好，热也好，活着就好的豁达。巧珍除了在文化面前偶现自卑心态以外，在任何权势面前都流露出十足的自信，这具体表现在她的择偶观上。"这些人在她看来，有的连农民也不如。"[①]巧珍提到的"这些人"指的是公社干部和国家正式工人。这些吃公家饭的干部在巧珍心里的认可度还没有高加林和农民马栓高，巧珍自信满满的农民观由此可见一斑。与高加林对劳动的认知不同，巧珍以劳动为荣，并视劳动为勋章和疗伤圣药。与高加林热恋时巧珍也曾构想过两人的未来，在巧珍看来女人下地劳动和男人外出工作是等价的，她自己在农村带孩子劳动、高加林外出工作，同样能建立美满的家庭。恋情破裂带给巧珍巨大的创伤，悲痛欲绝之下巧珍选择用劳动来替自己疗伤，"她爱太阳，爱土地，爱劳动……她不能死！她应该活下去！她要劳动！"[②]心理学上讲，人在遭遇情感创伤后会主动开启自我保护机制，并相应做出一些创伤后的应激行为。正因为如此，巧珍在分手后才会迅速嫁给文盲农民马栓，并且选择完全旧式的传统婚礼仪式，这实际上是被高加林及其代表的现代文明打击后的创伤反应。倘若没有高加林的情感伤害，巧珍可能会在恋人的引领下逐渐走向现代文明；而受了高加林伤害的巧珍此后只会退守传统文明、坚守传统农民观，唯有如此，她心灵的创伤才能在时间的流逝中逐渐平复。

---

① 路遥：《人生》，经济日报出版社，1997年，第338页。
② 同上，第462页。

在敦厚善良的德顺爷爷眼中，劳动并不下贱，好农民是天底下最有良心的人。"没有这土地，世界上就什么也不会有！"[1]高加林失意时，德顺爷爷反复以"农村自有农村的好处"安慰高加林。高加林劳动自虐时德顺爷爷用黄土帮受伤的加林止血，并告诫加林不要看不起养活几代人的黄土地。高加林抛弃巧珍时，德顺爷爷苦口婆心地劝诫加林"人不能失去根"。高加林再次痛苦地返回土地时，也是德顺爷爷帮助失意的加林打消死志、树立信心。《人生》文本中，德顺爷爷集农民所有美好的道德品质于一身，这个智慧的老汉占领着乡村世界的道德制高点，成为作家设置的一根道德标尺，衡量着主人公的一举一动。德顺爷爷一方面固守田园的质朴、温暖，一方面也固守田园的传统、落后，他是土地、劳动最忠实的信徒。高家村大多数村民的农民观与德顺爷爷保持一致，在他们眼中农民不好也不坏，农民就是没那么多讲究的土包子，但农民的劳动是光荣的，好农民以吃苦为荣。在经济改革的巨浪中，高家村的庄稼人仿佛对外面的花花世界并没有太多期待，县城对他们来讲只是赶集的歇脚处，他们不像高加林一般对县城满怀依恋。日落时分，庄稼汉们仍会像潮水一般退出城市回归乡村，村庄才是他们永恒的归处。当然也不是所有的高家村村民都是如此，刘立本和高明楼两人就在高家村庄稼人中独树一帜。高明楼整日汲汲营营为个人利益奔走，为了不失去自己的特权甚至故意拖慢全村改革的进程。刘立本一心钻到钱眼中，不惜切断两个女儿的求学路。高、刘两人为达目的不择手段，是大家惹不起的"能人"。对高明楼走后门的行为，村民们心知肚明却习以为常，在受到强权的压迫时只能以"老天爷总有一天要睁眼呀！"发泄怨气，聊以自慰。村民们忠实信仰着脚下的土地和艰苦的劳动终会给自己以回报，然而土地却一次又一次被权力践踏，"人家通着天哩！公社、县上都踩得地皮响"[2]。为了阻止儿子加林挑战权力，加林母亲甚至要给儿子下跪。水井改革时，村民们纷纷指责改善水质的加

---

[1] 路遥：《人生》，经济日报出版社，1997年，第495页。
[2] 同上，第315页。

林，直到高明楼出现肯定水井改革，村民们才纷纷放心挑水。权力在村民眼中，比知识、健康更有说服力。高玉智回乡探亲时大家蜂拥而至，迫不及待围观高玉智的场面，将乡民对权力的好奇、敬佩、爱慕、渴望表露无遗。即使是高明楼这样的地头蛇，在官大几级的高玉智面前也显得卑琐。村民们在权力面前还保持着古老的静默，他们对抗权力的方式只剩下装聋作哑、低声诅咒和伤心落泪。

农民曾是我们这个国家分布最广泛、基数最大的群体，他们面朝黄土背朝天，是土地、劳动的最忠实信徒，也是农民身份最坚实可靠的认同者。这种认同支撑着亿万农民坚守土地，成为他们的信仰，即使这种信仰成为他们认知的枷锁，他们也心甘情愿。因为在这些庄稼人眼中，农民这个职业是值得奉献一生的事业。做农民虽然卑微、劳苦，但最安稳、可靠、舒心。这群传统劳动者在社会底层默默耕耘，承载着社会的重量，他们对土地、劳动以及农民身份的虔诚信仰，使他们有勇气忍受苦难，坚守乡土。贫穷并未使他们道德沦丧，反而使他们更自觉地恪守传统道德信条。

二、高加林的农民观：彷徨与疏离

没有人天生是农民，农民只是国家为维护社会稳定而安排的制度性身份。受户籍制度影响最大的是高加林那一代青年人，农民身份成为禁锢他们出走的一副沉重枷锁。对于高加林来说，知识不能改变命运，城市户口却可以。同样是走后门，农家子弟高加林的行为是昧良心、不择手段，官家子弟张克南的行为却无人质疑。对于外出读书受过现代文明浸染的高加林来说，肯定不止一次感受到这种双重标准的不公平。作为飞出过这块土地的鸟儿，高加林见过更广阔的世界。事实上对高加林来说，更为致命的吸引是那些书中描绘的、自己从未见过的南京路、雨花台。想象为远方平添几分魔力，使得高加林更加向往出走。身为农民的儿子，高加林一方面尊重、敬佩每一个农民，但另一方面高加林自身更渴望走出农村不再做农民。因此高加林的农民观更为复杂，他对农民的态度徘徊于认同与否定之间，与其父母、巧珍、德顺爷爷不尽相同。

高加林的农民观首先体现在他对农民的态度、行为上。高加林是土生土长的农民的儿子，他爱护父母，尊重父母，从他做民办教师后对父母无微不至的照顾中看得出加林的孝顺。但孝顺并不意味着他认同父母亲的种种观念。亲情与现代观念的碰撞常常使得高加林感到烦躁，并决心走不同的路。身为农家子弟，高加林理解农民的伟大和艰辛，他从来没有鄙视过任何一个农民，但这并不意味着高加林就甘心做一个农民。即使是作为民办教师被辞退后回到乡间，高加林最初自虐式的劳动也不是为做农民而准备，他只是将自己扮演成农民，企图得到短暂的身份归属感。然而无论如何努力扮演成农民，高加林始终都无法抹去心中的不甘。在高加林对农民的认知中有两个人较为特殊，一是德顺爷爷，一是巧珍。在德顺爷爷面前，高加林既没有可与之比肩的人生阅历，也没有辉煌的成就，来证明自身行为的正确性，因此高加林在德顺爷爷面前是低矮的。高加林对德高望重的德顺爷爷充满敬意，但这种敬意根本无法阻挡高加林对现代文明世界的向往。巧珍是高加林心中所爱，但并非高加林心之所向。高加林对巧珍的爱是有前提的，巧珍肯为着他向现代化转变，加林才爱巧珍。身份转变最先源于行为模仿，黄亚萍现代化的打扮、谈吐正是高加林身份转变急需的模板。因此当心之所向的黄亚萍再次抛出橄榄枝，高加林道德上犹豫一番之后还是抛弃了巧珍，尽管他深怀歉意，但与他追求的现代化城市梦相比，巧珍实在太微不足道了。实际上，从高加林离家求学接受知识的那一刻起，就走上了一条开始远离故土、乡民的奋斗之路。知识改变了高加林的心，从他学会欣赏风景开始，心理上就不甘心再是农民。然而户籍身份却封锁了高加林的前进与发展之路，使他不得不做一个乡间农民。离乡，身份上是农民；归乡，心理上早已不是农民。高加林时时刻刻游离于农民和非农民身份的切换中，最终迷失在县城公家人的梦中亦情有可原。

高加林的农民观还体现在他对土地的认知上。在高加林看来，土地滋养人却也禁锢人，土地是使他难以实现阶层跨越的障碍。人是土地的主人，按另一种说法人亦是土地的奴隶。①乡村多姿多彩却见不得人，城市灰蓬蓬却无比诱人。吊诡之处在于，高加林对土地的依恋始自他离开那片土地之后。当高加林通过招工成为公家人之后，望着身后的大马河川道，高加林内心"一下子涌起了一股无限依恋的感情"②。身在土地，满心挣扎向外求索；离开土地，反而心生热爱，满怀依恋。乡情总是以出其不意的方式占据人心。然而即便是如此心存依恋，加林还是坚决转身走向灰蓬蓬的县城。高加林的农民观再一次清晰地展现出来：他虽然认可甚至依恋土地与农民，但自身并不认同农民身份，自己并不打算做农民。农民、土地、劳动三者相互依存，土地是农民的生存基础，劳动则是农民的存在方式。高加林最初并不认可劳动，他以劳动为苦，以身上没有劳动印记为荣，然而在农村大环境中，不劳动就等于"二流子"。在集体无意识的压迫下，高加林将自己扮演成农民，开始自虐般的劳动。这种劳动使高加林身心受创：双手如同扎满葛针，内心疼似万箭钻心。尽管这种创伤在巧珍爱情的抚慰和德顺爷爷乐观的感染下逐渐愈合，高加林也逐渐在劳动中变得平和，开始吃旱烟、说粗鲁话，表面上看来高加林确实逐渐接受了劳动。然而每当他看见骑自行车的干部从马路上穿行而过，心中总是涌起一股难以言喻的惆怅。高加林最终也没有像许灵均那样彻底被劳动改造。因为劳动、土地都无法使高加林实现自己的价值，亦无法使高加林战胜刘立本、高明楼这样的农村中的钱、权代表，更无法使得高加林在德顺、巧珍、亚萍、克南面前自信地昂起头颅。高加林拼命读书，想方设法走出去，实现自己的价值，他渴望被瞩目，渴望被县城人认同，享受做县城明星的高光时刻，但农民、土地、劳动无一能使他实现这种被"万众瞩目"的愿望，更不能让他的自尊得到满足。换言之，无论是农民身份还是土地、劳动，对于高加林实现自我追求来说都毫无价值。概而言之，高加林

---

① 路遥：《人生》，经济日报出版社，1997年，第314页。
② 同上，第413页。

认可、尊重农民，但他自己拒绝做农民。农村容不得灵魂，城市放不下肉身，高加林游离在农村和城市之间，处于两方面都"在"而"不属于"的尴尬中。

高加林时时徘徊在对农民的认可和否定之间，游离于城市与乡村、劳动与不劳动的挣扎中。即使小说最终章节高加林再次回到高家村匍匐在德顺爷爷脚下的黄土地上沉痛地呐喊，其中有后悔、抱歉、懊丧、臣服，但这绝不意味着高加林彻底归顺土地，真心实意做农民，全心全意认可劳动的价值。只要有机会，高加林就还会继续出走，他的人生就如路遥在末章中特意标注的那样"并非结局"。

三、县城人的农民观：拒斥农民

现代化的进程带来现代文明，随着现代化深入，城乡差异逐渐扩大，城市和乡村被分割成两个不同的世界。城市代表着文明、先进、现代，乡村则意味着愚昧、落后、传统。20世纪80年代，改革开放刺激了中国经济的迅速攀升，却也使得城乡分化进一步扩大。《人生》中，县城和高家村相距不过十余里，却被完全分割成两个世界。不仅城、乡之间生成地域差距，城、乡人心中也产生隔膜。县城人俯视乡村、乡民，他们眼中的乡村与先进无缘，村民都是带着臭味儿的乡巴佬；而村民也并不完全认可县城，他们眼中的乡村山好、水好、人好，虽然不比城市发达，但生活绝对舒心。大多数乡民并没有强烈的城乡分化意识，他们并不强烈地拒绝城市；县城人却表现出强烈的城乡分化意识，坚决、执着地排斥乡村。

《人生》中县城人的农民观集中体现在他们对农民身份抗拒、鄙视的态度以及对乡村拒绝的姿态上。多年同窗再遇，身份差别给了高加林一记重拳。当克南和亚萍得知高加林回农村当了社员之后，克南旋即向老同学表示他可以提供一些物质帮助，在克南看来城乡差距集中表现为"现在乡下人买一点东西真难！"而亚萍则焦急地表现出她的担忧："那你学习和写文章的时间更少了！"①亚萍眼中，农村与城市不仅有着物质差距，更在精神上天差地别。农村并不具备学习和写文章的条件，高加林回农村就意味着精神没落，就意味着她和高加林越走越远。当高加林再次获得机会重返县城时，因为身份得以转变，黄亚萍爱情的唯一阻力消失了，所以她又兴高采烈地频繁出现在高加林面前。因为是城里人，所以黄亚萍自信从各方面来说高加林都应该义无反顾地爱她，她不仅是小县城中长相、家世、经济都领先的头等女人，她更有能力许诺给高加林一个美好的都市未来。因此在对高加林表白时，她首先道出自己将要去南京的打算，并承诺高加林去南京发展，她会给他安排记者工作。黄亚萍摆出的这些许诺正是高加林梦寐以求的，符合高加林对未来人生的全部设想。而当黄亚萍得知高加林和巧珍的恋情时，她无不惊奇地表示："这简直是一种自我毁灭！"②在黄亚萍的认知里，高加林与农村女人结合是一种不幸，与自己相恋则是最大的幸福。恋情中打败巧珍的实际上不是黄亚萍，而是黄亚萍代表的现代城市文明。即使深爱高加林，亚萍也绝不会因为爱情而嫁给农民。在她看来与农民结合比与不相爱的人结合更可怕，她真诚地喜爱高加林，也真诚地不喜欢高加林是个农民。正因为如此，高加林再次转换身份成为农民时，亚萍含着苦涩而无奈的心情放手。爱情诚可贵，而在城市人看来，"身份"价更高。

如果说黄亚萍、张克南这样的城市青年是俯视农民和农村，那么张克南母亲这样的小市民则彻底鄙视农民和乡村。尽管只是一个无名小县城，张克南母亲身上却有着一股浓厚的小市民气息，她时刻以城市人身份自傲，对农民、农村嗤之以鼻，充满优越感。高加林担粪路过时她哼哼唧唧出口指责高加林担粪欺负人，最终甚至恶言相向："走远！一身的粪！"③在张克南母亲心目中，农民赖以生存的手段——劳动，被彻底否

---

① 路遥：《人生》，经济日报出版社，1997年，第329页。
② 同上，第448页。
③ 同上，第403页。

定。在这个中年妇女干部看来，农民的劳动恰是打扰城市人午后休闲的胡闹。在即将到手的儿媳妇黄亚萍与高加林相恋以后，她不能容忍高加林这样一个癞蛤蟆夺走到口的白天鹅儿媳妇黄亚萍，更无法容忍一个乡巴佬欺负到她头上："老娘不报复他还轻饶他呀？""再说，他走后门，违法乱纪，我一个国家干部，有责任维护党的纪律！"①自己儿子克南走后门不违法，高加林走后门却违法，法律解释权掌握在克南母亲手里，农民成为唯一被规训的对象。

更加可悲的是，高玉智这样曾经来自乡村的城里人，在侄子高加林走后门事发后也不曾给予正向引导。高玉智铁面无私的做法在政治上完全正确，伦理上却显得不近人情，何况高加林在工作岗位上确实做出了一番成绩。"高玉智回乡图"是《人生》中值得细究的一个场景，它包含了多重意蕴。阔别家乡多年已成为高官的高玉智承载着村民对权力的所有想象，富贵不还乡犹如锦衣夜行。庄稼人甚至为高玉智推迟了下地的时间，全村人挤到小院里瞻仰这位陌生又熟悉的伟人。祭拜父母时这位劳动局长犹豫着要不要下跪，最后在长兄黑霜一样的脸色下"入乡随俗"。高家村此时早已不是高玉智的家，农民也早就不是高玉智的身份，村民、旧友、兄长都成为高玉智"入乡随俗"的慰问对象。高玉智在走向城市的过程中早就转变成了城市人身份。因此，在侄子高加林走后门东窗事发后，这位劳动局局长毫不留情地催促地方官员尽快法办，内因之一在于高加林身为农民的越轨行为破坏了法律和权力制定的规则，而高玉智恰好是文本中法律和权力的最高代言人。事实上，《人生》中和高玉智一样作为的还有黄亚萍父亲。黄部长纵然知道女儿心仪的青年德才兼备，但"那个小伙子是农民，我们怎能把他带去呢？"②一句话便打消了亚萍和加林结合的全部可能，讽刺之处在于，黄部长下一句话便向亚萍透露他已经通过关系给克南在南京安排好了工作。对于高玉智、黄部长来说，无论高加林多有才

---

① 路遥：《人生》，经济日报出版社，1997年，第472页。
② 同上，第476页。

华，首先他都是个农民，农民走后门就是在违法，就是在破坏社会规则与秩序。尽管县城人或许也曾是农民，但他们进入城市获得城市户口后早就转换成了城市人，农民、农村对他们来说早已成为过去，他们既不认可农民的生存方式，也不认可土地的价值。这些不认可进一步表现在他们对农民、农村强烈的鄙视、排斥、拒绝中，并借此获得城市身份的优越感。

余　　论

如今看来，路遥逆时代潮流创作的《人生》和《平凡的世界》近乎成为农村题材小说最后的颂歌。毕竟，路遥之后很少有作家赋予农民伟人一样崇高的精神气质，少有作家赋予农民非凡的英雄面貌，少有作家用平视的目光关注土地，少有作家用平实的笔触描述乡村。《人生》近乎一件充满历史气息的文物，向观赏者与阅读者展示20世纪80年代中国内陆陕北黄土高原地区农民的生存印记，它记载着农民群体内部价值观念的变化以及社会对农民认知的变化。

以高加林为代表的新一代现代农民渴望摆脱乡村土地，他们不愿像父辈一样生活，为此付出种种努力与奋斗，为达目的甚至愿意以出卖良心与道德为代价。同时也有新一代的传统农民巧珍、马栓心甘情愿固守乡土，决心在土地上干出一番大事业，最终奋斗成为孙少安一样的新式农民。农村里还有另一批传统的老农民德顺、高玉德，他们身上既有忠厚、善良、朴实的优秀品质，却也有懦弱、愚昧、偏执的一面。然而无论这些农民是传统还是现代，在城市人眼中都没有区别，都是乡下人、乡巴佬。曾经一度参与现代国家建构的农民被现代城市排拒在外，成为带有土味儿的乡巴佬。乡村的这种移位最先引起了高加林们的警觉，带着"我比这里生活的年轻人哪一点差？我为什么要受这样的屈辱呢？"[①]的疑问，他们奋力挤

---

① 路遥：《人生》，经济日报出版社，1997年，第404页。

进城市，竭尽全力改变自己的人生轨迹。高加林不是孤独的，众多读者喜爱《人生》的原因之一正是由于他们在高加林身上窥见了自己的影子。生活在贫瘠、封闭、落后的陕北黄土高原，土地滋养着人的同时也成为人们难以挣脱的泥淖。由于这一份生存艰难，"陕北人似乎没有其他地方的人对乡土的那份守持与凝望，'逃离'与'出走'始终是历史上陕北人的人生追求"①。而那些经过现代文明浸染的乡村知识青年，因为他们看到过更广阔的世界，所以比先辈们更加渴望出走。走出乡村尽管是未知，但留在乡村，父辈们的命运和一眼可见的未来却无时无刻恫吓高加林一样的青年人，出走与否的抉择决定了他们后半生命运的起伏。《人生》中，对于高加林来说，当他从封闭的小圈子走向外界，哪怕仅仅是一次短暂的县城之行，也使他因沐浴现代文明光辉而心满意足。包括巧珍、高玉德、德顺爷爷，尽管他们执着地坚守传统、热爱故土，可他们也从心底更希望自己的情哥哥、儿子、后辈有出息地走出去。多年来的事实表明，农民必然不断地走出乡村，然而更残酷的事实摆在面前：即便走出去了，他们仍无法彻底融入城市。因此，《高兴》中才有刘高兴想方设法打扮自己成为城里人，《篡改的命》中才有汪长尺将自己的亲生儿子送给仇敌以改变命运。

《人生》中的农民观表现在人物的言语、行为中，这些观念在当今社会仍未绝迹。农民何以能被正视？农民何时能正视自身？也许只有当农民真正拥有知识文化，建立起与现代社会相适应的现代农民文化体系，不再轻易就被"瞒"和"骗"的时候，农民身份才会不再是枷锁，农民、城镇居民才能缩小文化、心理、认知差距。

原载《延安大学学报》（社会科学版）2021年第6期，原题为《认同·疏离·拒斥：论路遥的〈人生〉中的农民观》

（本文系与王晶合作，收入本书时有修订）

---

① 惠雁冰：《无力的出走：历史上陕北民歌的精神主题》，载《广西社会科学》2003年第2期。

戏剧题材小说《青衣》与《主角》的比较研究

毕飞宇的《青衣》与陈彦的《主角》都讲述了传统戏剧舞台上女主角的戏路人生，虽然都是以舞台人物为中心，但两者却不尽相同。毕飞宇的《青衣》讲述一段前后长达二十年剧团排演京剧《奔月》的故事，写尽了青衣筱燕秋一心想要重返舞台的坎坷历程，是一个"重返"舞台的故事。陈彦的《主角》则观照中国社会四十年的时代变迁，展现了一代秦腔名伶忆秦娥逐步走向舞台中央的成长过程，是一部通过人物成长展现社会变迁的历史画卷。"青衣"与"主角"本身的意义也不同。"青衣"特指穿着一身青褶子从戏本里莲步微移出来的古典女人形象，"主角"的意义则要宽泛得多。主角泛指一切影视剧、舞台剧、文学等艺术中的核心人物，就是在日常生活中也有主配角之分。青衣可以是主角的一种，但主角却远不只是青衣。毕飞宇笔下的青衣筱燕秋，是女人中的女人；陈彦塑造的主角忆秦娥，则是主角中的主角。青衣是女人风姿绰约、摇曳生姿的象征，主角则是统摄舞台艺术形象的灵魂人物。

一、信仰的失落与追寻

毕飞宇的中篇小说《青衣》发表于1999年，凝结着作家在世纪之交对社会、女性、人生的思考。毕飞宇曾在访谈中提到《青衣》的创作灵感来源于他在1998年《扬子晚报》上读到的一则新闻，该新闻满篇的报道都在赞扬一位身患重病但仍坚持演出的艺术家。毕飞宇禁不住去揣度、挖掘那位艺术家内心世界的全貌。20世纪90年代，市场经济浪潮冲击着中国社会。资本带来的不只是经济发展，还有鱼龙混杂的外来思想，难辨良莠的外国文化，资本操纵市场，金钱成为走遍天下的通行证。毕飞宇敏锐地透析到了中国社会、中国人在环境骤变下发生的改变，带着"我想看看中国人在新世纪生存的可能性"以及"有钱了以后，人们的生存还会有问题吗？经济问题解决了以后，人们的生存疼痛是否依然存在？"[①]的心态，毕飞宇开始创作《青衣》。

20世纪90年代的市场经济犹如势不可挡的洪流，冲击着中国几千年来的价值观、思想观、文化观，戏剧亦不例外。满屏的模特、满街的摇滚乐、灯红酒绿中的迪斯科使得国粹京剧不再备受青睐，京剧也不得不让位于更新鲜、时尚、活跃的流行产品。厂长比局长更气派，票子比孔子更吃香，人生形式大于人生内容，金钱资本深深撼动着几千年积淀下来的仁义礼智信观念。毕飞宇将这种社会大背景融入《青衣》的创作中，集中表现为市场经济对人际关系的重组、金钱对人的异化以及资本对文化的劫持。

相比于20世纪末，新世纪经济发展虽然仍是第一要务，但如今的经济发展已不再仅仅是为了满足人们的物质生活需要，更是为了满足人民对美好生活的更高需求。美好生活意味着不仅物质上要充裕，精神上更要幸福。陈彦的《主角》就创作于一个重新追寻信仰的年代。

《主角》出版于2018年，中国已成为GDP总值稳居世界前列的经济大国，不同于市场经济初建时的盲目发展态势，中国社会已经逐渐形成具有自己特色的发展模式和发展方向。中国社会对外来资本、思想观念、文化有了自觉的甄别、汲取能力。面对日新月异的社会、花样翻新的大众媒体、多元驳杂的文化思想，出生于20世纪70、80、90年代的人开始寻求精神上的幸福与满足，开始寻找失落的信仰。曾经被搁置遗忘的各种精神资

---

① 转引自龚虹：《〈青衣〉主题新论》，载《名作欣赏》2015年第21期。

源成为风靡一时的新追求,加之主流意识形态的有意引导,国学、文学、国粹开始复兴,传统的仁义礼智信与现代文明相结合,红船精神、延安精神、社会主义核心价值观、中国梦成为人民新的精神价值追求。《主角》就诞生在这个文化复兴、人们普遍寻求精神信仰的社会主义新时代。作家陈彦提到自己的写作初衷时透露:"当时写作《主角》,是有一点野心的:就是力图想把演戏与围绕着演戏而生长出来的世俗生活,以及所牵动的社会神经,来一个混沌的裹挟与牵引。我无法企及它的海阔天空,只是想尽量不遗漏方方面面。"①

《青衣》与《主角》创作背景上的不同即在于此。《青衣》是在资本冲击下群体信仰普遍失落的大背景中作家"向内转"的挖掘,是书写大时代下个人的追求、自我的矛盾、个体的生存意义,是着意剖露个体人物的内心世界;《主角》则是后资本冲击时代,群体普遍追寻信仰的大环境下作家"向外转"的探索,是作家通过写个人来反映整个时代的发展变化、整个行业的兴衰沉浮以及社会恒常价值的表现。

二、女性关怀与社会关注

同样是写戏剧舞台的核心人物,毕飞宇和陈彦刻画的筱燕秋和忆秦娥却迥然不同。毕飞宇的眼睛始终放在以筱燕秋为中心的女性身上,写"筱燕秋们"的爱恨嗔痴。陈彦则不仅刻画舞台中央的忆秦娥,他更关注以忆秦娥为中心的一切人事、时代背景、社会风俗的更迭变化。

毕飞宇对女性的关怀首先表现在他对女性身份认同的关怀。《青衣》是一个有关身份认同的悲剧。威廉·布洛姆曾简要概括:"身份确认对任何个人来说,都是一个内在的、无意识的行为要求,个人努力设法确认身份以获得心理安全感,也努力设法维持、保护和巩固身份以维护和加强

---

① 陈彦:《主角》,陕西师范大学出版总社,2019年,第819页。

这种心理安全感。"①筱燕秋的悲剧在于她对自己错误身份定位的迷狂。二十年前，筱燕秋就因对嫦娥角色的捍卫而将师父李雪芬毁容。二十年中，即使被迫退出舞台，筱燕秋在生活中也坚持确认自己就是嫦娥。二十年后，面对着比她更像嫦娥的徒弟春来，她固执地认定"春来终究是另一个自己，是自己的另一种方式"②。当筱燕秋终于意识到"这个世上没有嫦娥，化妆师给谁上妆谁才是嫦娥"③时，她的梦醒了，却也产生了另一种疑问：我不是嫦娥，我究竟是谁？大梦初醒的筱燕秋在大雪纷飞里唱《广寒宫》，她的不安达到了极致，身份定位的迷失使筱燕秋彻底疯癫。

在对女性身份认同的关怀之外，毕飞宇也注视着女性的伤痕与疼痛。毕飞宇曾透露："我的创作母题是什么呢？简单地说，伤害。我的所有的创作几乎都围绕在'伤害'的周围。"④《青衣》中女性之间的互相伤害，男性对女性的迫害，以及女性的自我戕害，体现着毕飞宇对女性伤害的注视。李雪芬、筱燕秋、春来三代青衣围绕嫦娥一角二十多年的斗争将女性内部血淋淋的生存竞争展现得淋漓尽致；而丈夫面瓜对妻子筱燕秋的冷暴力、老板对筱燕秋的性暴力则将男性对女性的迫害展现得一览无余；筱燕秋对自己身体近乎变态的鄙夷和自残，则体现了女性对自身的漠视和伤害。女人究竟是什么？这是毕飞宇思考的另一个问题。《青衣》中，毕飞宇给出了这样一个答案："女人说到底不是长成的，不是岁月的结果，不是生育、婚姻、哺乳的生理阶段。女人就是女人。"⑤

《青衣》同时还体现着毕飞宇对女性命运的思考。"吃错药是嫦娥的命运，是女人的命运，是人的命运。"⑥嫦娥是以英雄后羿妻子的身份被写进神话的，她是一个被身份淹没了自我的符号，追求自由被视为"吃

---

① 转引自乐黛云、张辉：《文化传递与文学形象》，北京大学出版社，1999年，第331页。
② 毕飞宇：《青衣》，浙江文艺出版社，2011年，第161页。
③ 同上，第176页。
④ 毕飞宇：《沿途的秘密》，昆仑出版社，2013年，第32页。
⑤ 同上，第143页。
⑥ 同上，第163页。

错药"。中国女性很长一段时间内是没有自己姓名的，她们是被冠以夫姓的某某氏，是父亲的女儿、丈夫的妻子、孩子的母亲，唯独不是她自己。正因为毕飞宇深刻地体察到了这一点，所以尽管筱燕秋身上有着自私、刻毒、偏执的一面，但毕飞宇仍在笔下投之以必要的关怀，写出了她另一面的无奈、执着、坚韧。毕飞宇曾提道："在我的身边，在骨子里头，在生活的隐蔽处，筱燕秋无处不在。中国女性特有的韧性使她们在作出某种努力的时候，通身洋溢出无力回天还挣扎、到了黄河不死心的悲剧气氛。她们的那种抑制感，那种痛，那种不甘，实在是令人心碎。所以我要说，我不喜欢筱燕秋，不恨筱燕秋，我唯一能做的是面对筱燕秋。"① 筱燕秋的悲剧是众多女性的悲剧，筱燕秋的爱恨嗔痴代表了一群女性的爱恨嗔痴。

毕飞宇曾笑谈："称我是'女性作家'是对我的一种褒扬。"《青衣》中，毕飞宇对女性身份认同的书写，对女性伤痕的揭露，对女性生命本质的思考，集中体现了毕飞宇的女性关怀。相比于《青衣》，《主角》则把目光主要集中在对社会的关注上。李敬泽认为《主角》写个人与时代的关系，并在大的时代环境中塑造具有典型意义的人物形象，通过对具体的、充满性格力量的人物群像的塑造，写出了时代的基本面向。②

与《青衣》不同，《主角》不仅仅是在写个人的历史，更主要的是想通过主人公忆秦娥的成长来记录中国社会的发展变化。陈彦曾提道："如果仅仅写她的奋斗、成功，那就是一部励志剧了，不免俗套。在我看来，唱戏永远不是一件单打独斗的事。不仅演出需要配合，而且剧情以外的剧情，总是比剧情本身要丰富出许多倍来。"③忆秦娥与筱燕秋不同，她不是天生的主角，忆秦娥成长为秦腔皇后有一个漫长的过程。根据故事发展，《主角》上篇从易青娥（易招弟）进入宁州剧团开始到改名"忆秦

---

① 毕飞宇：《沿途的秘密》，昆仑出版社，2013年，第33页。
② 转引自柏桦：《〈主角〉：用小人物为时代画像》，载《陕西日报》2019年8月25日第03版。
③ 陈彦：《主角》，陕西师范大学出版总社，2019年，第818页。

娥"进入省剧团结束。这一时段忆秦娥由烧火丫头成长为剧团新星，集中表现了从"文革"到拨乱反正这一时期中国社会各方面的变化。忆秦娥在秦腔界崭露头角与拨乱反正的大环境息息相关，胡三元出狱、黄正大调离、"忠孝节义"四个"存"字辈老艺人回归舞台、忆秦娥首次登台，这些事件背后反映出中国社会拨乱反正的成功，社会回到了正常的秩序。中篇从忆秦娥跨进省剧团写到舞台坍塌事件，主人公忆秦娥从结婚到婚变，经历了人生的大喜大悲，而她的秦腔事业也越来越红火。这一段主要从侧面描绘了改革开放给中国社会面貌带来的急遽改变。改革开放不仅是经济的开放，文化思想也随之开放，秦八娃写剧本、电影大放送、秦腔进京昭示着文学艺术蓬勃发展。与此同时托关系走后门、遍地生根的歌舞厅、集体下岗浪潮也反映出了社会的另一面。下篇从忆秦娥庙中修行到尾声忆秦娥立于西京城墙上回顾一生，伴随着秦腔艺术的几起几落可以窥见商业化社会给人们生活带来的巨大改变。然而在经济腾飞的同时，人的思想文化、道德修养却并没能齐头并进，文本中随处可见金钱对人、对人际关系的扭曲与异化。陈彦用七十万字来书写这个复杂而艰难的过程，通过忆秦娥的成长来展现中国社会四十多年的历史变迁。忆秦娥从一个山里放羊娃一步步成长为秦腔皇后，人物的命运与社会的变化环环相扣。

艺术是时代的一面镜子，秦腔的艺术小舞台展现了不同时代社会观念的大变迁。忆秦娥初进宁州剧团，剧团里排演的是《杜鹃山》，台下观众欣赏欢迎的是柯湘这样的女战士形象，人们习惯欣赏样板戏的审美余味还未完全消散。到忆秦娥主演《打焦赞》时，舞台发生了变化，柯湘被老艺人们认定为"不伦不类"，传统秦腔艺术开始复兴。传统戏剧复兴的背后折射出民众对传统文化的心理认同，当然也预示着阶级斗争激情的消散。《白娘子》上演时，万人空巷的演出盛况表现了观众对人类普遍美好情感的追求和向往，同时也反映出社会矛盾的变化：阶级斗争的余影自此彻底离开人们的日常生活。到《狐仙劫》时，台上戏剧的主要思想则彻底表现为对社会中金钱、权力至上乱象的讽刺和抨击。《狐仙劫》这出戏中戏的编排也是作家陈彦借助戏剧来表达自己观点的一个窗口，表现了作家自身对社会黑暗、丑恶面的深恶痛绝。米兰退出舞台出国、楚嘉禾嫁入地产豪门、刘红兵事业危机、煤矿老板刘四团高调炫富，以及小徒弟宋雨一夜成名后的背叛，戏里戏外、台上台下反映着不同时代社会思想观念变化的方方面面，透露出作家陈彦对这些现象的思考和评判。

在通过小人物反映大社会，小舞台表现大时代之后，《主角》还表达了作家陈彦对社会发展的一种期许，寄托着陈彦对社会发展的美好祈愿。相比于《青衣》舞台上的"斗"，《主角》试图凸显舞台的一种"和"文化。《主角》所展示的舞台不是一个单打独斗的舞台，而是一个共创、共生、共有的舞台。台上台下所有人的共同努力铸就主角的成功、戏剧的顺利上演。《主角》力图通过秦腔这个小舞台来表现人与人之间的一种"和"，传达"和"是共赢的理念。相比于《青衣》中筱燕秋对角色不顾一切的痴狂，陈彦塑造的忆秦娥始终都是被动走向舞台的，面对舞台上有关主角的是是非非，忆秦娥始终保持谦让的态度，彰显着作家以"和"为贵的文化理念。陈彦在《主角》中传达了这样一种声音：一台戏的成功是属于台上台下所有人的，社会是个大舞台，一个社会的前进也需要所有人的合力共进。每个人都是自己行业领域中的主角、自己生活中的主角。只有将自己的角色扮演好，社会才能前进，国家才能发展。《主角》中忆秦娥是被赋予了真善美、执着、奋斗等美好品质的正面艺术形象的化身，苟存忠、裘存义、周存仁、古存孝四位秦腔老艺人的出现以及他们身上散发的质朴精神，不仅代表着作家对古老秦腔艺术精髓的肯定，更体现了作家自身对儒释道精神的追求，寄托着作家建设质朴而美好的社会精神家园的祈愿。陈彦说："忆秦娥与剧作家秦八娃，还有先后五任团长，包括忠、孝、仁、义四个老艺人等，都寄托了我对秦腔这一行当的理想与信念。我想通过这些，来承载中华文化生生不息的那股流动血脉、血象，尽管这可能是那股血脉的根须部分,但根须有其不可替代的作用。"①

三、格调的冷凄与温情

　　《青衣》开始于秋风萧瑟的十月,结束于大雪纷飞的冬夜,整部小说沉浸在萧瑟冰冷的氛围中,散发出冷凄与狰狞的意味。《青衣》的冷凄与狰狞主要表现在小说营造的环境的冷、塑造的人物形象的冷以及作家笔触的冷。故事开头倒叙过去二十年,回顾筱燕秋的过去,色调是阴冷的;到二十年后《奔月》再登台,审视筱燕秋的现在与未来,仍是一片灰暗。整部《青衣》以青、紫、灰白为主色调,暗沉的颜色营造出低沉的氛围,使读者感到压抑、寒冷甚至狰狞。"过道里旋起了一整冬天的风,冬天的风卷起了一张小纸片。孤寂的小纸片是风的形式,也是风的内容……冬天的风从筱燕秋的眼角膜上一扫而过,给筱燕秋留下一阵颤栗。"②《青衣》中总是有着这样一股风,将筱燕秋的生命一次次冻结,了无生气,不仅使主人公战栗,更使读者感到战栗。筱燕秋是一个典型的冰美人,二十年前她一出场老团长就感叹她"命中就有两根青衣的水袖"③。面瓜在和筱燕秋恋爱时,也感到他身边的是一块冰,"要不就像一块玻璃"④。二十年后的筱燕秋依然释放着她的冷气:"像一台空调,凉飕飕只会放冷气。"⑤戏校食堂的师傅们以此来表现筱燕秋的冷:"吃油要吃色拉油,说话别找筱燕秋。"⑥毕飞宇的笔触也同样的冷,《青衣》中,作家经常将冰冷的词语堆砌在字里行间释放冷气,使读者强烈地感受到冷酷与狰狞

---

① 陈彦、魏锋:《文学是戏剧不可撼动的灵魂——访第十届茅盾文学奖获得者、〈主角〉作者陈彦》,载《文汇读书周报》2019年8月26日第02版。
② 毕飞宇:《青衣》,浙江文艺出版社,2011年,第123页。
③ 同上,第113页。
④ 同上,第123页。
⑤ 同上,第133页。
⑥ 同上,第126页。

之意:"雪化了一部分,积余了一部分,化雪的地方裸露出了大地的乌黑、肮脏、丑陋,甚至狰狞。"①《青衣》中毕飞宇还使用了大量冷酷的比喻,将筱燕秋的影子比喻成"巨大的癞蛤蟆",将雪花比喻成婊子,将大楼比喻成嫖客,将演出写成新娘出嫁,令读者觉得既生涩又狰狞,进而生发出强烈的不适感,令读者不寒而栗。

　　冷凄与狰狞的另一面则表现为《青衣》中人在命运面前的渺小无力。一切似乎早已是命中注定,无论如何反抗结局几乎都不会改变。"人只能如此,命中八尺,你难求一丈。"②这集中表现了毕飞宇"命运决定性格"的观点。在毕飞宇笔下,人的命运是不可把握的,命运所展示的不是时代的本质或历史的方向,人生只是一个个充满悲剧意味的宿命循环。带着宿命论的残酷和无力感,《青衣》显得更加冷凄。师徒之间、夫妻之间、舞台上下,人与人是不相通的。即使是笔下小说人物的名字,毕飞宇也不忘赋予其冰冷的意味,柳若冰、李雪芬、筱燕秋三代著名青衣的命运如同她们的名字一般萧索,唯一的"春来"最后却抛弃了青衣行当投入老板的怀抱。环境的冷、人的冷、笔法的冷、宿命论的冷、人与人之间不相通的隔膜使得《青衣》散发着一股冷凄与狰狞。

　　相比于《青衣》的冷凄与狰狞,《主角》的叙事充满温情与亮色。陈彦没有极力渲染舞台竞争环境的冷漠,没有展现人物生存环境的冷酷,也没有凸显人与人之间的隔膜,而是试图以一种质朴温柔的笔触来打造他心中的暖情世间。在这种意义上,《主角》是一首田园牧歌式的温情歌谣。

　　主人公忆秦娥的家乡九岩沟是一个与世无争的世外桃源,成名之前的忆秦娥只是个单纯的放羊娃,她所面对的黄土、蓝天、青草、烈日构成了她的生活天地,成为她此后一生乡愁的寄托。水秀山明的九岩沟是一个不受外界污染的乌托邦。小说末尾忆秦娥被迫退出大舞台,身心俱疲地回到九岩沟,却意外发现另一个璀璨的舞台。热烈继续敲鼓事业的舅舅胡三

---

① 毕飞宇:《青衣》,浙江文艺出版社,2011年,第151页。
② 同上,第121页。

元、满头白发缺了门牙的易父、破产的刘四团以及失意的忆秦娥自己，九岩沟容纳着所有落魄失意的人，给予他们重新出发的力量。一方水土养一方人，九岩沟的乡民们真诚、质朴，甚至有些无知，却显得异常可亲、可爱、可敬。面对商业化浪潮的冲击，九岩沟的老一代人们固守脚下的土地，只觉得"还是咱九岩沟活得舒心徜徉么"。陈彦在后记里写道："在广大农村地区，多少年、多少代人，可能都没有接受文化教育机会，但并不影响他们知道'前朝后代'，懂得'礼义廉耻'。"①陈彦笔下的九岩沟，是一个环境美、人情美的理想家园。

  此外，主人公忆秦娥本身就是作品中的一抹亮色。忆秦娥身上展现出的坚强、倔强、不争不抢、大智若愚使她成为当之无愧的主角。陈彦并没有刻意拔高他笔下的人物形象，《主角》中也不乏楚嘉禾、黄正大这样的反面人物，但陈彦始终要表现的是人积极的一面，这些人"以最卑微的人生，最苦焦的劳作，撑持着一些大人物已不具有的光亮人格"，是"民族脊梁"。②《主角》中，胡三元与胡彩香、米兰与胡彩香、忆秦娥与封潇潇，人与人的关系是复杂的，但也是温暖的。尽管胡彩香经常是指责胡三元最凶狠的那一个，但也是胡三元跌落人生谷底后唯一愿意安慰他的人。米兰与胡彩香的斗争如火如荼，但关键时刻却又毫不犹豫地向对方施以援手。陈彦的小说总是乐意将人性的闪光点展现给读者，"我的写作，就尽量去为那些无助的人，舔一舔伤口，找一点温暖与亮色，尤其是寻找一点奢侈的爱"③。这是作家一贯的创作理念，秉持着这种理念，陈彦用激情和理想创作，《主角》更加温暖透亮。

  语言是《主角》中的另一抹亮色。《主角》包含大量的陕西方言，"派派""麻达""克利麻嚓"，土色土味儿的语言成功拉近了读者与文

---

① 陈彦：《主角》，陕西师范大学出版总社，2019年，第821页。
② 陈彦：《西京故事》，陕西师范大学出版总社，2019年，第433页。
③ 转引自柏桦：《〈主角〉：用小人物为时代画像》，载《陕西日报》2019年8月25日第03版。

本的距离。胡彩香的口头禅就是"看你那个死样子",胡三元入狱时她大胆联名为其求情:"割了头,碗大个疤。"生动活泼的地方语言将胡彩香直爽泼辣的性情表现得淋漓尽致。《主角》的语言是亲切的,色调也是温暖的。书里有一段对胡三元房间的描写:"一个灯泡,把用报纸糊的墙和顶棚,照得昏黄昏黄的。"①昏黄的颜色给读者带来的阅读感受也是温馨和暖的。陈彦用最简单、最直白的语言,最朴素、最常见的颜色,描绘他最温暖的、最真实的人情世间,使得《主角》整部小说变得温暖明亮。

四、曝丑与扬美

同样是20世纪八九十年代成长起来的作家,毕飞宇和陈彦书写现实的方式却是不同的。毕飞宇的"现实主义"是充满批判色彩的现实主义,更多受到欧洲批判现实主义的影响,着力于揭露社会、人性的黑暗面。《青衣》中毕飞宇对社会黑暗、人性丑陋之处进行毫不留情的暴露与讽刺,作品中不乏浮现一些宿命论和悲观主义色彩。《青衣》作为毕飞宇小说创作的一个转折,集中地表现了他的这种"批判"现实主义创作风格。《青衣》表现了毕飞宇对经济时代社会环境、人性的怀疑、反思和批判。陈彦的《主角》则是一部朴素现实主义经典力作。《主角》囊括了中国社会四十年的发展变化,小说中虽然也有对社会、人性灰暗面的描写,但从总体上来说始终展示的是一种积极向上、昂扬饱满的精神力量,表达的是作者对生活的热爱,对传统价值观念的肯定和对人性的歌颂。

每一部优秀作品的背后都有着一个深刻的主题。纵观毕飞宇小说创作过程,他始终坚持对社会现实进行冷静观察和客观描写,不断对人性进行叩问,从人本身出发挖掘人们生存和生活中的各种问题,带有启蒙主义光辉。《青衣》中筱燕秋的癫狂表现着毕飞宇对权钱社会下人们生存境况

---

① 陈彦:《主角》,陕西师范大学出版总社,2019年,第6页。

的怀疑和控诉。筱燕秋唱功精湛，是天生的嫦娥，然而在金钱、权力的冲击下，她自愿委身于老板。为了有登台的机会，她甚至堕胎与自己的徒弟抢戏。成也萧何，败也萧何。青衣成就了筱燕秋，也毁了筱燕秋。然而在金钱资本的冲击下，崩溃的不仅仅是筱燕秋个体，还有传统文明和社会价值观念。老板就是"伟人"，老板决定一场戏的亮相与否。在"伟人"面前，筱燕秋是失语的，剧团是失语的，整个《奔月》和京剧文化都是失语的。市场经济下，金钱才是通行证，毕飞宇经常以戏谑的方式、反讽的语调借人物之口表达对钱本位社会的讽刺："有钱的老板是伟人，是菩萨""这年头给钱让步，不丢脸""钱这东西不只是时光的长度，还有历史的脸色"。[①]这些充分体现了毕飞宇对"钱本位"时代人的生存、生活方式以及价值观念的怀疑和讽刺。

毕飞宇始终坚持批判一种"人在人上"的鬼文化，他对这种人压迫人的价值观表现出了极大的憎恶，曾声称"对于我们来说，不把人在人上这个鬼打死，一切都是轮回，一切都是命运"[②]。《青衣》中，乔炳璋最初在酒局上见到老板时是不屑一顾的，但在老板表示要资助他们重演《奔月》后，乔炳璋立刻觉得老板伟岸起来，是个伟人。权力与金钱一样，总是以无形的力量异化有形的一切。《奔月》本是作为献给新中国十周岁的贺礼而排演的，却因为老将军的一句"江山如此多娇，我们的女青年为什么要往月球上跑？"而沉寂数十年。《青衣》的悲剧之处在于它向读者传达出这样一种命运认知：无论在什么时代，人都不是自己命运的主宰，决定人命运沉浮的是权力、是金钱，唯独不是人自己。

人性是文学创作的一个核心主题，毕飞宇始终坚持对人的关注和对人性的思考，并将此作为自己创作的基点。然而毕飞宇笔下的人性往往并不是美好善良的，他所呈现出来的人性都带着扭曲、丑恶、阴暗、疯狂，甚至是变态的意味，但与此同时毕飞宇也表达着对这种人性之恶的悲悯、宽

---

① 毕飞宇：《青衣》，浙江文艺出版社，2011年，第133页。
② 毕飞宇：《沿途的秘密》，昆仑出版社，2013年，第22页。

容和体谅。筱燕秋是复杂的，一方面她对艺术有着执着的追求，另一方面她的内心充满着冷漠。为了成为"嫦娥"她可以抛夫弃子，无视身体上的病痛，偏执使她变得疯狂，嫉妒使她的内心变得扭曲，最终在大雪纷飞的夜里失去自我，彻底疯癫。然而在癫狂中读者感受到的并不是厌恶，只有隐隐的同情和深深的悲悯。

文学作品始终都是疗愈心灵的工具之一。如果说《青衣》是在揭露社会的伤疤、人的伤痛，那么《主角》则是在疗愈、弥合这种资本冲击给社会、人带来的伤口。陈彦曾提到自己写这些小人物是为了给那些生活的芸芸众生一点点心灵的慰藉，是"为小人物立传"。尽管《主角》中也不乏表现社会、人性灰暗的一面，但更多展示给读者的仍是积极、催人奋进的正能量。《文汇读书周报》曾评价："书中不乏人世的苍凉及悲苦之音，却在其间升腾出永在的希望和精进的力量。"[1]这正是《主角》的价值意义所在。"作家以文学形式揭示生活世界中的伦理事实，传达和转化民族传统中具有典范性的道德价值观念"，"可谓后革命时代的'寻魂'之作"。[2]

一部成功的作品当中往往有一个塑造得非常成功的主人公。忆秦娥就是这样一个塑造得非常完美的主人公。在忆秦娥的身上，读者几乎可以看到人类所有美好的品质，她是一个"大写"的人。忆秦娥质朴、善良、美丽，她身上寄托着陈彦关于女性的所有美好想象。她受众人崇拜始终不忘初心，名满天下却依然质朴，备受伤害却依然善良，美貌性感却保持坚贞，接近完美。陈彦自己也谈道："我写她，是时钟的敲击，是现实的催逼，是情感的抓挠，是理想主义的任性作祟。"[3]忆秦娥不是一个单纯的主角，她是中华优秀文化精神混合的代表。她身上所散发的主角光辉不属

---

[1] 陈彦、魏锋：《文学是戏剧不可撼动的灵魂——访第十届茅盾文学奖获得者、〈主角〉作者陈彦》，载《文汇读书周报》2019年8月26日第02版。

[2] 吴义勤：《作为民族精神与美学的现实主义——论陈彦长篇小说〈主角〉》，载《扬子江评论》2019年第1期。

[3] 陈彦：《主角》，陕西师范大学出版总社，2019年，第821页。

于她个人，而属于所有舞台上的所有秦腔人。通过忆秦娥，陈彦肯定的是如同忆秦娥一样具有美好品质的一类人，歌颂的是人性的美好和善良，赞扬的是一种历经磨难而初心不变的受难精神。陈彦自己也讲道："我十分景仰从逆境中成长起来的人，周遭给的破坏越多，用心越苦，挤压越强，甚至有恨其不亡者，才可能成长得更有生命密度与质量。"①

历史是曲折前进的，社会进步亦非朝夕之事。陈彦坚持朴素现实主义笔法，将四十年中国社会的沧桑巨变统摄进一部七十多万字的小说里，使得《主角》的内容极其丰富而又充满正能量。无论时代、社会如何变化，《主角》文本中始终隐含这样一种声音：人应该始终遵循生命伦理，匡扶社会正义，坚守恒常价值。吴义勤指出："《主角》将传统戏曲的伦理意识和道德观念渗透到小说叙述中，延续并实践着现实主义文学的教谕功能，同时，小说又以朴素细腻的写实性笔法，将僵硬机械的教谕转换和再造为艺术和审美的化育。"②忆秦娥是一个痴人，她的"痴"在于她始终有所坚持，尽管在他人看来忆秦娥的"痴"甚至有些固执、愚昧、缺乏变通，但恰恰是这种"痴"，这种"良心"成就了忆秦娥。忆秦娥走投无路时几次三番求助于佛门，四个"存"字辈老师傅身上体现的忠、孝、节、义，以及忆秦娥的几次"审判"梦透露出陈彦对中国传统儒、道、释思想文化的关注和肯定。陈彦在《主角》的选材方面也表现出了这种执着："无论儒家、道家、释家，都或隐或显、或多或少地融入了戏曲的精神血脉……"③《主角》中也出现了几个反面角色，楚嘉禾是作为忆秦娥的反衬而存在的，她自私、嫉妒、拜金、骄傲，楚嘉禾与楚母最终机关算尽一场空，也体现着作家"善恶有报"的传统思想观念。《主角》要肯定的是中华民族几千年来美好的思想价值、伦理观念。陈彦曾接受访谈称："我

---

① 陈彦：《主角》，陕西师范大学出版总社，2019年，第821页。
② 吴义勤：《作为民族精神与美学的现实主义——论陈彦长篇小说〈主角〉》，载《扬子江评论》2019年第1期。
③ 陈彦：《主角》，陕西师范大学出版总社，2019年，第820—821页。

希望写出文化传承和发展的根脉""中国几千年来传统文化的承接没有断裂,一定有代际传承的关系在里面……我试图在打捞这些文化最深层的东西"。①

人性是复杂多面的,陈彦选择书写向善、美好的一面。《主角》从宏观视角观照普通人在大环境中的生存,写普通人的真诚和善良,写普通人的挣扎和努力,写这些小人物身上人性的闪光点,以此激励读者去演绎自己的人生。百折不挠的忆秦娥,倔强刚毅的胡三元,多情善良的胡彩香,才高质朴的秦八娃,技艺高超的秦腔老艺术家,这些普通人是民族的脊梁,他们身上散发着的正能量即当今时代文学的灵魂所在。在陈彦笔下,这些小人物虽然往往需要面对生活的种种考验,但他们始终自强不息,竭尽全力实现自己的梦想,于平凡中传递着一种压不垮、折不弯、打不败的人性品质和人格力量,从中读者看到的正是陈彦对社会现实的观照体察和对人性的肯定与赞扬。在这种意义上,《主角》是一首关于人的赞歌。

结　语

《青衣》与《主角》都是围绕戏剧舞台写人生,结果却是花开两朵,各表一枝。不同的创作背景、作家迥异的创作视角使得《青衣》和《主角》两部小说在作品基调和意义主旨方面也完全不同。坚持批判现实主义写作观的毕飞宇于世纪之交创作出《青衣》,书写了一代青衣筱燕秋的偏执、追求、幻灭。筱燕秋的挣扎代表着女性的挣扎,筱燕秋的不甘与痛楚代表着女性的不甘与痛楚。《青衣》整部作品散发着冷凄,透露着狰狞,传递着毕飞宇对现代文明社会、现代人生存、人性恶的质疑和批判。陈彦的《主角》始终秉持朴素的现实主义写法,坚持以小人物来写大时代,

---

① 舒晋瑜:《陈彦:我希望写出文化传承和发展的根脉》,载《中华读书报》2018年4月25日第11版。

2018年出版的《主角》塑造了近乎完美的忆秦娥。高尚、美丽、大方的忆秦娥集中华民族美好品质于一身，围绕在忆秦娥身边的小人物们即使有种种不足，也始终不失做人的底线，整部作品表现出的人性、人情美，给读者营造出温暖明亮的艺术氛围，感人至深。通过《主角》陈彦要肯定中国传统"和"的思想，赞扬人性之善，歌颂中华民族优秀的传统价值观念。

《青衣》是毕飞宇在揭露社会的伤疤、人的伤疤，以痛楚和阴暗来警醒受金钱资本冲击的社会；《主角》是陈彦用正能量、传统价值来激励人心、引导社会正向风气。无论何时，文学始终都是振奋社会的一剂强心针。"曝丑"与"扬美"，对于社会进步来讲同等重要。尽管《青衣》与《主角》展示不同的戏剧文化，讲述不同的舞台故事，描摹不同的时代背景，书写不同的地域文化，塑造不同性格的主人公，但却都在一定程度上契合了时代发展的步伐，对推进精神文明建设、改良社会发展生态、提升人们的思想境界均会起到不容忽视的作用。

原载《沈阳大学学报》（社会科学版）2020年第4期

（本文系与王晶合作，收入本书时有修订）

从忆秦娥、水上灯透视"主角"的多重世界

——以陈彦《主角》与方方《水在时间之下》为中心

"主角",无疑是戏剧舞台上最亮眼的那一位人物,是所有戏剧表演者穷尽一生所追求的目标。在成为"主角"、追求"主角"的过程中,不知有多少起伏流转,才使得"主角"的呈现不断迭起、丰富,以至浓缩为时间最动人的剪影,供后人评说。2019年第十届茅盾文学奖揭晓,陕西籍作家陈彦的长篇小说《主角》位列其中。作者对主人公忆秦娥这个身陷"主角"旋涡之中人物的个性化抒写,不仅为我们勾画出了戏剧舞台的复杂幻影,同时也向世人展现出主角背后所经历的苦难与艰辛。"一个主角,就意味着非常态,无消停,难苟活,不安生。"①一场大幕,在将光鲜亮丽的台前世界呈现给观众的同时,也将戏剧艺人幕后所遭受的种种挫折与苦痛一并隐藏起来。古往今来,戏剧艺人就这样在台前幕后的浮沉变换中,代代相传,存留至今。

对戏剧人生的深刻叙写,尤其着重于对女性"主角"生命的细致叙写,是戏剧题材小说创作的主要模式。陈彦在其长篇小说《主角》中所刻画的秦腔皇后忆秦娥与方方在《水在时间之下》中所塑造的汉剧名伶水上灯,其实都是这种模式的重要呈现。舞台上的"主角"自然光芒四射,

---

① 陈彦:《主角》,作家出版社,2018年,第894页。

集万千宠爱于一身，可谁知其背后所承载的辛酸与无奈？虽然身为"主角"，可人生并不只有"主角"。"主角"之外的世界依旧变幻莫测、错综复杂。无论是陈彦笔下的忆秦娥，还是方方笔下的水上灯，都逃不开这种命运的安排。而她们也在对多重世界的开拓与探索中，在传统剧种的兴衰变化中，在抗争与自我的生命救赎中，执着地用自身的努力去演绎时代的脉搏，唤醒历史的律动。

一、风光无限的舞台世界

在戏剧表演中，舞台世界的存在是一个不可或缺的要素，它是连接艺人与观众沟通的桥梁。作为舞台世界的"主角"，忆秦娥与水上灯的存在，自然成为全场瞩目的焦点。身份转换的落差、学戏初衷的变化、观众回应的热情，在这诸多因素的综合影响之下，舞台世界不仅逐渐成为"主角"们所习惯的存在，同时也在潜移默化地影响着主人公的境遇与心绪。

（一）身份的转换

无论是秦腔皇后忆秦娥，还是汉剧名伶水上灯，她们的"主角"地位都不是与生俱来的。在对主人公一生细致的描绘中，"名字"的改变始终与人物身份的转换有着密切的联系。《主角》中的主人公原名易招弟，是农村一个普通的放羊娃，在舅舅的推荐下，偶然进入县剧团学戏。主人公的第一次更名，是她舅胡三元按着省城名演员"李青娥"的名号改的。"出名"，当然是每个学戏孩子的梦想，可这些在当时的易青娥看来，都是与自己无关的事。在易青娥进入县剧团的那些日子，由于胡三元的麻烦，她被"下放"到灶房，成为一个烧火丫头。在以后很长的一段时间里，"易青娥"逐渐成为"烧火丫头"身份的代名词。可易青娥并没有放弃练功，灶房成为她训练的重要场所。同时在忠、孝、仁、义四位老艺人的指导下，易青娥很快在戏剧表演上崭露头角，这是主人公在戏剧舞台上成名的初期阶段。当剧作家秦八娃为"易青娥"更名为"忆秦娥"时，就喻示着人物的"主角"之路即将进入高潮阶段，是主人公大放异彩的成名"前奏"。

关于名字和身份转换之间的联系，其实在方方的《水在时间之下》中也有类似呈现。主人公水滴，本为水家的小姐，可谁知在她出生那天，父亲意外惨死，母亲被正房威逼利诱，遂无奈抛弃这个"煞星"，用人菊妈于心不忍，偷偷抱走水滴，交给下河穷人杨二堂抚养。于是，"杨水滴"成为主人公一开始的身份象征，即一个普通的穷人家姑娘，后来机缘巧合之下进入科班学戏，老艺人万江亭为其改名为"水上灯"，喻义"一盏明灯，随水而来，漂在水上，光芒四射"①。从此，"水上灯"就成为这个汉剧名伶一生的代号，它凝聚了主人公生命中最美丽却又最苦难的年华，并在抗日的洪流之下几经沉浮。在成为走红的"名角"、享受了风光无限的舞台、在对水家成功地复仇之后，水上灯消失了，留给读者的，只有住在汉口一条破败小巷子里鸡皮鹤发、蓬头豁齿的老妪——杨水娣。名字的变换喻示着主人公生命经历的更迭，其中作为水上灯的生命体验无疑是全书着墨的重点。风光无限的舞台和"水上灯"这个名字紧紧地缠绕在一起，从而成为"主角"人生经历中难以剥离的一部分。不同的名字象征着舞台之上的"主角"们所经历的不同人生阶段，同时也昭示着其身份在这种境遇之下所发生的微妙变化。从底层女性一跃成为绽放光芒的舞台"主角"，忆秦娥与水上灯的出现，表明身份的转换在主人公的"成名"之路中始终发挥着不可替代的作用，并与"主角"们每一次的成长和蜕变息息相关。

（二）学戏的初衷

由于社会环境、人生经历、个人性格等多方面因素的差别，陈彦笔下

---

① 方方：《水在时间之下》，人民文学出版社，2014年，第114页。

的忆秦娥,与方方笔下的水上灯在一开始对待舞台的表现上,呈现出迥然不同的心境与态度。在《主角》的叙述中,前期的忆秦娥没有身为主角而要求具备的一个核心因素,就是功利心。对于当时的易青娥来说,她本身就是农村的一个放羊娃,机缘巧合之下进入县剧团学习。她在学戏之前,并没有像水上灯那样,见识过舞台的美妙与风光。她的思想非常单纯,有着不掺杂一丝一毫虚荣与世俗的清透。陈彦曾在《主角》的创作后记中谈道:"我的主角忆秦娥,其实开头并没有做主角的自觉与意愿。甚至屡屡准备回去放羊,或者给剧团做饭、跑龙套。对做主角,她是有一种天然怯场与反感的。"①在周围环境的压迫之下,忆秦娥的"成角儿"之路可以说是在被时势推着走。"她的理想,从没人问,但她心里是有的。那就是将来嫁一个好婆家,喂上一群羊。羊不是三只,而是三十只。在一个有草、有坡、有水、能随便唱山歌的地方,过一辈子。"②就连县剧团的朱团长都说:"我们青娥是一个瓜得不能再瓜的瓜娃了。就跟一条虫一样,瓜得除了唱戏,啥都不懂。啥啥都不懂。啥啥啥都不懂的。"③舞台之上的"主角",向来是兵家必争之地,有时甚至争到头破血流也不为过。然而即使前有龚丽丽、皮亮夫妻,后有楚嘉禾母女,忆秦娥却始终好似木头一般"不开窍"。她对能否"成角儿",始终抱着一种平和无波的态度。这其中固然有着社会环境、人生经历的影响,但更多地还是集中表现在人物个性气质的塑造之上。

相比秦腔皇后忆秦娥的随波逐流,方方在《水在时间之下》中所塑造的汉剧名伶水上灯,则像是与忆秦娥完全相反的一个人物形象,她的性格中充满着尖锐与反抗。主人公水上灯,因为从小过着穷苦而又被人欺辱的日子,养父的懦弱窝囊与养母慧如的"出轨"不忠,在她还未成年时就在其心灵上刻下了深深的烙印。"我长大了一定要去挣很多钱,我保证

---

① 陈彦:《主角》,作家出版社,2018年,第894页。
② 同上,第416—417页。
③ 同上,第297页。

不会让你和爸爸被人欺负。"①挣钱，是水上灯萌发学戏念头的重要原动力。当她第一次看到戏台上玫瑰红所演的《宇宙锋》时，"水滴突然一下子就看傻了，心里竟久久地回荡着她的声音"②。风光无限的舞台世界对水滴的吸引力是致命的，而赢得全场瞩目的"主角"，更是水滴所要追求与超越的目标。即使萌生这个目标的出发点相当功利，"我蛮想学她那样……水滴说，我看她穿绸褂子，戴金钗子，在台上又富贵又好看"③。在见识到了"主角"的风光后，在被玫瑰红打了耳光后，水滴立下了和玫瑰红的"赌约"，赌自己将来有一天会比她还红，到时候自己会把今天所受到的屈辱一并还给她。从学戏的出发点来看，水滴此时的选择可以说是世俗的、功利的、不加掩饰的。方方曾在小说后记中写道："这是一本有关尖锐的书。"④其实这种"尖锐"的特质，在水上灯的个人性格中就得到了比较丰富的呈现。对"学戏"的初衷，两位"主角"，一个极端"平和"，一个极端"尖锐"，但无论初心如何，在戏剧和舞台的打磨之下，她们都渐渐地爱上了这种当"主角"的感觉。以忆秦娥来说，"唱戏虽然苦，虽然累，有时甚至累得快要了小命，可那种累，总是在掌声的回报中，很快就悄然消散了"⑤。她的心境就这样在一次又一次的舞台表演中微妙地改变着。从她最后主动争取《梨花雨》角色的行为中，我们可以清晰地感受到这种变化。可以说，舞台的风光无限、"主角"的备受追捧，环境的压力渗透，多种因素的综合使得人物的学戏初衷在不断地调整、增强，进而使主人公逐渐成长为一名习惯舞台风光的戏剧"名角"。

（三）观众的回应

每个戏剧艺人，在梦想成为"主角"的道路上，都避不开与观众的

---

① 方方：《水在时间之下》，人民文学出版社，2014年，第51页。
② 同上，第67页。
③ 同上，第67—68页。
④ 同上，第461页。
⑤ 陈彦：《主角》，作家出版社，2018年，第553页。

联系。观众的回应是否热烈,有时甚至能影响到"主角"的表演心境与演出情绪。陈彦笔下的忆秦娥,一开始正如作者本人所说,"没有做主角的自觉与意愿","但时势就那样把一个能吃苦的孩子,一步步推到了主角的宝座上"。①忆秦娥对"主角"的担当,一开始可以说是相当排斥的。但当她体会到了身为"主角"的快感与喜悦后,看到观众对她的回应与热情后,她的想法逐渐改变了。"这天晚上,易青娥感受到了一个主角非凡的苦累,甚至是生命的极端绞痛。但也体验到了一个主角,被人围绕与重视的快慰。这么多人关注着自己,心疼着自己,那种感觉,她还从来没有体味过。她觉得,脑壳即使勒得再痛些,也是值得的。"②观众的喜爱意味着对"主角"表演的认可,它和随之而来的名利荣光一起影响着"主角"复杂的心绪。这种被围绕的感觉一旦体验过,就再难以忘怀。当忆秦娥为了不演"主角"而企图用"歇产假"的方式来逃避时,她才意识到,"也只有到自己彻底冷清下来,她才能感到,被围绕、被注目、被热捧、被赞美、被高抬、被拥堵,甚至被警察架着走,是多么美好的一种滋味呀!"③观众的热切回应,不仅会给予舞台之上的"主角"以信心与勇气,有时也会潜移默化地改变着戏剧艺人对演出的认知与态度。方方笔下的水上灯,在武汉沦陷、战火纷飞的浪潮中,毅然决定和戏班姐妹们进行抗日义演。"观众跟着台上台下一阵阵暴喊,巨大的声浪几欲掀翻屋顶。看着激愤的人群,水上灯打心良久。她第一次知道,原来演戏并非一个人的事。它居然可以将千千万万人的心情呼唤出来,将它变成无穷的力量。"④在时代的洪流之下,戏剧舞台的风光不再局限于带给人愉悦的享受,而是逐渐成为唤醒人们内心爱国热情的火种。由此看来,观众对"主角"的追捧和回应,不仅是舞台世界中不可缺少的一部分,同时也正是因

---

① 陈彦:《主角》,作家出版社,2018年,第894页。
② 同上,第179—180页。
③ 同上,第554页。
④ 方方:《水在时间之下》,人民文学出版社,2014年,第262页。

为有它的存在，"主角"的风光才得以持续和加强。

二、跌落尘埃的现实世界

身为"主角"，在舞台上自是呼风唤雨，如鱼得水。然而人生并不只有光鲜亮丽的一面，即使作为戏剧艺人，也不能免俗。人生境遇、社会环境、爱情危机等压力的逐渐显现，使得"主角"们在幕后的现实生活中过得并不尽如人意。相比台前的风光无限，也许幕后的现实世界才是戏剧舞台上"主角"们所拥有的真正人生。

（一）人生境遇

人生境遇影响着"主角"在现实世界的成长与发展，同时也促使其性格气质的形成与完善。陈彦笔下的忆秦娥，就是这方面的典型代表。忆秦娥由于原生家庭比较和睦，因而她的成长过程还算顺利。但也正因如此，忆秦娥对能否"成名"显得并不那么在意，因为她的生存处境还远远没到山穷水尽的地步。然而这并不能说明忆秦娥的"主角"之路就走得十分轻松。事实上，在戏剧艺人的"成名"之路上，身为"主角"所经受的苦难与挫折，远远超出一般人的想象。易青娥一开始在县剧团的"学戏"过程并不顺利，甚至可以说是一波三折。先是被质疑靠"走后门"进来，后又因舅舅胡三元的麻烦被"下放"到灶房去做烧火丫头。其间她也曾偷偷跑回家想要放弃，可最终还是坚持下来了。忆秦娥在生活中是属于有点"瓜"的那种人。楚嘉禾的刁难和挤兑，她从不放在心上，也从没想着去报复。在她的身上，始终有一股韧劲在支撑着她向前走。灶房烧火的那段时光，不仅给了她安心练习的机会，同时也让她得以有幸认识忠、孝、仁、义四位老艺人。在他们的细心教导下，忆秦娥逐渐开始了"成名"之路，即使"学戏"的过程并不像表面看上去的那样光鲜亮丽。固然，随着社会的不断发展完善，戏剧艺人的地位已经大大提高，用胡三元的话说，就是"一踏进剧团门槛,就算是吃上公家饭了。你掰指头算算,咱九岩沟,出了几个吃公家饭的?"①"公家饭"的戏剧体制,彻底改变了过去那种认为"唱戏等于卖身"的狭隘观念,传统艺术的地位得到空前的提高。然而围绕在戏剧艺人幕后的现实生活,却始终充斥着数不清的烦扰与纷争。用陈彦的话说,就是"你不想让生命风车转动,狂风会推着风车自转;你不想被社会声名所累,声名却自己找上门来,不由分说地将你五花大绑、吆五喝六地押解而去"②。厨师廖耀辉对易青娥的"侵犯未遂",在她年幼的心灵上留下了永远的伤痛。谣言的愈演愈烈,"以致使她一生都饱受着这件事的腌臜、羞辱与煎熬"③。即使成年后的忆秦娥进入省剧团,赴京演出,风光无限,但依然没有摆脱掉无处不在的恶评和诽谤。这其中固然有着楚嘉禾母女的煽风点火,可当忆秦娥面对着"娼妓"的指责时,她内心所受到的煎熬又是何等之大?面对忆秦娥绝望的发问——"他们为什么要这样?为什么要这样?我害过一个人吗?我甚至是见了蚂蚁都要绕着走开、不愿踩死的人。别人为什么要这样待我?"④剧作家秦八娃老师这样说道:"谁让你要当主角呢。主角就是自己把自己架到火上去烤的那个人。因为你主控着舞台上的一切,因此,你就需要有比别人更多的牺牲、奉献与包容。有时甚至需要有宽恕一切的生命境界。唯有如此,你的舞台,才可能是可以无限延伸放大的。"⑤陈彦曾说:"主角看似美好、光鲜、耀眼。在幕后,常常也是上演着与台上的《牡丹亭》《西厢记》《红楼梦》一样荣辱无常、好了瞎了、生死未卜的百味人生。"⑥台前风光的舞台生活,其实并不意味着我们可以对艺人们幕后的真实生活熟视无睹。对于在戏剧舞台上担任"主角"的艺人来说,就更是如此。

---

① 陈彦:《主角》,作家出版社,2018年,第6页。
② 同上,第894页。
③ 同上,第193页。
④ 同上,第851页。
⑤ 同上,第851页。
⑥ 同上,第894页。

相比《主角》中的忆秦娥，方方笔下的水上灯所经历的人生遭遇，似乎要更加坎坷一些。原本是水家小姐的水滴，一出生父亲就意外惨死，因"煞星"之由被生母抛弃，被下河穷人杨二堂收养。然而杨二堂的懦弱、猥琐使得养母慧如无法忍受，遂与琴师吉宝通奸，进而抛弃水滴和养父。水滴渴望"成角儿"，为改变现有生活状况，进入"上"字科班学戏。不想养父被水家二少爷意外打死，水滴无奈卖身葬父，和洪顺班签约，却被班主杨小棍灌醉送到了刘家老爷的床上。更为可悲的是，当水滴绝望地哭喊时，戏班的老前辈杨彩云却劝她："当戏子是没有名节可保的。我的师傅她们以前也都卖过身。这就是我们的命。"[①]可以说，在20世纪三四十年代的汉口，戏台梨园的名伶即使在台上受人追捧，也改变不了"唱戏等于卖身"的观念和现状。就连养母慧如也鄙夷道："你当他们真的蛮风光？这些女戏子都是从妓院里挑出来的。不是屋里穷到顶，日子苦到头，哪个会把自家的姑娘送到那个火坑去？你晓得不？唱戏的女人，没有一个落得个好。"[②]旧时戏剧艺人的地位低下，使得年少的"水上灯"过早地学会了什么叫忍辱负重。这就是当时台下伶人真实的生存处境，不似舞台上的惊艳绝尘，幕后的她们已是伤痕累累。"主角"们人生境遇中的波折和变动，也许就是这样在日常生活的一点一滴中，不断影响着她们的心境与情绪，从而潜移默化地渗入其背后所拥有的现实世界。

（二）社会环境

传统剧种的兴衰不仅是一段时间内社会历史的缩影，它所处的社会环境也在一定程度上塑造着戏剧艺人的思想和观念。得益于陈彦几十年丰富的舞台戏剧经验，秦腔艺术在"文革"后所经历的复苏、发展与传承，在《主角》中得到了较为细致的呈现。在陈彦的笔下，秦腔是一种具有生命力并不断更新的优秀剧种。无论是省剧团的进京演出，还是美国百老汇的

---

① 方方：《水在时间之下》，人民文学出版社，2014年，第167页。
② 同上，第68页。

精彩表现，秦腔的生命力在以忆秦娥为代表的众多戏剧艺人的演出中不断焕发出新的活力。陈彦在对忆秦娥的人生叙述中似乎有意地勾画着传统秦腔艺术在现代社会复苏与发展的生命轮廓，包括忠、孝、仁、义四位老艺人对传统秦腔的固守、宁州剧团的没落、新兴歌舞的冲击、秦八娃所要求的老戏"回归"、秦腔茶社的出现等等。稳定的社会环境给予了秦腔艺术能够绽放光芒的舞台，但也正因为社会的快速发展，群众审美水平的不断提高，秦腔——这一古老而优秀的剧种似乎在现行的经济状况下面对着更大的压力。此情此景之下，要想保留好传统秦腔艺术的文化精粹，除了不断革新，别无他法。

相比生长在新中国改革开放时期大背景之下的秦腔艺术，方方则将《水在时间之下》的时代背景，设定在了20世纪三四十年代动荡的武汉。她笔下所勾勒的汉剧艺人群像，硝烟弥漫，处处染着战火的血色，汉剧的革新也因此止步不前。这就和《主角》中所呈现出的秦腔发展历史有很大的不同。方方在《水在时间之下》中所刻画的汉口，伴随着日本侵略的战火烽烟，汉剧艺人的演出几乎浸透了抗日的血泪和呼号。汉剧并非只能在梨园戏台演出的"靡靡之音"，当抗日的大旗在汉口举起时，以黄小合为代表的汉戏公会的众人，毅然决定带领演出队撤离到后方，"我们一队准备走沙市经宜昌，一路宣传抗日，然后进川到重庆……我们的口号就是，绝不为敌人演戏！"[1]复杂社会环境之下的汉剧兴衰与汉剧艺人的表演紧密相连，它所存在的现实世界直接浸入汉剧艺人的演艺事业中。在烽火连天的硝烟中，汉剧艺人身体力行地扛起了肩上应有的重担。"位卑未敢忘忧国"，在以黄小合、余天啸、水上灯为代表的众多艺人中得到充分的显现。这其中，余天啸的形象无疑是塑造得最突出的一位。"既然大家都希望我能带头，我当然得去带这个头。抗日比我的身子重要……只要我还有气，这个台我就得上。"[2]在如火如荼的抗日浪潮之下，余天啸拖着病

---

[1] 方方：《水在时间之下》，人民文学出版社，2014年，第287页。
[2] 同上，第260页。

体,毅然决然地挑起了重担,"纵是疾病缠身,他依然倾尽全力,唱得声泪俱下,悲恸满堂"①。余天啸最终死在了抗日公演的舞台上,作为一名有"戏德"的汉剧老艺人,他的一生可以说是得偿所愿。抗日的烽烟似乎并没有为汉剧的革新留下适应的时间,尽管余天啸曾说过:"汉戏要在老套子上变出新活路来,才能有个玩头。不然总有一天要死的。"②然而动荡不安的乱世、烽火连天的战争,将风光无限的舞台世界一再打碎。在这样的社会环境之中,汉剧艺人的生存已成问题,又何谈剧种的生生不息?

(三)爱情危机

在风光无限的台前,"主角"们的一颦一笑、曼妙身姿令全场瞩目。然而无论是陈彦笔下的忆秦娥,还是方方笔下的水上灯,抛开"主角"的身份和地位,台下的她们首先是一名普通的女性。随着个人演艺事业的不断上升,名利、荣光甚至爱情自然也会相伴而来。与舞台上所塑造出的天作之合不同,才子佳人的构想只存在于看似风光的台上,而无法存活于幕后的现实人生。对于戏剧艺人,尤其是女主角来说,就更是如此。

陈彦笔下的忆秦娥,前后就与三个男人有过情感上的纠葛。或许是与个人的家庭状况有关,幼年放羊长大的易青娥,无论是在学习上还是爱情上都显得异常独立。从乡下进入宁州剧团学戏期间,她对学戏有一种近乎执着的认真。"她一天到晚都穿着那身练功服,回防震棚待着不舒服,就一个人钻到功场里闷练。"③她不像水上灯那样,对金钱、名利、舞台风光有着迷一般的向往,尽管这和幼年的成长经历有着密切的联系。她的独立,不会因为任何人与任何事而动摇,比如下苦功学戏、灶房练踢腿等等。在爱情的选择中,初恋封潇潇性格细腻、温柔,是易青娥真正喜欢的人。然而她却在封潇潇有意的示好中不断逃避着对这种情感的回应。"我

---

① 方方:《水在时间之下》,人民文学出版社,2014年,第264页。
② 同上,第258页。
③ 陈彦:《主角》,作家出版社,2018年,第51页。

跟封潇潇……没有的事。永远都不会有的。我永远也不会找对象。"①这种朦胧的情感在忆秦娥进入省秦剧团之后戛然而止。由于地方专员公子刘红兵对忆秦娥"狂轰滥炸"的疯狂追求,忆秦娥最终接受了他,并与他结婚。但这样的结合并不是出于两人的相爱,更多的是一种无奈之举,"她觉得她已经无法摆脱刘红兵了。跟廖耀辉没有啥,都被传成了那样。跟封潇潇戏外几乎都没拥抱过,也把她说成是'水性杨花''见异思迁''无情无义'的'害人精'了。而与刘红兵的关系,早已被他吵吵得宁州、北山、西京都无人不知了。她要再不跟他,污水倾盆而下,只怕是跳到黄河也洗不清了"②。由此看来,忆秦娥对周围人的目光和看法,无疑是非常在意的。这种胆怯的"在意"直接影响到她对爱情的抉择。

在人生的爱情与婚姻上,忆秦娥是被动的,无论是演艺道路还是感情生活,更多的是由周围环境主宰着她的命运。但她同时又是极其独立的,这种独立集中表现在她从未想过"依附"男人的金钱、权力来庇护自己。尤其在与刘红兵的相处中,即使楚嘉禾嫉妒得眼红,她也从未想过利用刘红兵的金钱和家世来帮助自己达到某种目的。相反,她在尽一切可能拒绝着这种所谓的"好处"和"帮助"。刘红兵为她在剧团一掷千金地散财,为她住的房子装修买家电,她从不喜欢,甚至觉得厌烦。即使结婚生孩子后,她也在家里始终保持着独立和自主。她每日都在练功,对婚姻的需求并不强烈,甚至就连刘红兵也觉得,"自己面对的就是一个怪物。一个只会唱戏、练功、睡觉,其余啥都不懂,还不想听、不想懂的怪物。跟正常人的感情、想法、做事,完全不一样"③。在情感的需求中,忆秦娥所表现出的独立超出了一般人的想象。即使后来再嫁画家石怀玉,从小说的字里行间我们也能感受到石怀玉和忆秦娥在情感标准上的诸多差异。忆秦娥只想好好照顾儿子刘忆,抚养好宋雨,过好自己的生活。可石怀玉愈来愈

---

① 陈彦:《主角》,作家出版社,2018年,第249页。
② 同上,第490页。
③ 同上,第524—525页。

得寸进尺的行为，最终导致了儿子刘忆的意外死亡。这种在爱情中不依附男人、过度"独立"的姿态，固然与忆秦娥本身的性格有关，但接二连三的爱情悲剧却是由现实生活中诸多矛盾的不断激化所造成的。

相比忆秦娥在爱情中所呈现出的"独立"意识，方方笔下的水上灯，似乎更多地表现出"依附"男人的一面。初恋陈仁厚是水上灯的青梅竹马，曾对其有救命之恩。后来的经历也证明，陈仁厚是真正懂得水上灯的那个人。可是由于从小遭受的磨难和侮辱，水上灯对金钱所带来的"安全感"十分看重。在这一点上，副官张晋生完美地满足了水上灯的所有幻想。他风趣、幽默、有钱，对水上灯无微不至地照顾着，即使后来蒙骗水上灯嫁给自己做小，他也始终对水上灯有着真情。水上灯对他的感情其实是很复杂的，正如她自己所说："其实自己对这个人也谈不上爱，只是因为他常来看她的戏，不时地照顾着她，于是两个人经常在一起。她习惯他的照顾，习惯他时时记挂自己，仅此而已……但是，水上灯回过头来又想，如果跟他明确分手，有事的时候，又有谁来保护她呢？"①或许是因为从小的颠沛流离，"依附"男人、寻求庇护的意识，始终在她的爱情中盘旋环绕，这就和忆秦娥在爱情中的"独立"姿态很不相同。"她想她若不想对水家忍让，唯一的办法就是去找更大的靠山。"②陈仁厚对水上灯的放手，也是因为觉得自己无法给予水上灯安稳的生活，而这一点，张晋生可以做到。从这个角度来说，陈仁厚无疑是懦弱的，但这种懦弱又源于他对水上灯真正的爱。陈仁厚在水文的威逼下黯然离去，加入了抗日的滚滚浪潮之中，水文以一个胜利者的姿态，在借旁人之手制造了张晋生的"车祸"后，强行切入了水上灯的生活。可他却不知道，这个红透汉口的汉剧名伶水上灯，其实是自己同父异母的亲妹妹——水滴。"水文突然对水上灯的心情拐了大弯。不知为什么，他觉得自己对这个女人有了特别的

---

① 方方：《水在时间之下》，人民文学出版社，2014年，第279页。
② 同上，第253页。

情感。他莫名地就想走近她，了解她，关心她，甚至呵护她。"①这是一种血缘关系的亲近而非肉体感官的吸引。流淌在水文血液里的那些莫名情感属于亲情，而并非爱情。在与三个男人的情感纠葛中，水上灯的爱情之火一次次点亮，又一次次覆灭，这和她脑海中时刻存在的"依附"意识不无关系。在乱世的烽火当中，"依附"一个男人，给自己一个庇护，始终是她理想爱情的首要条件，而由此产生的种种悲剧，都逃不开这个看似有爱其实无爱的初衷。在远离舞台的幕后世界中，"主角"们所遭遇的"爱情危机"，不仅直接打碎了观众对舞台上"风光无限"的美好幻想，同时也暴露出她们所真正经历的苦难人生的原始状貌。

三、自我救赎的心灵世界

相比外部的舞台世界、现实世界，戏剧艺人的心灵世界其实是最应该受到关注和重视的一方天地。在忆秦娥、水上灯艰辛的"成角儿"之路上，一系列外部事件的发生，不仅影响着主人公性格气质的形成，同时也促使其内心不断成长与完善。陈彦曾在《主角》创作后记中谈道："角儿，也就是主角。其实是那种在文艺团体吃苦最多的人。当然，荣誉也会相伴而生。荣誉这东西常遭嫉恨怨怼。因而，主角又总为做人而苦恼不迭。"②成为"主角"，固然是一件风光无限的事，然而随之而来的嫉恨、污蔑、伤害却也常常令主角痛苦不堪。在忆秦娥和水上灯的成长过程中，其心灵世界价值观的形成并不是一蹴而就的，它首先要受到身边人的影响，而这个人也对主人公内心世界的重塑有着非凡的意义与价值。

陈彦笔下的忆秦娥，在心灵世界成形的最初阶段，其实离不开身边人对其所进行的思想塑形。秦腔老艺人苟存忠因"吹火"而累死在台上，给了年幼的易青娥太多的心灵触动。虽说"将军马革裹尸，伶人戏装咽

---

① 方方：《水在时间之下》，人民文学出版社，2014年，第250页。
② 陈彦：《主角》，作家出版社，2018年，第890页。

气，也算是一种生命悲壮了"①，但一代又一代的戏剧传承，竟要靠戏剧艺人付出生命的代价去维系着，不能不说是一种悲哀。苟老师曾说过："秦腔吹火，那个苦就不是人能干的事。那是鬼吹火，只有鬼才能拿动的活儿。不蜕几层皮，你休想吹好。"②以苟存忠为代表的一代秦腔老艺人对易青娥的细心教导，使她的精神世界日益丰富起来。就连平时做事不着调，一心爱敲鼓的老艺人胡三元也说："唱戏就要这样，不能亏了自己的良心。为啥好多人唱不好戏，就是好投机取巧，看客下面。看着眼下是得了些便宜，可长远，就攒不下戏缘、戏德。没了戏缘、戏德，你唱给鬼听去。"③可以说，戏德对于每一个演艺人员来说，都是至关重要的，演戏和做人从来密不可分。在对忆秦娥心灵世界的塑造上，陈彦更多地通过以忠、孝、仁、义为代表的一代老艺人身上所具有的某些特质，来观照它们对忆秦娥精神世界所产生的微妙影响。

然而主人公的心灵世界毕竟一直在成长着，单靠这种特质不足以帮助忆秦娥去抵挡后来所遇到的种种苦难。"主角"的事业如日中天，然而忆秦娥却一点也不喜欢这样的生活。"演戏真的太苦太苦太苦了。做主角的压力，也是太大太大太大大了。她今晚几乎都快被压垮了。下辈子要是允许她选择，她一定选择放羊。即使放不成羊，她宁愿去烧火做饭，也不愿再唱戏了。"④在事业压力、爱情危机的双重压迫之下，忆秦娥几近崩溃。尤其是在撞破刘红兵的出轨、演出压死孩子、单团长伤重去世、儿子刘忆痴傻等多重打击之下，忆秦娥开始频频做梦。梦境中牛鬼蛇神一声声地严厉质问，是她内心恐惧与原罪意识的外化。她痛苦不堪，遂去寺庙意欲出家，想要借此赎清"罪孽"。这是忆秦娥主动寻求心灵救赎的明显征兆。然而寺庙的住持却劝她："修行是一辈子的事：吃饭、走路、说话、

---

① 陈彦：《主角》，作家出版社，2018年，第401页。
② 同上，第275页。
③ 同上，第239—240页。
④ 同上，第406—407页。

做事，都是修行。唱戏，更是一种大修行，是度己度人的修行。只要懂得这个道理，就没必要住庙剃度了。要不然，这世间的庙堂也是住不下的。"①自她学戏以来，她从来没觉得当主角是件多么风光的事情，然而命运却把她一步步地推向了这个万人瞩目但也是刀山火海的位置。当得知封潇潇的颓废、刘红兵的瘫痪、石怀玉的自杀时，她开始从内心怀疑自己，认为这一切的罪孽都是自己造成的。"忆秦娥从来不相信什么'八字硬''克夫'这类鬼话，可今天，她似乎有点怀疑自己八字硬了。爱自己的男人，几乎最后都是要死要活的。"②

对自我的怀疑，其实是主人公"赎罪"意识的开端。而忆秦娥对此的选择是回到了自己已经奋战大半辈子的舞台之上。秦八娃老师曾说过："对于你来讲，唱戏，可能是生命最好的选择，是上天最合理的安排。唯有唱戏，才可能让你青春生命这样灿烂。"③在被动地成为舞台半辈子的"主角"后，忆秦娥开始第一次想为自己争取点什么。然而现实是残酷的，年轻的宋雨已经亭亭玉立，一如当年的她。直到此刻，她才意识到，风光无限的舞台已经不属于她了，"她的悲凉感，从心底慢慢抬升起来，手脚都有些冰凉的"④。她突然开始憎恨，"在她生命最艰难的时候，他们竟然合谋着，把自己朝秦腔舞台的边缘上推，并且推得如此决绝，如此心狠手辣。她绝望了"⑤。这世道就是如此，"你方唱罢我登场"，是戏剧舞台周而复始的生存常态。即使忆秦娥再心有不甘，也无法与时间一决高下。"转眼半百主角易，秦娥成忆舞台寂。舞台寂，方寸行止，正大天地。"⑥在这浩大的天地之间，虽然"主角"不断更迭，但我们却可以看到，生命的传承其实从未停止。正如吴义勤所形容的那样，这里有"一种

---

① 陈彦：《主角》，作家出版社，2018年，第641—642页。
② 同上，第870页。
③ 同上，第463页。
④ 同上，第863页。
⑤ 同上。
⑥ 同上，第888页。

传承衣钵的生命快乐"①。它将继续为后来者的"舞台"增砖添瓦,铺着属于他们自己的道路。

相比忆秦娥的黯然退场,方方笔下的水上灯,其退出舞台的姿态具有几分从容。对于水上灯来说,汉剧老艺人余天啸无疑是她心中最敬重的一位名伶。余天啸机缘巧合救下了被强迫"卖身"的水上灯,给予她最细致的关心和照顾。面对着水上灯的磕头报恩,余天啸的回应令人钦佩,"你不是奴才,你是我汉戏的名角。把人做正,把戏演好,这就是对我最大的报恩"②。余天啸身体力行地对水上灯进行着谆谆教导,抗日公演走在前列,即使病入膏肓也要坚持把戏演完,"做戏子的,只要挂了牌,卖了票,除非睡在床上起不来,但凡能起来,就得登台。就算剩下一口气,也得在台上吐完它。更何况这是为了抗日……戏在人唱,道在人为。人家说我们戏子吃的是下九流的饭,但我们自己要当我们吃的是上九流的饭。有戏德的戏子,才不会让人瞧不起"③。戏德在身,铮铮傲骨,汉剧老艺人余天啸的存在,无疑是水上灯心灵世界的一束光,它将水上灯那些不堪的过去打磨重塑,从而点燃主人公心灵世界原有的光芒。

在余天啸的影响之下,水上灯的内心世界经历了完整的蜕变。面对着抗日捐款的号召,"她将项链和戒指一并摘下,交给田汉,然后又从口袋里拿出一百元钱。说:这虽然是我很珍贵的东西,但眼下没有什么比抗日救国更重要。我们的国家才是我最珍爱的"④。位卑未敢忘忧国的特质,在这一刻,真真切切在水上灯的身上得到了重现。此刻一切的名利虚荣,在家国大义面前似乎都显得微不足道。然而抗日的热情虽然点燃了水上灯的心火,却不能使她解脱。随着张晋生车祸身亡、水文惨遭杀害、陈仁厚愧疚出家等一系列变故的出现,水上灯的内心突然产生了和忆秦娥相

---

① 吴义勤:《生命灌注的人间大音——评陈彦〈主角〉》,载《小说评论》2019年第3期。
② 方方:《水在时间之下》,人民文学出版社,2014年,第243页。
③ 同上,第263页。
④ 同上,第275页。

似的念头:"水家原说你是煞星,我还不信,现在,看看水家,只要你现身,不是爹死,就是家亡。你自己算算看,你手上已经有了多少人的血。"①生母李翠的咒骂言犹在耳,如尖刺一般密密麻麻地戳着水上灯的心口。三个男人因为自己所遭受的厄运,使得水上灯的心灵世界出现了崩塌和颠覆。此情此景之下,面对着自己曾经的初心,"她红透了汉口。走到街上,不时有人认出她来。人们对着她欣喜而高声地呼喊:水上灯,放光明。但是,水上灯却并没有因此而快乐。小时候,她想将来一定要成为一个有钱人。她以为有了钱就会幸福快乐,但现在她拿着丰厚的包银,她曾经想象过的幸福和快乐却并未如期到来"②。她终于发现,原来所谓的"复仇""追名逐利",其实都是一场过眼云烟。她在生命的最后阶段终于解脱了出来,和瘫痪的林上花一起相依为命。"她们洗净脂粉,脱下绸缎,换下高跟的鞋子,剪短了头发,着一身蓝布褂出没在陋巷中,一天又一天,竟没有人知道她们曾经是谁。"③在林上花因败血症死亡后,水上灯在街边捡到了已经痴傻的水武,细心地照顾他直至去世。当把水武也送走后,她把自己收拾得干干净净,安静地死在了床上。这就是水上灯心灵世界的自我救赎,她安静地过完了后半辈子,沉默地接受着时间与命运的审判。这份在生死面前的从容,是一种超越世俗的精神观照。她终于得到了自己想要的解脱,完成了生命所一直渴望的心灵救赎。

结　　语

舞台上"主角"们的世界固然风光无限,但扮演"主角"的人们却在现实生活中历经风霜,饱尝苦痛。陈彦笔下的秦腔皇后忆秦娥,在"主角"的位置上坚守半生,却终究抵不过"你方唱罢我登场"的宿命轮回。

---

① 方方:《水在时间之下》,人民文学出版社,2014年,第435页。
② 同上,第269页。
③ 同上,第458页。

方方笔下的汉剧名伶水上灯，在战火的烽烟中受尽挫折与磨难，却仍践行着"不为日本人唱戏"的庄重承诺。身为"主角"的她们既是幸运的，又是不幸的。舞台之上的万千风采并不能掩盖她们幕后所拥有的真实人生。无论是沾染着乱世烽火的汉剧，还是浸染着传统与革新风潮的秦腔，戏剧艺术的传承始终离不开"主角"的辛勤付出与奉献。作者通过舞台世界、现实世界和心灵世界的多元塑造，使得"主角"的形象呈现出一种饱满的复杂性。忆秦娥和水上灯，在抛开"主角"光环的同时，其实也不过是存活于世间的普通人。身为"主角"的风光和苦难始终共存于主人公的生命体验之中，同时她们在多重世界中所表现出的种种矛盾与挣扎，也不可避免地成为"主角"们悲剧人生的源头。当众人被舞台之上的她们所吸引的同时，我们是否也应该注意到，"主角"背后所隐藏的多重世界，既彰显了她们的来处，也预示出她们的归途。

原载《聊城大学学报》（社会科学版）2020年第2期
（本文系与安琪合作，收入本书时有修订）

论陈彦《西京故事》中的"离"与"归"情节

城市与乡村的矛盾一直贯穿在社会发展的历史之中,两种居住在不同生存环境下的群体的交往必然会导致一定的冲突。早在宋代的户籍制度改革之中,就已经将居民分为"坊郭户"和"乡村户",再到近代社会的城乡分割,城市与乡村两种意识形态的差异更显突出,这种差异所带来的不仅是经济上更是心理上难以跨越的鸿沟。随着改革开放以来城市范围的不断扩张,城乡融合的发展使得大批非城市人口被挤压、裹挟到城市范围之内,出现了全新的生活区域——城中村。在这个独特的生活场域之中,形成了一个独特群体的社会缩影,各类人物及其生活状态在此展现得淋漓尽致。因此,各类人物之间的交往会不可避免地造成多重形式与层面上的交锋。这种交锋成为观察社会的新视角,同时也成为文学叙述生活的新模式,即构建以城中村为代表反映城市与乡村两种生活状态的新角度。其中,对城市生活从憧憬到失望以及对农村生活从厌弃到怜惜成为文学叙述的一种模式。

陈彦的《西京故事》正是在城中村这个独特的视角下,延续乡下人进城的文本模式,立足于乡下人进城后的心态变化,旨在表现城内与城外繁复的社会现实。其中,在城市人与乡下人生活冲突的语境之下,着重展现与城市"动"相对的乡村"静"的一面。由此,在面对冲出土地限制、进入广阔世界的理想支配之下,在城市与农村的竞争之中,"非法介入者"们深切地体会到了城市的排他性以及乡下以开放胸怀接纳自身的强大包容性。然而，在形成特定的文本叙述模式之下，陈彦不以品味外来人的精神苦痛为乐，而是以思考者的身份对当下的社会进行深切关注，在构建两重叙事空间的维度之下，寄托着对当下社会发展的忧思。

一、"离"的发生

在中国现当代文学的书写史上，作家笔下的城市与乡村一直处在一种紧张的关系之中。然而，这种体现在小说文本中、有关两者互相对抗的刻画是伴随着时代的发展而不断更新的。从鲁迅等开始以第三者视角书写乡村的闭塞，到如今作家开始反思城市纸醉金迷，再到重新回归有关乡村朴素生活的书写，无不体现着乡村与城市不可脱离的关系。这种以反映城市生活、乡村生活以及以城市与乡村生活为对比的内容成为一代又一代作家笔下的母题。在新的时代背景之下，从乡村进入城市这种续写模式展现着全新的意义，许多作家抛弃了原本对乡村蒙昧的一味批判，开始反思当下"城市化"的深切内涵。

陈彦将观察的视角落在身边寻常可见的农民工群体身上，笔触靠近他们复杂的居住环境——城中村。在城市人与乡村人半封闭式的交往之中，探寻"城"与"乡"现代式的互动交流。在有关乡下人进城的叙事文学之中，"离"的趋向一般分为两种：其一是为了生存而不得不进入城市打工；其二便是与乡土大地长久依恋之下所形成的叛逆心理的逃离，集中体现在青年一代知识分子身上。这些渴望远离乡村的青年一代，在获取新知识、新道德的同时也在潜移默化地对现存生活境遇产生不满情绪，形成了与乡村生活的冲突模式。正如"刘高兴"们与"高加林"们怀揣着对城市的幻想，尽管在进城的旅程之中步履维艰但是仍然乐在其中。陈彦的小说《西京故事》讲述的便是为了解决两个大学生上学的金钱问题，一家人离开乡村进城打工的故事。他们一家没有以唾弃乡村文明、高歌城市文明的姿态进入城市，而是以一身"儒士"的风骨在城市里谋求生存，迥然不同于以往作家笔下为了盲目赚钱而挤破头脑投入城市的群体，他们的"离"是以谋求更好的发展为目标的。

关于罗甲成的塑造，作家将这一人物塑造为一个胸怀远大理想的知识分子形象，但这种理想化的人物却在现实的打击之下屡屡退却。迈入城市的第一面图景就是甲成同房东家儿子金锁的"暴力对话"，意味着乡村意识形态同城市意识形态的第一次正面交锋。也正是初次城市印象的不堪，使他对校园产生更加强烈的憧憬。在浸透文化与学术的高等学府之中，学生之间的友爱交流、和谐相处和好知求学应当是校园独特的氛围所在。然而，偏偏事与愿违，大城市的生存之道也渗透在校园与学生之间。与舍友巨大的家世差距以及多重潜意识下的身份自卑感，使他以挑衅的姿态公开地进行反抗。在紧张的城市节奏之中，他不断地对生活感到迷茫，无论是学校里同学刻薄眼光的打量，还是父亲一味坚守的忍让和姐姐拾荒的举止，都对以"自尊"为评价标准的他产生了极大的打击，这种打击对他来说都是心理上的极大折磨。尤其是在城市与乡村的摩擦之中，他开始对父亲罗天福的生活准则产生对抗的情绪。在混乱的生活节奏之中，他需要寻找新的情感投射，以忠诚于自我的认同。于是，爱情意识的初步萌发让他重新找到了自我，在自以为的爱情的滋润里找寻到了自身的存在感以及归属感，达到了与外界的一种平衡，但很快这种自我陶醉就被打破。何为尊严？何以立足？甲成交出的答案是被迫逃离。

同样，在城中村的居住群体之中，也存在着对现存生活状态发出疑问的质询者。面对一如既往、无所事事的生活模式，面对周遭喋喋不休的吵闹，生活在这种状态的城市人也会产生有关逃离城市的种种意识。因此，陈彦刻画了西门锁这个游离者的形象，借助这个形象以戏谑的眼光来凝视城中村的独特景观。作家将西门锁这个角色放置在婚姻困境、精神困境与人性困境的多重境遇之中，预示着城市生活中的暗流正在潜伏、涌动，这不仅仅是对城市病最直接的揭露，同时也是关于城市人与乡村人在一次次人性较量下的深切反思。"越活越窝囊，越活越没意思"①是以西门锁为代表的城中村男性在女性压制下的心理凝语。儿子的不学无术，妻子的步步紧逼，让他看到当下家庭难以弥补的裂缝以及无法言说的无奈。尤其在关于金锁的医药费的问题中，他曾多次在妻子郑阳娇和罗家之间周旋；在妻子寸步不让的蛮横与乡下人敦实朴素的人性的对比之中，他更是看到了城市人的贪婪与无畏。于是，西门锁追寻精神与身体双重自由的意识开始勃发。

二、"离"的展现

"离"的行为出现是内在因素和外在因素交融的综合效果，外在因素是被动地强加，而内在因素是主动地疏远。这种行为的产生在很大程度上是个体内在精神得不到满足的一种宣泄，即自我认同出现危机。所谓的"自我认同"最初是由德国心理学家埃里克·埃里克森提出的，广泛意义上的"自我认同"是自身同外界保持平衡的一种状态。如果将这种危机归结于"离"出现的关键因素，那么现实出现的叛逆举动必然会打断"自我认同"这种平稳的状态，导致个体对自身生存经验产生怀疑并且丧失对社会基本的归属感。同样，在认同危机出现的同时，必然会伴随着相应的重新追寻或建构新认同的行为，呈现着多重的形式。在《西京故事》之中，作家以"暴力相向"和"隐匿躲藏"两种方式来表现人物对现存的生活处境做出的反应。

以暴力的形式去抵抗外来欺辱，是罗甲成维持自身乃至乡下人尊严的一种有力手段。这是一种作为"人"的本能对抗，青年人的血性和他自身所携带的正义感，使他不得不在城市规则制度的压制之下屡屡爆发。他认为："这种地痞无赖，教训的唯一方法，就是拳头。只有拳头才能教会他们尊重和收敛。"②具体而言，这是一种源自主体内心冲突所造成的混乱

---

① 陈彦：《西京故事》，人民文学出版社，2016年，第19页。
② 同上，第264页。

感,让他在不受理性的控制之下,凭借着暴力的行为举止进行无节制的情感释放。在文庙村以及大学校园宿舍这两层居住环境之中,陈彦以多处的细节描写,来刻画与城市产生隔阂的青年形象,并以此作为一个特殊视角,来发现备受冷落的乡下人企图以暴力的手段消除与城市的界限的行为。

  在文庙村这一空间之中,罗甲成的暴力行为主要爆发在金锁身上。从初见面"把金锁的一只嫩胳膊扭上脊背"①,到用竹扁担抽打金锁的后背,这一切的缘由都是金锁对甲秀过分的举动。在姐姐身心受到伤害的当下,他采用了不同于父亲"忍受"的姿态,通过高举人的尊严来表达他对亲情的维护。显然,动拳头的形式是他直观思考的结果。同样,在大学宿舍这个与舍友朝夕相处的环境之中,罗甲成也是危机重重。在自身优越性丧失的失落情绪之下,舍友们时而咄咄逼人,时而冷言冷语,这些都成为他情绪爆发的助燃剂。从生活习惯上的摩擦上升到人格的侮辱,他的倔强只能通过小范围下的拳脚相向来表达。

  在长久情绪的挤压之下,学生会改选的到来,让罗甲成寒冷的心陡然跳动起来。原本有十足把握的他,在与舍友孟续子的比较与争夺中,终究没有沉下心来。他采用了网络语言暴力的行为,对孟续子进行了猛烈的攻击。然而,用这种杀伤力极大的文字对他人进行诋毁,这种语言暴力的输出不仅会伤害到他人,同样也会在同一时间以原本甚至超越原本程度的威力回报于施暴者。显然,语言暴力的传播速度与伤害力度远远超越了甲成的想象,这种方式的选择原本是出于保护自己的立场,但歇斯底里的呐喊带给他只是又一次失败。于是,"卑鄙、丑陋、无耻"这六个字深深地烙印在他的灵魂之中。

  查尔斯·泰勒认为:"自我认同就是借助他人的投射而反映出来的确定性。"在这种确定性得不到他人认可甚至会被颠覆的情况之下,暴力手段固然是一种方式,但暴力收获的只能是暴力,无法起到从根本上解决问

---

① 陈彦:《西京故事》,人民文学出版社,2016年,第9页。

题的可能。于是，沉溺于自我的世界，远离现实世界的紧张氛围，就成为为避免冲突而采取的一种主动远离行为。

"沉默与孤独，便成了他极不情愿又不得如此的选择。"①校园的"特异"风气，已经不再是罗甲成情感的寄托之地，图书馆成为埋藏自己的最好据点。在那里他可以澡洗精神，可以同自己爱慕的童薇薇进行对话交流，也能够让他在短暂的时间内逃离现实的纷扰。与此同时，在无法割离的宿舍中，他同样切断了与舍友们的交流，一味地沉醉于虚拟的网络世界，在享受平等对话的同时，也舒缓自己在宿舍里的提心吊胆。显然，因观念差异而产生的"裂缝"式的交往，一次又一次打击着罗甲成的自信，他的价值观念在这座城市的校园之中早已惨淡万里，他也只有采用隐匿的方式，才能避免聒噪的吵闹，从而守住他内心中的"理"。

然而，这种初步的"离"的理想状态，在经历网络语言暴力的过程之中被逐步消解，一种极端的"隐匿"行为开始爆发。在罗甲成这个执拗的人身上，只要产生一种想法，便难以挽回。这种坚决的态度使他固执地转头向蔫驴的矿井走去，这是一种绝望的心情，是对积蓄已久的愤懑心情的一次集中释放。在这场单打独斗中，他觉得自己彻底输掉了，他认为自己输掉的不仅仅是他维护了长久的自尊，更是他多年的出人头地的理想。他不愿回去，否则"就又得回去重复那种生不如死的生活"②。显然，在矿井那个"没有眉高眼低，更没有同情与施舍"③的生活状态之中，城市所带给他的深痛体验在逐渐消失。

与此同时，城中人西门锁也在通过藏匿的方式来逃避他的痛苦，婚姻状况是他首先面对的问题。在十几年的婚姻生活之中，郑阳骄的处处管制，成为西门锁"反叛逃离"的重要因素。

西门锁的逃离姿态是身心的双重远离，在这种被牵制的夫妻关系之

---

① 陈彦：《西京故事》，人民文学出版社，2016年，第104页。
② 同上，第363页。
③ 同上，第365页。

中，西门锁选择了无声反抗。其一是在性方面的刻意避免和肆意狂欢。在多次与郑阳娇的吵闹之中，西门锁选择睡沙发和减少身体触碰的方式来隐匿自己的存在，表现他对现存婚姻状况的不满。与此同时，与温莎偷情也是他初步的反抗形式，在精神上遭受的折磨与打击，他通过另类的狂欢昭示着自己想要与家庭隔绝的愿望。其二是编造一系列的谎言不愿回家。在旅馆的悠闲时日里，他能够无拘无束地自在生活；在远离家庭的自在生活中，他悠然地回想起曾经的那些日子。于是，潜伏在西门锁心里的向往美好生活的诉求自然地流露了出来，以隐瞒自己身处何地的方式，来找寻第一段婚恋的幸福时光。在当下的生活彻底消失在西门锁眼前时，他不仅同往日的回忆重新建构起了新的对话，同时完成了自身的一种隐匿。

在沉默的、内在的和意识的交锋之中，运用多重方式以缓解现有的紧张状态都是合理的。陈彦正是在城市人与乡村人有关认同偏差的对比之中，在暴力和隐匿的行为举止中暗示着城市人的生存混乱。同样，陈彦让西门锁以"叛逆者"的姿态出现，从局中人的视角出发反思城中人的生存状态，当反思触及生活的根本之时，如何做出相应具体的调整就成为作家笔下的谈论重点。

三、"归"的呈现

赵园在《地之子》中写道："乡村世界自有它的具象与抽象、世俗与哲学、梦与真。"[①]纵观中国现当代文学的书写史，在面临社会结构巨大变动的特殊时期，作家笔下的乡村往往以"闭塞""愚昧"的形象出现。而作为一位能够切身体会农民情绪、深受传统文化洗礼的作家陈彦，显然会以不同的笔触揭示乡下人进城的故事。在其他作家的文学作品之中，青年知识分子总是渴望挣脱农村的禁锢，愤恨地看待乡村对自身的洗礼，乡

---

① 赵园：《地之子》，北京大学出版社，2007年，第110页。

村的老一辈也以排斥的态度拒绝城市的美丽，企图拉拢想要逃离的青年人回归乡村。但是陈彦笔下的人物不仅保持了对城市的美好幻想，同时也保持了一定的警惕心理。这些人物形象对乡村有着难以割舍的情感，即便是在城市中生活，也在城市中编织着有关乡村的美丽，乡村才是他们心灵的真正港湾。

"乡村本是保存'过去'、收藏'故事'的所在"①，承载着个体所拥有的大部分生活经验。显然，在城市的苦难经验与乡村令人称美的童年记忆的对比之中，罗甲成的关于乡村的全部怀念自然会喷涌而出。于是，在窘迫的生存处境中，回归乡村就成了他抚慰心灵的有效方式。这必然要谈到中国传统的文化观念——"身土不二"。所谓"身土不二"，"指的是人存在于他所生活的身体、环境、文化的相互协调一致的状态中，在这种状态中人才能达到幸福而合理的存在"②。在乡村的生活氛围之中，罗甲成找到了自身存在的合理价值。"他自强不息、必须出人头地的意识，就再一次被唤醒了。他必须学下去，必须改变自己，让这种尊重，向更广阔的地方延伸。"③就这样在多次对自己人生道路的怀疑中，是乡村凭借自己的力量，将他拉回到现实的轨道之中。同样，拥有耕读传家传统的罗天福当然没有也不能忘却自己的家乡，即使"西京梦"一次又一次地搅动他的内心，他心中关于乡村的"道"与"理"却一直伴随着他的征途。陈彦正是抓住父与子两代人对乡村的种种割舍不断的念想，以构建情感乌托邦的形式来表达乡村人在城市化过程中对乡村经验的一种怀念之情。

陈彦通过长篇小说叙述城市生活的同时，也勾勒着一幅幅乡村生活的图景。从过年气氛的相互烘托到从城市生活的点滴回想到乡村的场景，无不体现着小说中乡村人物种种的怀旧与思乡情绪。赵静蓉曾讲道："怀旧

---

① 赵园：《地之子》，北京大学出版社，2007年，第110—111页。
② 王杰：《乡愁乌托邦：乌托邦的中国形式及其审美表达》，载《探索与争鸣》2016年第11期。
③ 陈彦：《西京故事》，人民文学出版社，2016年，第83页。

是某种朦胧暧昧的、有关过去和家园的审美情愫，它不仅象征了人类对那些美好的但却一去不复返的过往的珍视和留恋，而且暗含了人类的某种情感需求和精神冲动。"①陈彦便在小说中设置了"树"的意象来保存乡村与城市共同的灵魂寄居地。我们可以看到的是，作家同时赋予了乡村与城市雄浑树的"根"的意味，将守护传统、寄托情感与人物刻画巧妙地融合在一起，构建了两个独特的审美境界。一方面，罗甲成在守护者东方雨的引导之下走出阴霾，回到他曾经想要有所作为的天地，这是城市的"树"助他回归。另一方面，作家也将罗家几次的经济危机事件同乡村家里的两棵紫薇树联系起来，紫薇树的出现是作家铺设故乡情节的关键符号，也是联系罗家同乡村关系的一条重要线索。罗家父子几次想要砍伐出卖的树，都被奶奶以一己之力挽回。"埋了奶奶，爹说他暂时不能去西京城了，现在正是山里丢树的季节，两棵紫薇树不看护是保不住了。"②显然，作家以家传守护两棵紫薇树的方式来表达自己对乡村优秀传统文化即将消失的一种挽回，为城里遭受苦难的人留下一个可以归来的理由。

"回乡冲动中有人类最纯洁'无害'的情欲：渴望依偎，渴望庇护，渴望如肌肤触摸的抚慰。"③除此之外，乡土大地也通过它宽广的胸怀容纳着一批批寻觅归依的孩子，他们的冲动来自寻找一处能够进行情感转移的地方。在《西京故事》的情节设置之中，陈彦通过童薇薇与父亲远离城市进入贵州乡村的行为，来诉说乡村有关"赎罪"的作用。作为城市人的童教授身心陷入乡下学生的一场自杀案中久久不能脱离，他说："为此，我的灵魂终身不得安妥。"④于是，替代学生回归家庭、回归乡村就成为他独特的救赎方式。在那破败的乡村图景之中他可享受到乡土大地对他的伤痕进行抚慰的温柔，也可以在这里重新体会人性的温度。这是作家笔下

---

① 赵静蓉：《抵达生命的底色》，广西师范大学出版社，2015年，第61页。
② 陈彦：《西京故事》，人民文学出版社，2016年，第429页。
③ 赵园：《地之子》，北京大学出版社，2007年，第24页。
④ 陈彦：《西京故事》，人民文学出版社，2016年，第398页。

一场关于心灵洗涤和精神重生的举止，童教授伤悼学生死亡的同时，以回归他人故乡的方式来对自己所坚持的理想信念进行不断的加固，也将此经验运用到实际的教学活动之中，对学生循循诱导。尽管这种努力看起来很微不足道，但这也是他用"生命影响生命"的一种教育方式。从城市回归乡村，从乡村再回归城市，陈彦以童家的行动轨迹为我们记录着乡村与城市在另一层面上的和谐与共处。在城市的沉浮之中，歌颂乡村的行为便成为一种美好方式。

另外，城市人西门锁同样也有着"归"的行为。他不同于罗家，在城市之外的乡村大地，他没有自己的栖居之地，他的姿态是回归到原本的家庭之中，即前妻李玉茹的身边。在前妻及西门映雪的身边徘徊是他渴望回归的一种意识表现，也是他对现在家庭失望的一种情感转向。在西门锁身上作家投入的是一种"人性的温度"，不仅体现在他对罗家的态度、对兄弟朋友的态度，更体现在对先前家庭的一种渴望尽责的想法。由于西门锁的嬉笑吵闹与坚持不懈地想要"救赎"的想法，前妻及女儿在潜移默化之中接受了这个"丈夫"及"父亲"的存在，他不仅帮助了身患癌症的前妻，同时也在一定程度上弥补了女儿多年缺失的父爱。于是，关于西门锁的"归"在这场救赎的行动之中也体现得十分鲜活。

结　语

离开土地不离开家乡，一直是许多作家关于"离"的解释。在《西京故事》的叙述之中，作家同样没有将城市与乡村完全分割开，反而是以一种独特的手法来诉说着乡村的美好。尽管陈彦同其他叙述乡村人进城的作家一样，在文本中设立种种苦难，讲述进城人在城市中艰难挣扎的情况，但是他给予了乡村人以美好"乌托邦"形式的慰藉地，即乡村。于是，在城市坚持生存的人物吮吸着乡村的力量，终究凭靠着自己的努力在城市中立住了脚跟。在小说结尾，陈彦在罗甲成自乡村返回城市的途中写道：

"罗甲成分明已经闻到了西京城的气味,是寒气?是暖气?是香气?是废气?还是冬天腐殖质遭遇暖流时所散发的那种霉变之气?在这复杂难辨的气味中,他似乎也闻到了属于罗家千层饼的那一息味道。"①作家以多重的问句形式来强烈地抒发自身关于城市对乡村人所造成的情感上的创伤,但笔锋一转又写到了"千层饼的味道",作家运用这个意象来表达乡村人成功地进入城市,在城市之中他们也同样获得了小小的立足之地。

马尔克斯讲道:"小说是用密码写就的现实,是对世界的一种揣度。"②陈彦写作的视角一直是大的社会背景之下,对小人物的生活进行详细的叙述。在《西京故事》的讲述之中,陈彦通过展现现代化进程中城市与乡村二元结构在融合过程之中所发生的种种冲突,来表达自身对这种矛盾的深切担忧。他不仅看到了乡村人进城之后的"精神撕裂"③,同样看到了生活在城市中人的疲惫不堪。他在《西京故事》的后记中讲道:"故事没有结局。"④显然,在现代化快速发展的时代背景之下,城市与乡村的互动交流不会停下脚步,只会越来越紧密,两种意识形态下的冲突也会更加激烈。乡村这个能够避风的港湾,也许会慢慢消失,城市的包裹会让更多的乡村人进入城市。因此,我们在乡村人进入城市的行为之中,也不应该忽视乡村精神外化之下的包容情怀;在精神的困境之中,我们要找寻的不仅是情感上的慰藉,更应该是有关坚守的精神叩问。由此,在陈彦《西京故事》之中有关"离"与"归"的叙述,在现代化进程之中对有关城市与乡村问题的讨论有着深刻的警醒作用。

原载《西安电子科技大学学报》(社会科学版)2021年第4期

(本文系与张陆洋合作,收入本书时有修订)

---

① 陈彦:《西京故事》,人民文学出版社,2016年,第430页。
② 加西亚·马尔克斯、P.A.门多萨:《番石榴飘香》,林一安译,南海出版公司,2015年,第41页。
③ 陈彦:《西京故事》,人民文学出版社,2016年,第433页。
④ 同上。

论高鸿小说中的女性形象及其悲剧成因

——以《农民父亲》和《血色高原》为中心

高鸿作为陕西籍作家从事文学创作开始于20世纪80年代，在当时已经声名大噪的柳青、路遥、陈忠实等知名作家之后发声，并没有遮蔽他的创作个性与创作追求，加上作品借助新兴的网络平台予以传播，更是获得了读者们极大的关注，并得到了众多文学评论家的肯定。李建军认为：高鸿"有着像大地一样朴实、深厚的底层情怀""有着良好的伦理感和健全的人性观""艺术感觉相当好"。[①]鹤坪指出："高鸿显然不是快餐文学的制作者，他寄予小说写作显见的个人风格、表达形态、丰富性和多义性。"[②]基于对陕北农村生活的熟悉，高鸿的小说，无论是短篇小说《矿难》中愚昧顽固的广生，还是《沉重的房子》中坚忍顽强的茂生，或是《农民父亲》中不惧苦难的父亲，他们大多带有黄土高原宽广的气魄和胸襟，为了保证家族血脉的延续，不惜一切代价克服生存条件的限制，成为整个家庭的经济支柱与精神动力。相比之下，这些作品中的女性虽大多善良多情，却也不可避免地依附男性，充当配角，被动地接受着自己的命运。直到《血色高原》，作者才着力塑造出一系列具有独立人格的女性形

---

① 李建军：《另一性质的底层写作》，载《当代小说》2009年第4期。
② 鹤坪：《乡土写作的一次突围——高鸿短篇小说〈农民父亲〉拾得》，载《小说评论》2010年第4期。

象。细究高鸿作品关于女性的描写可以发现,他对女性地位的认识是渐进变化的——由初时的边缘描写、侧面衬托的配角逐步成为作品着力歌颂与赞扬的主人公。

一、不同时期作品中的女性形象

(一)早期作品中女性形象的边缘书写

长篇小说《农民父亲》通过刻画伴随父亲整个生命过程的四个伟大的女性,着力歌颂了在饥荒年代谱写顽强不屈的生存奋斗史中"农民开拓者"的父亲形象。值得关注的是,其中的女性形象无疑都是附属于男性的主体地位而存在。细读文本我们可以看到,作者在塑造人物时不可避免地从男性视角来审视女性——一切以夫妻双方的权利义务为主,她们的宽厚理解是维持家庭的基础,她们的勤劳善良则是作为婚姻一方应尽的义务。在当时的农村社会条件下,农村人是不把女孩子当人看的,因此对于塑造一个伟岸的男性形象来说,她们的人格特征在作品中往往起到辅助和衬托男性的作用,而相应地失掉了自身的独立品格。

1. 大翠

在《农民父亲》中,大翠是第一个走近父亲的女人。出身贫寒的大翠不怕吃苦,虽然初见时带着"山东妞撒嗲气"的忸怩作态而不招人待见,粉碎了父亲对媳妇的所有幻想,但她还是用自己金子般的心慰藉了父亲的心——同样年幼的大翠陪伴着父亲一同成长,与之共同承担着带领家族传承下去的重任。虽不受父亲的喜欢,然而勤快的大翠干活从不含糊,手脚麻利,劳动起来"像一头不知疲倦的牛,任劳任怨"[①],加之人缘又好,在村里有很好的口碑;在父亲为了维持全家生存而遭受批斗时,大翠勇敢地站出来承担罪责,只因不忍看着身为一家之主的丈夫遭受身体和心理的

---

① 高鸿:《农民父亲》,时代文艺出版社,2008年,第26页。

双重侮辱，但却因此失去了他们唯一的孩子；秉着到了济南就能过上共产主义社会的好日子的目标，父亲一家决定逃荒，大翠始终是父亲的尾随者和支持者，最终也成为拯救父亲一家的牺牲者——逃难途中细心的她发现高粱已经吃完了，大家却还没有到目的地，她索性不吃东西，将最后的干粮留给了丈夫而自己被活活饿死。当父亲发现那个鼓鼓囊囊的、大翠用生命节省下来的粮食袋子时，那个最初"彪乎乎"的少女已经带着她的眷恋和不舍离开了她最亲的人。大翠这一形象虽肯定了女性的无私奉献与自我牺牲精神，然而作者在刻画时却毫不犹豫地站在男性视角，将缘由归结于妻子的义务，反映了作者此时并没能摆脱传统的家庭观念中男性中心主义的思想桎梏，仍然认为女性是作为附属的一方存在的。

2. 宋桂花

在高鸿笔下，寡妇宋桂花的形象应是最有思想解放意味的。她风流漂亮，直率坦诚，"分明是从天而降，不食人间烟火"[①]。她是父亲一家在逃难路上遇到的"恩人"，虽初次相遇，却愿意倾其所有救助父亲一家，宁愿抛弃相对宽裕的家境转而跟随父亲的乞讨生活北上。虽然在村子里有过与刘支书等男子的不良风评，然而却没有影响她如菩萨般善良的形象。不同于大翠，桂花"白白净净，面若桃花；明眸皓齿，风情万种；身段妖娆，风摆杨柳；秀发如云，漆黑明亮。衣服也穿得很体面，干干净净，没有补丁"[②]，完全一副城里女人的朝气，在与父亲的相处中，桂花几乎符合父亲心中对"爱情"的所有定义。他们二人那种突破精神防线的"狂欢"并没有持续多久便被奶奶的对"克夫命"的偏见而扼杀——"奶奶虽然对这个女人感恩戴德，但是并没想让她做父亲的媳妇"[③]，这个"妖精一样的女人"[④]比父亲大十岁，而且门风不好，所以梁家不能要这样的女

---

① 高鸿：《农民父亲》，时代文艺出版社，2008年，第31页。
② 同上，第43页。
③ 同上，第54页。
④ 同上。

人。命运多舛的她在与父亲一起躲避野猪群时走散,历经坎坷三年后才又重聚,却仍旧不能在一起——那时父亲已经在奶奶的要求下组建了新的家庭。不同于逃难路上单纯的生存危机,平淡的生活里,桂花受到了来自世俗道德的刁难和冷眼,加上本身疾病的折磨,最终悲凉地、有些疯癫地离开了人世。面对各方面的刁难她不曾退缩,却没能阻止厄运连连;面对调皮不懂事的"我",她眼中的期待与温暖只换来"我"的刻意忽略,以及"我"挣扎着不与她接近。所以宋桂花的形象又是悲剧性的。尽管她已经不甘被命运左右而独立地做出了选择,然而付出与回报的均衡还是难以达到。这个唯一点燃父亲心中爱情之火的坚强的女子,在那个特殊的年代,却仍然无力扭转悲剧性的结局——"一抔黄土收艳骨,数寸薄板掩风流"①。

3. 母亲(玉梅)

母亲是在逃荒乞讨到梁家河的时候遇上的父亲,并在奶奶的授意下被父亲接纳的,这就导致了她在理智和情感上的双重怯懦,进而在个人定位上出现严重偏差:她并非妻子,只是帮佣。母亲的全部精力与心思都放在照顾好一家人的生活上,这必然首先出于感恩父亲的收留,再者是传统"夫为妻纲"的观念所致。曾经的"情敌"出现后,丈夫对她的态度越来越暴躁,经常吵架,有几次甚至动手打了她,村里的流言更让她难以招架。"帮佣"身份让她在面对丈夫的背叛时只能郁郁寡欢,而始终不敢流露出责怪丈夫的意思。她深谙反抗也只是徒劳——毕竟他们之间并无感情,只有相伴——她既无力改变被丈夫冷落的现状,也无法让自己不在意外人的眼光和嫉妒的内心。压抑的心理负担以及长期劳作的生理负担给她以致命的打击,痨病折磨推波助澜,导致母亲最终带着不甘与遗憾悲怆离世。

4. 继母

桂花和玉梅的相继离世,也让父亲的心蒙上阴霾。随后在奶奶的干预

---

① 高鸿:《农民父亲》,时代文艺出版社,2008年,第164页。

下,父亲又娶了一个离过婚的农村女人做了"我"的继母,同时又收留了她的三个孩子,这样一来更加重了家里的负担。不过继母的善良能干还是帮助父亲带领这个大家庭和睦地生活了下去,她坎坷的命运在与父亲的相依为命之下也逐渐变得幸福起来——父亲不只关照她,也以对亲生子女的胸怀尽心尽力地抚养她的孩子,最终却因上山采药不慎跌落山崖而去世。作者的这一设定,虽然父亲在"看继母的时候若有所思","继母跟父亲说话的时候小心翼翼,生怕得罪了父亲",[①]继母这样卑微地存在在父亲身边,始终没有作为独立个体的生存意识,只将自己当作丈夫、男人的帮衬与绿叶,继母形象是唱诵女性悲苦命运的挽歌。

5. 奶奶

作为封建家庭的家长,奶奶代表了不可动摇的权威。她的性格具有两重性,既坚强果断又胆小软弱,既固执己见又心慈知足。她以"身体健康"为统一标准为父亲寻找伴侣,一心做着自己认为的最有利于梁家香火发展的行动与决定,实际上代表着传统女性对"三从四德"封建伦理道德的认可与遵从。社会的风云变化给奶奶的生活带来了颠覆性的改变:逃荒,避难,再逃荒,最终安定在梁家河。她的一生,既享受了三代同堂的天伦之乐,也亲历了亲人的不断离去,既深明大义地接纳了同样出身贫寒的逃荒者,又因着伦理道德的固有标杆而打散了儿子一生唯一的爱情。

总的来说,《农民父亲》中的女性形象或吃苦耐劳善良纯朴,或坚毅倔强不拘礼数,或卑微怯懦任劳任怨,共同点都是勤劳持家,都是家庭难得的贤内助、丈夫事业的好帮手。由此可见,这些贯穿故事之中的女性始终是男主人公的附属存在,而失掉了独立的人格——她们无疑为了满足男性的心理和生理的双重需求而存在,并非"自己的",从侧面反映出女性为了家族利益,为了全局而挣扎在命运途中的坚忍、牺牲与奉献精神。

---

① 高鸿:《农民父亲》,时代文艺出版社,2008年,第180页。

（二）后期作品中女性形象的重点书写

在随后的一部长篇小说《血色高原》中，作者则浓墨重彩地塑造了女性的形象——仁慈大爱并充满抗争意识的外婆、承袭了外婆的坚忍但又保持自己个性独立的母亲，她们就像作者在后记中写到的那样，"具有中国传统女性的所有美德，也有很多人所没有的包容大度。她们嫉恶如仇，却又大慈大爱"①。还有好强顽固且不苟言笑的奶奶、忍辱负重又善良开明的大妈、痴情不悔的姑姑秀秀、为爱痴狂突破伦常的大嫂柳叶，形形色色的各类女性跃然纸上，以下主要通过分析外婆与母亲的形象，从这两个典型人物身上透视作者对女性命运书写的微妙变化与深切感情。

1. 外婆

外婆的一生扮演着三个重要的角色：年轻时作为女法师，说着"贪为败处故，害人亦害己"的禅语，周游全国各地，为穷人驱魔祈福，治病救人；在躲避日本人侵略时与游击队员老吴相识，并在就医过程中暗许芳心，首次动了抛开法师身份的念头而作为女人与老吴在一起；作为法师的游历途中救下母亲并收养为女儿，自然地成为"我"的外婆，后来又相继收留了房东老爷的儿子祝俊，生下老吴的儿子抗战，在路上救助弃儿铁蛋，担任了故事中母性最强的角色。

历经沧桑的外婆见证了时代的变迁，也亲历了生生不息的命运之轮。苦难给了她坚强的意志，无论是在艰难生存的饥饿困境，还是在战争袭来的关头，或是在洪水冲垮了家里三代人生活的厄运里，甚至在受尽批斗欺侮与劳动改造的岁月中，她的坚强、隐忍、宽恕和包容保护了这个脆弱的家庭，使之在乱世动荡中得以存活。如此忍辱负重的外婆却也只是个普通人，是个不那么"神性"的人：受到祝老爷的荫庇，她会为了遵守简单的口头承诺而强迫母亲嫁给恩人的儿子；碍于既定的封建传统，她让母亲裹

---

① 高鸿：《血色高原》，文汇出版社，2010年，第335页。

小脚，也剥夺了母亲决定自己姓氏的权利；只因自己内心纠结，青梅竹马的平子终其一生都没有被她接受；面对村里人对抗战的父亲身份的猜疑，她从不作为到不在乎的过程也是纠结的；身陷批斗风波，养子铁蛋为了一己私利的冷漠和背叛也让她不知所措……

作者对外婆的形象倾注了大量的感情，从不同的角度给了外婆不同的定位。她是封建家长的代表，自私地认定有主宰孩子们命运的权利；然而她又是充满人情味的母亲，会设身处地地换位思考，尽量迁就晚辈们对生活的希望和要求。外婆带着她作为女法师的禅性佛理，带着普度众生的母性光环，在命途多舛的年代顽强地展开羽翼护佑着她的孩子们。外婆对外界事物与人物的判定不再依靠男人们的视角和想法，而是凭着自己的观察和理解处理事务，有着自己独特的想法和行动。

2. 母亲（贾张英）

"一直以来，我很敬佩母亲的性格，刚毅不屈，乐观向上。母亲经常说的一句话是：天还没有塌下来呢。无论遇到多大的困难，这句话都可以很好地诠释。三十年代的战火，四十年代的饥荒，五十年代的劳改，六十年代的洗礼，母亲一步步都挺了过来，像村头的那棵老槐树，饱经沧桑，用她那巨大的树冠为我们遮阳挡雨，防霜避雪。"[①]相比外婆的感性关怀，母亲更多了些理性的成分。母亲在跟随外婆长大的过程中耳濡目染了她的坚强和善良，也教会了孩子们"爱、宽容、仁慈"。在大爱之下，母亲严于律己，坚守着道德的底线，却也保留着一些执拗与抗争的小性子。作为女性，在时代的背景下总有着自己力所不能及的无奈，她不是个无神论者，却坚信人的命运并非天注定而不可逆转；她勤俭持家，敢于抛头露面到街市上买水饺来偿还债务；她疾恶如仇，坚定果决，拒绝浪子回头的祝俊而坚守家庭安宁；她仁慈心软，接纳并关照曾经给予她们伤害的亲人铁蛋。

---

① 高鸿：《血色高原》，文汇出版社，2010年，第318页。

《血色高原》是作者的创作开始转向"母亲题材"的开始，女性所起到的中心作用对家庭起到了至关重要的影响，贯穿文章中各个结点的男性形象则从侧面衬托了外婆和母亲坚忍、大爱的美德。

二、女性悲剧命运的成因初探

（一）陕北农村传统观念的局限性

陕北地区历来就是地广人稀之地，"这里是黄土高原的腹地，土地肥沃，但是由于多年的开垦，水土流失很严重，因此很多地方都成了光秃秃的山峁，沟壑纵横，梁峁密布，山大坡陡，河谷深切，地广人稀"①。这里的山坳间飘扬着高亢的信天游与大秧歌，正是这样的环境才孕育出了陕北农村独特的、沿袭已久的观念：以家庭为中心，以长辈为中心，讲究家族观念，同心同德。《农民父亲》先是为了家族的生存，为了期待过上共产主义生活的目标而举家逃荒至陕北，同样也为了延续血脉，作为家庭唯一支柱的父亲在奶奶的授意下，被迫罔顾自己意愿而组建新的家庭。奶奶以家长的无可撼动的地位，左右着全家人的命运。《血色高原》里，作者对黄土高原广袤地理的描绘，对婚丧嫁娶民俗的介绍，还有地地道道的信天游和大秧歌，都使得以外婆为主的人物展开得更加细致入微，反映了陕北农村根深蒂固的传统观念对作者的创作产生的重大影响。另一方面，无论是因"克夫命"而终究不得与父亲厮守的寡妇宋桂花，还是为了信守承诺而被迫与祝俊结婚的贾张英，她们的幸福几乎被那无形的、森严的封建家长制度扼杀了——这无疑是黄土高原多年的农耕文明决定的旧的生产关系和旧体制造成的巨大悲剧。从社会学角度看来，"乡土中国"的文化精神氛围让经济贫困、生活资料匮乏所带来的乡村人际矛盾上升到了更深的层次，从而造成了一个又一个的人生悲剧。作为曾经的不甘命运的抗争

---

① 高鸿：《血色高原》，文汇出版社，2010年，第58页。

者，家长们的专制独断看似带着亲情和关怀，实际上则埋葬了连带自己在内的对个性自由和独立的梦想。

（二）生活时代的局限性

人的社会属性决定了在观照作品，尤其是人物时，始终都不能脱离时代背景，政治因素始终影响着人物的命运。从20世纪50年代后期的人民公社化运动开始，中国大地经历了"大跃进"、三年困难时期，即使到了改革开放后的1980年代，对于农民，尤其是生活在陕北地区相对闭塞的农民来说，要达到思想上的真正解放和行为上的彻底改变，也是很有难度的。虽然作品中并没有刻意渲染当时的社会背景和政策内容，然而作为女性来讲，在那个落后的年代，相夫教子本就是天职，秉承着传统观念的人们似乎一直用着苛刻的"三从四德"来监管着女性的行为，稍有差池便如同《血色高原》中未婚生子的外婆经历过的那样："那些熟悉而亲切的面孔一夜之间突然变得陌生起来，像一层寒冰冷冷地将外婆包裹了起来，孤立了起来。整个村庄一夜之间似乎也将他们遗弃，变得面目狰狞，阴森可怕。"[①]纵观这两部作品，作者之所以将关注目光由最初的坚定勇敢的男性角色转向一直被忽视被弱化的女性，正是出于对女性在特殊历史条件下不幸遭遇的深切同情：她们善良而且软弱，在很多的时候需要依附男性存活。《血色高原》体现了作者对母亲题材的探索，也是他对女性地位与命运的重新审视，充满了人性的暖意。

（三）农民群体的局限性

作者在这两部小说中处理人与人关系的时候始终从农民的心理与感受出发，似乎要赋予他们高洁的人生品质——坚忍顽强，独立自由，把他们放在道德的高处，然而作为农民的自卑与精神封闭，又使得他们故步自

---

① 高鸿：《血色高原》，文汇出版社，2010年，第28页。

封,安于现状,留在自己的狭小园地里。尤其是对女性来讲,在本该得到满足自己的合理要求时,既要考虑为人子女的局限,又要担忧身为人妻的约束。这无疑是高鸿从男性角度对女性的解读,虽有局限,却真实生动、鲜活可感。这两部作品中的女性形象多为农民,有的人物愚昧麻木,自私自利,带有小农意识的局限性,有的人物具有个性解放的先兆与萌芽,不盲目相信命运,仁爱宽宏,对外界有着自己的判断和想法。总之,高鸿的小说作品立体而多样地反映了20世纪40年代至80年代中国农村女性地位的演变过程,体现了作者对农村、农民,尤其是女性农民的人文关怀。

原载《渭南师范学院学报》2015年第5期

(本文系与付玉琪合作,收入本书时有修订)

贵族记忆与满族书写

——以叶广芩长篇小说《状元媒》为例

《状元媒》内含十一个中篇,每篇均用经典京剧命名,篇名与现实人物的经历相互映衬,它们被合称为"三字戏名"系列或京剧系列小说。在现今多元文化格局下,作家叶广芩的家族命运系列作品所流露出的浓厚的悲悯情怀与淡淡的哀怨思绪,既是出自满族厚重的文化内涵,更是体现了这位少数民族作家对自身民族的清醒认知和考察。不但延续了《采桑子》中大气淡然的书写态度,长篇小说《状元媒》的字里行间无不濡染了厚重的满族民间文化,既包括新的历史条件下没落的天潢贵胄的故都京城生活点滴,也有陕北农村的"知青下乡"生活片段,贯穿着满族旗人的丧失尊严与捍卫尊严的总体线索[①]。《状元媒》在结构上互相勾连却又自成格局,语言带有京味小说在人物塑造上关于满族的"族性"叙述特点。

一、扎根丰厚的满族民间文化沃土

叶广芩出身于京城叶赫那拉旗人家庭,严格来讲,叶广芩应该属于深受贵族精神气质影响的城市平民,她也正是以贵族和平民的双重身份来

---

① 李星:《叶广芩的"京派"回归及内心纠结》,载《海南师范大学学报》(社会科学版)2013年第10期。

审视中国传统文化的。《状元媒》的故事就开始于"天潢贵胄的爱新觉罗家族早已脱离了当年统一女真与各部落顽敌、与大明官兵们战斗的孔武骁勇;那些个浴血奋战,那些个勇猛追杀,早已成了远年故事"的背景下,"金家入关二百年,在京城这片繁华温柔之乡瘫软融化,向着规矩化、程式化、贵族化、完美化靠拢,有着百年不变的生活秩序和套路,有着锦衣玉食的富贵荣华"①。他们自尊骄傲,即使贫穷却也清高;面对国内的辛亥革命与西方列强的侵略炮火,落旗为民的金家子孙纷纷投入时代的滚滚洪流之中,有人坚守,有人反叛,有人随波逐流,有人顺流而下,演绎着乱世的悲欢离合。在满族文化因子的深入浸润下,叶广芩在作品中除了追忆旧北京城生活方式和生活状态,更多是对满族旧习的表述,涵盖了故都北京旗人生活的各个片段。作品通过对历史的不断追忆与怀念,一方面显示了对旗人贵族化审美体验的还原,另一方面也表现出作者对现实生活物欲膨胀的批判。

满族入关后,文学方面不但保持了本民族对长篇叙事文学的偏爱,也被辉煌灿烂的中原汉族文学吸引,满族文学很大程度上受到了包括说书、鼓词等在内的其他民族的民间通俗文学的影响。相对于传统汉人对此类俗文学的轻视,满族人对此却表现出十分重视和喜爱之情。以京剧为例,满族人对京剧从产生到发展的贡献不只在审美观念上,而且还直接参与了京剧的完善甚至演出,由清代至今存在的数量庞大的票友即能明显地说明满族对这项传统艺术的狂热。

作家的个人爱好、气质修养都会影响作品的艺术表达和内容风格。叶广芩本人就是个京剧爱好者,幼年时受到深谙传统艺术的父亲影响而开始接触京剧,她曾在散文中这样写道:"我爱戏,爱得如醉如痴。这种爱好,从很小的时候就开始了。"②

《状元媒》主要讲述发生在北京城金家几代人的情感纠葛与命运沉

---

① 叶广芩:《状元媒》,北京十月文艺出版社,2012年,第53—54页。
② 叶广芩:《戏缘》,见《颐和园的寂寞》,西安出版社,2010年,第33页。

浮。全书十一个章节均以京剧名篇命名并串联全篇,一方面表明了作者对京剧艺术的熟悉和喜爱,另一方面于她来说,京剧不再是一种简单的娱乐手段,更多地成为阐明深义、显性地表达深挚感情的抒情手段。叶广芩通过京剧将读者带入她的怀旧视野,带入特定的时代和环境,更能体现作品对满族文化精神特质的解读。而京剧与小说的完美结合,使小说具有了独特的韵味与诗意境界。熟悉的京剧剧情与小说情节暗自契合,首尾呼应。以《豆汁记》为例,作者有意或无意间多次闪回京剧场景,戏文与情节的无缝对接,更加深了读者对"人生如戏,戏如人生"的感慨——然而莫姜终不是莫稽,莫稽攀附权贵而失了本心,莫姜甘于平淡而坚守自我,面对命运和婚姻的多重悲剧,她清静的外表下始终有一颗倔强的内心;相较戏文里苦尽甘来的美满结局,莫姜的一生正是应了"托身已得所,千载不相违"[1]。

尤其值得一提的是流传在八旗子弟中颇受欢迎的满族曲艺。在"我"洗三的仪式上,赫鸿轩用一只八角鼓临时演唱贺词,作为"祖上世袭着正蓝旗佐领职位"[2]的地道贵族子弟,他的贺词既解了五哥的尴尬,又给"我"这新生的小格格添了十足的贵族气派。这段"曲子"又称"八旗子弟书",是由满族的下层知识分子创作的一种俗文学类的民间曲艺形式。"音乐讲究,词句雅驯,既有传统唱段,也可以临时编写。唱词讲究'八不露',唱花不露花,唱雪不露雪,唱月不露月……没点儿文字功底的人还真拿不下来。"[3]"子弟书"这种用韵演唱的叙事作品,最早带有娱乐和消遣的性质,既延续了满族一贯的对长篇叙事文学作品的偏好,又因产生于满语与汉语博弈的背景下而显出独特的京韵京腔的美感。

梁实秋先生曾在他的《雅舍谈吃》中盘点了家乡北京甚至全国各地的名吃,无论是下馆子的招牌菜还是属于平民食物的家常菜,对饮食的审美

---

[1] 叶广芩:《状元媒》,北京十月文艺出版社,2012年,第293页。
[2] 同上,第238页。
[3] 同上,第293页。

体验经久不衰，这无疑饱含了作者对故乡和亲人深深的怀念，也蕴含着中国数千年积淀的文化底蕴。民以食为天，旗人对"吃"始终秉承着贵族化的生活情趣，原因无他，自是出于文化与教养中精益求精的态度。

对美食的狂热，并不是满族专属。整个《状元媒》共列举包括故乡北京以及陕北农村在内林林总总近五十种食物：永兴斋的点心，月盛斋的酱羊肉，德胜门羊肉床子的西口肥羊，天福号的酱肘子，六必居的小酱萝卜，还有七舅爷在家里一时兴起做出的冰糖葫芦，材料多样且工艺考究，味道自然是无可挑剔。最值得骄傲的就是"我"家的莫姜那双"化腐朽为神奇"的手，她尤擅长做满族口味的食物，任何食材到她的手中都能"变得绝妙无比"①——无论是做来宴客的醋焖肉、鸽肉包、"熟鱼活吃"等，还是简单家常的零嘴儿炒花生仁、螺蛳转、灌肠等，从制作工艺到外形口感，都被描绘得细腻生动。一方面，"吃"贯穿着"我"的人生经历，无论是无忧无虑的金家小格格，还是萎靡不振的下乡知青，只要有吃的，人生也就有了希望和盼头。另一方面，"吃"就成了"我"的文学理论——"火候到了，饭就熟了；人品到了，文就熟了，就这么简单。"②

《状元媒》根植于满族传统文化的个性化书写，在今昔对比中体现出作者对过去生活的追忆与眷恋，满含了作者的古典情结和淡然从容的生活态度。在为读者营造的怀旧视野下，叶广芩带着这种古典主义的情愫，将满族对高雅文化的追求植根于族性深处，字里行间展现出大家闺秀的遗风与气节。

二、营构具有鲜明满族"族性"的人物画廊

满族苗裔作家叶广芩的家族题材小说，不同于京味小说家如老舍等的作品，擅长对都市底层人民的悲惨命运与苦痛挣扎的血泪书写，身为女

---

① 叶广芩：《状元媒》，北京十月文艺出版社，2012年，第282—283页。
② 同上，第293页。

性的叶广芩更善于书写大都市中"贵族小人物"柴米油盐的日常生活。她用平淡却深刻的语言建构起滚滚历史长河中大家族的人物图谱：既有重礼又挑剔、闲适优雅又乐天知命的父亲，又有蛮横霸气堪比老佛爷的"姑奶奶"，也有朴实善良的炸花豆老纪、锔碗丁等底层代表，还有离经叛道、大胆突破传统的时代弄潮者老五……叶广芩这个擅于徘徊在现实与往昔的作家，作品中将频频"闪回"的民国末期旗人生存万象图与现代社会旗人湮灭个性的模式图加以对比，涵盖了夫妻、同学、兄弟、父子等同代或隔代人物。从结构上讲，故事之间以昔日固守旗人传统与现代性新思维的冲突来联系，各个故事之间又保持了内在的互相串联，使得长篇小说《状元媒》成为即可抽分为不同单元也可集合成整体的格局。

传统满族女性性格中具有的自尊自强、内心坚定的特点，来源于满族创世神话中至高无上的女神崇拜，这些特点成就了她们引以为傲的做人之本。得益于上层旗人良好的文化教养，父亲这类"北京老爷"们推崇传统伦理道德，正直有骨气，却又不思变通、故步自封。个性鲜明的老五这类"反叛先锋"已然脱离满族传统高尚人格的轨道：与父亲决裂后便状似乞丐，混迹于三教九流之间，冷漠孤僻，特立独行，实际却看透世事，活得洒脱自在。

对满族女性的刻画是叶广芩最得心应手的地方。她笔下的女性或者是出身南营房胡同，与弟弟相依为命，"麻利泼辣，敢做敢当"[1]的大龄待嫁女青年"我"的母亲；或者是"相貌平静像寒玉，神色清朗如秋水"[2]，拥有一双巧手和一颗坚强内心的莫姜；或者是"自尊自信，敢作敢为，刚愎自用，自作聪明"，在娘家"说一不二"的女"拿破仑"式"姑奶奶"。这些传统女性寄予了作者最深重的赞赏和同情。莫姜是整个家族系列小说中最具悲剧色彩的人物，她所表现出来的逆来顺受、从一而终和谦卑退让，都代表了传统女性美德的高峰。在清廷分崩瓦解、失去

---

[1] 叶广芩：《状元媒》，北京十月文艺出版社，2012年，第12页。
[2] 同上，第286页。

生存依靠的岁月，她坚强地活下去，不记恨不堕落；面对曾抛弃家庭的丈夫，她心软善良，依然接纳了刘成贵残缺的身体和悔改的人格；初到"我"家面对母亲针锋相对的漠视，她识大体懂分寸，与太监张文顺的交往也反映了她知恩图报的良心。她教会"我"的，不只是"大羹必有淡味，大巧必有小拙，白璧必有微瑕"[1]这样看似简单却深蕴哲理的偈语，不只是"托身已得所，千载不相违"的坚守，还有无论身处何种环境，始终保持从容淡定的心态的满族精神内核。

母亲这个来自南营房的穷丫头，为了照顾弟弟而拖延自己的婚事，虽大龄未嫁却不愿将就，面对贵族旗人老爷的欺骗，她大闹洞房，逼得父亲远走江西，遂决意前往天津解除婚约，只因不愿贪图富贵生活而自降身份做姨太太。母亲与贵族出身的父亲之间的差异一直存在。关于"恩爱"的定义，母亲说"'恩'在先，是责任和义务；'爱'在后，是基础和铺垫"[2]；相较于父亲一味追求的优雅的上层知识分子文化，"母亲不在乎文化，母亲在乎日子"[3]；相较于父亲倾心的京剧，她更喜欢浅显直白的评剧。这个坚强的女人，在日本宪兵队来到家门前的时候挺身而出，站在了全家人的前面……母亲这代人所坚守的尊严在新时代里已被历史冲刷殆尽，她所坚持的可贵的民族精神也被人们淡忘，商品经济环境带给了作者无论是对民族文化精神还是对国民性格都无法回避的担忧，于是有了与母亲所代表的女性理想人格相背驰的博美。这个生长于新时代的侄孙女，人如其名：知识渊博，外形美好。与母亲的困窘相比，她有着高学历和良好的家庭背景；与母亲的坚决"不做小"相比，她却秉承"人生得意须尽欢"的原则，与大自己二十八岁的已婚男子维持情人关系。在作者的笔下，母亲代表的旧式旗人女性传承的循规蹈矩、自尊自爱，无疑是作为女性的理想人格，为那些已湮没在人生苦短及时行乐的人生信条中自甘堕落

---

[1] 叶广芩：《状元媒》，北京十月文艺出版社，2012年，第282页。
[2] 同上，第7页。
[3] 同上。

的女性树立了标杆。

"皇上在位的年间,京师凡是有身份、有能力的旗人家庭,其子弟大都受过或宗学或私塾的良好教育,擅长诗书绘画的不乏其人"[1],而父亲和他"朋友圈"中的"北京大爷"们正赶上了那个时代的末班车。父亲是"毫无心计,满腹经纶又永远快乐的北京大爷。懂礼仪,循规矩,尚艺术,爱美食,无忧的生活造就了他放达的性情"[2]。贵族旗人性格中遗留的满族基因让父亲选择对风云变化的政治形势视而不见,而更加沉浸于个人世界——绘画、遛鸟、听戏,示范着与客观社会现实完全背道而驰的浮沉不惊。世袭"镇国将军"从一品头衔的父亲一生都与"雅"相伴:留学日本研习古典学科,后由于喜好书画而成为普通教员进入北平大学艺术学院教习美术,清闲时听戏唱曲,作画,品美食,交友广泛却性格懦弱,漠视一切政治斗争,为人做事均是兴之所至而放达自由。这并非父亲眼光短浅、不识时务,而是出身为上层社会知识分子代表的他长期接受中国传统文人生存理想的价值观念造成的:虽保守固执却心地善良,面对冲突一贯表现出隐忍、退让,优雅达观且自尊骄傲,认同自我身份,嫌恶鄙夷市侩商人,因而即使在家族破败之后仍维持清高的姿态。以父亲为代表的这类守旧旗人在中国现代百年文学史中一直作为被批驳鞭挞的对象,多是批判他们对革命大潮的冷漠与无动于衷。对这类上层旗人老爷来说,从容优雅的贵族气质是他们的标签,安逸享乐也是他们的瑕疵,相比于激烈的批判,作者始终以同情的姿态来描摹他们,将无奈的叹息留在了字里行间。

"我"的五哥甫一出场便带着异于传统旗人重视身份仪表的装扮:"光脚穿着毛窝,棉裤短了一截子,露着脚脖;一张皱脸,两个冻得烂了边的耳朵;棉袍上的纽扣全都豁了,索性不扣,用根带子拦腰一系","手上全是口子,指甲大约很久没剪了,缝里全是黑泥"。[3]这样离经叛

---

[1] 叶广芩:《状元媒》,北京十月文艺出版社,2012年,第168页。
[2] 同上,第54页。
[3] 同上,第69页。

道的形象，很难与金家这个没落的贵族家庭联系在一起。他反叛的不只是冷漠的父子之情，更是那个逼迫、束缚了他的贵族身份和时代。而赫鸿轩"细高个儿，粉嫩的一张脸，举手投足透着教养和规矩。……穿着依旧讲究，青绸马褂，灰布皮袄，头戴着一顶自来旧的毡帽，足蹬着八成新的缎鞋，腰里系着绉绣荷包，银链子挂饰，鱼皮眼镜盒，……是个秀丽的哥儿"[1]，显然与落魄的五哥形成鲜明的反差。已有家庭的赫鸿轩并没有放弃他的至交，反倒将媳妇抛在脑后，"继续跟老五混迹于茶房酒肆，如胶似漆，成为当时人们议论的话题"[2]。年少时调皮捣蛋拼命在家里寻求存在感的老五，赫鸿轩低调地钦佩和倾慕着他，"跟五哥在一块儿，他有种小鸟依人的舒展，有种被呵护的恣意娇憨。五哥带着他玩，他跟五哥坦诚相见，无话不谈"[3]，两人一起"玩得滋润，活得随意"[4]，赫鸿轩也只认老五一个，"一门心思地永不分离"[5]；在老五穷困潦倒的时候，他不离不弃地用自己在茶楼演唱京韵大鼓赚的钱供应着，继而两人变得同样一贫如洗，却还是有着身为知己的默契；老五虽然举止堕落，却心思细腻，对人情世故、政治局势有着清晰而冷静的看法，临死之时便料定了自己的"身后事"……老五一生都在寻求爱，虽然他生活得很热闹，但内心却始终只有孤独相伴。

老五与赫鸿轩之间的同性暧昧感情不容置喙地挑战了传统的封建伦理道德权威："我们从容自我，不刻意隐瞒欺骗自己，坦荡做人，无愧天地！""我们活着不是给别人看的，爱自己所爱，无论他是谁，只要彼此喜欢，不怕它飞短流长。"[6]

满族人物性格特征有着深刻的历史传承性，在现代社会的多重民族

---

[1] 叶广芩：《状元媒》，北京十月文艺出版社，2012年，第237页。
[2] 同上，第251页。
[3] 同上，第244页。
[4] 同上。
[5] 同上。
[6] 同上，第264页。

文化背景下，丰富的生活经历给了作家现代性眼光来重新审视满族历史和人物性格。叶广芩曾说："在改革开放多方位、多元化全面变更的时代，中国的文化传统也不是静止的，它也处在动态的发展之中。人们的观念在变，人们的行为也在变，因文化所圈起的一切，终会因文化的发展、变化而导致的文化态度的变化而分裂，而各奔东西。"①在审视叶广芩家族小说创作时，学界普遍认为她笔下的满族旗人无疑是贵族形象优雅的典型，文学评论家邢小利曾明确评价她的家族题材小说既有文人雅士的风骨和趣味，也具有现代性的史家眼光——以今天的历史高度来审视既往的历史生活，同情、理解中又有批判，注重在描绘复杂人物性格的过程中显示小说兼具的丰富历史内涵与文化内涵。②

三、探求"别有意味"的个性语言

叶广芩游刃有余地在民族文化的长河遨游，那些远去的生活记忆信手拈来，一段段看似平常的满族没落家庭旧事，经过作家独特的民族审美视角的审视与过滤，均能形成发人深省的追问。就其极富个人特色的文学语言来说，在她的作品中，既有贵族世家的雅致，又有平民百姓的亲和，还有历经沧桑后的忧郁。委婉的文笔、悲悯的情怀、舒缓的叙述、温和的批判，注定了她的笔触既不同于其他作家批判时的犀利与冷峻，也不像京味儿语言开创者老舍那样幽默通俗，更不像新时期京味文学第三代作家王朔般痞气化，她的语言诙谐幽默中带着无奈，平和批判中透出温情。

她的叙述语言如散文般信笔由缰，闲庭信步式地讲着历史变迁中人物的命运遭际，"文章的极致就是平淡"，她的生活和作品已经浑然一体了。满族没落贵族所保有的高雅与骄傲，并没有随着贵族身份的剥夺而消

---

① 叶广芩：《采桑子》，北京出版社，2009年，第337页。
② 邢小利：《文人情怀，史家眼光——叶广芩论》，载《中国作家》2010年第9期。

失，即便他们"肩不能挑""手不能提"，[1]沦落为社会底层普通人，也无碍于他们清高自尊的性情。这样的身份限定及性格特征决定了她的语言设定与鄙俗无缘，而始终带有文人的高雅：父亲是被母亲的"清素若九秋之菊"[2]吸引，才有了"状元媒"的佳话；"远而望之，皎若太阳升朝霞；迫而察之，灼若芙蕖出渌波"[3]，是青雨冠绝后世的美……

叶广芩的幽默不同于老舍讽刺式的幽默，而是带有诙谐意味、看似调侃式的。如在描写老五被父亲责罚，大冬天被扒光了衣服在院子里"晾大白菜"[4]，被众人围观，原以为已经长大成人的老五会知道害臊而不再犯浑，谁知道作者却这样表达老五的不以为然："他身上的零部件大伙都很熟悉了，宫里的宝贝皇上还得时不常从库里拿出来看看呢，金家也是一样，要不大伙忘了这个宝怎么办。"[5]这样的叙述语言与老五本人放浪不羁的贵族范倒是相契合。即使在"文革"这一特殊年代，作者讲起极左风潮下的运动也是轻松幽默的："'评法批儒'，批判宋江，批判孔老二，批判周公，谁也闹不清千百年前的古人得罪了当今哪位，让我们来声讨。"[6]这样的幽默读来让人掩卷沉思，思绪舒展。叶广芩发掘出没落贵族家庭所代表的整个满族的劣根性，也反思了当时的国民劣根性。老舍先生曾这样检视满族人的生活状态："二百多年积下的历史尘垢，使一般的旗人既忘了自谴，也忘了自励。我们创造了一种独具风格的生活方式：有钱的真讲究，没钱的穷讲究。生命就沉浮在有讲究的一汪死水里。"[7]叶广芩的自省显然与老舍这般清醒的审视有所区别，她用一种平缓的叙述语

---

[1] 邓友梅：《沉思往事立残阳——读叶广芩京味小说》，见李伯钧主编：《叶广芩研究》，陕西师范大学出版总社有限公司，2014年，第143页。
[2] 叶广芩：《状元媒》，北京十月文艺出版社，2012年，第37页。
[3] 同上，第183页。
[4] 同上，第88页。
[5] 同上。
[6] 同上，第415—416页。
[7] 老舍：《正红旗下》，人民文学出版社，1980年，第18页。

气将人物群像摊开来，并不刻意摆明自己的观点，而给予读者更加自由的接受空间，从而获得独特的审美体验。

　　叶广芩出生时满族已经走向没落，她的家族已不复多年前显赫荣耀。叶广芩并没有站在阶级论的立场去评定历史功过，也不曾局限于底层叙事中诉说不尽的悲苦惨痛，相反，她的笔调是一贯的宠辱不惊和淡然从容——这与她丰富的人生阅历紧密相关。幼年时的北京生活，青年时的陕北下乡，而后的留学日本，丰富的生活阅历使得读者不难从她的作品中发现京城满族文化、陕北乡土文化，以及日本文化的精神特征。从《采桑子》问世到《状元媒》结集出版相隔十余年，作家的笔触朝着更加深入和更加广阔发展，始终不变的是她理性的目光、深重的眷恋，以及矛盾纠结的感情：既批判劣行，又感念温情。这种同时具备批判与认同的创作心理始终弥漫在叶广芩整个的家族小说创作中。在文化愈加多元、全球化进一步加速的时代背景中，作家在怀念满族文化、探索中原汉族文化、借鉴日本异域文化的同时，显示出其以文学书写方式重构现代民族文化心理的雄心。

　　原载《湖北民族学院学报》（哲学社会科学版）2016年第2期
　　　（本文系与付玉琪合作，收入本书时有修订）

高建群与贾平凹文学创作中的女性观比较论

——以《大平原》中的"顾兰子"与《山本》中的"陆菊人"为例

《大平原》是高建群长篇小说中为数不多的以渭河平原作为创作背景的一部家族叙事史,与他的代表性作品《最后一个匈奴》相比较,目前评论界对《大平原》的关注相对较少,而对作品中人物形象进行专门分析的更是少之又少。该书的责编韩敬群先生说《大平原》"也许是显示中国文学有可能达到的一个高度的作品"。高建群本人在谈到《大平原》时则说道:"《白房子》是我献给新疆的作品,《最后一个匈奴》是写给陕北高原的作品,但是一直没有一部作品写给生我养我的故乡——渭河平原,这就是我为什么要写这样一部作品。"①可见,《大平原》不论在文学史上还是作家的创作历程中都占有举足轻重的地位。《山本》是贾平凹2018年新出的一部长篇小说,它既是一部关于山川人事记载的秦岭志,也是作者自认为进入六十多岁之后的一部关于人生阅历的感悟史,如他在访谈中所提到的,"年轻时阅读,好技巧,好那些精美的句子,年纪大了,阅读看作品的格局和识见。现在人阅读习惯于看作品讲了个什么故事,揭露了什么,宣传了什么主义,或者有趣不有趣,其实人类最初谈小说,就是为了

---

① 《高建群:希望500年后还有人记得我!》,载《杭州日报》2010年9月8日第B07版。

自己怎么活人,里面有多少值得学习的生活智慧。《山本》是我60多岁后的作品,我除了要讲一个完整有趣的故事,就是一有机会就写进了我60多年的生命经历中所感知和领会的一些东西"[1]。作为陕籍作家,又同为20世纪90年代"陕军东征""三驾马车"的两位主将,贾平凹与高建群自然有许多可比较之处。以往研究中,谈到两位作家在创作方面的差异时,多从地域角度入手,"一方水土,养一方人",从这个角度来讲,以区域划分来比较两位作家的创作异同有一定的合理性,但从人性角度讲,却不尽然。如果说作品乃至对作品中人物形象的塑造是作家主观意识的一定透射的话,那么不论对作品还是对其人物形象的分析,将其间的差异仅仅归结为地域因素,则显得过于偏颇。基于此,本文通过对两书中两位女主人公形象的对比分析,试图从地域文化、生活经历、文学熏陶等综合方面来探讨两位作家不同女性观的形成原因。高建群在《大平原》中所塑造的"顾兰子"形象与贾平凹在《山本》中所塑造的"陆菊人"形象,二者身上有着很多相似而又对立的方面,通过对比这一组复杂形象,我们可以窥见两位作家在创作中不同女性观的显现。由作品走近两位作家,可以更好地了解他们在创作理念等方面的差异。

一、"顾兰子"与"陆菊人"人物形象比较

先从以下两方面来说明"顾兰子"与"陆菊人"可以放在一起进行对比的原因,也即两者的相似性。第一,作为《大平原》与《山本》的女主人公——顾兰子与陆菊人,其形象均被作者寄予了期许与厚望,都是作者情感的旨归所在。高建群在《大平原》的题记中写道"谨以此献给我的从黄河花园口决口中逃难出来的母亲",而书中的女主人公顾兰子正是以母亲为原型塑造的,其尊崇之意不言而喻。而在贾平凹的《山本》中,反

---

[1] 贾平凹、王雪瑛:《声音在崖上撞响才回荡于峡谷——关于长篇小说〈山本〉的对话》,载《当代作家评论》2018年第4期。

复提到庙里的地藏菩萨，很多学者将书中的女主人公陆菊人解读为地藏菩萨的化身，作者也在字里行间流露出对陆菊人的赞许之意。从这个角度来讲，对书中被寄托了作者情感的两个人物的对比，从某种程度上是对两位作家情感态度进行对比的一个小切口，这是将二者形象进行对比的初衷。第二，两位女主人公在角色设置上的"相似"性：首先从姓名来看，两位女主人公的名字中分别含有"兰""菊"二字，笔者认为这样的命名，作者是有意为之。"兰""菊"在中国传统文化中深有寓意，除了表示共同的清高品德外，"兰"有"蕙质兰心"之美好，而"菊"有"寒花开已尽，菊蕊独盈枝"的傲骨，这样的品性对应到两位女主人公身上是恰当的。其次从身份来看，两位女主人公均有过做童养媳这一经历，因此，客观方面造成两者在其行为举止或性格特征方面有相似之处，便有了对比的可能。再次，两位女主人公的角色都属于成长型，即不论外在性格还是内在思想，她们都有一个变化发展过程，而与这一过程相伴的亦是两位作者创作心路的变化过程。对这一动态过程进行详细分析，能更好地从纵深层次上把握作家情感态度、创作理念的不同，这是进行对比的着眼点。

接下来对"陆菊人"与"顾兰子"这两个人物形象身上的不同点进行对比分析，围绕性格特征、成长道路、命运结局三方面的差异来展开。

首先，两人性格特征上存在着较大的差异。如前文所说，因为两人都有"童养媳"这一身份，所以性格中不可避免地会沾染上由这一身份所带来的一些共性特征，诸如初到婆家时的胆怯、谨小慎微、时时地察言观色等，但此处笔者想要说明的是在这一共性之外两位女性身上所体现出的"个性"。顾兰子性格懦弱，与人相处时唯唯诺诺，自称一辈子只会做饭这一件事，表面看是个只会默默承受命运安排的"逆来顺受者"；陆菊人则事事精明，既上得厅堂，又下得厨房，即使遭遇生命的重创也是个能坚强承受命运安排的"强者"。表面对比的背后，又形成迥然相异的另一种对比，前者在生命的重要转折点时，所爆发出的强悍与表面的弱者姿态形成鲜明对照，诸如在与景一虹和高二的三角恋中，目不识丁的她却表现出惊人的智慧与勇气,以至于很多年后,连作者也不禁感慨:"细心的黑建注意到了,顾兰子在说这句话时,嘴角上隐约地浮出一丝笑意。这笑意让黑建打了一个冷颤。那阿姨始终没有回头。黑建扶着的手,感觉到她全身在颤抖。黑建在那一刻,心里想:也许他此刻扶着的这个人,才是最大的弱者",[①]很显然,作者在这里借用"黑建"前后态度的一个变化,来定义何为真正的"强者"与"弱者"。反过来看陆菊人,她似乎很强势,而作者也在不断强化她这些"强势的假象",让她成为风光一时的茶总领,让她身边的男性都折服于她,对她言听计从。但对待感情,她却唯唯诺诺,缺少顾兰子身上的那份决然与勇气,以至于将原本与她惺惺相惜的井宗秀越推越远,她也极其矛盾地将另外一个女人塞给井宗秀。在此处,我们与其将之归结为陆菊人在感情方面的迟钝与胆怯,倒不如说她是被"弱势化",被作者定格在这样一个"情非得已"的场域中,其间便可窥见贾平凹在塑造这一人物形象时矛盾复杂的心境了,即按照正常的逻辑和人性,有智慧有谋略的陆菊人在丈夫死后,本可以顺利地与同样丧偶的井宗秀成为名正言顺的夫妻,但碍于纲常伦理和世俗对"地藏菩萨"形象的评判,陆菊人与井宗秀的关系只能停留于"发乎情,止乎礼"的精神层面,非如此,她整个形象的建构便会塌陷,而顾兰子看似带有几分狡黠的形象刻画倒使人物显得更加真实饱满。

其次,两人有着迥异的成长道路。两位女主人公在出场时都带有几分闹剧式的描写,顾兰子随着父母逃荒至高家渡的官道上,那一年她六岁,带着儿童式的顽皮,她不仅抢走了高二的馒头,在被高二追赶上时,还故意将馒头塞进牛粪里,塞进去之后,又用双脚踩着牛粪,跳了两跳,一部儿童恶作剧诞生,一方面我们可以说她是为饥饿所迫,另一方面也不难看出小顾兰子性格中的机智与顽劣。而小陆菊人在出场时也很不同凡响,那一年她十二岁,因无意偷听到两个赶龙脉人的对话,为了将三分胭脂地占

[①] 高建群:《大平原》,北京十月文艺出版社,2009年,第309页。

为己有，第二天一大早赶在赶龙脉人到达之前，故意将象征着好风水的气泡戳破。从这里我们可以看出，儿童时代两人的性格中都有一种打破规则的破坏意识。而随着年龄和阅历的增长，包括她们共同经历的童养媳时期和为人妻母时期，两个人的性格或者说成长道路出现了偏转趋向。顾兰子在父母双双染病过世后，被高家收养，初到高家时，高发生老汉掐算一番后认为她属相凶险会妨碍到高家，虽然后来被修改了年月，但顾兰子终归底气不足，再加上她上吊寻死却没能如愿反而闹了一场笑话，她在高家更没有地位了，"她听见了这话，懂事地点点头，不过仍不敢用正眼看人。这天晚上，她平白无故地制造了这么一件事端，从此那目光就越发怯生了"①。将她在高家的尴尬处境推向极点的是她与高二的婚姻。高二参加革命后，与没有文化知识的顾兰子之间本来就有差距，加上又遇到与他有共同语言的景一虹，顾兰子与高二的婚姻岌岌可危，后来在顾兰子的尽力争取与高发生老汉的威逼胁迫下，两人的婚姻虽然保住了，但顾兰子在高二的眼里一辈子都是没有地位的。与她相反，陆菊人在嫁到涡镇后，由杨家的童养媳逐渐成为一家之主，在与井宗秀相伴相知的共同成长中，她被尊为"夫人"，有了显赫一时的茶总领身份，与这一身份相伴随的是她心灵所经历的一场大洗礼：儿子剩剩摔断腿成了残疾，丈夫与公公在意外中去世，精神知己井宗秀也在事业到达顶峰之时遭仇家暗害。亲人知己的相继离去，于陆菊人而言，是生命的重创，更是一次次心灵的大嬗变，在井宗秀中弹身亡后，"陆菊人站在井宗秀尸体前看了许久，眼泪流下来，但没有哭出声，然后用手在抹井宗秀的眼皮，喃喃道：事情就这样了宗秀，你合上眼吧，你们男人我不懂，或许是我害了你。现在都结束了，你合上眼安安然然去吧"②。笔者认为此处，与其说她是在向井宗秀做告别，倒不如说她是在向过去的自己，向世俗的烦琐做告别，她"地藏菩萨"的形象也在这一刻真正得以升华。由此可见，两位女主人公在成长过程中，顾

---

① 高建群：《大平原》，北京十月文艺出版社，2009年，第63页。
② 贾平凹：《山本》，作家出版社，2018年，第506页。

兰子的形象被不断地矮化和现实化,却也具有了接地气的人间烟火味,而陆菊人的形象则不断地被拔高和理想化,以至于让人觉得她就是庙里的"地藏菩萨"。

最后,两人的命运结局不同。从表面看,两位女主人公都历经人生苦难,在身边的亲人们一个个离去后,她们都以"长寿者"的姿态活了下来,但活下来之后怎么办?或者说两人最后面对人生的心境与态度有何不同?我想这是需要追问的。这点可以从高建群与贾平凹对各自女主人公苦难命运描写的态度上来透视。顾兰子与陆菊人的苦难均集中于世事无常中亲人们的相继离世与各自爱而不得的爱情悲剧,但经两位作家各自处理后,带给读者的却是两种完全不同的体验。前者的苦难实实在在,让人感同身受,但后者作者似乎故意对其经历的苦难进行了搁置、转移、虚化,呈现给我们的反而是历经苦难折磨之后女主人公的奋发向上史,而非现实苦难本身的呈现。顾兰子从黄河花园口决口中逃难出来,随父母逃至黄龙山,没有过几天安稳日子,家人们就相继染瘟疫死去,小小年纪的她承受了丧失亲人的痛苦,这是其苦难之一。来到高家之后,与高二的不幸婚姻中,她从始至终都是一个卑微的付出者、承受者,父母之命、媒妁之言的婚姻捆绑了高二一辈子,也酿成了她一生的悲剧。所以在高二去世后,"而顾兰子,这时候一个人坐在炕头,大放悲声:'老高呀,你把我整整扣了一辈子,害了一辈子,今天,终于解脱了!'"①到此处,不只是我们读者,我想可能就连顾兰子本人也分不清楚,这到底是一种怎样的情感,放松?解脱?抑或是一种胜利的宣告?这是其苦难之二。而关于陆菊人的苦难,贾平凹并没有花太多的笔墨去描写,尽管她也接二连三地遭受失去至亲的伤痛,但作者只是轻描淡写地谈起或略过不写,反而将陆菊人经历一次次打击之后的成长史详细地展现开来。如略去杨钟去世之后陆菊人的伤痛描写,详写她如何深明大义地拒绝来自杨钟生前好友救济的粮

---

① 高建群:《大平原》,北京十月文艺出版社,2009年,第304页。

食；略去她的孤苦无依，详写她为了完成丈夫与公公未完成的使命（杨钟与杨掌柜都是在帮助井宗秀的半路上意外丧命的），如何尽心尽力地帮助井宗秀经营茶铺、抚慰人心等。笔者认为，此处越是故意淡化陆菊人的苦难，越是渲染陆菊人的能干，越能凸显命运对陆菊人的残忍和陆菊人的坚强，最后三分胭脂地的梦境被城毁人灭这一现实打破后，她跑向陈先生的安仁堂也即暗示着她对生命真谛的参悟，她将以通透的态度来面对命运的安排。

二、人物形象塑造映射出的不同女性观及其成因

通过前一部分对两位女主人公形象的对比分析，我们可以窥见两位男性作家在创作中显现的不同女性观，这里主要从呈现方式、外貌特征和性格特征三方面做一总结：首先，贾平凹在塑造陆菊人形象时，在很大程度上对她的形象进行了虚化和美化，或者说过多地将自己的理想熔铸于女主人公身上，使得陆菊人形象有拔高化和理想化的倾向，而顾兰子形象则显得平实、接地气，她的言行举止，包括前后期性格的变化，都更给人以真实感。其次，两者性格方面，通过上文我们可以知道，占据陆菊人性格内核的仍是传统儒教观，具体体现为她既有敢拼敢斗的进取精神，又有"尽人事听天命"的豁达心胸，而顾兰子性格中除却在危急时刻所爆发出的争取意识外，总体上保守、务实、忍耐的因子居多。最后是上文未直接进行比较，却贯穿在人物塑造全程的一点，即对两位女主人公形象塑造时，两位作家对女性外貌特征的不同描写。在对陆菊人形象进行塑造时，贾平凹赋予了她姣好的外貌、端庄的气质以及越来越别致的着装，书中多次写到她见到井宗秀时有意无意地做出整理头发、衣服等细节，还通过旁人的眼神和赞叹来表达他对陆菊人仪态的欣赏。与贾平凹偏重于对陆菊人外貌进行描述与评价不同，高建群笔下对顾兰子形象的建构是由她"只会做饭"这一件事来完成的，且高建群还多次借顾兰子之口强调"我一生只会做饭

一件事"。"民以食为天",尤其在那个缺吃少穿的年代,"只会做饭"显得多么重要,其实从这里也可以看出高建群对顾兰子这类勤劳朴实的女性的称赞。

这里,对两位男性作家在人物塑造时所呈现出的女性观进行简单梳理后,新的问题出来了,即同为陕籍且年龄相仿的男性作家,为何会形成不同的女性观?我们尝试着从地域文化、生活经历、文学熏陶等三方面来对两位作家不同女性观的成因做探讨。

首先是地域文化的因素。费孝通先生在《乡土中国》一书中指出:"我们自己虽说是已经多少在现代都市里住过一时了,但是一不留心,乡土社会里所养成的习惯还是支配着我们。"①对于作家而言,不同的生长环境会对自己的文学创作产生不同的影响,诸如对某一类文学题材的偏爱,作品中频繁出现的一些方言俗语、文学意象等,但更多时候,地域文化是以一种潜移默化的方式作用于长期生于斯长于斯的作家们,诸如对他们思想观念、写作习惯等的支配。贾平凹作为一个地道的陕南人,青少年时期生长于此,后又长期定居关中一带,不论陕南还是关中,历史上长期以来都将它们纳入文化、政治的版图加以规制,传统儒教中"正中典雅、温柔敦厚"的风格自然深入贾平凹的思想,所以我们看到他笔下的女性形象,"菩萨型"一类自然不必多说,《满月儿》中的满儿、月儿,《浮躁》中的小水,《天狗》中的师娘,无一不是典型代表。就连他笔下的"妖娆型"女性,如《浮躁》中的英英,尽管她的性格中张扬着自我的成分,但在后期,贾平凹还是竭力勾勒她作为"地母"的形象。由女性形象的塑造,我们不难看出贾平凹创作中地域文化观的显现,即对女性品格与性格的强调。高建群虽然籍贯关中,但由于从小生长于陕北,后又在此工作三十多年,所以我们可以将他归为陕北作家。提到陕北,最著名的莫过于清朝光绪年间翰林院大学士王培棻在此地考察后所写的《七笔勾》,在

---

① 费孝通:《乡土中国》,北京出版社,2016年,第15页。

谈到陕北的人文景观时，他写道："塞外荒丘，土鞑回番族类稠，形容如猪狗，性心似马牛，嘻嘻推个球，哈哈拍会手，圣人布道此处偏遗漏，因此上把礼义廉耻一笔勾。"黄土高原与蒙古高原接壤，长期以来，深受游牧民族文化的影响，疏远于正统儒家学说，加上处于偏远苦寒之地，因此，陕北人便有了浪漫叛逆、敢于打破常规、勤劳坚韧的性格特征。基于此，高建群被称为浪漫主义文学"最后的骑士"，他笔下呈现出的女性形象也充满了陕北文化气息，诸如《最后一个匈奴》中杨娥子对一场形式婚姻的苦守、杨干妈的勤快、荞麦的憨厚与朴实、黑白氏的大胆，而在顾兰子身上，则具体化为她不仅具有超强的忍耐力，还具有惊人的决断力与爆发力。

其次是两位作家的生活经历。17世纪法国哲学家普兰·德·拉巴尔曾说，"但凡男人写女人的东西都是值得怀疑的，因为男人既是法官又是当事人"。这句话被波伏娃引用，作为她著名的《第二性》的开篇话语，即暗含了作家不同的女性观对其笔下女性形象的决定作用。众所周知，童孩时期的经历对人的影响是巨大的，而作家各人的婚恋经历亦会在不同程度上影响作家对该类事物的看法，因此，在这里主要分幼少年时期的成长和成年后的婚恋两个阶段来分别论述。上文在分析陆菊人形象时，我们提到贾平凹对陆菊人形象的塑造，有理想化和拔高化的趋向。笔者认为贾平凹之所以在陆菊人身上寄予如此厚望，或者说之所以要塑造如此完美化、理想化的女性形象，一方面可能出于对其早年时期缺失的一种情感的补偿。他自称幼年时，体质孱弱，身材矮小，内心的自卑使他与同龄人越来越疏远，加上做工时又长期厮混于女人堆，使他对那些粗鄙笨拙、言行恶劣的农村妇女早生嫌恶之心，所以在贾平凹的内心深处充满了对美好女性的幻想，而创作正是其情感宣泄的主要途径。反观高建群的童年，在他记忆深处，童年时期最温馨最难忘的场景要数他祖母带给他的了。祖母勤快、慈祥、温暖，在那个食不果腹的饥饿年代，祖母总是将好吃的留给他，他受到委屈时，他的祖母总是护着他。后来，母亲又来到他的身边照顾他，他也常常提到母亲为他下的一碗面条。祖母与母亲都没有多少文化，却总用她们的智慧将家庭经营得圆满和谐，可以说，在高建群的记忆中，女性带给他的都是温暖感动，所以在他内心深处，对勤恳朴实的农村女性是充满敬意的。而两人成年后，在各自的婚恋家庭中，与妻子的相伴相知，使贾平凹与高建群对女性又有了新认识。贾平凹对女性更深刻的认识可能正来源于他与前妻那段失败的婚姻，他多次借陆菊人之口来谈论两性间的相处之道，谈到女性该以怎样的姿态来面对婚姻、丈夫，如陆菊人告诉花生："他在外边少不了有烦心的事，受气或者委屈，回来要给你说，就是他的所作所为是错的，你要给他宽慰，不能也指责他，一定要待事情安然过去了你再说他的不对"，"女人不能使强用狠，你把你不当女人看待，丈夫就也不会心疼你"。[①]与现任妻子的相识相知，使他感受到来自女性的温暖与能量，陆菊人不仅是杨钟的贤内助，更是知己并宗秀事业上的好帮手，她使杨钟迷途知返，避免走上邪恶之路，在她的鼓励下，井宗秀一步步走上事业巅峰。可以说陆菊人被塑造得如此完美，灵感很大程度上正是来自贾平凹的现任妻子，来自现任妻子对他生活的照料，事业上的扶持。而高建群也在多个场合表达了他对妻子的感恩，感谢妻子在他内心最荒凉、最无助的时刻带给他的支持与感动。可以说两位作家在妻子真挚的情感、无私的付出中，内心都曾有过被救赎的感觉，所以他们笔下的女性往往又都具有内心坚强、成为引领男性前进的"救赎者"这一特性。

最后从二人接受不同文化熏陶这一角度来论述。我们知道，作家的成长离不开特定文化的滋养，或是来自文学前辈的扶植，或是受到作家作品的影响，高建群与贾平凹的文学成长，同样离不开这些因素。贾平凹拥有深厚的传统文化底蕴已成为评论界的普遍共识，这一点不仅体现在他的作品中，如语言风格、情节模式等方面时常显露出古典小说的印记，而且

[①] 贾平凹：《山本》，作家出版社，2018年，第237页。

还体现在他的思想观念等方面，诸如对女性的看法。可以发现，贾平凹在塑造女性形象时，特别偏重于对其优美仪态的描写。比如陆菊人，伴随着陆菊人成长的，不仅有她能力的提升、身份的转变，还有她越来越富贵的仪态和精心的着装打扮。这一点，贾平凹在《关于女人》一文中说道："如果作理性的分析，一个女人，既然是仅属于女性的人，其形象的美与丑是没有什么意义的，但实际的情况是，每一个男人，包括最理性者，见到一个具体的，活生生的，漂亮的女人，没有不产生异样感觉的。""男人们的观念里，女人到世上来就是贡献美的"，女人应当贡献与保持美，使男人有"新鲜感"，从而让美"长长久久"地"产生效力"。①这段话经常被学者引用，作为批判贾平凹独断、粗暴的女性观的证据。笔者认为此处虽说不过是贾平凹借此写出的多数男性真实的想法，却也从另外一个角度说明了他潜意识中对这种观念的认同与接受。辽宁师范大学的王琳在《女性崇拜掩盖下的男性中心主义——论贾平凹小说中的女性形象》一文中，即从传统文化心理角度对其女性观的成因进行了翔实的论证，认为"作为一个文学家，应该说是古典散文和古代文言白话小说给了他最直接的文学营养，他深通汤显祖《牡丹亭》、李渔《闲情偶寄》、沈复《浮生六记》、兰陵笑笑生《金瓶梅》、蒲松龄《聊斋志异》以及曹雪芹《红楼梦》的神韵，这些作品都善写女人之美，在潜移默化中影响到了他的女性观"②。笔者认为该论文的突出之处在于探讨贾平凹的女性观成因时，作者没有浅层次地停留在古典作家作品对贾平凹创作的影响上，而是深入心理层次，并借用相关理论对贾平凹传统士大夫式的女性观的形成进行了较深入的挖掘。提到高建群，学者经常将他与吉尔吉斯斯坦作家艾特玛托夫放在一起比较，韦建国等人就写过相关论文，对两者的女性崇拜情结进行了详细的对比，认为"高建群受吉尔吉斯斯坦作家艾特玛托夫的影响，在

---

① 贾平凹：《关于女人》，见《贾平凹散文》，人民文学出版社，2005年，第112页。
② 王琳：《女性崇拜掩盖下的男性中心主义——论贾平凹小说中的女性形象》，2013年辽宁师范大学硕士学位论文。

创作中欣赏、赞美甚至神化女性，塑造了众多优美的女性形象，表现出了与艾特玛托夫相似的女性崇拜情结"①。但我们可以发现，与贾平凹有意无意地美化女性外形相比较，高建群在美化女性形象时更侧重于她们的内在本质，如他笔下《大顺店》中的茵香，打动大家的恰恰是她的善良、仗义及爱国的热忱，《最后一个匈奴》中的黑白氏，除了她姣好的面容与迷人的风姿，让人印象深刻的更是她的豪气仗义与重情重义，不能不说这很大程度上正是来自艾特玛托夫的影响。我们知道，艾特玛托夫作为一位双语作家，自幼深受俄罗斯古典文化和吉尔吉斯斯坦民族文化的影响，在俄罗斯的文化传统中，女性具有崇高的社会地位，所以在艾特玛托夫身上有着浓厚的圣母崇拜情结，所以他笔下的女性形象就往往带有"圣母"光环：博爱、包容、慈善等。如此一来，就不难理解深受艾特玛托夫影响的高建群为何会侧重塑造具有内在本质美的女性。

结　语

上文以顾兰子和陆菊人的形象分析为例，通过对比两人性格特征、成长道路、命运结局等三方面的差异，探讨了高建群与贾平凹在创作中不同女性观的显现：与贾平凹着意建构神仙气的"女神"形象相比较，高建群笔下的女性更为朴实、接地气；与贾平凹过多的"虚化""美化"女性形象相比较，高建群更愿意勾勒真实原态的女性形象；与贾平凹笔下频频出现的内心充溢着传统儒教因子的女性形象相比较，高建群笔下的女性更趋向于追求真实本质的自我。笔者在对两位作家不同女性观的显现进行对比后，从地域文化、成长道路、文学熏陶等三方面对其各自的成因进行了阐释。之所以对两位作家不同的女性观进行对比分析，是为当下的女性更好地生存与发展找寻出路，即女性该以怎样的姿态来平衡自我与家庭、自我

---

① 韦建国、户思社、郑闻江：《高建群和艾特玛托夫女性崇拜情结比较研究》，载《陕西师范大学继续教育学报》2002年第2期。

与社会、自我与时代之间的矛盾与冲突。笔者认为，对女性出路问题的探索，"娜拉走后怎样"这类问题不会是过去式，也暂时不会终结。随着社会的发展，每个时代都有自己的主题，每一代人都有自己的使命，但不断地寻求发展与突破却是每代人都在努力追求的。身处当下这样一个极速发展的时代，摆在女性面前的是"娜拉走后怎样"具体化为"娜拉走向社会后怎样"的新问题。职场的竞争与压力、性别属性带来的系列劣势、社会机制的不完善、传统家庭角色与观念的束缚……无一不是当下走向社会、走向职场后的"娜拉们"所面临的新困境。女性该如何完善自身，如何将自身的发展与传统家庭、与社会的需求结合起来，除却女性自身的努力外，社会、时代也需要提供更多的助力。

原载《渭南师范学院学报》2020年第6期

（本文系与白翻琴合作，收入本书时有修订）

后 记

2012年5月中旬一个阳光灿烂的下午，我申报的国家社科基金项目"陕西文学对延安文学的承传与发展研究"获准立项！懵懂间我才想起年初申报的这个项目。说实话，根本没有想到自己第一次申报国家最高层次的科研项目竟然立项了！这着实出乎我的意料。自此，我的研究重点自然转向对陕西作家作品以及延安文艺的关注。

20世纪五六十年代柳青的《创业史》、杜鹏程的《保卫延安》就在全国产生过广泛持久的影响，新时期以来有路遥的《平凡的世界》、陈忠实的《白鹿原》、贾平凹的《秦腔》、陈彦的《主角》获得了茅盾文学奖，承继了陕西老一辈作家的优良传统并彰显了自己独特的写作优势。《论陕西作家的类型生成与代际精神承传》是带有总论性质的内容，从陕西作家类型生成与代际精神承传方面探析陕西文学取得辉煌成就的原因。本书从创作主题、人物形象、叙事特征、文化意蕴等多维视角对贾平凹、路遥、陈忠实、陈彦、高建群、叶广芩、高鸿等陕西当代著名作家的代表作品进行透视与解读，其中关于贾平凹及其作品评论与研究的文章十二篇，关于陈忠实及其作品评论与研究的文章两篇，关于路遥及其作品评论与研究的文章四篇，关于陈彦及其作品评论与研究的文章三篇，关于高建群、叶广芩、高鸿及其作品评论与研究的文章各一篇。这些文章大体创作于2012年到2022年这十年间，凝结着我这一时期对上述作家及其作品的思考和认识，部分内容也是国家社科基金项目"陕西文学对延安文学的承传与发展研究"的阶段性成果。现在看来，有些分析评论还稍显稚嫩，甚或粗疏偏颇，但是真实再现了过去那个时段自己对这些作品的感知与评判，对于自己来说也颇有敝帚自珍的意味。

感谢陕西省作家协会与陕西文学院提供的宝贵机会，让我把这些评论文章结集在一起公开出版。我的研究生文庄庄、高慧、付玉琪、白璐璐、范婷、白翻琴、安琪、王晶、陈楠、廖慧等同学参与了部分内容的撰写，或为部分内容的写作搜集了资料，在此一并致谢！感谢陕西师范大学出版总社马凤霞老师耐心的指导与热情的帮助！

王俊虎
2024年10月7日